BASTEI
LÜBBE

Dieter Zimmer

Alles in Butter

BASTEI LÜBBE

BASTEI-LÜBBE-TASCHENBUCH
Band 10650

Lizenzausgabe mit Genehmigung des Scherz Verlags, Bern und München

Herausgeber: Gustav Lübbe Verlag GmbH, Bergisch Gladbach
Printed in Western Germany 1985
Einbandgestaltung: K.K.K.
Titelbild: Süddeutscher Verlag, München
Gesamtherstellung: Ebner Ulm

ISBN 3-404-10650-4

1

Thomas sah auf der anderen Straßenseite die Mutter winken und rannte los. Nach einigen Schritten spürte er einen kräftigen Schlag in die linke Kniekehle, stolperte, versuchte sich auf den Füßen zu halten, fiel aber schließlich der Länge nach aufs Pflaster. Nicht gewillt, sich von wem auch immer straflos umstoßen zu lassen, rappelte er sich hoch und stellte sich zum Gegenangriff. Das Gesicht, in das er schaute, gehörte einem DKW.

Thomas nahm Maß, um in den linken Scheinwerfer zu treten, brachte den Fuß aber nur bis in Höhe der Stoßstange, weil ein stechender Schmerz im Knie ihn an seiner Bewegung hinderte.

Die Mutter riß ihn am Arm zurück. Sie war herbeigeeilt, und einige Passanten standen im Halbkreis um das Auto und den Jungen und redeten durcheinander. »Der Kleine war doch selbst schuld«, hörte Thomas sagen, aber er vernahm auch Widerspruch: »Warum müssen die Autofahrer immer so rasen? Die rotten uns noch mal alle aus.«

Der Fahrer des DKW war ausgestiegen und untersuchte sorgfältig seine Stoßstange, ehe er sich Thomas zuwandte: »Du bist wohl nicht sehr helle, oder? Mir direktemang vor'n Kühler zu rennen ...«

Thomas schaute den Mann feindselig an, wußte aber nichts zu antworten.

»Wenn ich schneller gefahren wäre«, malte der Mann aus, »dann wärst du jetzt vielleicht mausetot.«

Thomas fand endlich Worte: »Die olle Kiste kann ja gar nicht schneller!«

Erwartungsgemäß schimpfte der Fahrer: »Was denn, frech werden willste auch noch? Du bist mir ja'n Früchtchen!«

Thomas hatte wieder etwas auf der Zunge, aber die Mutter kam ihm zuvor: »Es ist ja nichts weiter passiert, und Ihr Auto ist ja noch heil. Entschuldigen Sie bitte vielmals!«

Der Mann schaute die hübsche blonde Frau an und wurde freundlicher: »Ihr Filius? Sollte man nicht denken, daß Sie schon so einen großen Jungen haben.«

Du alter Sprücheklopfer! dachte Thomas, der sich andererseits geschmeichelt fühlte durch die Bezeichnung »großer Junge«.

»Aber«, fuhr der Mann fort, »Sie sollten dem Kleinen mal beibringen, wie man richtig übern Damm geht. Sonst haben Sie ihn unter Umständen nicht mehr lange.«

»Sie haben ja recht«, gab die Mutter zu, »aber verstehen Sie doch bitte: Der Junge ist solchen Verkehr nicht gewöhnt. Wir sind doch erst vor ein paar Stunden von drüben angekommen.«

Ein leichtes Raunen ging durch die Gruppe der Umstehenden, und der Autofahrer sagte nun sehr freundlich: »Naja, da muß er erst mal lernen, sich wie ein Mensch zu bewegen.«

Thomas hatte Mühe, sich verbaler oder gar körperlicher Angriffe zu enthalten. Hatte er es schon unverzeihlich gefunden, daß man ihn wenige Stunden nach der Ankunft im Westen über den Haufen fuhr, so brachte ihn der wohlwollende Spott seines Gegenübers vollends in Rage. Er ballte in ohnmächtigem Zorn die Fäuste und merkte dabei, daß die rechte Hand weh tat. Er hatte sie beim Sturz verstaucht. Außerdem war das rechte Knie aufgeschlagen und blutete leicht.

»Wo kommst du denn her?« fragte ein älterer Herr gutmütig.

»Aus Leipzig.« Thomas richtete sich bei diesem Wort etwas auf, denn er fand durchaus, daß es etwas Besonderes sei, aus Leipzig zu kommen.

»Nu gugge, aus Leibzch bisde niebergemachd!«

»Nein, aus Leippzick!« betonte Thomas mit großem Nachdruck.

»Ei verbibbch, das weeß ich ooch«, sächselte der ältere Herr weiter, »aus Leipzig-einundleipzig.«

Dies war nun ein Wortspiel, das sich klanglich an den Krieg von ›Siebzig-einundsiebzig‹ anlehnte, darüber hinaus keinen Sinn ergab und den Leipzigern selbst bis zum Überdruß geläufig war.

»Den blöden Witz können Sie Ihrer Oma erzählen!« fauchte Thomas unter händeringenden Beschwichtigungen seiner Mutter. Der ältere Herr ließ sich jedoch von dem aufgebrachten Jungen nicht provozieren und bedauerte nur freundlich, daß seine Oma schon vor Jahren das Zeitliche gesegnet habe.

Thomas hätte gern den amüsiert Zuhörenden ein starkes Wort entgegengeworfen, ein Argument, das ihnen ihre engen Grenzen verdeutlicht hätte. Aber er war noch nicht lange genug hier, und in den wenigen Stunden seit der Ankunft war ihm nur dies aufgefallen: »Ihr habt ja nicht mal 'n richtigen Hauptbahnhof!« Diese Vorhaltung machte jedoch nicht den geringsten Eindruck, und der ältere Herr meinte mit gleichbleibend gutmütigem Gesichtsausdruck: »In Leipzig-einundleipzig habt ihr einen schönen großen Bahnhof, aber dafür keinen Kudamm. Und du hast ja gerade gesehen, wie gefährlich unser Kudamm für kleine Jungen aus Leipzig ist.«

Kleiner Junge! Thomas war gerade zwölfeinhalb Jahre alt und konnte dieses Wort einfach nicht mehr hören. Es brachte ihn so auf, daß er nach einem ganz fürchterlichen Schimpfwort suchte. Fast hatte er es gefunden, als unter ihm die Erde zu erzittern begann. Es rumpelte und rauschte, und durch den Gitterrost, auf dem er stand, wehte ihn ein Schwall warmer und merkwürdig riechender Luft an. Thomas überstand die Erscheinung mit angehaltenem Atem und sprang erst, als sie vorbei war, einen angstvollen Schritt zur Seite: »Was war'n das?«

Alle lachten über ihn, und der Autofahrer sagte: »Da hast du noch mal Glück gehabt. Ums Haar hätten sie dich in die Unterwelt geholt.«

Nach dieser Kette von Niederlagen und Verhohnepipelungen war Thomas den Tränen nahe und wollte die Stätte kampflos räumen. Die Leute gingen lachend weiter. Der Autofahrer zog seine Geldbörse hervor und reichte Thomas mit versöhnlichen Worten einen Groschen: »Hier, dafür kannst du dir unsere Unterwelt mal ansehen. Da drüben ist der Eingang.« Er zeigte auf ein blau-weißes Schild mit der Aufschrift: »U-Bhf. Uhlandstr.«. Man trennte sich mit Handschlag.

Der Kudamm! Zu Hause in Leipzig hatte man regelmäßig und unerlaubterweise die »Insulaner« gehört, das politische Kabarett im RIAS. Da hatten sich immer zwei Damen auf dem Kudamm getroffen und den neuesten Klatsch ausgetauscht. Und auch aus anderer Quelle war Thomas der Kudamm ein Begriff geworden: Seine Großmutter, die ihre Kindheit in Berlin verlebt und die Stadt bis vor dem Krieg so oft wie möglich besucht hatte, war immer in schwärmerischen Ton verfallen, wenn sie die prächtige Straße im Berliner Westen beschrieb. Von seiner Großmutter hatte Thomas auch gelernt, daß die Schreibweise nicht »Kuhdamm« war.

Nun war ihm bis vor einigen Monaten der Kudamm ein gelegentlich besuchenswerter, aber doch völlig ferner Ort gewesen, nicht anders als die Halbinsel Manhattan oder die grüne Hölle am Amazonas. Wann und zu welchem Zweck hätte er an den Kudamm fahren sollen? Man machte von Leipzig aus keine so weiten Reisen, und wenn man sie machte, dann, um für immer im Westen zu bleiben. Dies war jedoch für Thomas stets ein undenkbarer Gedanke gewesen: weg von Leipzig? »Wegmachen«, wie das auf Sächsisch hieß? Wo er doch in Leipzig sein Leben hatte und alles, was dazu gehörte – seine Familie, seine Freunde, seine Straßenbande, sein Meerschweinchen, seine Sonntage auf dem Fußballplatz. Natürlich auch die Alltage in der Schule, aber waren die nicht überall auf der Welt gleichermaßen unerbaulich?

Erst seit einem Dreivierteljahr hatte Thomas, gezwungenermaßen, an Flucht zu denken begonnen. Erst hatte sein Stiefvater, der keine berufliche Existenz mehr in Leipzig sah, sich scheiden lassen und den Weg über Westberlin angetreten. Die Mutter hatte nicht mitgehen wollen. Sie hatte gehofft, die Firma ihrer Familie könne der um sich greifenden Welle von Enteignungen entgehen. Aber das war kurzsichtiger Optimismus gewesen und hatte sich als falsch erwiesen. Der Vater hatte prophezeit, daß recht bald die Enteignung den Rest der Familie gen Westen treiben werde. Und seither erst hatte Thomas gelegentlich versucht, sich den Kudamm vorzustellen.

Er hatte dabei so etwas im Auge gehabt wie die Grimmaische Straße in Leipzig, die vor allem von ihrem Vorkriegsruhm als »die« Geschäftsstraße der Stadt zehrte. In den Erzählungen der Eltern und Großeltern war die Grimmaische Straße voller Lichter, voller Auslagen und vornehm gekleideter, mit Paketen beladener Menschen. Thomas kannte sie jedoch als trübe beleuchtet und mit Schaufenstern, die kaum mit Waren gefüllt waren, dafür kämpferisch-optimistischen Losungen zu den zahlreichen Gedenk- und Feiertagen der jungen DDR. Thomas hatte durchaus damit gerechnet, daß der Kudamm breiter sei als die Grimmaische Straße. Doch der Kudamm war unvorstellbar breit und ebenso prachtvoll. Tausende von Menschen flanierten auf den geräumigen Bürgersteigen, schauten in Läden und Vitrinen, kehrten in Cafés und Lokale ein. »Ist das denen ihre Mai-Kundgebung?« hatte Thomas beim ersten Anblick der Menge gefragt. Denn es war der 1. Mai 1953, den die Mutter als Fluchttag ausgesucht hatte, in der Erwartung, man werde angesichts des festlichen Trubels in Ostberlin unbehelligter nach Westberlin entwischen können als an normalen Tagen des Jahres.

Nein, dies sei keine Kundgebung, versicherte die Mutter, alle diese Menschen seien freiwillig hierhergekommen und vergnügten sich ganz zwanglos.

Auf den Fahrbahnen stauten sich Schlangen von Autos. Es schien, als wollte jeder an diesem frühlingshaften Feiertag öffentlich zeigen, daß er bereits zur wachsenden Minderheit der Kraftfahrzeugbesitzer zählte. Niemals hatte

Thomas so viele Autos gesehen, auch nicht während der Leipziger Messe, die immer viele fremde Wagen in die Stadt brachte.

Und die Geschäfte! Sie waren wegen des Feiertags geschlossen, und das mochte gut so sein. Denn es erübrigte sich damit der Gedanke, hineinzugehen und Dinge zu kaufen, die man in Leipzig als »Mangelware« und somit bloß vom Hörensagen kannte. Vor zwei Tagen noch war Thomas in der Leipziger Innenstadt gewesen, und er hatte die Schaufenster vor Augen: Pappschilder mit flammenden Aufrufen zum 1. Mai, rote und schwarz-rot-goldene Fähnchen, Bilder von Pieck, Grotewohl und Ulbricht, wenn's hoch kam, eine Grünpflanze. Hier nun Berge von Waren, ausgebreitet zum Zugreifen, aufgetürmt zu eindrucksvollen Denkmalen des Überflusses.

Im Schaufenster eines Feinkostladens zog eine Pyramide von Schokoladetafeln Thomas' Blicke auf sich. Er zählte ungefähr siebzig Tafeln und rechnete flink: Wenn, wie zu Hause üblich, eine Tafel drei Wochen reichte, dann konnte man an dieser Pyramide fast vier Jahre lang essen. Oder sogar länger als vier Jahre.

Es lagen weitere Köstlichkeiten im Schaufenster, die Thomas aus Westpaketen kannte: Apfelsinen, Walnüsse, Datteln. Bananen gab es auch, die kannte er bisher nur von Beschreibungen.

Die Delikatessen fesselten Thomas indes nicht lange, denn nebenan war ein Spielwarengeschäft, in dessen Schaufenster eine elektrische Eisenbahn lief, Märklin Spur HO. Ein D-Zug schnurrte im Kreis und hielt in jeder Runde in einem kleinen Bahnhof namens »Neustadt«. »Deutsche Bundesbahn« ließ sich an der schwarzen Dampflok entziffern. In Gegenrichtung fuhr, ohne anzuhalten, ein Güterzug mit einer vielachsigen E-Lok, einem sogenannten »Krokodil«. Thomas kannte sich aus in diesen Dingen, denn eine elektrische Eisenbahn war sein heißer Wunsch seit Jahren. Er folgte den beiden Zügen mit beinahe verklärtem Blick, aber insgeheim wartete er darauf, daß sie zusammenstießen oder entgleisten.

Entgleisen! Wenn nun heute morgen der D-Zug von Leipzig nach Ostberlin entgleist wäre? In Bitterfeld oder bei Jüteborg oder sonstwo auf der Strecke? Dann wäre man mit dem Krankenwagen zurückgebracht worden nach Leipzig. Oder mit dem Leichenwagen. Das hätte dann noch nicht mal jemand erfahren, weil es in der DDR offiziell keine Zugunglücke geben durfte. Jedenfalls wäre man dann nicht hier auf dem Kudamm.

Mal sehen, wie das weitergeht, dachte Thomas, und dabei folgten seine Augen unablässig dem D-Zug. Kudamm! das ist 'ne tolle Sache, aber was kommt dann?

»Nun komm endlich weiter!« rief die Mutter, die vor einem Modegeschäft stand.

Thomas lief zu ihr. »Glaubst du, ich kriege mal 'ne elektrische Eisenbahn?«

»In den ersten Jahren bestimmt nicht, da müssen wir wichtigere Dinge anschaffen.«

»Was denn?«

»Kleidung, Wäsche, Schuhe zum Beispiel.«

Sie erinnerte ihn daran, daß sie vor der Flucht Dutzende von Paketen an Verwandte und Bekannte im Westen geschickt hatten, den ganzen Hausrat auf den Weg gebracht, und daß sicher vieles davon nicht bei den Adressaten angekommen sei.

»Hoffentlich ist meine Briefmarkensammlung angekommen«, sagte Thomas.

»Mir ist es wichtiger, daß dein Wintermantel nicht verlorengegangen ist.«

»Ich denke, so was kann man im Westen jederzeit kaufen?«

»Ja, wenn man Geld hat.«

Dann meinte die Mutter, es sei ein langer und aufregender Tag gewesen und sie würde gern, wenn es dort auch ungemütlich sei, ins Flüchtlingslager zurückkehren und sich ausruhen.

2

Als Thomas am nächsten Morgen schlaftrunken nach seinem Wasserglas griff, war es fort. Er hatte immer ein Wasserglas auf einem Hocker neben seinem Bett stehen, um sich beim Aufwachen mit einem kühlen Schluck ins Leben zurückzuholen, denn er war, was man einen Morgenmuffel nannte, und haßte das Aufstehen.

An diesem Morgen nun war, wie Thomas allmählich mitbekam, alles anders als sonst. Ein vielhundertfaches Stimmengewirr umgab ihn, und als er sich widerwillig entschloß, die Augen aufzuschlagen, erblickte er nicht die gewohnte stuckverzierte Decke seines Zimmers, sondern ein hohes, schmuckloses Hallendach.

Die ungewohnte Umgebung ließ ihn rasch wach werden, und er entsann sich: Dies hier war eine der Messehallen am Berliner Funkturm, die man wegen des gewaltigen Andrangs zu Lagern für Ostzonenflüchtlinge gemacht hatte. Die Menschen schliefen unter grauen Wolldecken auf Matratzen, die auf blankem Steinboden ausgelegt waren, mit Zwischenräumen, in die man Koffer und Rucksäcke stellen konnte.

Thomas schaute um sich und sah manche Flüchtlinge noch schlafen, andere sich hüftlahm von ihren Matratzen erheben. Obwohl die Halle groß war, roch es wie in einem ungelüfteten Schlafzimmer. Thomas richtete sich halb auf und lehnte sich an seinen Koffer. Er erinnerte sich Stück für Stück: Gestern morgen in aller Herrgottsfrühe das Marmeladenbrot und der Malzkaffee zu Hause in Leipzig, die Straßenbahnfahrt zum Hauptbahnhof, der D-Zug nach Ostberlin, der kurze Aufenthalt im Ostbahnhof, die S-Bahn-Fahrt zum Bahnhof Zoo, das Aufatmen nach geglückter Flucht, die Straßenbahn zum Lager. Später der Kudamm-Bummel mit dem glimpflichen Unfall. Thomas ballte die rechte Hand zur Faust und stellte fest, daß sie noch schmerzte. Auf dem zerschrammten Knie hatte sich Schorf gebildet. Er fischte nach seiner Hose, die er über den Koffer gelegt hatte, und kletterte im Schutz der Wolldecke hinein. Die übrigen Kleidungsstücke hatte er gestern abend anbehalten, da er es nicht mochte, sich in solcher Öffentlichkeit zu entblößen. Das Gedränge in der Halle bewog ihn, auf eine Morgentoilette zu verzichten.

Die Mutter kam vom Waschraum zurück und sagte: »Komisch, ich fühle mich wie im Urlaub. Wir haben jetzt zwei freie Tage, bis zum Montag. Dann müssen wir in die Kuno-Fischer-Straße.«

Was in dieser Straße los sei, wollte Thomas wissen. In der Kuno-Fischer-Straße, nur wenige hundert Meter von der Halle entfernt, hatten sich alle Flüchtlinge für das Notaufnahmeverfahren zu melden. Heute und morgen, am Wochenende also, sei die Meldestelle natürlich geschlossen, aber am Montag müsse man sehr früh dort sein. Montags herrsche immer besonderer Andrang, weil sich dann alle Flüchtlinge meldeten, die während des Wochenendes nach Westberlin gekommen und provisorisch in die Lager eingewiesen worden waren.

»Wenn wir heute frei haben«, meinte Thomas, »dann können wir uns doch einen richtig schönen Tag machen.«

»Ja, wie die Maden im Speck«, antwortete die Mutter mit einem leichten Seufzer, »heute gehört Berlin uns!«

Thomas verstand ihren Sarkasmus durchaus, und als sie nach seinen besonderen Wünschen fragte, dachte er lange Zeit über ein ebenso erbauliches wie preiswertes Vergnügen nach. Am Ende schlug er einen Zoo-Besuch vor. Zum einen liebte er Zoos. Zwar kannte er bisher nur den Leipziger, aber er vermutete, daß die anderen, auch wenn sie nicht ganz heranreichen mochten, immerhin einen Besuch lohnten. Zum zweiten wollte er Knautschke sehen. Knautschke war ein Nilpferdbulle, der mehrfach im Leipziger Zoo zu Besuch gewesen war, um endlich mit der Nilpferdkuh Grete das Nilpferdbaby Schwabbel zustande zu bringen.

Thomas besah sich Knautschke lange und kam dabei auf die Überlegung, daß sogar Nilpferde von ihrer Familie getrennt leben mußten. Und irgendwie rührte es ihn, jemanden zu treffen, der wie er den Leipziger Zoo kannte. Er trug dem Nilpferd Grüße fürs nächste Mal auf, sagte sich aber dann, daß das ziemlich unsinnig sei. Unvermittelt drehte er sich um und ging.

Danach wollte Thomas im Bahnhof Zoo nachsehen, ob wieder viele Flüchtlinge ankamen. Es kamen viele, und irgendwie unterschieden sie sich auf den ersten Blick von den anderen Fahrgästen, die die Treppe vom Bahnsteig herabkamen. Die Flüchtlinge hatten viel Gepäck bei sich und waren viel zu warm angezogen für die Jahreszeit. Sie trugen mit sich, was sie schleppen konnten, und zeigten einen Gesichtsausdruck, der von gerade überstandener Angst ebenso zeugte wie von ungläubiger Freude: geschafft!

Thomas beobachtete, wie sich eine Frau auf ihren zum Platzen vollen Koffer setzte und zu weinen anfing. Ihr Mann legte seine Hand auf ihre Schulter und streichelte sie leise: »Nu heul man nich! Nu sind wir ja da!« Die Frau weinte aber weiter, und da fing auch der Mann an.

Direkt neben Thomas wurden zwei ältere Leute von einem Mann angesprochen: Ob sie Geld tauschen wollten, der Kurs sei eine Mark West zu acht Mark Ost, aber er wolle ihnen eins zu sieben geben. Ehe sie antworten konnten, mischte sich Thomas ein: »Lassen Sie sich bloß nicht bescheißen! In der Wechselstube habe ich viel mehr gekriegt.« Der Wechsler schaute giftig und verschwand. »Komm, laß uns gehen!« sagte die Mutter, »ich mag das hier nicht.«

Es war inzwischen Mittag, und sie fanden ein ganz preiswertes Restaurant in der Tauentzienstraße. Thomas hatte in seinem Leben keine fünfmal im Restaurant gegessen und machte seine Entscheidung über das gewünschte Gericht zu einer Haupt- und Staatsaktion. Immer wieder studierte er die drei Möglichkeiten, die die Karte anbot: Bratwurst mit Tunke und Kartoffelbrei für 91 Pfennig, das kleine Gedeck aus Kraftbrühe, Hühnerfrikassee mit Reis und Spargel sowie Birnenkompott für 1,64 Mark und das große Gedeck mit Kalbskeule oder einem ganzen, wenn auch noch jungen Rebhuhn als Hauptgang für 2,73 Mark alles zusammen. In aller Ausführlichkeit und unter dem wohlwollenden Schmunzeln der Mutter erwog er die Vor- und Nachteile der verschiedenen Speisen im Hinblick auf Geschmack, Sättigung, Verdaulichkeit und Handhabung, wobei unter dem letztgenannten Gesichtspunkt das knochenreiche Rebhuhn ausschied. In Wahrheit hatte sich Thomas von Anfang an auf die mittlere Preislage festgelegt, denn er wollte nicht unbescheiden sein, andererseits aber beim ersten Lokalbesuch im Westen nicht gerade eine Bratwurst essen, die es auch in der Bude gegenüber dem Leipziger Hauptbahnhof gab. Als Getränk bestellte er eine Brause.

Nach dem Mittagessen strebten sie dem Kudamm zu, und Thomas erkannte die ausgebrannte Hülse der Gedächtniskirche wieder. Er schaute diesmal nicht nur auf die Läden und Lokale, die Menschen und die Autos, sondern auch auf die Häuserzeilen, und ihm fiel auf, wie viele Lücken es noch gab. Der Kudamm erinnerte ihn plötzlich an ein schadhaftes Gebiß. Auch sah er, daß an vielen Häusern, nicht anders als in Leipzig, der Putz noch nicht erneuert war, so daß Einschußlöcher aus den Kriegstagen zu sehen und rote Ziegelsteine freigelegt waren. Schnell glitt sein Blick jedoch wieder nach unten zu den Schaufenstern und Passanten.

Vor dem Spielwarenladen von gestern blieb diesmal auch die Mutter stehen, und ohne daß Thomas sie gefragt hätte, sagte sie: »Wenn mir Onkel Manfred in Hannover eine gute Stellung besorgt, dann kannst du vielleicht schon nächstes Jahr zu Weihnachten eine elektrische Eisenbahn kriegen.«

Thomas drückte Onkel Manfred, den er sonst nicht sehr mochte, im Geiste die Daumen. Der Onkel war vor zweieinhalb Jahren mit seiner Familie von Leipzig in den Westen gegangen und hatte das Versprechen hinterlassen, seiner Schwester Anne oder seinem Bruder Wolfgang behilflich zu sein, falls die eine oder der andere oder beide den gleichen Weg nehmen sollten. Für den Fall der Flucht waren damals, vor zweieinhalb Jahren also, mit Onkel Manfred eine Reihe verschlüsselter Andeutungen ausgemacht worden, denn man konnte natürlich nicht in einem Brief schreiben: »Wir kommen!« Zwar gab es auch in Leipzig ein verbrieftes Postgeheimnis, aber es war nicht wertvoller als die verbrieften Freiheiten der Presse, der Versammlung oder der Religionsausübung. Die Mutter hatte jedenfalls in der verabredeten Weise kundgetan, daß sie mit Thomas nach Hannover kommen und dort nach Möglichkeit auch Arbeit finden wolle.

»Ich muß heute noch schreiben«, sagte sie, »daß wir nun wirklich da sind.«

»Vielleicht erst mal 'ne Rangierlock mit zwei Wagen?« sinnierte Thomas.

»Vielleicht. Übrigens wollte ich früher immer deinem Vater eine Eisenbahn schenken. Aber dann kam der Krieg, und dann ... naja, du weißt ja.«

»Micky hat ziemlich bald eine gekriegt, nachdem sie von Leipzig nach München sind«, bemerkte Thomas.

»Micky hat ja auch einen Vater«, sagte die Mutter.

Das war wirklich etwas anderes, mußte Thomas zugeben. Sein bester Freund Micky hatte ihm bald nach der Flucht begeisterte Briefe aus München geschrieben und von mancherlei Anschaffungen berichtet, die sich seine Familie rasch hatte leisten können. Aber Micky hatte eben einen Vater, der mit gebrauchten Autos handelte, und Thomas hatte keinen mehr. Sein ehemaliger Vater lebte jetzt in Wiesbaden und schien ebenfalls nicht schlecht zu verdienen. Aber er war eben nicht mehr Thomas' Vater, er hatte sich ja scheiden lassen. Vielleicht, dachte Thomas, ist da noch was zu machen. Er wußte nicht, was da vielleicht zu machen sei, aber er nahm sich vor, bald nach seiner Ankunft in Westdeutschland eine Reise nach Wiesbaden zu unternehmen.

Später am Nachmittag saßen die Mutter und Thomas in einem Straßencafé und beobachteten die Kudamm-Bummler. Die Mutter bestellte sich eine Holländer Kirschschnitte und eine Tasse Kaffee. Thomas bekam, weil es eines seiner Leibgerichte war, ein Schweinsohr. Dazu probierte er Coca-Cola, das er dem Namen nach kannte von verrosteten Reklameschildern, die in Leipzig den Krieg überdauert hatten. Beim ersten Schluck schüttelte er sich und wollte wieder ausspucken: »Igitt! Das schmeckt ja wie schon mal getrunken!« Aber nach dem dritten Schluck war er schon ziemlich sicher, eine Entdeckung fürs Leben gemacht zu haben.

»Hier hat sich eigentlich kaum was verändert«, sagte die Mutter nachdenklich und schaute den Passanten nach. »Vor siebzehn Jahren habe ich mit deinem Vater hier in diesem Café gesessen. Da waren wir nämlich auf Hochzeitsreise zu den Olympischen Spielen.«

»Oh, erzähl mal!« drängte Thomas.

»Was, von der Hochzeitsreise?«

»Ach was, von den Olympischen Spielen.«

»Naja, damals war Berlin voller Menschen aus aller Herren Länder. Und die Straßen waren über und über mit Fahnen geschmückt.«

»Wie in Leipzig am ersten Mai?«

»Ich glaube, noch mehr. Und vor allem mußt du dir vorstellen, daß Berlin damals überhaupt nicht zerstört war. Es gab überhaupt keine Trümmer und keine Häuserlücken.«

»Keine Trümmer?« überlegte Thomas, »das muß komisch sein, eine Stadt ohne Trümmer.«

»Und im Stadion«, fuhr die Mutter fort, »haben wir den Führer gesehen. Das war damals sehr eindrucksvoll. Wir wußten ja alle noch nicht, daß er drei Jahre später einen Krieg beginnen würde. Damals haben alle im Stadion gejubelt.«

»Ich hab' mal Walter Ulbricht gesehen«, warf Thomas dazwischen, »im Stadion in Leipzig. Da haben sie bloß ganz müde geklatscht.« Dann überlegte er eine Weile und fragte schließlich: »Habt ihr nicht gewußt, was der Hitler für'n Drecksack war?«

»Ach, weißt du«, antwortete die Mutter.

»Ich hab jedenfalls bei Ulbricht nicht mitgeklatscht«, sagte Thomas.

Dann wollte er endlich etwas über die Wettkämpfe wissen und fragte, ob die Eltern die Fußballspiele besucht hätten.

»Nein, wir waren mehr bei den Reitern, weil dein Vater doch selbst Reiter war. Und bei den Leichtathleten waren wir. Da gab es einen spannenden Endkampf im Weitsprung. Da war ein Neger aus Amerika, der ...«

»Weiß ich«, unterbrach Thomas, »Jesse Owens. Acht Meter sechs.«

»Kann sein, daß es acht Meter sechs waren. Aber sein Gegner war auch großartig, das war nämlich ...«

»Lutz Long. Sieben Meter vierundneunzig.«

»Auf den Zentimeter weiß ich es nicht mehr. Aber es war unglaublich spannend.«

»Und zu wem habt ihr gehalten?«

»Ja, das war schwierig. Der Neger war so sympathisch, weißt du. Damals war man ja sehr gegen die Neger, aber der Owens ... Wir haben dann doch zu Lutz Long gehalten, weil der aus ...«

»... aus Leipzig war. Weiß ich doch. Ich hätte aber zu Owens gehalten, weil die Leute so gegen die Neger waren.«

»Ach, weißt du«, sagte die Mutter, »damals, das kann man so schwer erklären.«

Für Thomas war die Sache mit Jesse Owens jedoch klar, und er fragte: »Weißt du noch, wo ihr damals im Olympiastadion gesessen habt?«

Die Mutter glaubte es noch ungefähr zu wissen, und sie beschlossen, in nächster Zeit einmal hinzugehen und den Platz zu suchen. Bei dieser Gelegenheit, meinte Thomas, werde er auch mal in die historische Weitsprunggrube hüpfen, falls man ihn lasse.

Dann schaute die Mutter wieder auf die Passanten und

vor allem auf die Kleidung der Frauen, während sich Thomas auf die Autos konzentrierte und versuchte, möglichst jeden Typ zu identifizieren.

Als die Bedienung fragte, ob sie noch etwas bestellen wollten, schüttelte die Mutter den Kopf und griff nach dem Portemonnaie.

Sie bummelten ein weiteres Mal den Kudamm hinauf, und als der Mutter die Füße weh taten, setzten sie sich auf eine der vielen Bänke. Es dämmerte, und auf dem Kudamm gingen die Lichter an, die Straßenlaternen und die Autoscheinwerfer, die Lampen in Lokalen und Schaufenstern, und vor allem die Lichtreklamen, die, anders als die wenigen in Leipzig, nicht einfach nur angingen und brannten, nein, sie vollführten ein immer wiederkehrendes Spektakel erstrahlender und erlöschender Schriftzüge, blinkender Kreise und zuckender Linien, so daß es Thomas ganz wirr vor Augen wurde. Nachdem er sich satt gesehen hatte, kam ihm der naheliegende Gedanke: »Die haben hier wohl keine Stromsperre wie zu Hause.«

Zu Hause! Was mochten sie jetzt in Leipzig tun? Die Oma und Onkel Wolfgang saßen sicher beim Abendbrot an dem großen runden Tisch im Erkerzimmer. Bis vor zwei Tagen hatte man dort noch zu viert gesessen, und vor einem Dreivierteljahr war auch noch der Vater dabeigewesen. Nun war die abendliche Tischgesellschaft auf zwei Köpfe zusammengeschmolzen, und Onkel Wolfgang dachte auch schon an Flucht. Er wollte nur noch warten, bis Eva, seine Verlobte, ihr Medizinstudium beendet hatte. »Wer wird schon«, pflegte er zu sagen, »kurz vorm Doktor abhauen?« Im Altersheim, draußen in Leipzig-Stötteritz, saßen die Großeltern um diese Zeit wohl ebenfalls beim Abendbrot.

An Petra dachte Thomas auch, »seine« Petra, die er seit einem Vierteljahr verehrt hatte. Es war ein ganz neues Gefühl gewesen und eine überraschende Erfahrung: festzustellen, daß »Weiber« nicht in jedem Falle blöd sein müssen. Der Abschied von Petra war ihm sehr hart geworden, zumal er ihr mit keinem Wort seine bevorstehende Flucht hatte andeuten dürfen. Er hatte sich sogar noch mit ihr verabredet, nach der Mai-Kundgebung am Goethe-Denkmal hinterm Alten Rathaus. Ob sie lange auf mich gewartet hat? fragte sich Thomas, und er hoffte, sie habe sehr lange gewartet.

Und morgen, am Sonntag, würden die Freunde draußen in Leipzig-Leutsch vor dem Georg-Schwarz-Sportpark auf ihn warten. Sie würden dann ohne Thomas durch das seit langem benutzte Loch im Zaun kriechen und ihren Stammplatz einnehmen, hinter dem Tor von »Chemie«-Torwart Günter Busch. Wenn die bloß morgen nicht wieder verlieren, dachte Thomas. Chemie Leipzig stand in der Oberliga nicht sehr gut. Und am Montag, dachte Thomas, wird mich Fräulein Hase als »unentschuldigt fehlend« ins Klassenbuch eintragen. Nach weiteren drei Tagen wird sie wohl ahnen, was los ist, denn man kannte das mit den unentschuldigt fehlenden Schülern, die dann nach ein paar Wochen eine Ansichtskarte aus dem Westen schickten.

Zu Hause – das war nun erst mal abgeschafft. Jetzt gab es die Matratze in der Messehalle am Funkturm. Das war fürs erste die Bleibe. Aber Berlin war ja auch nur Durchgangsstation. Thomas dachte plötzlich an Emil und die Detektive. Emil war nach Berlin gefahren, um aufregende Abenteuer zu erleben und anschließend nach Hause zurückzukehren. Wenn man es genau nahm, war Emils Geschichte also eine ziemlich lahme Sache. Was Thomas gerade erlebte, war viel spannender. Das war schon eher wie bei Karl May, der nach Amerika gegangen war, um ein ganz neues Leben zu beginnen und Old Shatterhand zu werden. So ähnlich war das hier, und wie Old Shatterhand würde man sich durchschlagen müssen.

»Geschenkt kriegen wir drüben nichts«, hatte die Mutter schon vor der Flucht immer wieder gesagt.

Vielleicht, dachte Thomas, hätte ich gestern dem DKW doch die Scheinwerfer eintreten sollen. Man darf sich nicht ungestraft über den Haufen fahren lassen. Old Shatterhand wäre das jedenfalls nicht passiert.

3

Am Montagmorgen begann der wahre Ernst des Flüchtlingsdaseins. Nach einem kargen Lagerfrühstück, das sie im Stehen einnahmen, machten sich Thomas und seine Mutter auf den Weg zur Kuno-Fischer-Straße, wo sich alle Flüchtlinge zu melden hatten. Als sie von der Kantstraße rechts abbogen, blieb die Mutter stehen und schaute fassungslos auf die mehrere hundert Meter lange Menschenschlange: »Das darf doch nicht wahr sein!«

Thomas war nicht minder erstaunt, versuchte dennoch einen Scherz: »Sieht aus, als hätten sie heute morgen Apfelsinen reingekriegt.«

Die Mutter konnte nicht darüber lachen und sagte nur, als sie sich am Ende der Schlange angestellt hatten: »Da wundert man sich, daß drüben überhaupt noch ein paar Menschen sind.«

Drüben! dachte Thomas: was für ein seltsames Wort. Bis zum 1. Mai um die Mittagszeit hatte das Wort »drüben« den Westen bezeichnet. Dann hatten sie in der S-Bahn die Grenze überschritten, und seither war »drüben« dort, woher sie gekommen waren. Diese sechs Buchstaben bezeichneten also zwei völlig verschiedene Welten, und welche von beiden gemeint war, ergab sich daraus, in welcher man sich gerade aufhielt.

Thomas versuchte, die Zahl der Wartenden zu schätzen, und kam zu dem Ergebnis, es könnten über zweitausend sein. Er hatte kürzlich im RIAS eine Meldung gehört, wonach sich an einem einzigen Montag fünftausend Menschen hier eingefunden hatten. Die Zustände in den behelfsmäßigen Lagern seien katastrophal, hatte es geheißen, und Thomas konnte nun aus eigenem Erleben bestätigen, daß dies stimmte. Theodor Heuss, der Bundespräsident, hatte unlängst ein Lager für dreitausend Flüchtlinge eingeweiht, aber das mußte ja innerhalb eines Montags schon überfüllt sein.

Es war die Zeit, da die SED die Bauern in die Produktionsgenossenschaften treiben wollte; aber viele gingen statt dessen in den Westen. Anderen wurde auf andere Weise ihre Existenz genommen, durch Enteignung selbst kleiner und kleinster Betriebe zum Beispiel. Dies alles ging auf jene unversöhnliche Art vor sich, die selbst Gutwillige zu Gegnern des Systems machte. Die Betroffenen konnten und wollten nicht glauben, daß sich ein Paradies anbahne, wo Menschen derart miteinander umsprangen. Und da auch die Wirtschaft nur langsam vorankam, waren jetzt, acht Jahre nach Kriegsende, viele nicht mehr willens, das Experiment mitzumachen. Hinzu kamen Gerüchte, Berlin werde bald »dichtgemacht«, vielleicht mittels einer Mauer, und man müsse sich beeilen, das Schlupfloch nicht zu verpassen. Denn während man noch weitgehend unbehelligt vom einen Teil Berlins in den anderen kam, war die »grüne Grenze« zwischen den Zonen fast nur noch auf gefahrvollen Schleichwegen zu überwinden.

Die Schlange in der Kuno-Fischer-Straße bewegte sich kaum, und um die Mittagszeit war nicht einmal die Hälfte der Strecke bis zum Eingang der Meldestelle zurückgelegt. Die Mutter schickte Thomas mit einem 50-Pfennig-Stück und dem Auftrag, ein Paket Leibnizkeks zu holen, zu einem Kiosk in der Kantstraße. Der Kiosk hatte eine gute Lage, denn seine Kundschaft war zwar sparsam, aber dafür zahlreich. Thomas sah sich das Geldstück genau an, las den Schriftzug »Bank Deutscher Länder«, wog es in der Hand und fand es viel schwerer als das Ostgeld. Eigentlich, dachte er, müßte man mehr dafür bekommen als die paar Kekse.

Thomas besaß 4,20 Westmark. Für sein erspartes Ostgeld hatte er nämlich nach der Ankunft in der Wechselstube diesen Betrag bekommen und bisher nur eine Ausgabe gehabt, zehn Pfennig für einen Kaugummi, die durch den Groschen des Autofahrers wettgemacht wurden.

Die Mutter war inzwischen mit ein paar Leuten ins Gespräch gekommen, und ein Mann berichtete gerade, wie und warum er und seine Frau vorgestern morgens aus Chemnitz geflüchtet seien. Sie hatten dort einen schönen, wenn auch nicht großen Schreibwarenladen gehabt, seit den 20er Jahren. Am Freitagabend war dann plötzlich die Polizei gekommen, hatte alles durchstöbert und in der Ladenkasse 130 Mark gefunden. Es gab aber eine Verordnung, wonach alle Ladenbesitzer abends abrechnen und bis auf hundert Mark alles Geld zur staatlichen Bank tragen mußten. Das Geschäft, erzählte der Mann, sei mit sofortiger Wirkung geschlossen worden, und noch in derselben Nacht hätten sie ihre Koffer gepackt.

»Wahrscheinlich haben sie die Anklage wegen Wirtschaftsvergehen schon in Arbeit«, sagte der ehemalige Schreibwarenhändler, und dabei schmunzelte er ein wenig, während seine Frau in ihr Taschentuch schneuzte.

Ein anderer Flüchtling bestätigte, daß man mit Anklagen wegen Wirtschaftsvergehen schnell zur Hand sei und daß dafür schon ausgesprochene Lappalien genügten. Ein Verwandter von ihm habe ein kleines Café besessen und, weil er keinen Zucker zugeteilt bekam, einfach welchen im Konsum gekauft, damit seine Gäste nicht ungesüßten Kaffee trinken mußten. Es war aber verboten, solcherart gekaufte Waren gewerblich zu verwenden. Er sei angeschwärzt, verhaftet und umgehend zu einer Gefängnisstrafe verurteilt worden. »Die erzeugen systematisch ein Klima der Angst«, sagte der ehemalige Schreibwarenhändler, »damit die letzten Privaten von allein aufgeben.« Seine Frau sah sich unbehaglich um und flüsterte: »Pst! Nicht so laut!«

Ihr Mann stutzte einen Augenblick, dann lachte er kopfschüttelnd: »Mensch, hier können wir doch reden!«

Thomas glaubte plötzlich Petra zu sehen, »seine« Petra. Ganz weit vorn, fast am Anfang der Schlange, warf ein Mädchen seinen blonden Wuschelkopf in den Nacken, geradeso, wie Petra es immer tat. Thomas rannte los. Sollte sie auch ...? Sie hätte es ihm ja gleichfalls nicht vorher sagen dürfen. Und wenn sie nun gar mit ihren Eltern auch nach Hannover ...?

Als er dann vor dem Mädchen stand, sackte sein Herz

tiefer, und er zog wortlos ab. Es hätte ja sein können, dachte er.

Dann kam ihm sein Fahrrad in den Sinn, das er am Tag vor der Flucht am Leipziger Hauptbahnhof aufgegeben hatte: Expreßgut nach Berlin-Ostbahnhof. Es mußte längst dort angekommen sein, denn »Expreß« bedeutete ja soviel wie schnell. Aber wie brachte man nun das Fahrrad vom Ostbahnhof über die Sektorengrenze nach Westberlin? Wen sollte man hinschicken, um es zu holen?

Während sich die Menschenmenge fast unmerklich vorwärtsschob, überdachte Thomas alle Möglichkeiten, die ihm einfielen, und verwarf sie wieder. Am Ende faßte er einen Entschluß. »Kann ich ins Lager und mich 'n bißchen auf die Matratze legen?« fragte er.

Die Mutter nickte und riet ihm nur: »Verlauf dich nicht.«

Anstatt jedoch ins Lager am Funkturm zu laufen, nahm Thomas am Bahnhof Witzleben die S-Bahn. Ehe er einstieg, vergewisserte er sich, daß er den Expreßgutschein bei sich habe.

Thomas kam unkontrolliert zum Ostbahnhof, fand den Expreßgutschalter und spürte sein Herz höher schlagen, als er endlich den Gesundheitslenker seines Fahrrads umfaßte. Es war noch alles dran, sogar der blau-gelbe Wimpel mit dem Leipziger Löwenwappen.

Thomas suchte den Weg nach Westen und hielt sich möglichst nahe an die S-Bahn-Strecke, auf der er gekommen war. Was ihm auf den Straßen begegnete, war ihm vertraut und doch schon ein wenig fremd: Ein IFA F 9 klapperte über schlechtes Pflaster und hinterließ eine stinkende Zweitakterwolke; eine Straßenbahn, die ihm entgegenkam, war als »FDJ-Zug« gekennzeichnet, und die Fahrerin trug das Blauhemd der »Freien Deutschen Jugend«. Aus Lautsprechern dröhnte das »Weltjugendlied«, das Thomas in der Schule oft hatte singen müssen.

Am Brandenburger Tor wagte er sich nach langem Zaudern an die Sektorengrenze, wurde angehalten und gefragt, wollte gerade vor Angst sterben – da winkte der Posten eine schwarze Limousine mit rotem Stander hindurch. Thomas strampelte kurzentschlossen hinterher nach Westen.

»Bist du denn von allen guten Geistern verlassen?« schimpfte die Mutter, als er abends seinen Streich beichtete. »Da gehst du nie wieder rüber!«

»Das habe ich mir auch schon gedacht«, antwortete Thomas kleinlaut.

4

»Jetzt ist Schluß, jetzt mag ich nicht mehr!« sagte die Mutter nach der siebenten Nacht im Lager.

Thomas wußte, was sie nicht mehr mochte: in der zugigen Halle auf dem Boden schlafen, halb angekleidet und notdürftig gewaschen, immer wieder geweckt von brüllenden Säuglingen und hustenden Rauchern. Und dies nach anstrengenden Tagen mit stundenlangem Schlangestehen: beim Ärztlichen Dienst, bei der Schirmbildstelle, bei der polizeilichen Anmeldung, bei der Zuständigkeitsprüfung. Vier Stempel hatten sie inzwischen auf ihrem »Laufzettel«, vier von gut zwei Dutzend, die im wahrsten Sinn des Wortes zu erstehen waren.

Auch Thomas hatte das Lager satt. Vor allem störte es sein anerzogenes Schamgefühl, sich inmitten so vieler Menschen aus- und ankleiden zu müssen. Deshalb hatte er inzwischen den größten Teil der sonst gewohnten Körperpflege eingestellt, kam kaum noch aus seiner Wäsche und fühlte sich sehr unbehaglich. Hinzu kam, daß er keinen geeigneten Aufbewahrungsort für sein Fahrrad fand und meist mehrmals in der Nacht nach draußen schlich, um nachzusehen.

»Aber wo sollen wir denn hin?« fragte Thomas, »vielleicht zurück in die Ostzone?«

»Komm!« sagte die Mutter nur.

Sie verließen das Messegelände und wandten sich diesmal nach links, überquerten den Reichskanzlerplatz und gingen die Reichsstraße hinauf. Dann fragte die Mutter nach dem Brixplatz, und schließlich standen sie vor einer Wohnungstür im zweiten Stock und klingelten. Eine alte Dame öffnete und schaute die Besucher mit einer Mischung aus Mißtrauen und Neugier an. Sie trug ein hochgeschlossenes schwarzes Kleid mit einem weißen Spitzenkrägelchen, eine goldgeränderte Brille und einen weißen Dutt und sah genauso aus wie die liebe Großmutter im Märchenbuch. »Ja, bitte?« fragte sie.

»Guten Tag«, sagte die Mutter, »wir sind aus Leipzig und wollten ...«

»Ach so. Na, dann kommt mal rein!«

Ohne den Vorgang zu begreifen, fand sich Thomas in einem tiefen Plüschsessel wieder und hatte eine Flasche Brause in der Hand. Die Mutter erzählte vom Lager, und die alte Dame hörte kopfschüttelnd zu. Endlich raffte sich Thomas zu einer Frage auf: »Was geht'n hier eigentlich vor?«

»Das will ich dir gern sagen«, antwortete die alte Dame freundlich. »Deine liebe Großmutter, mit der ich hier in Berlin zur Schule gegangen bin, hat mir kürzlich einen Brief geschrieben: ›Meine Schwiegertochter und unser Thomas wollen auf ihrer nächsten Reise vielleicht mal Puschi besuchen.‹ Puschi, mußt du wissen, war mein Spitzname in der Schule.«

»Hm, raffiniert!« staunte Thomas. Das hatte die Großmutter klug gemacht, ihrer Freundin in Westberlin derart verschlüsselt die Flucht anzukündigen.

»Und mir«, ergänzte die Mutter, »hat sie die Adresse zugesteckt.«

»Einfach toll«, mußte Thomas zugeben, »wie bei Karl May. Und grade gestern abend habe ich noch gedacht: Wenn wir hier bloß jemand hätten, bei dem wir wohnen können.«

Die Mutter errötete und schalt Thomas wegen seiner Direktheit, aber die alte Dame lächelte und sagte: »Keine Frage, daß ihr bei uns wohnt, bis ihr ausgeflogen werdet.«

Sie sagte es so, daß Widerspruch nicht denkbar schien, aber Thomas hätte diesem Angebot auch nicht widersprochen. Die Mutter sagte zwar: »Aber das können wir doch nicht annehmen«, aber es klang nicht sehr überzeugend.

»Man muß bloß die richtigen Leute kennen«, bemerkte Thomas altklug, und die Mutter wurde wieder rot und warf entsprechende Blicke.

Es wurde verabredet, daß sie nach dem Schlangestehen das Gepäck aus der Messehalle holten und hierherbrachten.

»Bis dahin«, sagte die alte Dame, »ist auch meine Tochter Nora von der Arbeit zurück. Und mein Enkel Karl-Edwin aus der Schule. Dann lernt ihr die ganze Familie kennen. Jedenfalls diejenigen, die den Krieg überlebt haben.«

Nachmittags im Lager beschaffte sich Thomas von den freundlichen Schwestern der »Inneren Mission« reichlich Bindfaden, mit dem er den größten Teil des Gepäcks auf seinem Fahrrad befestigte. Dann schoben sie die Reichsstraße hinauf in die schöne alte Wohnung im Westend.

Nora hatte große Ähnlichkeit mit ihrer Mutter, trug ebenfalls dunkle, wenn auch jugendlichere Kleidung und hatte ihr schwarzes Haar zu einem Knoten von eindrucksvollen Ausmaßen gebunden. Sie bot Thomas an, »Tante Nora« zu ihr zu sagen.

Karl-Edwin war kaum kleiner als Thomas, dabei jedoch stämmig. Er tänzelte um den Ankömmling herum und stieß mehrmals die rechte Faust hervor, so daß Thomas erstmals zusammenzuckte.

»Haudujudu«, sagte Karl-Edwin.

Thomas vermutete dahinter einen typischen Berliner Gruß und antwortete freundlich: »Danke, dir auch.«

»Keen Schimmer von fremde Zungen, wat?« fragte Karl-Edwin, nach wie vor tänzelnd und rechte Geraden austeilend, die kurz vor Thomas' Nasenspitze endeten.

»Wie bitte?« fragte Thomas.

»Mann, det heeßt nich ›wie bitte‹, sondern ›wat‹. Sprichst du keene Fremdsprache?«

»Srawsdwuidje, towarischtsch! I drushba!«

»Wie bitte?« wunderte sich nun Karl-Edwin und blieb stehen.

Tante Nora forderte die beiden auf, endlich deutsch miteinander zu reden, und sie verzogen sich in Karl-Edwins Zimmer. Es war recht geräumig, und die Wände schmückten zahlreiche Bilder von Boxern, unter denen Thomas nur Max Schmeling bekannt war. An einem Nagel über dem kleinen Schreibtisch hing ein Paar Boxhandschuhe.

»Bist du Ringkämpfer?« fragte Thomas.

Karl-Edwin sah ihn zunächst entgeistert an, aber dann blinzelte er mit dem linken Auge und nickte verstehend: »Gut! Du bist okay. Du darfst mit mir boxen.«

Er reichte Thomas ein zweites Paar Handschuhe, aber der wehrte ab: »Nee, laß mal. Ich bin mehr Fußballer.«

Karl-Edwin verabscheute Fußball, und Thomas erklärte, das könne er verstehen, denn hier in Westberlin gebe es ja auch nur Flaschenmannschaften. In Leipzig sei das was anderes, schließlich sei »Chemie« vor zwei Jahren DDR-Meister gewesen. Karl-Edwin amüsierte sich über den Namen und wollte wissen, ob es auch Fußballmannschaften gebe, die »Physik« oder »Erdkunde« hießen, was Thomas wahrheitsgemäß verneinte.

Karl-Edwin wollte lieber über Boxen reden und erklärte die Fotos an der Wand. Sie zeigten die führenden deutschen Faustkämpfer: Heinz Neuhaus, Hein ten Hoff, Wilson Kohlbrecher, Conny Rux, Hans Stretz, Gerhard Hecht und andere, dazu amerikanische Champions wie Rocky Marciano, Jersey Joe Walcott, Joe Louis, Suger Ray Robinson, Archie Moore. Nach kurzer Einweisung wurde Thomas abgefragt und brachte die meisten Namen durcheinander. Karl-Edwin bemerkte noch voller Stolz, daß vor dem Krieg in ebendieser Wohnung der große Max Schmeling gewohnt habe, und er sagte es, als bedeute es für ihn eine hohe Verpflichtung. Thomas zeigte auf einige Risse in der Wand und fragte, ob sie von Schmeling herrührten, aber es waren nur die Folgen der Bombenangriffe.

Anschließend bekam Thomas im Keller einen Platz für sein Fahrrad zugewiesen, und dabei schüttelte Karl-Edwin den Kopf über die »olle Mühle«.

»Mensch, ich bin froh, daß ich die habe«, sagte Thomas und erzählte von seiner heldenhaften Aktion, mit der er das Rad vor ein paar Tagen buchstäblich dem Kommunismus aus den Krallen gerissen hatte. Karl-Edwin bekam etwas mehr Achtung und schlug vor, den lächerlichen Gesundheitslenker gegen einen modernen Vorbaulenker zu tauschen, sowie eine Dreigangschaltung einzubauen. »Erst mal haben«, meinte Thomas.

Nach dem Abendessen schrieb Thomas einen ersten Brief nach Hause. Er bemühte sich, alles äußerst vorsichtig zu umschreiben, um die Daheimgebliebenen nicht in Schwulitäten zu bringen, falls der Brief unterwegs geöffnet würde.

»Liebe Oma, lieber Onkel Wolfgang!

Ihr habt vielleicht schon gemerkt, daß ich nicht mehr da bin. Das kam folgendermaßen. Wir wollten doch am 1. Mai zu dieser Hochzeitsfeier nach Neubrandenburg fahren zu diesen neuen Verwandten. Aber wie wir in Ostberlin in den richtigen Zug umsteigen wollten, sind wir aus Versehen in den falschen umgestiegen. Mit einemmal waren wir in Westberlin und ganz verdattert. Wir wollten sofort zurück, aber die haben uns hier gesagt, da kriegen wir höchstens Schwierigkeiten.

Hier ist alles ganz anders als drüben, vor allem mit dem Sozialismus, welchen man hier nicht hat. Man kann alles kaufen, bloß braucht man Geld dazu. Mit uns zwei beiden muß es erst noch bergauf gehen, aber dann können wir auch alles kaufen. Wenn man das hier alles so sieht, dann glaubt man gar nicht, daß der Westen völlig am Ende ist. Aber es muß ja wohl stimmen.

Wir wohnen bei netten Leuten, und tagsüber müssen wir immer lange schlangestehen, aber das haben wir ja in den letzten Jahren gut trainiert.

Soviel für heute, ich wollte Euch ja bloß sagen, wo ich bin, damit Ihr nicht in ganz Leipizig nach mir sucht.

Herzliche Grüße, Euer Thomas.«

Die Mutter fand den Brief außerordentlich dußlig und vermutete, daß sich die Kontrolleure, wenn sie dies zu Gesicht bekämen, veralbert vorkommen müßten. Thomas schrieb den Brief noch zweimal neu.

Später bekam er in Karl-Edwins Zimmer eine Matratze ausgelegt und darauf ein schönes Lager gebaut. Es lag sich gut darauf, wenn es auch kein richtiges Bett war.

»Glaubst du«, flüsterte er der Mutter zu, »ich komme noch mal runter von den Matratzen?«

»Aber klar«, flüsterte sie zurück, »und hier ist es doch schon viel besser als in der Messehalle, oder?«

»Ja. Warum sind wir eigentlich nicht gleich hierher?«

»Ach, weißt du, ich bin so furchtbar ungern auf andere Menschen angewiesen. Auch wenn sie so lieb sind wie diese. Man kommt sich hier im Westen ohnehin vor wie ein lästiger Bittsteller.«

»Ja, wie die letzten Menschen«, bestätigte Thomas.

Die Mutter schlug ihm vor, sich bei der alten Dame für die Gastfreundschaft zu revanchieren und Einkäufe oder andere Besorgungen zu übernehmen. Dafür brauche er nicht mit zu den Dienststellen, vor denen sie geradesogut allein warten könne.

»Okay«, sagte Thomas.

5

Zum Sonntagsfrühstück gab es Toast und Orangenmarmelade, die original aus England kam.

»Bei euch ist wirklich alles schon wieder vorkriegsmäßig«, bemerkte die Mutter.

Thomas mochte die bittere Marmelade nicht, würgte sie

aber mit Anstand und Widerwillen hinunter und dachte an den schönen süßen Zuckersirup daheim.

Später vertiefte er sich neugierig in die Sonntagszeitung. Sie hieß »Die Neue Zeitung« und hatte den Untertitel »Die amerikanische Zeitung in Deutschland«. Er las von vorn bis hinten, über den Krieg in Indochina, die Mau-Mau-Rebellen in Kenia, den Bundestagswahlkampf und den Flüchtlingsstrom aus der Zone.

Alles genau umgekehrt wie in der »Leipziger Volkszeitung«, dachte er, aber in einer West-Zeitung muß ja wohl die Wahrheit stehen.

Mit besonderem Interesse las er, daß in Erfurt Mitglieder der »Jungen Gemeinde« aus der Oberschule geworfen worden waren, weil diese kirchliche Organisation angeblich im Auftrag der USA Kriegshetze, Sabotage und Spionage betrieben habe. Saubande, dachte Thomas, aber er meinte damit nicht die »Junge Gemeinde«.

Chemnitz, las er, wurde gerade an diesem Wochenende umbenannt in »Karl-Marx-Stadt«. Deswegen gab es Überlegungen, die Karl-Marx-Straße in Westberlin umzubenennen in Chemnitzer Straße. Vielleicht, dachte Thomas, wird Leipzig auch eines Tages umbenannt, in »Walter-Ulbricht-Stadt«, weil doch der Spitzbart dort geboren war. Das würde sich aber bestimmt nicht durchsetzen. Die Leipziger würden vielleicht »Spitzbarthausen« sagen, wahrscheinlicher aber wie bisher »Leipzig«.

Außerdem las Thomas, die Flüchtlinge müßten aus den Messehallen am Funkturm ausquartiert werden, weil dort eine »Deutsche Industrieausstellung« geplant sei. Wir sind ja schon raus, dachte er.

»Kann ick mal den Sport haben?« fragte Karl-Edwin.

Thomas gab ihm den Sportteil und fragte: »Liest du nie Politik?«

»Wat soll ick 'n mit dem Quatsch?«

»Ja, müßt ihr denn keine Schulaufsätze schreiben?«

Karl-Edwin verstand den Zusammenhang nicht, und Thomas erzählte ihm von den Aufsatzthemen daheim in

Leipzig. Da war es um den Fünf-Jahres-Plan gegangen, die deutsch-polnische Freundschaft und zuletzt um die tiefe Trauer des deutschen Volkes beim Ableben des teuren Genossen Josef Wissarionowitsch Stalin.

»Den letzten Aufsatz habe ich total verhauen«, berichtete Thomas, »ich hab nämlich geschrieben, daß er jetzt im Himmel sitzt und auf Ulbricht wartet.«

Karl-Edwim holte sein Aufsatzheft und zeigte es Thomas, wobei er jeweils die Noten und Anmerkungen des Lehrers mit der Hand abdeckte. Die letzten Themen hießen: »Ein Sonntag im Grunewald«, »Auf dem Flughafen Tempelhof« und »Wir fahren mit der U-Bahn«.

»Das sollen Aufsätze sein?« wunderte sich Thomas. »Das ist doch Kindergartenkram.«

Nach dem Mittagessen drückte die alte Dame jedem der beiden Jungen ein Fünfzig-Pfennig-Stück in die Hand und schickte sie ins Kino. »Aber seht euch was Anständiges an, geht mal in ›Elisabeth die Zweite – England und seine Königin‹, das ist ein schöner Film. Nicht immer diese schrecklichen Wildwestschießereien.

Die beiden versprachen's und gingen in »Zwölf Uhr mittags«. Karl-Edwin hatte den Film schon zweimal gesehen und kündigte den Lauf der Handlung immer im voraus an, bis ihm sein Hintermann zornig mit einer zusammengefalteten Zeitung auf den Kopf schlug. Thomas hatte große Angst um den tapferen Sheriff, der ganz allein antreten mußte gegen die drei finsteren Ganoven aus dem 12-Uhr-Zug. Der Sheriff hatte eigentlich keine Chance, aber Karl-Edwin versicherte, nun bloß noch im Flüsterton, der Film sei so gut, daß der Sheriff es am Ende schaffe. Und so war es denn auch. Zum Schluß warf der Sheriff den feigen Bürgern, die ihm nicht hatten beistehen wollen, voller Verachtung seinen Stern vor die Füße.

Das hätte ich auch machen sollen, dachte Thomas: am letzten Schultag in Leipzig dem Pionierleiter das blaue Halstuch vor die Füße knallen. Und am besten dazu noch eine Plakette »Für gutes Wissen«, aber eine solche hatte Thomas nie erhalten.

Draußen auf der Straße lobte Thomas den Film unaufhörlich, so daß Karl-Edwin fragte: »Habt ihr drüben nicht solche Filme jehabt?«

»Nee, bloß immer so doofe Russenfilme, wo einer allein gegen alle kämpft und am Ende gewinnt.«

»Wie sind denn die Iwans so?« wollte Karl-Edwin wissen.

»Wie meinst du?«

»Naja, wie die so sind. Det mußte doch wissen, bei euch sind doch jenug von denen rumjehopst.«

»Du meinst bei denen drüben in der Zone?« Karl-Edwin nickte.

»Naja, wie sollen die Iwans schon sein. Die können unheimlich gut Sonnenblumenkerne knacken, die stecken sie einfach in den Mund, beißen mit den Zähnen zu und spucken schwuppdiwupp die Spelzen aus. Ich hab's auch geübt, aber ich habe mich immer verschluckt.«

»Und sonst?«

»Die russischen Fußballer haben immer so komische lange Hosen an, bis unters Knie. ›Dynamo-Hosen‹ haben wir die genannt. Hat aber nichts mit 'm Fahrraddynamo zu tun, sondern mit Dynamo Moskau.«

»Haste nicht mal welche näher kennenjelernt?«

»Nee, keine von Dynamo. Aber mit ganz normalen Russen haben wir manchmal Fußball gespielt, die waren ganz lustig. Vor allem wenn wir 'n Elfer verlangt haben, weil uns einer mit den Stiefeln auf die nackten Zehen getrampelt ist, dann haben sie immer gesagt ›Nix Elfer, du Nazi!«

Karl-Edwin wollte aber nichts vom Fußball hören. »Haste ooch mal richtig mit 'm Iwan jeredet, über Politik und so?«

»Nee, die können ja kein Deutsch, und unser Russisch in der Schule war so mies, daß wir nur immer ›Drushba‹ plärren konnten. Das heißt soviel wie Freundschaft.«

»Meine Oma«, sagte Karl-Edwin, »hat 'n gnadenlosen Schiß, daß der Iwan bald auch zu uns kommt. Mal ehrlich: Kommen die?«

Thomas dachte einen Augenblick nach und sagte dann: »Keine Ahnung. Ich hab ja gesagt, daß du nicht richtig mit ihnen reden kannst.«

Die beiden Jungen verstanden sich von Tag zu Tag besser. Thomas lernte von Karl-Edwin berlinern und ein bißchen Englisch, auch Schimpfwörter in beiden Sprachen. Karl-Edwin beneidete den neuen Freund darum, daß er nicht in die Schule mußte. Thomas machte statt dessen vormittags Besorgungen für die alte Dame und kassierte dafür manchen West-Groschen. Mittags half er Karl-Edwin bei den Schularbeiten in Erdkunde, Biologie, Physik und Chemie; in diesen Fächern waren sie in Leipzig viel weiter gewesen. Nachmittags fuhren die beiden mit ihren Rädern durch die Stadt, oder jedenfalls durch die halbe Stadt, denn weiter als bis zum Brandenburger Tor traute sich Thomas nicht mehr. Es hätte ihn gereizt, mal wieder nach »drüben« zu fahren und Vertrautes zu sehen, HO-Läden und Lokale der »Volkssolidarität«, Junge Pioniere und Kasernierte Volkspolizei, Transparente und rote Fahnen.

»Wat soll schon sein«, sagte Karl-Edwin, »fahr'n wa ma rüber?« Aber Thomas lehnte ab.

Selten begleitete Thomas die Mutter zum Schlangestehen vor den stempelberechtigten Dienststellen. Bei der Warterei kam er bisweilen mit anderen Flüchtlingskindern ins Gespräch und gab nicht ohne Großspurigkeit zu erkennen, daß er bereits Berliner sei. Immer wieder schaute er nach, ob Petra nicht doch in der Schlange stehe; er hatte ihr bald nach der Flucht einen vorsichtigen Brief geschrieben, aber keine Antwort erhalten.

Karl-Edwins Freundschaft ging so weit, daß er eines Tages auf eigene Kosten Thomas zu einem Boxabend im neueröffneten Sportpalast einlud. Im Hauptkampf ging es um die Deutsche Meisterschaft im Halbschwergewicht. Gerhard Hecht verteidigte diesen Titel gegen Hans Stretz.

Der Sportpalast war voll bis unters Dach, und kurz unter dem Dach standen die beiden Jungen auf dem billigsten

Platz und konnten mehr ahnen als sehen, was sich im Ring abspielte. Die beiden Kämpfer verprügelten sich nach Strich und Faden, gingen abwechselnd auf die Bretter und sahen sogar von weitem ziemlich zugerichtet aus. Hecht gewann.

Karl-Edwin, der sich heiser gebrüllt hatte, wurde auf dem Heimweg nachdenklich: »Eijentlich is det bekloppt, det sich zwee Berliner die Fresse polieren.«

»Warum denn nicht?« fragte Thomas, »war doch dufte.«

»Nee!« widersprach Karl-Edwin, »ick finde, jeder von die beeden hätte 'n Westdeutschen umnieten sollen.«

»Aber ihr seid doch auch West«, wunderte sich Thomas.

»West schon, aber nicht westdeutsch. Det verstehste noch nicht.«

Thomas verstand es wirklich nicht.

Aber da ihm Westdeutschland noch fern und unbekannt war, Westberlin jedoch nah und täglich näher, erklärte er sich mit Haut und Haaren zum Berliner. Er sammelte Eintrittskarten und U-Bahn-Fahrscheine und klebte sie in ein unliniertes Schulheft, auf dessen Vorderseite er mit kräftigem Strich geschrieben hatte: »Berlin bleibt doch Berlin!« Das war der trotzige Schlußrefrain des Frontstadt-Kabaretts »Die Insulaner« und im übrigen eine Anleihe bei dem älteren Spruch »Persil bleibt Persil«.

Die Mutter amüsierte sich über Thomas' Berlin-Leidenschaft und schlug vor, in dem möblierten Zimmer, das hoffentlich in Hannover wartete, eine Art Hausaltar mit Berliner Devotionalien einzurichten: »Quer obendrüber kommt die Fahne mit dem Bären, und in die Mitte legen wir einen Berliner Pfannkuchen.«

6

»Ick hab 'n juten Job für dich«, verkündete Karl-Edwin.

Thomas sah ihn erwartungsvoll an, denn ein Job war in aller Regel mit einer Entlohnung verbunden, und Geld brauchte er immer. Karl-Edwin erklärte die Sache: »Also, du kennst doch meinen Freund Atze, und der hat im Ostsektor 'ne jestorbene Oma mit 'ner Nähmaschine, und die soll hier rüber.«

»Die Oma?«

»Nee, die Nähmaschine. Atzes Mutter braucht die Nähmaschine für ihre Heimarbeit. Und nu hab ick Atze verklikkert, ick hätte 'n Spezialisten an der Hand.«

»Und wer soll das sein?«

»Na, Männeken, du stehst vielleicht mal wieder auf'm Schlauch! Du natürlich. Du hast doch ooch dein Fahrrad rüberjeholt.«

Thomas atmete tief durch und erklärte dann, daß er solche gewagten Unternehmungen seither ablehne. »Erstens machen das meine Nerven nich nochmal mit. Und zweitens hat's mir meine Mutter verboten.«

Karl-Edwin winkte geringschätzig ab. »Wenn ick dir sage, wat Atzes Mutter springen läßt, dann machste die Sache.«

»Nee, auf keinen Fall«, sagte Thomas und hoffte, Karl-Edwin werde die fragliche Summe umgehend nennen. Dieser wollte aber erst eine Zusage hören und wurde ungeduldig, als sich Thomas weiter sträubte. Die Unterhaltung wurde etwas gereizt, und Karl-Edwin stellte Vermutungen darüber an, daß die Sache mit dem Fahrrad doch nicht so dramatisch gewesen sei, wie Thomas sie wiedergegeben habe.

Schließlich fragte Thomas: »Wat springt'n raus bei der Sache?«

Karl-Edwin stand auf, bevor er seinen Trumpf ausspielte. »Zwee Märker! Brutto für netto auf die Mauke. Und Spesen extra.«

Er wartete auf die Wirkung seiner Worte, aber Thomas sagte nur obenhin: »Nicht grade die Masse für das Risiko.« In Wahrheit hatte ihn die Nennung der Summe elektrisiert, und er dachte bereits über Möglichkeiten nach.

Zwei Tage später fuhren Thomas, Karl-Edwin und Atze mit der S-Bahn nach Ostberlin. Die Nähmaschine war bei einer Tante in Lichtenrade untergestellt. Thomas tat sehr geheimnisvoll und gab nur knappe Anweisungen. Atze hatte er beauftragt, ein Vorhängeschloß mit einer möglichst dicken Kette mitzubringen. Im übrigen sollten sie alle, wie er sagte, die Schnauze halten und keine politischen Bemerkungen machen.

»Wenn das man gutgeht!« barmte Atzes Tante, als die drei Jungen dann mit dem guten Stück abzogen. Sie schoben es auf widerspenstigen Rädern über kriegszerbeulte Bürgersteige zum S-Bahnhof Lichtenrade, der um diese Stunde menschenleer war.

Als die Bahn hielt, hievten die Jungen ihre Nähmaschine in den Wagen, und Thomas verlangte nach der Kette, die Atze aus seinem Schulranzen zog. Thomas schlang sie mehrfach um die eisernen Füße sowohl der Nähmaschine als auch einer S-Bahn-Sitzbank, schloß das Vorhängeschloß ab, steckte den Schlüssel in seine Hosentasche und zog seine Kumpel an der nächsten Station in den hinteren Waggon.

»Wat soll'n det?« fragten Karl-Edwin und Atze fast aus einem Mund. Aber Thomas hielt vielsagend den Zeigefinger vor die Lippen und flüsterte: »Schnauze!«

Am Bahnhof Friedrichstraße, dem letzten vor der Grenze nach Westberlin, hielt die S-Bahn, wie gewöhnlich, sehr lange. Im Nachbarwaggon erhob sich nach einer Weile lautes Palaver, und die Jungen schauten vom Bahnsteig aus nach, was los sei. Sie sahen einen Reichsbahner in blauer Uniform kopfschüttelnd vor der Nähmaschine stehen und an dem Vorhängeschloß rütteln: »Wem jehört 'n det Monstrum?« fragte er.

»Hier!« rief Atze, aber Thomas boxte ihn in die Rippen: »Schnauze!«

Der Reichsbahner hatte nichts gehört und sagte, fast schon mehr zu sich selbst: »Die muß doch eenem jehören.«

»Vielleicht Volkseigentum?« vermutete ein Fahrgast halblaut. Der Reichsbahner tat, was Beamte seiner Besoldungsstufe in schwierigen Lagen zu tun pflegen: Er holte einen Vorgesetzten. Dieser besah sich die Nähmaschine, rüttelte an dem Vorhängeschloß und fragte laut: »Wem gehört denn diese Nähmaschine?«

Als er keine Antwort bekam, stellte er fest: »Die muß doch einem gehören.« Dann entschloß er sich, die Verantwortung auf die Bahnpolizei abzuwälzen.

Der Bahnpolizist besah sich seinerseits die Nähmaschine und erkundigte sich, wem sie gehöre. Er rüttelte am Vorhängeschloß und fragte, vielleicht um den Besitzer zu überrumpeln, ob denn wenigstens jemand den Schlüssel zu dem Schloß habe. Die Fahrgäste standen drumherum und grinsten verhalten, mit jenem Gesichtsausdruck, den Bürger an den Tag legen, wenn sie die Staatsgewalt ratlos sehen.

Es wurde noch ein vorgesetzter Bahnpolizist herbeigeholt, der die Sache forsch anging und feststellte: »Die Nähmaschine geht nicht mit in die Westsektoren!« Und er ließ nach einem Schlosser rufen.

Atze hatte inzwischen Thomas' Geniestreich durchschaut und sich herrlich über die Uniformierten amüsiert. Als nun aber nach einem Schlosser gerufen wurde, nahm er eine bedenkliche Miene an. Thomas bemerkte das und sagte selbstsicher: »Da passiert nischt. Hast du schon mal in der Ostzone nach 'm Handwerker gesucht?«

Thomas behielt recht, und anstelle des Schlossers kam der Fahrdienstleiter und drängte zur Weiterfahrt.

»Unmöglich!« befand der vorgesetzte Bahnpolizist, »wir können diese Nähmaschine, bei der es sich möglicherweise um ein Stück volkseigenes Produktionsmittel handelt, nicht illegal und ohne Ausfuhrpapiere in den Westen lassen.«

»Oje«, meinte der Fahrdienstleiter, »wer weiß, was mit dem Zug noch alles illegal nach drüben geht.«

Bei diesen Worten zuckten einige der amüsiert zuhörenden Fahrgäste zusammen und zogen sich fast unmerklich in entferntere Abteile zurück.

Der vorgesetzte Bahnpolizist machte noch verschiedene

Einwendungen, ließ sich aber am Ende mit Erleichterung davon überzeugen, daß im Vordergrund der Überlegungen der Fahrplan zu stehen habe, der, wie jeder Plan, Anspruch auf vorrangige Erfüllung habe.

Nach dem Passieren der Sektorengrenze vollführten die drei Jungen einen Freudentanz um ihre Nähmaschine, und Atze gab neidlos zu: »Det war knorke! Det wär mir nie einjefallen.«

»Denk ich mir«, erwiderte Thomas, und mit vorsichtigem Nachdruck fügte er hinzu: »Da sind zwee Märker fast 'n bißken mager, wat?«

Nun wollten die Fahrgäste den genauen Hergang des Unternehmens wissen, von der Idee bis zur soeben geglückten Ausführung. Sie lobten die Jungen als »helle Burschen«, und eine Dame bot Pfefferminzbonbons an. Es gab viel Gelächter und auch Anfragen, ob die dreiköpfige Mannschaft weitere Aufträge übernähme, was Thomas höflich verneinte. Da auch neu Eingestiegene die Geschichte erfahren mußten, verging die Zeit wie im Fluge, und plötzlich rief Karl-Edwin: »Mensch, wir müssen raus! Is schon Heerstraße!«

Thomas fingerte den Schlüssel aus der Hosentasche, steckte ihn ins Vorhängeschloß und drehte. Doch wie immer, wenn große Eile ist, hakte es. Der Schlüssel ließ sich nicht drehen. Der Zug lief schon in den Bahnhof Heerstraße ein, und Thomas versuchte es nun mit Gewalt. Es knackte, und der Schlüssel drehte ins Leere. Thomas zog ihn heraus: der Bart war abgebrochen.

»Auweia!« rief Atze fassungslos, »wat nu?«

»Keine Bange, das kriegen wir schon hin«, brachte Thomas noch heraus, ehe auch ihn Panik befiel und er ebenso kräftig wie sinnlos an der Kette zerrte. Er war den Tränen nahe: Der herrlich ausgeklügelte Trick, der große Coup gegen die vereinte Macht von Reichsbahn und Polizei sollte an einem dummen, vielleicht altersschwachen, abgenutzten Vorhängeschloß scheitern.

Wie durch einen Nebel nahm Thomas die Ratschläge

wahr, mit denen die Fahrgäste ihn und seine beiden Freunde überreich versorgten: die ganze Bank rausreißen, den Waggon abhängen, eine Metallsäge organisieren oder ein Schweißgerät. Einer meinte fachmännisch, eine derart stabile Kette müsse man schon von einem Zug überrollen lassen, worauf jemand spöttisch bemerkte, daß vielleicht schon ein Ozeandampfer an jedem Ende genüge.

An der letzten Station, bevor die S-Bahn Westberlin wieder in Richtung Staaken verließ, stiegen die drei Freunde aus, wobei Thomas geistesgegenwärtig wenigstens das Schiffchen und einige Garnrollen aus der Nähmaschine nahm. Als der Zug davon war, meinte Karl-Edwin, man hätte sich wenigstens die Nummer des Waggons merken sollen, denn irgendwann müsse der ja auf derselben Strecke zurückkommen.

»Und dann?« fragte Thomas mutlos: »Entweder haben sie die Maschine abmontiert, oder wir können wieder bis zur Sektorengrenze mitfahren und warten, daß sie sich von allein befreit.«

Atze wollte trotz dieser einleuchtenden Argumente nicht so schnell aufgeben, und sie warteten etwa zwei Stunden und schauten in jeden Zug hinein. Endlich fuhren sie nach Hause.

Atzes Mutter fragte erwartungsvoll, wo das gute Stück denn sei, und Atze bekannte kleinlaut, daß man das im Augenblick nicht genau sagen könne. Als das Ausmaß der Tragödie klar war, wurde über Möglichkeiten gesprochen, den Verlust bei der Reichsbahn oder sonstwo anzuzeigen. Doch am Ende tat man das alles als wenig erfolgversprechend ab. Es trat eine längere Stille ein, während Atzes Mutter immer wieder den Kopf schüttelte. Thomas unterbrach endlich die Pause mit einer dringenden, wenngleich nicht unbedingt passenden Frage: »Dann gibt's wohl auch kein Geld, oder?«

»Nein, natürlich nicht!« Doch plötzlich mußte Atzes Mutter lachen. »Das hätt ich ja sehen mögen, wie ihr drei ratlos vor dem Vorhängeschloß gehockt habt.«

Nun lachten auch die drei Jungen vorsichtig, und Thomas fragte: »Das Vorhängeschloß war Mist, aber der Plan war doch gut, oder?«

Wenigstens dies wurde ihm bestätigt, und er bekam ein »Ausfallhonorar« von fünfzig Pfennig.

»Wenn wieder mal was ist ...«, sagte er beim Abschied, aber es klang nicht überzeugend.

»Det war nich unser bester Tag«, stellte Karl-Edwin auf dem Heimweg fest.

7

Am Pfingstsonntag kam nach dem Frühstück ein Telefonanruf von Onkel Manfred. Nach kurzer Begrüßung hörte die Mutter eine Zeitlang zu, bis sie sagte: »Aber warum denn das nun plötzlich?« Dann lauschte sie wieder.

Thomas ahnte nichts Gutes.

Mit Onkel Manfred war es so: Vor zweieinhalb Jahren hatte er mit Familie Leipzig verlassen, um im Westen ein neues Leben aufzubauen. Dies schien ihm in Hannover recht gut gelungen zu sein, wie man Andeutungen in seinen Briefen entnehmen konnte. Die Weihnachtspakete zeugten zwar nicht von diesem relativen Wohlstand, aber das führte man in Leipzig auf den Geiz von Tante Klara zurück, die in den meisten Dingen das Heft in der Hand hielt. Onkel Manfred hatte ja schon bei seiner Flucht gesagt, daß er seiner Schwester und auch seinem Bruder Wolfgang helfen wolle, falls sie sich eines Tages ebenfalls zur Flucht in den Westen entschließen sollten. Deshalb hatte die Mutter bald nach der Ankunft in Westberlin ihrem Bruder mitgeteilt, nun sei es soweit, das Versprechen einzulösen. Und Onkel Manfred hatte zugesagt, nach einer Arbeitsstelle und einem möblierten Zimmer zu suchen.

»Naja«, hörte Thomas die Mutter ins Telefon sagen, »für uns ist es ja gehupft wie gesprungen. Hauptsache, ich habe

Arbeit und ein Dach überm Kopf.« Dann ließ sie sich von Thomas einen Zettel reichen, um eine Anschrift und eine Telefonnummer aufzuschreiben.

»Öfter mal was Neues«, sagte sie zu Thomas, als sie aufgelegt hatte: »Wir gehen nicht nach Hannover, sondern nach Baden-Baden.«

»W ... wohin?«

»Nach Baden-Baden.«

»Was is'n das?«

»Eine Stadt.«

»Ach so?«

Thomas sank in den nächststehenden Sessel und ließ seine Gedanken kreisen. Eigentlich hatte er ja gar nicht in den Westen gewollt, den »goldenen« Westen, den er nur in Symbolen kenngelernt hatte wie Kaugummi und Kokosflokken. Er hätte gern mehr solcher Köstlichkeiten zur Verfügung gehabt, als die seltenen Westpakete enthielten, aber darum gleich seine Heimatstadt verlassen? Er wußte, daß man auch vom »freien« Westen sprach, aber diese Qualität war ihm viel zu unbestimmt. Schließlich betraf sie »langfristige Perspektiven«, wie Oberschulbesuch, Studium, Berufswahl, und daran mochte Thomas noch nicht denken. Also wäre er lieber geblieben, wo er aufgewachsen war.

Nun hatte ihn Berlin mit Haut und Haaren gefressen, und wiederum war der Gedanke weiterzumüssen unerfreulich, beinahe bedrohlich. Was Hannover anging, so hatte sich Thomas in den Berliner Wochen einige Informationen beschafft, die nicht ungünstig klangen. Es war eine ziemlich große Stadt. Der Name kam laut Lexikon vom »hohen Ufer« der Leine, aber das war Thomas gleichgültig. Mit Freude erfuhr er hingegen, daß es einen Hauptbahnhof, Straßenbahnen und zwei Fußballmannschaften der Oberliga gab, 96 und Arminia. So war Hannover nach seinen Kriterien ein Ort, an dem es sich zur Not leben ließ. Nun aber Baden-Baden!

»Wo ist'n das überhaupt?« fragte er, »und warum heißt'n das so komisch?«

»Das liegt, wie der Name schon sagt, in Baden und ist ein sehr schönes Kurstädtchen am Fuße des Schwarzwaldes.«

»Ach du heiliger Bimbam! Das ist ja wohl mehr 'n Dorf, oder?«

»Es ist eine Stadt, wenn auch eine kleine.«

»Hauptbahnhof? Straßenbahn? Fußballmannschaft?«

»Leider Fehlanzeige«, sagte die Mutter und blinzelte der alten Dame zu. »Die Fahrgäste werden dort noch aus dem fahrenden Zug geworfen. Eine Straßenbahn brauchen sie nicht, weil sie genug Pferdedroschken haben. Und Fußball ist in dieser Gegend noch unbekannt, man spielt mehr Golf.«

»Mannomann, das kann ja was werden«, stöhnte Thomas.

Nun erklärte die Mutter Thomas und den anderen, was den plötzlichen Wechsel ausgelöst hatte. Onkel Manfred hatte kürzlich eine interessantere Stellung in Baden-Baden angeboten bekommen, in einer Firma, die mit Automaten handelte. Er hatte sogleich gefragt, ob auch für seine soeben geflüchtete Schwester Arbeit da sei, und da der Chef selbst aus Leipzig gekommen war, ein paar Jahre früher schon und mit all seinem Besitz, hatte er zugesagt. Dies sei eine außerordentlich große Chance, sagte die Mutter. Sie habe ja in ihrer Jugend keinen Beruf erlernt und nach dem Kriege nur Tätigkeiten ausgeübt, die jedenfalls mit dem Verkauf von Automaten nicht das geringste zu tun gehabt hätten. In der Zeitung habe ja gerade gestanden, daß in Westdeutschland fünfhunderttausend Flüchtlinge händeringend Arbeit suchten, und jeden Tag kämen Tausende hinzu. Die meisten wären froh, überhaupt sagen zu können, wohin sie sich nach dem Notaufnahmeverfahren wenden sollten. So müsse man also glücklich und zufrieden sein und dürfe nicht lange darüber räsonnieren, ob die Stadt alles zu bieten habe, was das Herz eines demnächst dreizehnjährigen Jungen erfreuen könne.

Die alte Dame stimmte heftig nickend zu und erklärte: »Ich finde das ganz enorm, wie deine Mutti das alles macht. Wenn ich noch daran denke, wie mein Vater – das muß 1912 gewesen sein – hin und her überlegt hat, ob er von Berlin nach Potsdam gehen soll, um einen besseren Posten anzunehmen. Und das war ein Katzensprung. Jedenfalls damals, heute ist ja die Grenze dazwischen.«

»Und ist er gegangen?« fragte Thomas, aber die alte Dame verneinte.

Die Mutter fuhr mit Tante Nora zum Wannsee, und Karl-Edwin ging in den Keller, um an seiner Seifenkiste zu basteln. So blieb Thomas mit der alten Dame allein. »Herrjemineh!« rief sie plötzlich, »es ist ja ein Brief für dich da, von deiner Oma. Ich wollte ihn dir schon gestern geben.« Der Brief war in deutscher Schrift geschrieben, und Thomas mußte ihn sich vorlesen lassen:

»Mein lieber Thomas! So bist Du nun also drüben. Ich hoffe, es wird Dir gutgehen und wir können uns eines Tages wiedersehen. Man weiß ja nicht, wie die Zeiten werden, und ich bin nicht mehr die Jüngste.

Bei uns ist alles wie immer, nur leer geworden ist es natürlich in der Wohnung. Aber sie werden uns schon jemand reinsetzen, ohne daß wir uns die Leute aussuchen können. Ich muß Dir leider mitteilen, daß Dein lieber Max gestorben ist. Er lag eines Morgens tot in seinem Stall, obwohl ich ihn immer gut gefüttert habe. Wenigstens hatte er einen schönen Tod, wie man ihn sich selbst auch wünschen würde, wenn es mal soweit ist. Max war aber auch ziemlich alt für ein Meerschweinchen. Onkel Wolfgang hat übrigens festgestellt, daß Max ein Weibchen war. Er hätte also gar nicht Max heißen dürfen, aber das ist ja nun völlig egal.

Nachdem ihr weg wart, kamen zwei Herren und stellten einige Fragen nach euch. Onkel Wolfgang hat mit ihnen gesprochen, und es ging ganz glimpflich ab. Aber das hat er Deiner Mutti schon geschrieben. Später kam dann auch Fräulein Hase, Deine Klassenlehrerin. Sie konnte sich schon denken, warum Du so lange unentschuldigt gefehlt hattest. Sie sagte, es täte ihr leid, obwohl Du schulisch nicht alle

Wünsche erfüllt hättest. Sie brachte Dein blaues Pionierhalstuch mit, das hattest Du am letzten Tag unter Deiner Bank vergessen, Du zerstreuter Professor. Ich hebe es mal auf, aber ich glaube nicht, daß Du es nochmals brauchen wirst.

Ich gehe jetzt bei schönem Wetter oft auf den Südfriedhof und treffe mich dort mit Tante Berta. Erst gehen wir zu Onkel Gustav und dann zum Opa. Dort steht ja die kleine Bank, und da sitzen wir dann in der Sonne und reden von den vergangenen Zeiten. Tante Berta sagt immer: Siehst du, früher ging es euch so viel besser als uns, und jetzt sitzen wir hier zusammen in der Sonne. Sie hat ja eine schöne Witwenpension von der Reichsbahn, aber ob ich mal was kriege für unsere enteignete Firma, das kann mir noch keiner sagen.

Auf dem Heimweg kehren wir meistens im Thüringer Hof ein und trinken eine Fleischbrühe. Das ist das einzige, was man dort trinken kann, denn der Kaffee schmeckt wie Abwaschwasser. Letzte Woche traf ich dort zufällig Deine Großmutter. Sie zieht viel allein in der Stadt herum, seitdem Dein Großvater kaum noch ein paar Schritte vor die Tür kann. Sie schlug mir vor, am Freitag zur Motette in die Thomaskirche zu gehen, aber ich will nicht. Wenn ich die Thomaner singen höre, muß ich so sehr an früher denken, und das tut mir nicht gut.

So geht es eben bei uns weiter, weil es ja weitergehen muß. Hauptsache ist, daß Ihr beide Euch in Hannover gut zurechtfindet. Schreib mir, wenn Ihr angekommen seid!

Sei lieb gegrüßt von Deiner Oma.«

»Sie denkt noch, wir gehen nach Hannover«, sagte Thomas, »und der arme Max! Jetzt ist er tot und war noch nicht einmal ein Männchen.«

»Irgendwann müssen eben auch Meerschweinchen sterben«, meinte die alte Dame, »und vielleicht kannst du dir in Baden-Baden bald ein neues kaufen.«

»Ja, und vielleicht gehen die West-Meerschweinchen auch nicht so schnell ein.«

Thomas ließ sich den Brief noch einmal vorlesen und wurde sehr nachdenklich. »Ob es überhaupt gut war abzuhauen?« fragte er.

Die alte Dame nickte: »Doch, doch! Aber es braucht alles seine Zeit zum Begreifen. Du bist ja noch völlig durcheinander.«

»Das stimmt«, bestätigte Thomas, »manchmal bin ich ganz glücklich, und dann möchte ich wieder weglaufen.«

»Ich bin ja schon ziemlich alt«, sagte die alte Dame, »und habe viel erlebt, auch viel Schlimmes. Aber die Zeit hat das meiste wieder ins Lot gebracht. Nicht alles, aber das meiste.«

Thomas fühlte sich ein wenig verwirrt von dem Brief der Oma und von den Gedanken der alten Dame, die einfach waren, ihm aber Eindruck machten. Er hatte noch nicht gelernt, über seine augenblicklichen Freuden und Sorgen, Vergnügungen und Verpflichtungen hinauszudenken. Daß die Zeit einen Schmerz begraben könne, dieser Gedanke war ihm noch nicht in dieser schlichten Klarheit gekommen, und er konnte es sich auch nicht recht vorstellen. Er ging in den Keller, um Karl-Edwin zu helfen, der seine Seifenkiste rennfertig machte.

»Habt ihr in Leipzig ooch sowat jehabt?« fragte Karl-Edwin.

»Nee, wir hatten bloß Rollerrennen auf dem Wilhelm-Leuschner-Platz.«

»Haste jewonnen?«

»Nee, ich hab nur einmal mitgemacht. Und da hat mich 'n Schäferhund umgerannt, daß ich ausscheiden mußte.«

»Da hättste doch noch mal starten können.«

»Nee, die Rennleitung hat erklärt, 'n Schäferhund wäre höhere Gewalt.«

»Da hätt ick aber auf'n Putz jehaun«, sagte Karl-Edwin.

Thomas hob die Schultern, und Karl-Edwin nickte: »Jaja, ick weeß schon: Lauter Kommunisten in der Rennleitung, wat?«

8

Thomas war mit seinem Fahrrad auf dem Weg nach Tempelhof. Er wollte dort die Starts der Maschinen nach Westdeutschland beobachten, denn sein eigener Abflug rückte näher.

In der Reichsstraße hatten sich viele Menschen vor dem Schaufenster einer Rundfunkhandlung versammelt. Da Thomas immer gern auf dem laufenden war, hielt er an, lehnte sein Fahrrad an einen Baum und fragte einen Mann, was es hier gebe.

»Krönung«, war die mundfaule Antwort, »London.«

Richtig! Seit Wochen fieberte die Welt dem 2. Juni 1953 entgegen, an dem Elisabeth II. gekrönt werden sollte. In den letzten Tagen hatten die Zeitungen kaum noch ein anderes Thema gebracht, und Thomas kannte sich, da er die Zeitung immer von vorn bis hinten las, in der Familie der Königin inzwischen besser aus als in seiner eigenen. Zumindest hätte er den eigenen Stammbaum nur für das laufende Jahrhundert aufmalen können. Gestern abend war noch gemeldet worden, daß rechtzeitig zur Krönung Edmund Hillary und der Sherpa Tensing als erste Menschen den Mount Everest bestiegen hatten. »Krönungsgabe für die Königin!« hatte die Zeitung heute morgen in Fettdruck gejubelt.

Thomas drängte sich durch die Menge nach vorn und sah in dem Schaufenster einen nicht zu großen Guckkasten stehen, in dem bewegte Bilder abliefen wie im Kino, nur viel kleiner. Es waren, obwohl in Schwarz-weiß, unbeschreiblich prächtige Bilder von einem langen Zug kostümierter Menschen und geschmückter Pferde, der sich eine breite Straße hinabbewegte. Tausende nichtkostümierter Leute standen rechts und links auf den Bürgersteigen und winkten unablässig.

»Wat is'n det?« fragte Thomas berlinernd.

»Krönung«, hieß es wieder.

»Ja, aber die Kiste da.«

»Fernsehfunk.«

Na klar, auch das hatte in der Zeitung gestanden: Der Fernsehfunk sollte die Krönung aus London übertragen. Thomas hatte sich jedoch keine Gedanken darüber gemacht, denn es gab in Berlin, wie die Zeitung vermerkte, nur zweitausend Empfangsgeräte, und die alte Dame besaß keins davon. Sie wollte auch keines und schwor, daß solch ein unsinniger Apparat, vor dem die Familie nur stumm glotzend sitzen würde, nie in ihre Wohnung käme.

So sah das nun also aus, dieses Fernsehen!

Der Zug wollte kein Ende nehmen, und immer wieder kamen neue Gruppen ins Bild, die vielfaches Ah und Oh hervorriefen, vor allem die Neger in ihren wallenden Gewändern und die Reiter mit den turmhohen Pelzmützen. Schließlich erschien eine prächtige Kutsche mit so vielen Pferden, daß sich Thomas verzählte; und die Leute vor dem Schaufenster klatschten Beifall. »Die Königin!« Thomas erkannte sie sofort, denn er hatte sie oft in der Zeitung gesehen. Neben ihr saß ihr Mann, der Philipp hieß und über dessen Beruf sich Thomas noch nicht hatte klar werden können.

Die Königin lächelte und winkte aus dem Fenster der Kutsche, ihr Volk winkte zurück und jubelte, und neben Thomas schwärmte ein älterer Mann verzückt: »Ooch, wat isse lieb, det Liesken!« Ein anderer bedauerte laut, daß es all sowas in Deutschland nicht mehr gebe. Man erinnerte ihn an Papa Heuss, aber der unzufriedene Mann wollte diesen Vergleich gar nicht erst gelten lassen. Thomas versuchte, sich den Bundespräsidenten in der Kutsche vorzustellen, brachte es aber nicht zuwege, am wenigsten, als die Königin ausstieg und sechs Mädchen ihre lange Schleppe aufhoben, um sie hinter ihr her in die Kirche zu tragen.

»Wann is'n det jewesen?« fragte Thomas den Mann, der nichts von Heuss hatte wissen wollen.

»Det is nich jewesen«, antwortete dieser, »det spielt sich janz jenau in dieser Minute ab.«

»Und wie kommt det in die Kiste da rin?«

»Janz eenfach: durch die Luft.«

Thomas schaute nach oben, aber da war alles völlig normal. Er fragte noch ein bißchen herum, aber es konnte ihm niemand erklären, wie die Königin aus London im selben Augenblick in den Guckkasten im Schaufenster der Rundfunkhandlung in der Reichsstraße in Berlin-Westend kam.

Gegen halb eins bekam die Königin die Krone auf die Locken gedrückt, und Thomas vergaß gänzlich, daß Mittagessenszeit war. Als schließlich Elisabeth II. im Triumph in ihr Schloß zurückgekehrt war und Thomas ebenfalls heimwollte, da war sein Fahrrad weg.

Er stand wie vom Donner gerührt vor dem Baum, an den er es gelehnt hatte, und spürte Tränen hochkommen. Er suchte die Umgebung einschließlich der Nebenstraßen ab, anschließend die ganze Reichsstraße bis hinunter zum Reichskanzlerplatz und hinauf bis zum Spandauer Damm, aber er fand sein blaues Fahrrad nicht.

Zu Hause waren alle erschüttert und sehr zornig. Karl-Edwin versprach, den Dieb mit langen Geraden und Links-Rechts-Kombinationen genußvoll zu zermürben, um ihm dann mit einem ausladenden Schwinger den Kopf vom Rumpf zu trennen. Den Hinweis, daß man den Dieb erst mal haben müsse, wischte er in seiner Empörung als bedeutungslos vom Tisch. Tante Nora meinte, der Dieb müsse besonders infam gewesen sein, denn an dem blaugelben Leipziger Wimpel habe er erkennen müssen, daß es sich um ein Flüchtlingsfahrrad handele.

»Hattest du es denn abgeschlossen?« fragte die alte Dame.

»Nee, ich wollte doch gleich weiter nach Tempelhof«, gab Thomas zu. Am sichersten sei es sowieso, sein Fahrrad mit einer festen Kette und einem stabilen Vorhängeschloß abzuschließen, meinte die alte Dame, aber bei diesem Vorschlag kamen Thomas ungute Erinnerungen.

»Am besten«, fand Karl-Edwin, »klauste dir jetzt ooch 'n Fahrrad, dann biste quitt.«

Tante Nora widersprach vehement, verurteilte die Idee

moralisch und gab zu bedenken, daß der Bestohlene ja höchstwahrscheinlich ein grundanständiger Mensch sei, der solchen Frevel durch nichts verdiene. Außerdem brächte eine derartige Handlungsweise, griffe sie um sich, eine Lawine ins Rollen, so daß innerhalb kurzem kein Mensch in ganz Berlin mehr sein eigenes Fahrrad habe.

»Aber dann hätte jeder eens«, verteidigte Karl-Edwin seinen Vorschlag, »und so hat Thomas keens.«

Sollte er nächste Woche beim Seifenkisten-Derby den Hauptpreis gewinnen, der zufällig in einem Fahrrad bestehe, so wolle er Thomas damit beschenken.

»Oder ich kriege dein altes«, sagte Thomas bescheiden, und Karl-Edwin griff es schnell auf: »Klar, det is sogar noch besser!«

Weil Thomas aus alter Leipziger Gewohnheit nichts mit der Polizei zu tun haben wollte, meldete Tante Nora am nächsten Tag den Diebstahl. Die Polizei fand zwar Thomas' Fahrrad nicht, aber sie hatte gerade einen lange gesuchten Fahrraddieb festgenommen. Er hieß Otto Müller, war im Hauptberuf Fleischer und hatte geklaut wie ein Rabe. Alle, die ein Fahrrad vermißten, wurden ins Präsidium gebeten, wo Müllers Beute ausgestellt war.

Thomas fuhr mit der U-Bahn hin, betrat mit mulmigem Gefühl im Magen die Höhle des Löwen, traf auf einen sehr freundlichen Beamten und erklärte ihm mit wichtiger Miene, daß sein Fall ein besonderer sei, da es um ein Flüchtlingsfahrrad gehe.

Hunderte von Menschen wanderten durch die Reihen der Räder, und manchmal stürzte jemand mit lautem Schrei los: »Da isset ja!«

Thomas ging dreimal alles ab und hatte keinen Erfolg. Den Gedanken, irgendein Fahrrad für sein eigenes zu erklären, verwarf er rasch wieder; nicht so sehr aus Moral, sondern aus Angst vor der Mutter.

»Da denkste, hier habense alles«, maulte er vor sich hin, »und dann beklauense sogar Flüchtlinge. Scheiß-Westen!« stieß er ärgerlich hervor.

»Paßt es dir nicht im Westen?« fragte streng eine Frau neben ihm, die ihr Fahrrad gefunden hatte.

»Es geht«, knurrte Thomas.

»Dann kannste ja in die Ostzone gehen«, sagte die Frau.

Thomas antwortete nicht.

9

Berlin war für Thomas nicht mehr wie am Anfang. Die mißglückte Aktion mit der Nähmaschine hatte seiner Hochstimmung einen ersten Dämpfer versetzt. Der Diebstahl seines Fahrrades machte ihn lustlos und bedrückt. Ihm war nicht nur ein Gegenstand gestohlen worden, den er vor zweieinhalb Jahren zum Geburtstag bekommen und unter gewisser Gefahr nach Westberlin geholt hatte. Ihm war seine Bewegungsfreiheit genommen, ja, fast konnte man sagen: seine Freiheit überhaupt. Hatte er in seinen ersten Berliner Wochen, vor allem wenn das Wetter schlecht war, mit Begeisterung U-Bahn und Doppeldeckerbus benutzt, um etwas von der großen Stadt zu sehen, so saß er jetzt am liebsten am Fenster und schaute hinaus.

Er ging auch wieder öfter mit der Mutter zu den Dienststellen. Der Laufzettel für das Notaufnahmeverfahren war fast voll mit Stempeln verschiedener Form und Farbe. Alles war verhältnismäßig reibungslos gegangen, hatte sich nur dadurch leicht verzögert, daß die Mutter mittendrin ein neues Zielland hatte angeben müssen: nicht mehr Niedersachsen, sondern Baden-Württemberg, nicht mehr britische Zone, sondern französische. Deswegen hatten einige Wege wiederholt werden müssen. Nun stand vor allem noch die wichtigste Entscheidung aus: die Anerkennung als Flüchtling aus politischen Gründen.

»Und wenn wir die nicht kriegen«, fragte Thomas, »schikken die uns dann zurück?«

»Unsinn«, antwortete die Mutter, »aber dann kriegen wir

keinen Flüchtlingsausweis und weniger Hilfe.«

»Noch weniger? Die tun doch sowieso nicht viel für uns.«

Er erinnerte sich an einen Artikel kürzlich in der Zeitung: Da hatte ein Bonner Politiker, dessen Name ihm entfallen war, den Flüchtlingsstrom als eine tödliche Gefahr für ganz Deutschland bezeichnet. Man müsse sich daher überlegen, ob bei der Anerkennung von Flüchtlingen nicht strengere Maßstäbe anzulegen seien. Thomas teilte dies der Mutter mit, und sie sagte ärgerlich: »Ja, ich hab's gelesen. Ich würde den christlichen Herrn liebend gern für ein Jährchen nach drüben schicken.«

Mehr noch als für die Anerkennung interessierte sich Thomas für den Termin des Abflugs nach Westdeutschland. Er hoffte, daß es nach dem 21. Juni sein werde, denn an diesem Tag sollte im Olympiastadion das Endspiel um die Deutsche Fußballmeisterschaft 1953 sein. Der VfB Stuttgart und der 1. FC Kaiserslautern hatten sich in den Endrundenspielen qualifiziert.

In diesen Tagen, da Thomas um sein Fahrrad trauerte, auf Post von Petra wartete und dem Abschied von Berlin entgegensah, war es ihm eine willkommene Abwechslung, mit Karl-Edwin zusammen die Seifenkiste fürs Derby aufzumöbeln.

Seifenkisten-Derbys kamen aus Amerika, und wie alles, was von dort kam, wurde es von den westlichen Deutschen mit Hingabe nachgemacht, während die östlichen Deutschen sich in ihrer Mehrzahl gegen alles verschlossen, was aus der Sowjetunion kam. Es wäre freilich undenkbar gewesen, daß aus dem Lande Stalins eine ebenso heitere wie nichtsnutzige Erfindung wie Seifenkisten-Rennen importiert worden wäre. Ganz ohne Nutzen war sie allerdings nicht, denn nach echt amerikanischer Art verquickten die Veranstalter den lustigen Wettkampf mit Reklame für sich und ihre Kunden.

»Die meisten Fahrer«, erklärte Karl-Edwin, »starten für 'ne Zeitung oder 'ne Firma und kriegen ihre Kiste bezahlt. Aber wir als Privatfahrer sind beschissen dran.«

Thomas fragte, warum er nicht auch für eine Zeitung starte.

»Nee, nee, ick will unabhängig bleiben. Die Brüder nutzen dir doch bloß aus und machen mit deinem Namen Reklame.«

Thomas wunderte sich. »Wofür sollen die denn ausgerechnet mit deinem Namen Reklame machen?«

»Naja, jetzt noch nicht«, gab Karl-Edwin zu, »aber wenn ick jewinne, machen die mit meinem Namen Hunderttausende.«

Um das zu verhindern, bestritt er alle Unkosten von seinem Taschengeld sowie kleinen Spenden seiner Großmutter. In voller Unabhängigkeit von reklamewütigen Geldgebern gestaltete er das Äußere seines Renners: Quer über die Haube hatte er in roter Farbe den Schriftzug »The Champion« gelegt, darunter ein Bild gepinselt, das mit etwas Phantasie als Szene aus einem Boxkampf erkannt werden konnte. Der sorgfältigen künstlerischen Gestaltung entsprach jedoch die Technik in keiner Weise. Bei Probefahrten auf dem leicht geneigten Vorplatz des Olympiastadions zeigte sich, daß die Vorderachse schon bei leichten Unebenheiten schlingerte.

Thomas hatte insofern eine gute technische Vorbildung, als er zu Hause viel mit seinem Stabil-Baukasten gespielt hatte. Er schlug Karl-Edwin eine Vorderradaufhängung mit Achsschenkeln vor, was etwas materialaufwendig war und einen weiteren Zuschuß der alten Dame erforderte, dem Wagen jedoch den gewünschten ruhigen Geradeauslauf verlieh. Das Geld reichte jedoch nicht mehr, um den Lenkmechanismus mit einem dünnen Stahlseil zu versehen; es mußte bei einem Bindfaden bleiben.

Bei der technischen Abnahme am Freitagmorgen trafen sich die dreihundertzwanzig Teilnehmer mit ihren Fahrzeugen. Die Seifenkisten wurden gewogen, und es wurde geprüft, ob nicht Pedale oder sonstige unerlaubte Antriebshilfen eingebaut waren. Alle sollten ja unter gleichen Bedingungen von der Startrampe rollen, und auf dem Weg ins

Ziel sollten sich nur die gute Konstruktion und das Geschick des Lenkers auszahlen dürfen.

Die Konkurrenten beäugten sich gegenseitig voller Mißtrauen und machten auch mal abfällige Bemerkungen über des Gegners Fahrzeug. Karl-Edwin ging einen Jungen an, der auf seinen betont schmucklosen Renner mit Kreide »Die rasende Wanze« geschrieben hatte. Das zeugte sicher von einer guten Portion Selbstironie, wie sie in diesem Alter ungewöhnlich ist und von Karl-Edwin auch nicht verstanden wurde. »Mann!« spottete er, »mit dem Mülleimer würde ick nur nachts starten, wenn keener zukiekt.«

Der andere besah sich gelassen den »Champion«, den Karl-Edwin noch mit Silberfarbe verbessert hatte, und sagte gedehnt: »Weeßte, an deine Bonbonniere sollteste noch 'n bißken Lametta hängen.«

Karl-Edwin konterte sofort: »Und bei dir jehören noch 'n paar Küchenabfälle dranjeklebt, Wurstpellen und Ölsardinenbüchsen. Falls ihr euch sowat leisten könnt.«

Der andere war keinesfalls bereit, den Wortstreit aufzugeben, und schlug umgehend zurück: »Du bist hier völlig verkehrt, det is keene Ausstellung für entartete Kunst.«

Karl-Edwin behielt jedoch das letzte Wort: »Du Caracciola-Verschnitt!«

Mochte sein, daß der andere den Namen des berühmten Vorkriegsrennfahrers nicht kannte, mochte auch sein, daß er mit »Verschnitt« nicht ins reine kam, er verstummte.

Karl-Edwin überstand den Vor- und den Zwischenlauf gut.

Auf dem Kaiserdamm, Berlins breitester Straße, die zudem noch leichtes Gefälle in östlicher Richtung aufwies, hatten in der Nacht zum Sonnabend amerikanische Pioniere eine Startrampe sowie Ehren- und Pressetribüne gebaut. Die Jungen gingen jeweils zu viert auf die 300 Meter lange Strecke. Karl-Edwin gewann den achtundsechzigsten von achtzig Vorläufen und war auch im Zwischenlauf vorn, was er selbst auf seine Fahrkunst, Thomas aber auf die Vorderachse zurückführte.

Als die beiden Jungen nachmittags nach Hause kamen, stieß ihr Erfolg auf nur geringes Interesse, denn die Mutter hatte eine viel wichtigere Nachricht: »Wir sind anerkannt!«

»Toll!« sagte Thomas.

»Jawohl, anerkannt als Original-Zonenflüchtlinge! Nach pausenlosen Verhören anerkannt als Quasi-Menschen. Fast schon West-Menschen. Wenigstens Beute-Deutsche mit Gütesiegel.«

Die Mutter brachte ihre sarkastischen Bemerkungen mit fröhlicher Miene, beinahe ausgelassen, hervor, und die alte Dame erklärte: »Wir haben schon ein Schlückchen Sekt darauf getrunken.«

Die Jungen erbaten sich auch je ein Glas und bestanden darauf, daß gleichzeitig auf den Rennerfolg getrunken werde, was auch geschah.

»Aber eines ärgert mich doch«, sagte die Mutter, nun mit ernsterem Gesicht. »Auf meinem Bescheid steht bei allen Fluchtgründen, die ich angegeben habe, das bezaubernde Wörtchen ›angeblich‹. Hier zum Beispiel: ›Die Antragstellerin hat angeblich ihr Eigentum an dem Familienbetrieb in Leipzig durch Enteignung verloren.‹ Ja, glauben die, wir haben's verschenkt? Und sind aus Jux und Tollerei eben mal nach Westberlin gegangen, um hier den Behörden die Hucke vollzulügen?«

»Das hat doch nichts zu sagen«, beschwichtigte die alte Dame, »es heißt doch nur, daß die Behörden dir das abgenommen haben, ohne daß sie es überprüfen konnten. Und es kommen ja auch manche Betrüger. Ich bin sogar sicher, daß Leute darunter sind, die als Agenten zu uns eingeschleust werden sollen.«

»Naja, vielleicht ist das so«, beruhigte sich die Mutter, »aber ich komme mir, außer bei euch hier, nicht sehr willkommen vor im Westen. Und wir werden noch eine Menge zu beißen haben. Dabei sind die doch alle nur zufällig Westler und die anderen nur zufällig Ostler.«

Dann erinnerte sie daran, daß Leipzig und ganz Westsachsen und Thüringen bei Kriegsende amerikanisch besetzt gewesen waren und erst später gegen Westberlin den Russen überlassen wurden. »Ihr seid hier im freien Westen, weil man uns in Leipzig dafür verkauft hat. Das sollten sich mal ein paar Leute hinter die Löffel schreiben, die uns hier so von oben herab behandeln.«

Die alte Dame hieß Karl-Edwin noch eine Flasche Sekt holen, und zwar einen »MM«, weil der »Henkell trocken« alle sei. Als eingeschenkt war, sagte sie: »Hauptsache, ihr habt's geschafft, und darauf ein fröhliches Prosit!«

Die Gläser klangen, Thomas nippte und mußte erneut aufstoßen, und die Mutter sagte noch etwas Nachdenkliches: »Wißt ihr, mein Bruder Wolfgang will auch rüberkommen, sobald seine Eva ihr Examen hat. Und ich habe Angst, daß bis dahin jemand die Falle zuschnappen läßt. Entweder die drüben, weil zu viele weglaufen, oder die hier, weil sie sagen: ›Wegen Überfüllung geschlossen‹.«

Die alte Dame meinte, vielleicht kämen bald kaum noch Flüchtlinge, denn drüben sei offenbar einiges in Bewegung geraten.

»Ja, ja, das habe ich auch gelesen«, meinte die Mutter mit einer wegwerfenden Handbewegung, »das ist der ›neue Kurs‹ der SED. Die Partei hat Fehler gemacht, deswegen haben einzelne Bürger die Republik verlassen. Nicht Tausende jeden Tag, nein, einzelne. Und nun ziehen sie die Notbremse und versprechen, daß private Unternehmer wieder mehr gefördert werden und Handwerker und Bauern. Und wer schon zugemacht hat, dem wollen sie sogar helfen, seinen Laden wieder aufzumachen. Aber sobald die SED wieder Oberwasser hat, dreht sie das alles zurück. Verlaßt euch drauf!«

»Vielleicht kriegen wir unseren Laden auch wieder«, bemerkte Thomas.

»Unser Laden war kein Laden«, belehrte ihn die Mutter, »sondern eine Firma. Merk dir das!«

»Ich versuch's«, versprach Thomas.

Karl-Edwin gewann das Fünfte Berliner Seifenkisten-Derby dann doch nicht und bekam also auch kein Fahrrad, um sein eigenes an Thomas zu verschenken. Im entscheidenden Qualifikationslauf kam Karl-Edwin zwar gut vom Start weg, und der »Champion« zog schnurgerade seine Bahn und hatte nach zwei Dritteln der Strecke einen Vorsprung von ungefähr eineinhalb Wagenlängen. Aber dann riß der Bindfaden, der die aufwendige Vorderachskonstruktion bewegte, der »Champion« schlingerte, überschlug sich seitlich und warf seinen Fahrer vor die Füße der Zuschauer.

Karl-Edwin tobte eine Zeitlang und raufte sich die Haare: »Für'n Fuffzjer Stahlseil, und ick hätte todsicher jewonnen!«

Er bekam, wie alle Fahrer, die den Endlauf nicht erreicht hatten, einen Beutel mit Drops und verschiedene Freikarten zum Besuch Berliner Einrichtungen.

»Haste auch eine für's Endspiel?« fragte Thomas.

Es war aber keine im Beutel.

10

Am Montagmorgen machte die Mutter ihren letzten Behördengang. Er führte sie zur »Transportstelle«, wo darüber entschieden werden sollte, wann der Flug nach Westdeutschland stattfinde.

Thomas hatte anderes zu erledigen. Er fuhr mit der S-Bahn zum Gesundbrunnen und stellte sich vor den Kassenhäuschen von Hertha/BSC nach Endspielkarten an. In der langen Schlange warteten auch viele Ostberliner, und mit einem von ihnen bekam Thomas Streit. Der Junge behauptete nämlich, sobald er Thomas' Herkunft heraushatte, daß Leipzig im Fußball ungefähr die gleiche Bedeutung habe wie die Sahara für den Wintersport.

»Mensch, ihr habt doch vor'n paar Jahren noch mit viereckigen Bällen gespielt«, gab Thomas zurück.

»Aber jetroffen«, erwiderte der Ostberliner Junge.

»Berlin und Fußball«, attackierte Thomas, »das paßt zusammen wie Bockwurst und Vanillesoße.«

Er bemerkte befriedigt, daß dem anderen nicht sofort eine Antwort einfiel, und fuhr fort: »Ihr bringt ja keine elf Mann zusammen, die schon mal 'n Ball gesehen haben. Euch hat ja die Regierung 'ne komplette Mannschaft aus Dresden geholt. Jawohl, einfach nach Berlin versetzt! In eurer Ostzone geht so was ja. Und nun tut ihr dicke.«

»Und wat is mit ›Chemie‹ Leipzig?« fragte der andere, »die hatten jrade Jubiläum: een Jahr keen Tor.«

Das war zwar übertrieben, aber in der Tendenz nicht ganz falsch, und deswegen wandte sich Thomas beleidigt ab und hörte anderen Ostberlinern zu, die von ganz schlechter Stimmung drüben berichteten. Die Leute seien aufgebracht wegen der miesen Versorgungslage, der gestiegenen Preise und der erhöhten Arbeitsnormen.

»Det mußte dir mal vorstellen«, sagte einer, »für't jleiche Jeld mehr malochen und wenijer koofen.«

Es herrsche eine ganz explosive Lage in Ostberlin und der Zone, bestätigten auch andere, und Thomas konnte sich das nicht vorstellen. Solange er in Leipzig gelebt hatte, war ihm der Gedanke an Widerstand gegen die politischen Verhältnisse oder auch nur Kritik daran undenkbar gewesen. Man wehrte sich, indem man abhaute.

Als die Hertha-Kassenhäuschen nachmittags geöffnet wurden, hob eine Schlägerei an, bei der Thomas unterging. Als er ohne Endspielkarte nach Hause kam, eröffnete ihm die Mutter, daß er eine solche Karte ohnehin nicht hätte brauchen können. »Wir fliegen schon morgen«, sagte sie und zeigte ihm den Transportschein, der besagte, daß sie »mit Kind Thomas« am 16. Juni 1953 um 22 Uhr von Tempelhof nach Frankfurt am Main fliegen werde.

Die Mutter saß mit der alten Dame am Radio, das unglaubliche Meldungen von drüben brachte, die sogleich auch von hüben kommentiert wurden. Die Ostberliner Regierung hatte viertausend Häftlinge freigelassen. Sie hatte angeordnet, den Reiseverkehr mit Westdeutschland umgehend zu erleichtern. Die Volkspolizei war angehalten, Interzonenpässe für Reisen in die Bundesrepublik unbürokratisch und in möglichst kurzer Frist auszustellen, desgleichen Aufenthaltsgenehmigungen für Interzonenreisende aus dem Bundesgebiet.

Am Vorabend hatte Adenauer in Augsburg eine Rede gehalten, aus der den ganzen Tag über immer wieder zitiert wurde. Unter anderem hatte er gesagt: »Der drastische Kurswechsel der SED ist die Bankrotterklärung des kommunistischen Regimes. Dank unserer Politik ist Bewegung in das erstarrte Ost-West-Verhältnis gekommen. Jetzt gilt es, nicht lockerzulassen, sondern die Bewegung in die Bahnen zu lenken, die zu Frieden und Freiheit für ganz Deutschland führen.«

»Und wenn wir vielleicht doch besser hierbleiben?« fragte Thomas, »dann sind wir schneller in Leipzig, wenn die Russen abziehen.«

Die Mutter schaute ihn mitleidig an. »Mein großer politischer Aufsatzschreiber.«

»Aber wenn doch der Adenauer sagt …«

»Ja, das ist ein sehr gescheiter Mann, und sobald ich kann, werde ich ihn auch wählen. Aber die Russen vertreibt er nicht, und wenn er hundert Jahre alt wird.«

»Aber wenn er vielleicht mit dem Grotewohl und dem Ulbricht verhandelt …«

»Worüber denn? Über den Abzug der Russen?«

»Nee. Ach, ich weiß auch nicht. Dann fliegen wir eben morgen los.«

»Ja, um zweiundzwanzig Uhr.«

Am Dienstag war Aufbruch. Fast sechs Wochen hatten sie bei den liebenswerten Menschen gewohnt, mit ihnen gelebt, gelacht, geredet, gefrühstückt und Abendbrot gegessen. Thomas und Karl-Edwin waren dicke Freunde geworden. Nun packte der eine seine Koffer, während der andere das Matratzenlager seines Schlafgastes abbaute.

Thomas fragte ein letztes Mal bei der Polizei nach seinem Fahrrad, dann fuhr er allein ein letztes Mal mit der U-Bahn durch Berlin: Reichskanzlerplatz, Sophie-Charlotte-Platz, Bismarckplatz, Deutsche Oper, Am Knie, Zoologischer Garten. Dort stieg er aus und lief zum Kudamm. Er schaute in das Café, in dem er am zweiten Tag mit der Mutter gesessen hatte, und blieb vor dem Spielwarengeschäft mit der elektrischen Eisenbahn stehen. Er lief den Kudamm fast bis Halensee entlang und auf der anderen Seite zurück, dann die Tauentzien bis zum Wittenbergplatz. Er ging ins KaDeWe und fuhr mit der Rolltreppe bis ganz oben und wieder hinunter, denn er ahnte, daß es in Baden-Baden kein vergleichbares Kaufhaus geben werde.

Draußen rief ein Zeitungsmann Extrablätter aus: »Aufruhr in Ostberlin! Aufruhr in Ostberlin!«

»Wat is'n da los?« fragte Thomas.

Der Mann hielt ihm eine Zeitung hin. »Steht alles drin. Kannste koofen.«

»Ick hab keen Jeld. Wat is'n los?«

»Riesendemonstration«, antwortete der Mann kurz angebunden und rief weiter: »Extrablatt! Aufruhr in Ostberlin!«

Thomas hastete heim, um aus dem Radio Näheres zu erfahren. Das ist doch Blödsinn, dachte er in der halbleeren U-Bahn, die ihm diesmal besonders langsam schien. Blödsinn: Demonstration in Ostberlin. Es war der 16. Juni, und das war kein Tag, an dem drüben demonstriert wurde. Am 1. Mai wurde demonstriert und am 8. Mai, dem Tag der Befreiung, am 7. Oktober, dem Gründungstag der DDR, und am 7. November, dem Jahrestag der Oktoberrevolution, und zu manch anderem Anlaß ebenfalls. Aber nicht am 16. Juni. Oder sollten die gar ...?

Der RIAS bestätigte, daß sich ein Demonstrationszug durch Ostberlin bewege. Bauarbeiter von der Stalinallee hätten spontan die Arbeit niedergelegt und sich auf den Weg ins Regierungsviertel gemacht, Tausende hätten sich angeschlossen. Ein Reporter berichtete von der Sektorengrenze am Potsdamer Platz. Er befragte Leute, die drüben mit eigenen Augen gesehen hatten, was vor sich ging. Vor dem Haus der Ministerien an der Leipziger Straße hätten die Arbeiter nach Ulbricht und Grotewohl gerufen. Erst sei nichts geschehen, dann sei der Bergbauminister Selbmann herausgekommen, sei mitten unter den Demonstranten auf einen Tisch gestiegen und habe eine Ansprache versucht: »Liebe Kollegen!« Da hätten alle gelacht und gerufen: »Wieso Kollege?« Selbmann habe noch mal angesetzt: »Ich bin doch auch ein Arbeiter!« Soviel Frechheit habe die Arbeiter jedoch zornig gemacht: »Du bist ein Arbeiterverräter!« hätten sie gerufen und den Minister vom Tisch gestoßen.

»Mannomann!« brachte Thomas nur heraus.

Alle saßen ums Radio, auch Karl-Edwin, und Thomas wies ihn darauf hin, daß es hier um Politik gehe, die ihn doch gar nicht interessiere.

»Ooch, wenn wat los is«, meinte Karl-Edwin.

Dann fiel im RIAS das Wort »Volkserhebung«. Es elektrisierte Thomas, denn über eine erfolgreiche Volkserhebung hatte er gerade noch im vergangenen Herbst in Leipzig einen Aufsatz geschrieben: »Das Volk steht auf, der Sturm bricht los!«

»Mensch«, rief er mit geballten Fäusten, »wenn das so hinhaut wie damals, achtzehnhundertdreizehn gegen Napoleon!«

»Was war denn da?« fragte Karl-Edwin.

Thomas reagierte nicht und wandte sich an die Mutter. »Wenn das hinhaut, dann können wir zurück nach Leipzig.«

»Ja, ja, die Arbeiter werden mit ihren Hämmern drohen, und die Russen ziehen ihre Panzer ab. So stellst du dir das doch vor, oder?«

»Nee, aber damals gegen Napoleon …«

» … war das ganz anders als in deinem Aufsatz.«

Thomas verstummte und stellte sich vor: Schon nächsten Montag würde er vielleicht in seine alte Klasse in Leipzig zurückkehren. Sie würde sich bis dahin vielleicht etwas verkleinern, denn die Parteibonzen samt ihren Kindern würde man den russischen Freunden sicher mitgeben auf ihren Rückweg nach Osten. Die verbliebenen Klassenkameraden, mithin alles anständige Antikommunisten, würden in einer feierlichen Zeremonie auf dem Schulhof ihre Russischbücher verbrennen. Wahrscheinlich sähen die Schulkinder herrlichen Zeiten entgegen, denn es würde großer Mangel an Lehrern herrschen, die sich weder vor 45 als Nazis noch nach 45 als Kommunisten hervorgetan hatten. Voraussichtlich würde Thomas die Leitung der Klasse übernehmen und die Kameraden auf westliche Verhältnisse vorbereiten, wie er sie in Berlin kennengelernt hatte. Mit Petra würde er in »Zwölf Uhr mittags« gehen und ihre Hand halten, wenn es spannend wurde. Seine Familie bekäme ihre Firma wieder und er selbst ein Fahrrad mit Vorbaulenker und Nabenschaltung sowie eine elektrische Eisenbahn. Im HO-Laden an der Möckernschen Straße gäbe es Kaugummi, Kokosflocken und Coca-Cola. Das heißt: HO-Läden gäbe es ja nicht mehr, sondern wieder normale Kolonialwarengeschäfte. Leipzig würde zu einer Art Westberlin ausgebaut, die Grimmaische Straße zu einer Art Kudamm und die Straßenbahn zur U-Bahn, die man jedoch kaum benutzen würde, da die Familie selbstredend einen Mercedes 170 zur Verfügung hätte. »Chemie« Leipzig würde den Namen des traditionsreichen VfB annehmen und bei der richtigen Deutschen Meisterschaft den VfB Stuttgart besiegen. Das waren die einschneidendsten Veränderungen, die Thomas für den Fall erwartete, daß heute abend die Russen abzögen.

»Verdammich!« murmelte er, »wenn das hinhaut!«

»Kommt ihr zum Abendbrot?« rief Tante Nora.

Später fuhren die Gastgeber mit nach Tempelhof und saßen, nachdem die Koffer aufgegeben waren, wortkarg mit den beiden Abreisenden im Gewimmel der Flughafenhalle. »Ick würde ooch jern mal fliegen«, meinte nach langem Karl-Edwin.

»Mußte eben ooch flüchten«, entgegnete Thomas.

Die Frauen fanden erst wieder Worte, als die Durchsage kam: »Alle Passagiere des Sonderflugs der PanAm nach Frankfurt bitte zu Ausgang C!«

»Vielen Dank für alles!« sagte die Mutter mit Rührung und umarmte nacheinander die alte Dame und Tante Nora, die ihrerseits beteuerte, daß alles doch ganz selbstverständlich gewesen sei.

Thomas und Karl-Edwin reichten sich männlich, aber mit feuchten Augen die Hände.

»Vielleicht komme ich mal in den Ferien«, sagte Thomas.

»Jute Idee«, meinte Karl-Edwin, »und bis dahin viel Spaß in deine neue Penne!«

»Mensch, erinnere mich bloß nicht daran.«

Als er schon fast durch den Ausgang C hindurch war, drehte sich Thomas noch mal um und rief laut: »Ich komme wieder! Kannste einen drauf lassen!«

Die Mutter stieß ihn in die Rippen.

11

Das Flugzeug beschrieb eine große Schleife über Berlin. Unter einem sternenlosen Himmel sah Thomas einen flimmernden Lichterteppich, der schier bis zum Horizont reichte. Es war ein nie geahntes Bild, und Thomas staunte gehörig. Dann kam ihm der Gedanke, daß irgendwo dort unten ein lausiger Lump auf einem gestohlenen blauen Fahrrad umherfuhr, und diese Vorstellung erleichterte ihm den Abschied von dem Lichtermeer, das sich nach einigen Minuten im Dunkel verlor.

Das Flugzeug war eng wie ein Omnibus und bis auf den letzten Platz besetzt. Thomas sah sich um und las die Schilder über seinem Kopf. »NO SMOKING« stand da, das konnte er schon übersetzen. »FASTEN SEAT BELT« lautete ein anderes Schild, das ihm Rätsel aufgab. Vielleicht, dachte er, darf man im Flugzeug nicht essen. Die Propeller brummten eintönig vor sich hin, und die Maschine schaukelte von Zeit zu Zeit leicht, was Thomas Unbehagen bereitete. Er versuchte, an eine große bunte Sommerwiese zu denken, über die ein kühler Abendwind strich. Nach einer halben Stunde Flug wandte er sich an die Mutter: »Mir ist so komisch.«

Sie holte aus einer Sitztasche eine Tüte hervor. Nach weiteren zehn Minuten war die Tüte halb voll, und Thomas wollte sterben.

»Wir sind bald da«, beruhigte die Mutter, und ihre Sitznachbarin am Mittelgang beugte sich herüber und riet Thomas: »Ganz tief durchatmen. Und nicht an das Flugzeug denken. Denk einfach, du bist auf einer Wiese.«

»Geht nicht«, röchelte Thomas.

Die Dame bot ihm einen Leibnizkeks an, aber er schüttelte nur matt den Kopf und dachte: Steck dir doch deinen Keks an den Hut.

Die Frau ließ jedoch in ihrer Fürsorge nicht locker und belehrte den Luftkranken: »Es ist aber gut, einen trockenen Keks zu essen.«

»Ich glaube, Sie haben 'n trockenen Keks«, murmelte Thomas erschöpft, und die Frau wandte sich beleidigt ab.

Der Omnibus vom Flughafen zum Frankfurter Hauptbahnhof schaukelte fürchterlich. Es war inzwischen fast Mitternacht, und die Bahnhofsmission hatte keine Betten mehr frei, dafür aber heißen Tee, der dem Magen wohltat und die Übelkeit dämpfte. In der Kühle der Nacht und auf festem Boden erwachte Thomas ganz allmählich wieder zum Leben, und gegen zwei Uhr morgens rührte sich mit seinen Lebensgeistern auch die Neugier. Er sah sich auf dem Querbahnsteig um und hatte mit einem Blick erfaßt, wie sehr der Frankfurter Hauptbahnhof dem Leipziger ähnelte. Sogar die Zahl der Geleise war fast gleich. Das weckte in Thomas eine gewisse Sympathie für die fremde Stadt, und er trat hinaus auf den Vorplatz. Es waren wenige Autos und kaum Fußgänger unterwegs, ab und zu quietschte eine

Straßenbahn vorbei. An den Häuserwänden blinkten auch zu dieser schlafenden Stunde einzelne Leuchtreklamen, die außer Thomas keiner las. Er fragte sich, ob hinter diesen Lichtern eine schöne oder eine häßliche Stadt liege, vielleicht ein Platz zum Leben, und er wäre gern ein wenig gewandert, traute sich aber nicht so weit weg von dem Bahnhof, der Mutter und den Koffern. Er überlegte, was er eigentlich von Frankfurt wußte. Er erinnerte sich, daß Goethe eine wie auch immer geartete Beziehung zu dieser Stadt habe und daß das Nationalgericht der DDR, die Bockwurst, in Frankfurt eine vornehme Verwandte hatte. Und natürlich gab es zwei gute Fußballmannschaften, die Eintracht und den FSV.

Später lehnte sich Thomas an seinen Koffer, döste ein wenig und dachte darüber nach, wie merkwürdig das doch sei: als Fremder in einer fremden Stadt zu sein, auf der Durchreise zu einer ebenfalls fremden Stadt, die nun die Heimat ersetzen sollte. Er suchte nach einem Vergleich für seine Lage und kam wieder nur darauf, daß es Karl May beim Eintreffen in Amerika ähnlich gegangen sein müsse.

Kurz nach sechs Uhr morgens ging endlich der Zug, in dem ein Waggon für die Flüchtlinge aus dem Flugzeug reserviert war. Die Gespräche in den Abteilen drehten sich fast nur um die gestrigen Vorgänge in Ostberlin. Man fragte sich vor allem, ob die Arbeiter auch an diesem 17. Juni, der gerade angebrochen war, auf die Straße gehen würden.

Hinter Heidelberg ging Thomas ein wenig zum Luftschnappen auf den Gang, und als der Zugschaffner vorbeikam, fragte er: »Haben Sie was aus Ostberlin gehört?«

»Wieso?« fragte der blau Uniformierte, »da kenne ich doch gar niemanden.«

»Ich meine doch ...«, setzte Thomas an, aber dann sah er wieder aus dem Fenster.

Als er in das verqualmte Abteil zurückkehrte, sagte sein Gegenüber gerade: »Und wenn, dann machen die kurzen Prozeß. Der Russe fährt ein paar Panzer auf, und der Spuk ist vorbei.« Dazu machte er eine Handbewegung, die abschließend wirkte.

»Aber das gäbe doch einen Aufschrei der Entrüstung!« fuhr ein anderer Flüchtling auf, »da würde sich doch alle Welt empören.«

»Ja, natürlich«, war die Antwort, »aber wissen Sie, wie dick die Kremlmauern sind? Da kann die Welt lange schreien.«

Es entstand eine nachdenkliche Pause, die Thomas schließlich nutzte: »Aber damals gegen Napoleon ...«

»Hör endlich auf mit deinem blöden Napoleon!« schimpfte die Mutter und erklärte den Mitreisenden, ihr Sohn habe für einen Aufsatz über das Jahr 1813 mal eine Zwei bekommen und könne sich daher von dem Thema nicht mehr trennen.

Es wurde gelacht, und Thomas ging wieder auf den Gang. In Rastatt leerte sich der Waggon, und die Flüchtlinge wurden mit einem Bus in ein Lager am Stadtrand gebracht.

»Muß ich jetzt wieder auf 'ner Matratze schlafen?« sorgte sich Thomas, aber die Mutter zerstreute seine Befürchtung. »Nein, nein, noch heute holt uns Onkel Manfred hier ab und bringt uns nach Baden-Baden.«

»Dann sind wir ja schon fast da.«

Die Mutter nickte.

Das Flüchtlingslager Rastatt war an diesem Tag in lautlosem Aufruhr. Die Hauptstraße vom Tor her und die Fußwege zu den Baracken waren leer, bis auf die Neuankömmlinge mit ihren Koffern und Rucksäcken. In den Baracken hingen jedoch die Menschen in Trauben um die wenigen Radios und lauschten den Berichten aus Berlin. Die meisten hatten sich nur schwer von ihrer Heimat losgesagt und wären auf dem Absatz umgekehrt, wenn sich drüben die Verhältnisse geändert hätten. Aber sie hätten sich völlig ändern müssen. Die hauchdünne Hoffnung, daß dies jetzt vielleicht geschehe, ließ sie fast schweigend den Reportern von der Berliner Sektorengrenze zuhören.

Thomas stellte seinen Koffer ab, kümmerte sich nicht um Aufnahmeformalitäten, Stempel oder Essensmarken, sondern drängte zum nächsten Radio. Von den einsilbigen Zuhörern erfuhr er wenigstens, daß heute in Berlin noch viel mehr Menschen demonstrierten als gestern, daß wahrscheinlich Zehntausende auf den Beinen waren und im Radio schon mehrfach das Wort »Volksaufstand« gefallen sei.

Ein Reporter meldete sich vom Potsdamer Platz, über den die Sektorengrenze lief und der Einblick in die Leipziger Straße gestattete. Dort, vor dem Haus der Ministerien, forderten Tausende in Sprechchören nicht nur wie gestern, mit Ulbricht und Grotewohl zu sprechen, sie forderten den Sturz der Regierung. Sie warfen Steine in die Fenster des großen grauen Gebäudes, das aus der Nazizeit stammte, und der Reporter sagte, er könne das Klirren der splitternden Scheiben manchmal durch den Lärm hindurch hören.

Dann wurde zum Platz gegenüber dem Brandenburger Tor geschaltet, von wo ein anderer Reporter mit aufgeregter Stimme berichtete, ein paar junge Männer hätten das Tor erklettert und machten sich an der roten Fahne zu schaffen. Dann überschlug sich die Stimme beinahe und schrie, die Fahne werde abgerissen und runtergeworfen und von wütenden Menschen in Fetzen zerrissen. Die Flüchtlinge am Radioapparat ließen ihre Genugtuung erkennen, und manche bewegten die Hände, als zerrissen auch sie etwas. Dann waren erste Schüsse zu hören, und die Flüchtlinge im Lager Rastatt sahen sich erschrocken an.

Thomas hatte plötzlich den Wunsch, in Ostberlin zu sein. Er wußte nicht, was er dort hätte tun können. Was konnte ein nicht einmal dreizehnjähriger Junge schon machen, wenn Demonstranten gegen Volkspolizisten standen? Mit Steinen werfen?

Mit Steinen werfen – das hatten sie in Leipzig getan, als Spiel in den Trümmergrundstücken. Dabei hatte es manchmal blutige Schrammen gegeben, aber es war eben doch ein Spiel gewesen. Jetzt war es Ernst, und aus dem Radio kam immer häufiger das Geräusch von Gewehrschüssen.

»Da würde ich ganz schnell flitzen gehen«, vermutete Thomas in richtiger Einschätzung seines Talents zum Helden.

Panzer!

Der Reporter vom Brandenburger Tor rief das Wort ins Mikrofon, und die Menschen am Lautsprecher erstarrten.

»Jetzt ist es aus«, sagte endlich jemand.

»Jetzt muß der Ami eingreifen«, sagte ein anderer.

»Dann haben wir den schönsten dritten Weltkrieg«, meinte ein dritter.

»Es ist aus«, wiederholte der erste, »und wir können froh sein, daß wir hier sind.«

»Thomas!« rief die Mutter, »wo steckst du denn die ganze Zeit?«

Onkel Manfred war gekommen und hatte schon alle Koffer in sein Auto verstaut. Thomas begrüßte ihn artig und bedankte sich, wie Mutter es ihm eingeschärft hatte, für alle Mühen.

»Na, nun beginnt ein anderes Leben«, sagte Onkel Manfred und klopfte Thomas auf die Schulter. Der Onkel war nicht mehr so hager wie vor zweieinhalb Jahren, als er Leipzig verließ, und er trug einen eleganten, sandfarbenen Sommeranzug.

Im Auto wartete eine von Onkel Manfreds Zwillingstöchtern. Thomas hatte schon daheim in Leipzig seine beiden Cousinen ständig verwechselt und fragte nun bei der Begrüßung: »Welche bist'n du?« Es war nicht Doris, sondern Ria, und sie schaute ein wenig beleidigt bei Thomas' forscher Frage. Sie war, wie er fand, in den letzten zweieinhalb Jahren deutlich hübscher geworden und hatte schon etwas Busen, was freilich kaum aufgefallen wäre, hätte sie ihre keimenden Attribute nicht etwas krampfhaft ins Blickfeld gereckt. Thomas ärgerte der Anblick; nicht, daß er sich einen Busen gewünscht hätte, aber Busen machte erwachsener, und etwas erwachsener hätte er schon gern gewirkt. Vermutlich wurde Ria beim Einkaufen schon gesiezt, während man zu Thomas nicht nur ungeniert »du« sagte, sondern manchmal sogar noch »Kleiner«. Ria setzte sich nach der Begrüßung sofort wieder auf den Beifahrersitz, so daß die Mutter und Thomas nach hinten mußten. Zum Empfang, dachte Thomas, hätte sie mich ja vorn sitzen lassen können.

»Wie findest du unser Auto?« fragte Ria.

»Gar nicht so übel«, sagte Thomas obenhin.

Das Auto war, wie er sofort registriert hatte, ein Ford Taunus 12 M mit Weißwandreifen.

Nach einer Viertelstunde erreichten sie den ersten Vorort von Baden-Baden und mußten an einem Bahnübergang längere Zeit warten. Thomas dachte daran, was er sich vorgenommen hatte: alles nur von der besten Seite sehen, keine Vorurteile gegen das Städtchen ohne Hauptbahnhof, Straßenbahn und Fußballmannschaft.

Die Fahrt ging zunächst durch eine Straße mit niedrigen Häusern; ein O-Bus kam ihnen entgegen. Nach einigen Kilometern gewahrte Thomas vereinzelte Häuser mit zwei Obergeschossen, und seine Hoffnung wuchs. Bald erschien rechter Hand ein verschnörkelter Bahnhof. Wie von einer elektrischen Eisenbahn, dachte Thomas. Die Häuser wurden höher, bis zu vier Etagen, und linker Hand kam ein Kino mit Namen »Metropol«, das gerade den Film »Der Förster im Silberwald« gab. Wenig später wurde Onkel Manfred mit seinem Ford 12 M von einem Polizisten aufgehalten, der mit gemächlichen Bewegungen den Verkehr auf einer engen Kreuzung dirigierte. Thomas nahm das als ein Zeichen, daß nun die engeren Vororte anfingen. Onkel Manfred bog nach rechts ab, überquerte eine Brücke, umrundete einen Platz, an dem eine Art Theater stand, hielt vor einem dreistöckigen Haus, zog die Handbremse und stieg aus. Thomas kletterte vom Rücksitz, streckte seine übermüdeten Glieder und sagte optimistisch: »Sehr schön hier. Und in welcher Richtung ist jetzt die Innenstadt?«

»Da sind wir doch grade durchgefahren«, antwortete Onkel Manfred.

»Wann denn? Wo denn?« fragte Thomas völlig verwirrt zurück.

»Na, grade eben. Dort, wo der Polizist stand.«

Thomas fühlte seine guten Vorsätze in sich zusammenbrechen und seine bösen Vorahnungen bestätigt. »Das war schon alles?« fragte er entgeistert, und sein Onkel nickte und seufzte mit plötzlichem Verständnis. »Thomas, wir sind auf dem Dorf gelandet, aber wir können's uns doch nicht aussuchen.«

Droben in der Wohnung sah sich die Mutter interessiert um, und sie fand, daß es, so wenige Wochen nach dem Umzug von Hannover, schon sehr gut aussehe. Sie fragte, wo denn Tante Klara sei, und erfuhr, daß sie zum Damenkränzchen bei Frau Hauser sei, der Frau von Onkel Manfreds Chef.

»Aber wo wir doch heute angekommen sind ...«, warf Thomas maulig ein.

»Na und?« fragte Ria pikiert, »wir können doch nicht alle in Reih und Glied antreten, bloß weil ihr anzukommen geruht.«

»Als ihr damals abgehauen seid, haben wir alle schön dagehockt und traurig aus der Wäsche geguckt«, erwiderte Thomas, und da ihm seine Cousine seit dem Lager Rastatt auf die Nerven gegangen war, fügte er gehässig hinzu: »Obwohl wir gar nicht so traurig waren.«

Ehe Ria antworten konnte, wurde sie zum Kaffeekochen geschickt, und dann erzählte die Mutter erst mal, was in Leipzig losgewesen war, seitdem Onkel Manfred mit seiner Familie »weggemacht« war. Zwischendurch schalteten sie das Radio ein, erfuhren aber nur, daß der Aufstand, der sich von Ostberlin auf andere Städte, auch auf Leipzig, ausgedehnt hatte, im Lauf des Nachmittags weitgehend zusammengebrochen war.

»Findest du, der Ami hätte was machen müssen?« fragte Thomas.

»Nein«, antwortete sein Onkel, »sonst hätten wir jetzt einen großen Krieg am Halse.«

»Aber«, beharrte Thomas, »der Westen muß doch denen drüben helfen gegen den Russen.«

»Denen ist nicht zu helfen«, befand Onkel Manfred, »die haben nun mal den kürzeren gezogen. Die können sich bloß selbst helfen, indem sie abhauen.«

»So wie wir«, meinte Thomas, und sein Onkel bestätigte es.

Thomas war in einer seltsamen Verfassung. Der Abschied von Berlin hatte ihn mitgenommen, die schlaflose Nacht auf dem Frankfurter Hauptbahnhof steckte ihm in den Gliedern, der erste Eindruck von seiner neuen Heimat hatte ihn erschüttert, die Nachrichten von drüben wühlten ihn auf, und Rias Bohnenkaffee hatte seinen Blutdruck in die Höhe getrieben. Er fühlte sich todmüde und zugleich hellwach und dürstete nach frischer Luft und Alleinsein. Er verabschiedete sich für einen Stadtbummel.

Das Haus, in dem Onkel Manfred wohnte, lag an einer gepflegten Allee mit schönen alten Bäumen verschiedener Art, zwischen denen sich kurzgeschnittener Rasen erstreckte. Keine 50 Meter entfernt warteten an einer Straßenecke zwei Pferdedroschken auf Kundschaft; die Kutscher hatten ihre Zylinder in die Stirn geschoben und schienen zu schlafen. Thomas überquerte eine Brücke und erkannte nach zweihundert Metern den Polizisten wieder, der nach Onkel Manfreds Auskunft das Zentrum von Baden-Baden markierte. Der Mann in der weißen Uniform sortierte mit routinierten Gesten Autos und Fußgänger und machte eine wichtige Gebärde, als Thomas entgegen der Verkehrsordnung die Fahrbahn überschritt. Aus den engen Straßen rollten O-Busse über die Kreuzung, und Thomas versuchte das Netz der Baden-Badener Verkehrsbetriebe zu ergründen. Er fand rasch heraus, daß es kein Netz gab, sondern nur ein Kreuz: Die O-Bus-Linie von Oberbeuern nach Oos und diejenige vom Merkurbahnhof zum Fremersberg kreuzten sich unter den ausgestreckten Armen des Polizisten.

Am Postamt war in einem Glaskasten das »Badische Tagblatt« ausgehängt, mit einer Schlagzeile von den gestrigen Ereignissen in Ostberlin.

Einige Menschen standen diskutierend vor dem Glaskasten, und Thomas hörte ihnen eine Weile zu. Die meisten meinten, der Ausgang des Aufstands sei zu bedauern, aber Hauptsache sei doch, daß sich kein Krieg daraus entwickelt habe.

Thomas suchte den Weg zu dem kleinen verschnörkelten Bahnhof und sah auf dem Fahrplan nach, ob es einen Zug nach Berlin gebe. Es gab keinen.

»Hier bist du ja völlig am Arsch der Welt«, sagte Thomas verdrossen zu sich selbst und trat den Rückweg zu Onkel Manfred an.

Kurz nach ihm traf Tante Klara ein, die zum Damenkränzchen bei der Frau des Chefs gewesen war. Sie begrüßte die beiden Ankömmlinge heiter: »Na, alles überstanden?«

»Zumindest den Anfang«, erwiderte die Mutter.

»Du kannst ja von Glück sagen«, meinte Tante Klara, »daß wir dir schon alle Wege geebnet haben.«

Das ist doch normal unter Verwandten, dachte Thomas, und die Mutter sagte: »Ja, ich bin euch ja auch sehr dankbar.«

Thomas hatte schon früher in Leipzig seinen Onkel ganz gern gemocht, nicht aber seine Tante und die beiden Cousinen. Tante Klara galt als herrschsüchtig und geizig, und weder ihr Mann noch sonst irgend jemand konnte ihr jemals wirklich etwas recht machen. Die Oma hatte vor Jahren das Wort vom »beißenden Charme« ihrer Schwiegertochter geprägt, und das Wort hatte in der Familie sozusagen Flügel bekommen. Man hatte sich angewöhnt, bei der Erwähnung Tante Klaras die Zähne zu fletschen und eine beißende Mundbewegung zu vollführen. Das tat Thomas nun mit verstohlenem Blick zur Mutter, und sie nickte ihm ebenso verstohlen zu.

»Wie ist denn eigentlich die Sache in Ostberlin ausgegangen?« fragte Tante Klara.

»Beschissen«, antwortete Thomas vor den anderen, und die Tante sah ihn mißbilligend an.

Es war nun später Nachmittag, und Onkel Manfred schlug vor, das möblierte Zimmer aufzusuchen, das er für die Mutter und Thomas besorgt hatte. Sie fuhren mit dem Ford 12 M die schöne Allee hinab. Zwei Pferdedroschken kamen ihnen entgegen, ein O-Bus kreuzte den Weg, dann hielten sie kurz vor einer großen Tennisanlage. Onkel Manfred zeigte hinüber auf einen der roten Aschenplätze. »Schaut mal, da spielt unsere Doris. Sie ist recht talentiert.«

Als ein Ballwechsel beendet war, hupte Onkel Manfred zweimal lang, zweimal kurz, und Doris winkte herüber, ehe sie den nächsten Aufschlag machte.

Sie fuhren weiter die Allee entlang, die zunächst noch von Villen und gepflegten Parkanlagen gesäumt war, dann jedoch nur noch eine Baumreihe zwischen Wiesen bildete. Sie bogen dann mehrfach ab und hielten schließlich in einer engen, stark abschüssigen Straße, die aus schmucklosen, meist zweistöckigen Häusern bestand. Die Mutter schaute sich um und sagte nichts.

»Es ist nicht gerade die vornehmste Gegend dieser vornehmen Stadt«, bemerkte ihr Bruder entschuldigend, »aber auf die Schnelle war nichts anderes zu finden. Und hier herrscht auch Wohnungsnot.«

Es ging durch eine Toreinfahrt und ein enges, verblichenes Treppenhaus in die erste Etage. Onkel Manfred drehte an der altertümlichen Klingel, und eine ältere Frau in graugemusterter Kittelschürze öffnete die Tür und grüßte weder unfreundlich noch freundlich. Sie hieß Frau Huck und war die Witwe eines Bahnbeamten. Frau Huck ließ die drei in den engen, dunklen Flur eintreten und führte sie zu einer Tür. »Do isch Ihr Zimmer«, sagte sie mit badischem Tonfall.

Die Mutter und Thomas betraten den Raum, in dem sie von nun an und bis auf weiteres leben sollten, und hatten zur gleichen Zeit den gleichen Gedanken: Ach, du grüne Neune!

Das Zimmer war, grob geschätzt, viereinhalb bis fünf Meter lang und nicht viel breiter als drei Meter. Es hatte den Charakter einer Höhle, was vor allem an der außerordentlich dunklen Tapete und den fast schwarzen Vorhängen lag. Aber auch die Möbel unterstrichen den Eindruck von Düsternis, ebenso wie der Fußboden aus dunkelbraun gestrichenen Holzdielen. Beherrschendes Möbelstück war ein altertümliches hohes Bett mit eichenen gedrechselten Pfosten und einem wuchtigen roten Plumeau, das nicht bezogen war. Quer vor dem Fenster stand eine flache Liege, auf die man steigen mußte, wollte man aus dem Fenster sehen. Die Liege war so niedrig, daß sie Thomas eher an eine Matratze erinnerte. Gegenüber dem großen Bett beherrschte ein Kleiderschrank die zweite Längsseite des Zimmers; er war aus Nußbaumholz. Wenn man seine Tür öffnete, war der Zugang zu Liege und Fenster verbaut. Eine Kommode in wieder anderer Holzart, es mochte Mahagoni sein, hatte noch knapp neben die Tür gepaßt. Darüber hing ein Spiegel mit goldenem Rahmen. Ein kleines rundes Tischchen, wohl als Rauchtischchen geschaffen, und zwei hochlehnige Stühle mit geflochtenen Sitzflächen ergänzten die Ausstattung. Von der Mitte der Decke hing eine Lampe mit dunkelrotem Stoffschirm, die nicht viel Licht gab, und über dem Bett hing ein Ölbild, das einen rotweißen Leuchtturm in tobender See darstellte.

Wenn man von dem Bild absah, war die Möblierung durchaus gediegen, aber kein Stück paßte zum anderen. Es herrschte der Eindruck einer Abstellkammer, der durch die fürchterliche Enge verstärkt wurde.

»Das macht zwanzig Mark im Monat «, sagte Frau Huck, »plus fünf Mark für Strom und Gas, alles im voraus zu zahlen.«

»Ja, gut«, sagte die Mutter, die etwas abwesend wirkte.

Frau Huck führte sie nun in die Küche und erklärte, dieselbe sei morgens vor acht und abends nach acht zu benutzen. Die Küche war eng und ebenso dunkel wie alles andere. Neben dem herkömmlichen und recht abgegriffenen Kücheninventar besaß sie zwei Herde, nämlich einen Gas- und einen Kohleherd alter Art, mit einer Kochplatte aus einzelnen Ringen und einem Behälter für warmes Wasser. Frau Huck erklärte, die beiden Herde seien recht nützlich, denn die Küche werde morgens und abends auch von der Familie Fink benutzt, die, drei Köpfe stark, eines der Zimmer zur Untermiete bewohnte. Man könne sich schön absprechen, wer welchen Herd nehme.

Die Eröffnung, daß die kleine Wohnung von insgesamt sechs Personen bewohnt war, ließ schlimme Kämpfe bei der Benutzung von Küche und Bad ahnen. Glücklicherweise befand sich jedoch die Toilette auf halber Treppe, so daß sie unabhängig vom Bad aufgesucht werden konnte.

Die Mutter gab Frau Huck die verlangten fünfundzwanzig Mark, Onkel Manfred half das Gepäck herauftragen und verabschiedete sich, da er zum Abendbrot zu Hause sein wolle.

Als er weg war, setzte sich die Mutter auf ihre Bettkante, und Thomas hockte sich auf seine Liege. Lange Zeit sprachen sie kein Wort, und es ließ sich ahnen, daß beide an dasselbe dachten, an die schöne, geräumige Altbauwohnung in Leipzig, wo jeder sein Zimmer für sich gehabt hatte, Thomas sogar eines, das größer war als diese Kammer hier in Baden-Baden.

Er bemerkte, wie die Mutter mit den Tränen kämpfte, und meinte, irgend etwas sagen zu sollen. »Mannomann, so 'ne Bruchbude, was?«

Die Mutter nickte, und Thomas versuchte einen Blick in eine bessere Zukunft. »Weißt du, wenn ich erstmal mitverdiene ...«

Er war jetzt, obwohl seit sechsunddreißig Stunden auf den Beinen, wieder wach, und wenn er sich auch selbst alles andere als wohl fühlte in dieser neuen Umgebung, wollte er seiner Mutter wie ein Mann zur Seite stehen. Darum redete er drauflos, um die Traurigkeit zu verscheuchen. »Tante Klara hätte uns ruhig zum Abendbrot einladen können. Und überhaupt, was war denn das für'n Empfang: die eine beim Kränzchen, die andere beim Tennis. Mit der Verwandtschaft haben wir vielleicht 'n Fang gemacht!« Er fletschte die Zähne und machte die bekannte Mundbewegung, die Tante Klara verhöhnte.

Die Mutter mußte lachen und gab sich einen Ruck. »Komm, ich muß hier raus. Laß uns irgendwo um die Ecke was essen gehen. Ich habe ja noch über hundert Mark.«

Thomas bot an, einen Teil seiner verbliebenen fünf Mark fünfzig beizusteuern, aber die Mutter erinnerte ihn daran, daß er von nun an jeden Pfennig für ein neues Fahrrad beiseite legen müsse. Beim Essen, es gab Hausmacherwurst mit Bauernbrot, erzählte die Mutter, daß sie schon am Montag im Büro anfangen solle, um sich möglichst rasch einzuarbeiten. Sie werde im Monat zweihundertvierzig Mark brutto bekommen. Das sei herzlich wenig für zwei Menschen, aber angesichts der Arbeitslosigkeit, von der vor allem Flüchtlinge betroffen seien, müsse man hoch zufrieden sein.

»Weißt du«, sagte sie, »von heute an kann es mit uns eigentlich nur noch bergauf gehen.«

»Genau!« bestätigte Thomas, »im Augenblick stecken wir zwar bis zum Hals in der ... äh ... in Schwierigkeiten, aber wir strampeln uns da schon raus.«

»Und jedes Jahr am siebzehnten Juni feiern wir den Jahrestag unserer Ankunft. Und freuen uns, daß es weiter bergauf gegangen ist.«

In ihr Zimmer zurückgekehrt, verstauten sie den Inhalt ihrer Koffer in Schrank und Kommode, und obwohl sie ihre Habe als ärmlich ansahen, brachten sie sie nur mit Mühe unter und räumten mehrmals um. Sie fragten sich, wo sie den Inhalt der Pakete lassen sollten, die sie von Leipzig aus an verschiedene Verwandte und Bekannte im Westen geschickt hatten. Sicher war vieles verlorengegangen, aber Onkel Manfred hatte zum Beispiel bestätigt, vier von sechs Paketen erhalten zu haben, die er morgen vorbeibringen wolle.

»Es ist eigentlich ein Witz«, lachte die Mutter, »da hat

man beinahe Angst, daß alle Pakete angekommen sind, weil man in dieser Bruchbude gar nicht alles unterbringt.« Und nach einer Weile meinte sie, nachdenklicher: »Es ist überhaupt alles sehr komisch. Da hat man mal eine bürgerliche Existenz gehabt, einen gutverdienenden Mann, eine schöne große Wohnung, teure Möbel, Rosenthal-Geschirr, Silberbesteck, Kristallschüsseln, Damastdecken, sogar ein Klavier, und hat gedacht, das bleibt so. Und plötzlich sitzt man in dieser Höhle und ist in der Mitte seines Lebens ganz am Anfang.«

Auch Thomas hatte in diesem Moment, viel stärker als die ganze Zeit in Berlin über, das Gefühl, vieles eingebüßt zu haben. Und was ihn erwartete, in der Schule vor allem, machte ihn ein bißchen ängstlich. Vor allem bedrückte ihn dieses fremde Zimmer, in dem nichts vertraut zu ihm sprach, alles öde und abweisend schien.

»Wir müssen hier 'n bißchen dekorieren«, schlug er vor.

»Was willst du denn hinhängen? Friedenstauben?«

»Nee, vielleicht 'n paar schicke Weiber. Die Lollo oder die Hayworth.«

»Sag mal, wie redest denn du?«

»Wieso? Für dich kann ich auch was aufhängen, Max Schmeling oder Rocky Marciano.«

Trotz ihrer Übermüdung wurden beide noch einmal regelrecht aufgekratzt und malten sich die unglaublichsten Dekorationen aus, bis Frau Huck an die Wand klopfte und darauf hinwies, daß es bald elf Uhr sei.

»Jetzt könnte ich noch einen Schnaps brauchen«, flüsterte die Mutter.

»Ham'r nich, griech mr ooch nich wieder rein«, zitierte Thomas die Antwort, die er in Leipziger Läden oft genug gehört hatte und die dort zur stehenden Redensart geworden war.

»Vielleicht«, dachte er laut, »hat die Huckebein welchen in der Küche?«

Ehe die Mutter protestieren konnte, war er hinaus, und nach einigen Minuten kam er mit einer angebrochenen

Flasche Schwarzwälder Kirschwasser zurück. »Hier, hinterm Sago war er versteckt.«

Die Mutter beteuerte, dies sei eine unrechte Handlung, auf die sie sich nicht einlassen werde. Dann nahm sie einen kräftigen Schluck.

12

Als Thomas am Morgen die Augen aufschlug und gewahr wurde, wo er sich befand, drehte er sich auf die Seite, um weiterzuschlafen. Doch die Mutter jagte ihn hoch und ins Badezimmer. »Beeil dich! Ich habe mit Frau Fink ausgemacht, daß wir um sieben das Bad räumen und halb acht die Küche.«

Die Mutter machte an diesem Morgen einen entschlossenen Eindruck, und als Thomas aus dem Bad zurückkam, hatte sie schon im Laden um die Ecke Brot, Margarine, Marmelade und Pfefferminztee geholt. Als Thomas beim Frühstück Überlegungen darüber anstellte, was in Leipzig besser als hier gewesen war, schnitt sie ihm ungnädig das Wort ab: »Es wird nicht mehr diskutiert, verstehst du? Wir sind hier, und es ist richtig, daß wir hier sind. Basta!«

»Ich meine ja bloß«, sagte Thomas kleinlaut.

»Wir werden es hier schaffen, ich im Beruf und du in der Schule.«

»Und wenn nicht?«

»Diese Möglichkeit scheidet aus. Wir werden arbeiten und sparsam sein und bald aus diesem Loch hier rauskommen in ein besseres Zimmer oder eine kleine Wohnung.«

»Und ein Fahrrad kaufen?«

»Ja, aber das mußt du dir selbst ersparen, weil du dir dein altes so dumm hast klauen lassen.«

»Und eine elektrische Eisenbahn?«

»Die ist vorerst nicht lebenswichtig. Aber später: Ja.«

»Also gut, hauen wir ran!«

Er biß forsch in sein drittes Marmeladebrot und hörte sich an, was die Mutter für den Tag geplant hatte. Sie wollte die polizeiliche Anmeldung erledigen, beim Wohnungsamt umgehend eine andere Bleibe beantragen und auf dem Schulamt Thomas fürs Gymnasium anmelden, damit er schon am Montag anfangen könne.

»Soll ich mich nicht erst 'n bißchen einleben?« fragte er vorsichtig.

»Nichts da! Das wird heute erledigt, und du nimmst dein letztes Zeugnis aus Leipzig mit.«

»Oje!«

Sie fuhren mit dem O-Bus in die Stadt und fragten sich durch. Die Anmeldung ging rasch, aber im Wohnungsamt mußten sie eine Stunde warten, ehe sie vorgelassen wurden. Die zuständige Dame belehrte sie zunächst: »Nach Paragraph zwölf des Wohnraumbewirtschaftungsgesetzes vom einunddreißigsten März neunzehnhundertdreiundfünfzig muß die Wohnungsbehörde jeder Nutzung und Überlassung von Wohnraum schriftlich zustimmen.«

»Aha, und was muß ich da machen?«

»Nichts. Frau Huck als Vermieterin hat uns angezeigt, daß sie Ihnen einen Wohnraum von dreizehnkommaacht Quadratmetern überlassen will. Da dies nicht die Grenze ihrer Ansprüche überschreitet, haben wir der Überlassung zugestimmt.«

»Is ja dufte!« fuhr es Thomas heraus, und die Dame sah ihn scharf an.

»Gut«, sagte die Mutter, »aber ich kann ja mit dem Jungen nicht ewig in diesem viel zu engen Zimmer bleiben. Der Junge kommt ja nun auch in die Pubertät. Ich beantrage daher, so bald wie möglich eine kleine Zwei-Zimmer-Wohnung zu bekommen.«

Die Dame sah die Mutter an, als habe sie die Überlassung des Kurhauses verlangt. »Nun aber mal ganz langsam. Zunächst sind Sie ja untergebracht.«

»Ja, das ist genau das richtige Wort: untergebracht. Aber ich würde gern wohnen, verstehen Sie: wohnen!«

Die Dame schüttelte den Kopf über so viel Uneinsichtigkeit: »Wir haben Anträge über Anträge da liegen.«

»Kann ja sein, aber das ist doch ein besonders krasser Fall.«

Die Dame holte hörbar Luft, zog ein Papier aus einem Aktenstapel und sagte: »Ich muß Ihnen wohl ein paar Zahlen nennen, damit Sie mich verstehen. Die Einwohnerzahl von Baden-Baden hat sich seit Kriegsende um achttausend Personen erhöht, und genau so viele Menschen sind auf Wohnungssuche: Zweitausendsechshundert Familien mit rund achttausend Personen. Darunter haben wir über hundert Fälle, wo vier oder fünf Personen in einem einzigen Zimmer leben müssen.«

»Aber das ist doch gar nicht möglich«, wunderte sich die Mutter, »in einer Stadt, in der der Krieg überhaupt nichts zerstört hat.«

»Vergessen Sie nicht, daß die französische Besatzungsmacht ihr Hauptquartier in Baden-Baden hat und heute, acht Jahre nach dem Krieg, noch tausend Wohnungen beschlagnahmt hält. Sie versprechen zwar alle paar Monate öffentlich die Freigabe, aber wenn wir mal nachfragen, wie es denn damit steht, dann sind wir einfach Luft für die Herren Messieurs in den feinen Uniformen.«

»Das ist ja wie beim Iwan«, warf Thomas ein.

»Nun ja, wir haben eben den Krieg verloren«, meinte die Mutter, um dann nochmals nachzustoßen: »Spielt es denn gar keine Rolle, daß wir Flüchtlinge sind und drüben alles stehen- und liegenlassen mußten?«

»Das«, erwiderte die Dame, »macht die Sache eher schwieriger. Viele Vermieter wollen nämlich keine Flüchtlinge aufnehmen.«

»Warum denn das?« fuhr Thomas hoch.

»Weil sie etwas gegen Fremde haben, ganz allgemein. Und weil sich gezeigt hat, daß Flüchtlinge die ersten Jahre im Westen viel umherziehen, bis sie wieder richtig seßhaft werden. Und manchmal vergißt auch einer, die letzte Miete zu bezahlen, ehe er in eine andere Besatzungszone verschwindet. Und außerdem meinen die Leute hier, man müsse erst mal den eigenen Leuten helfen, den Baden-Badenern, die es im Krieg anderswohin verschlagen hat und die zurückwollen. Das sind ein paar Gründe.«

»Das ist ja unerhört, was Sie da sagen«, stellte die Mutter mit kaum verhaltener Empörung fest. »Wir sind doch keine Kosaken oder Hunnen, wir sind doch Deutsche wie jeder hier. Da redet der Adenauer, wenn er bloß den Mund aufmacht, von den Brüdern und Schwestern in der Zone, und wenn wir herkommen, werden wir behandelt wie Zigeuner.«

Die Dame schlug nun auch einen schärferen Ton an. »Meines Wissens hat Adenauer nie gesagt, die Leute aus der Zone sollten rüberkommen. Und auch sonst gibt es wohl kaum jemanden hier, der sich das wünscht.«

Thomas verstand das Gespräch in allen Nuancen und entrüstete sich von Minute zu Minute mehr. Er konnte recht zornige Ausbrüche haben, und ein solcher kündigte sich zur Besorgnis der Mutter jetzt an.

»Sollen wir vielleicht wieder zurück?« fragte er pampig.

»Bleib ruhig«, bat die Mutter.

»Ja von wegen! Mich hat schon mal eine so blöd angeredet, damals in Berlin, wo ich mein Fahrrad nicht gefunden habe bei der Polizei. ›Geh doch wieder in die Zone!‹ hat sie gesagt. Die haben doch alle keine Ahnung, die spinnen doch, die sollen mal selbst hingehen.«

Endlich brachte ihn die Mutter zum Schweigen. Sie bat um Entschuldigung und sagte, möglichst ruhig und beherrscht: »Bitte nehmen Sie uns auf die Liste, ich werde ab und zu nachfragen.«

»Quatsch!« maulte Thomas, »wir suchen uns selber was.«

»Sie wissen ja«, sagte die Dame zur Mutter, daß Sie ohne unsere Einwilligung nirgendwo einen Wohnraum beziehen dürfen. Schwarzbezieher werden unnachsichtig wieder ausquartiert.«

Alle erhoben sich, und die Dame sagte, nun wieder freundlicher: »Sie sollten übrigens nicht so über Adenauer reden. Er ist hier in Baden-Baden oft zu Besuch und besonders gern gesehen.«

Als sie das Wohnungsamt verlassen hatten, wollte Thomas seiner Entrüstung weiter Luft machen, aber die Mutter stauchte ihn zusammen, wie sie es selten getan hatte. Mit seinem aufgebrachten Gezeter habe er wahrscheinlich alle Aussicht auf eine vernünftige Bleibe zerstört. Thomas war zunächst fassungslos, verteidigte sich dann jedoch. Er habe doch nur kraftvoll die gemeinsame Sache, eine gerechte Sache, vertreten, und er habe doch nichts behauptet, was nicht gestimmt habe.

»Recht haben und Recht kriegen, das sind zwei Paar Stiefel, verstehst du das?« fragte die Mutter.

»Nee.«

»Das hat man gemerkt. Man muß auch mal was für sich behalten, ein bißchen diplomatisch sein, nicht immer alles sagen, was man denkt.«

»Aber ich denke, wir sind jetzt im Westen, wo man alles sagen kann?«

»Du bist ein Dummkopf! Und auf dem Schulamt wirst du jetzt bitte nur reden, wenn du ausdrücklich aufgefordert wirst.«

13

»Wie war der erste Schultag?« fragte die Mutter am Montagabend.

»Blöd. Ich war richtig wütend. Und wie war's in deinem Büro?«

»Es ging, aber worüber warst du wütend?«

»Über diese Zimtzicke von Klassenlehrerin«, schimpfte Thomas und schmierte sich auf dem engen Rauchtischchen des möblierten Zimmers ein Wurstbrot. »Die denkt, wenn einer aus der Ostzone kommt, ist er schon mal von vornherein bekloppt.«

»Wie kommst du denn darauf?«

»Weil sie's gesagt hat. Ich hab gesagt, ich hätte in Leipzig in Erdkunde 'ne Zwei gehabt. Stimmt ja auch. Da sagt sie: ›Naja, das war eine ostzonale Volksschule, aber hier sind wir auf einem deutschen Gymnasium.‹ Dabei hat sie selbst keine Ahnung.«

»Sagte sie ›deutsch‹?« fragte die Mutter.

»Ja, ja. Richtig, das ist ja ... das hab ich ja noch gar nicht gemerkt.«

»Siehst du. Aber nun fang bitte mal von vorn an. Du bist also heute morgen aufgebrochen, und dann?«

»Also, ich wäre fast zu spät beim Rex angetanzt, weil ich eine Haltestelle zu früh aus diesem blöden O-Bus gehopst bin. Aber dann bin ich gewetzt wie ein Wiesel, und Punkt acht habe ich vor ihm gestanden und mein Männchen gebaut.«

Die Mutter unterbrach ihn: »Kannst du dich nicht ein wenig gewählter ausdrücken?«

»Klar. Also ich machte meine Aufwartung und trug mein ... ja, wie sagt man, mein Ansinnen vor, in seiner Schule Schüler zu werden, und er erwiderte ...«

»Kind, rede nicht so geschwollen«, beschwor ihn die Mutter.

»Sag ich doch. Also dann hat er gesagt, ich komme in die Klasse von der Bangemann. Fräulein Dr. Bangemann. Quarta. Ich bin also dorthin und mitten in die Stunde reingeplatzt und hab mich vorgestellt und gesagt, wo ich herkomme. Und weißt du, was die Zimtzicke da sagt?«

Die Mutter konnte es natürlich nicht wissen und bat außerdem darum, die Dame künftig bei ihrem bürgerlichen Namen zu nennen. »Also«, fuhr Thomas fort, »sie fragt mich: ›Liegt dieses Leipzig eigentlich in der Ostzone oder in den polnisch besetzten Gebieten?‹ Das fragt die mich.«

»Nicht möglich!« staunte die Mutter, »das muß ein Scherz gewesen sein.«

»Nix da! Die wußte das wirklich nicht. Und gibt Erdkunde.«

In der zweiten Stunde hatte Fräulein Dr. Bangemann Französisch gegeben und sich einen Spaß daraus gemacht, Thomas nach vorn zu rufen und französische Wörter nachsprechen zu lassen. Die Klasse hatte sich krumm und bucklig gelacht. »Die waren völlig kaputt, haben kaum noch Luft gekriegt. Am Ende mußte ich selber lachen. Aber der Zimt ..., der Bangemann hab ich's heimgezahlt.«

»Wie denn?« fragte die Mutter besorgt.

»Ich hab was auf russisch gesagt, was sie nicht verstanden hat.«

»Und was?«

Thomas zierte sich eine Weile, ehe er den Satz preisgab: »Ich hab auf russisch gesagt: ›Unsere Lehrerin ist eine alte, fette Sau.‹ Prima, was?«

Die Mutter fand es überhaupt nicht prima und riet dringend zu mehr Besonnenheit. Thomas erzählte vom Geschichtsunterricht bei Herrn Fütterer, wobei es um Friedrich den Großen gegangen sei, der im Leipziger Geschichtsunterricht »Friedrich der Zweite« genannt und ziemlich verächtlich gemacht worden war. Im Physikunterricht waren die Hebelgesetze behandelt worden, die Thomas längst kannte. Den Vormittag beschlossen hatte die Turnstunde. »Da haben wir so'n ulkigen Pauker aus Sachsen, so'n Gesundheitsapostel. Es klang wie zu Hause, wenn er seine Kommandos gab: ›Wübbn‹ und ›hübbn‹ mußten wir.«

»Was bitte?«

»Wippen und hüpfen.«

»Ach so. Habd'r ooch Gniebeichn gemachd?«

»Ja, Kniebeugen auch.«

Dann mußte Thomas über seine Klassenkameraden berichten, die er ja noch kaum kannte. Drei oder vier hatten sich in der Pause um ihn geschart und nach der Ostzone gefragt. »Sie wollten wissen, ob die Leute wirklich auf der Straße verhungern und ob du sofort erschossen wirst, wenn du 'n Ulbricht-Witz erzählst. Ich hab gesagt, so schlimm wär's nicht, aber ziemlich schlimm.«

Er kramte einen Zettel heraus und reichte ihn der Mutter: »Das müssen wir alles anschaffen: Bücher und Hefte, Zirkelkasten, Turnschuhe, Turnhose. Und da ist die Adresse von einer Nachhilfelehrerin für Französisch. Meinst du, ich hole die zwei Jahre irgendwann mal auf?«

Die Mutter meinte es und erzählte von ihrem ersten Tag im Büro. Onkel Manfred hatte sie überall vorgestellt, zuerst bei Herrn Hauser, dem Chef, der ja aus Leipzig stammte und viele Fragen nach den dortigen Zuständen hatte.

»Daß der das hier wieder so geschafft hat«, staunte Thomas.

»Nun, er hat gleich nach dem Krieg sein Vermögen mitgebracht«, erläuterte die Mutter, »er ist ein Mann mit Erfahrung in Geschäften, und er hat alle staatlichen Hilfen in Anspruch genommen, die es hier für Unternehmer gibt.«

»Können wir das nicht auch machen?« fragte Thomas.

»Dazu müßten wir Unternehmer werden. Wir kriegen nichts, wir zahlen sogar noch Schulgeld.«

Die Firma von Herrn Hauser handelte mit Automaten für Zigaretten und Schokolade, Kaugummi und Drops, Kekse und Fischkonserven. Dieser »Verkauf nach Ladenschluß« sei eine Sache mit großer Zukunft und in den USA schon längst gang und gäbe, erklärte die Mutter. Die Firma habe ein paar Dutzend Vertreter, die landauf, landab Laden- und Kioskbesitzer aufsuchten, um sie von den Vorzügen der »stummen Verkäufer« zu überzeugen. Sie selbst werde nach einer gewissen Einarbeitungszeit Sachbearbeiterin werden. Sie werde die Aufträge bearbeiten, die die Vertreter nach Hause brächten, den Briefwechsel mit den Kunden führen und dafür sorgen, daß die bestellten Geräte geliefert, aber auch bezahlt wurden.

»Kannst du das alles?« fragte Thomas höchst beeindruckt.

»Ich hoffe es zu lernen.«

Nach dem Abendbrot war es trotz später Stunde draußen noch hell, denn man schrieb den längsten Tag des Jahres. Die Mutter forderte Thomas zu einem Spaziergang in der lauen Abendluft auf, und sie gingen hinüber zur Lichtentaler Allee. Auf der Brücke über die Oos blieben sie stehen und beobachteten die Forellen, die im klaren Wasser des seichten Flusses fast reglos standen.

»Sind die eßbar?« fragte Thomas.

»O ja, die schmecken sogar ganz vorzüglich.«

»Dann hole ich mal 'n paar raus«, kündigte er an, aber die Mutter verbot es ihm.

Sie bummelten bis zum Kloster Lichtental und schauten in den Hof der schönen alten Anlage, und die Mutter sagte: »Weißt du, ich habe vor diesem Tag ziemlich Bammel gehabt.«

»Na, und ich erst«, gestand Thomas, »ich hab mich fast naß gemacht.«

»Aber wir haben's beide gut überstanden, oder nicht?«

Thomas nickte, und da die Stimmung so günstig war, erkundigte er sich danach, wieviel Taschengeld er vom kommenden Monat an erwarten dürfe.

»Ich dachte an zwei Mark fünfzig«, sagte die Mutter.

»Hm, naja.«

»Zu wenig?«

»Nee, nicht unbedingt. Aber so 'ne krumme Summe. Können wir nicht drei Mark sagen?«

»Also gut, drei Mark im Monat.«

»O.K., das merkt man sich leichter.«

14

»Was machst du denn da?« fragte eine fremde Stimme.

Thomas fuhr erschrocken herum, sah eine grüne Polizeiuniform und ein rundes Gesicht unter einem Mützenschirm, wollte weglaufen, blieb aber stehen.

»Ich ... ich habe bloß in die Oos geguckt«, stotterte er. Das war nicht direkt gelogen, denn Thomas stand wirklich auf der Brücke, die über die Oos führte.

»Ich hab … äh … ich hab mal gemußt«, versuchte er sich herauszuwinden, »und weil hier doch keine … äh … keine Bedürfnisanstalt in der Nähe ist …«

»Was ist denn mit dem Bindfaden?« fragte der Polizist weiter.

Thomas ärgerte sich, daß er den Bindfaden immer noch in der Hand hielt, anstatt ihn ins Wasser fallen zu lassen. Da er recht wendig war beim Erfinden von Ausreden, fiel ihm ein: »Ich wollte mal messen, wie tief die Brücke ist, ich meine, wie hoch das Wasser …«

»Du meinst, wie hoch die Brücke ist?«

»Ja, genau«, bestätigte Thomas in der Hoffnung, der Polizist werde nun weitergehen. Der aber zog den Bindfaden hoch und staunte: »Und zum Messen brauchst du einen Haken mit einem Stück Brot dran.«

Nun fiel Thomas keine Ausrede mehr ein, und als der Polizist fragte, ob er möglicherweise die Forellen habe füttern wollen, war die Antwort ebenso resignierend wie trotzig: »Zum Füttern hätte ich doch keinen Angelhaken gebraucht.«

Der Polizist schaute ihn lange an, aber anstelle der erwarteten Verurteilung kam nur die Frage: »Und was machen wir jetzt?«

Nicht so blöde Fragen stellen! dachte Thomas, der vor allem die Angelegenheit hinter sich bringen wollte. Er mußte sagen, wie er hieß und wo er wohnte und auf welche Schule er ging; Thomas war so niedergeschlagen, daß er die richtigen Angaben machte.

Der Polizist schrieb alles in ein Notizbuch und bat Thomas, die Taschenlampe zu halten, da es schon stark dämmerte. Dann schob der Polizist das Büchlein zurück in die Brusttasche seiner Uniform, sah Thomas erneut lange an und fragte schließlich: »Du weißt doch, daß das verboten ist, oder?«

Thomas witterte eine Chance: »Nee, wieso denn?«

»Naja, die Forellen gehören doch nicht dir, oder?«

»Nee, aber wem denn eigentlich?«

»Sie gehören der Allgemeinheit«, erklärte ihm der Polizist.

»Also Volkseigentum?«

»So ähnlich.«

»Dann gehören mir ja auch ein paar«, folgerte Thomas, »und die kann ich mir doch rausholen.«

Wieder war Thomas dem intensiven Blick ausgesetzt, ehe die Frage kam: »Hast du etwa schon welche rausgeholt?«

»I bewahre! Die Viecher sind ja auch viel zu blöd, die fressen doch mein Brot gar nicht. Vielleicht hätte ich Vollkornbrot nehmen sollen. Oder Schneckennudeln, vielleicht essen die lieber süß.«

»Forellen fängt man ganz anders«, sagte der Polizist.

»Wie denn?« fragte Thomas neugierig, aber der Polizist wollte es nicht verraten.

Thomas hielt es für geboten, das Gespräch weiterzuführen, aber möglichst am Thema vorbei: »Haben Sie vorhin gesehen, wie der Konny hier durchgerauscht ist? Mit seinem Dreihunderter und lauter weißen Mäusen vorneweg?«

In der Tat war vor nicht mal einer halben Stunde Konrad Adenauer mit Eskorte durch Lichtental gefahren, auf dem Weg auf die Bühlerhöhe, wo er Urlaub machen wollte. Das »Badische Tagblatt« hatte die Durchreise angekündigt.

Der Polizist runzelte bei dem Wort »Mäuse« die Stirn: »Du meinst wahrscheinlich motorisierte Polizeibeamte?«

»Ja, natürlich«, bestätigte Thomas erschrocken, »die Mäuse sind mir so rausgerutscht, ich meine motorisierte Motorradfahrer. Warum der Konny, ich meine der Herr Bundeskanzler, wohl immer auf die Bühlerhöhe fährt?«

»Wegen der Bergluft«, meinte der Polizist, »und wegen der frischen Forellen in unserer Gegend.«

»Schmecken die denn?« fragte Thomas hastig, und der Polizist bestätigte es. »Hast du denn noch keine gegessen?«

»Nee, bei uns gab's höchstens mal Hering in Aspik. Bei uns waren die Flüsse so dreckig, daß die Fische beim Schwimmen steckengeblieben wären.«

»Woher kommst du denn? Aus dem Ruhrgebiet?«

»Nee, aus Leipzig«, antwortete Thomas in der Hoffnung, damit sei die Nachforschung beendet und die Strafe erlassen. Aber der Polizist reagierte ganz anders: »Ach so! Da kommst du als Flüchtling daher und fängst gleich erst mal an zu klauen.«

Thomas spürte Zorn aufwallen, sah aber auch die Möglichkeit, den Gegner in die Ecke zu drängen: »Sie meinen also, daß alle Flüchtlinge klauen?«

»Das habe ich nicht gesagt.«

»Sie haben doch eben gesagt, die Flüchtlinge kommen hierhier und fangen gleich erst mal an zu klauen.«

»Ich habe nicht von den Flüchtlingen geredet, sondern von dir.«

»Aber ich bin doch ein Flüchtling!« trumpfte Thomas im Bewußtsein des nahen Sieges auf, »und ich hab doch geklaut.« Zu spät merkte er, daß sein Mundwerk wieder mal das Gehirn überholt hatte.

Der Polizist lachte herzlich. »Dich braucht man nicht zu bestrafen, du bist schon gestraft.«

»Also, kann ich jetzt gehen?«

»Ja, aber laß dich nie wieder auf dieser Brücke erwischen.«

»Kann ich meinen Bindfaden wiederhaben?«

»Ja, aber ohne den Haken.«

Thomas rannte davon, erleichtert und zugleich verärgert. Aus einiger Entfernung beobachtete er den Abzug des Polizisten, dann kehrte er zurück, holte seinen Eimer aus dem Gebüsch und trug ihn nach Hause.

»Was schwimmt denn in dem Eimer?« fragte die Mutter, als sie spät eintraf.

»Forellen«, sagte Thomas stolz, »für jeden eine.«

»Du bist ja nicht bei Troste! Die bringst du sofort zurück in den Fluß.«

»Da sind doch genug. Ißt du nicht gern Forellen?«

»Ja, aber keine geklauten.«

So kommen wir hier nicht voran, dachte Thomas auf dem Weg zur Oosbrücke.

15

Es war Sonntagmorgen und der erste Tag der Großen Ferien. Wider langjährige Gewohnheit war Thomas darüber nicht froh, denn er wußte nichts mit sich anzufangen. Es beruhigte ihn gar, daß in den kommenden fünf Wochen wenigstens der französische Nachhilfeunterricht dienstags und donnerstags weitergehen sollte.

Die Mutter war selbst an diesem Sonntag für ein paar Stunden ins Büro gegangen, und es war völlig unvorstellbar, daß sie schon fünf Wochen nach ihrem Eintritt in die Firma Urlaub genommen hätte. Natürlich hätte Thomas etwas mit sich anzufangen gewußt. Zum Beispiel wäre er gern zu seinem Freund Karl-Edwin nach Berlin geflogen. Aber dazu fehlte ihm das Geld. Ebensogern hätte er seinen alten Schulfreund Micky besucht, der vor ihm Leipzig verlassen hatte und nun mit seinen Eltern in München wohnte. Thomas hatte ihm brieflich in Aussicht gestellt, so bald wie möglich mal vorbeizuschauen; aber das hätte, wenn schon nicht das Geld für eine Bahnfahrt, ein Fahrrad erfordert. Thomas hatte sogar errechnet, wie lange er zu Fuß bis München und zurück brauchen würde, und festgestellt, daß die Ferien nicht lang genug waren.

Drei Klassenkameraden hatten ihn gefragt, ob er sie auf ihrer Radtour begleiten wolle, das Murgtal hinauf nach Freudenstadt, weiter in den Hochschwarzwald und vielleicht noch hinunter zum Bodensee. Dieses Angebot war eine erfreuliche Erfahrung für Thomas gewesen, der in der Klasse immer noch keinen rechten Anschluß gefunden hatte. »Wenn ich ein Fahrrad hätte«, hatte er geantwortet. Und Fridolin Zitterbart, der tatsächlich so hieß, hatte mit tiefsinnigem Nicken gemeint: »'s isch e grausams Schicksal, so als Flichtling.« Thomas seinerseits hatte darauf ebenfalls genickt.

Die größte Hoffnung hatte er auf seinen Stiefvater gesetzt, dem er bald nach der Ankunft einen langen Brief nach Wiesbaden geschrieben hatte – mit der Ankündigung eines

Besuchs. Sie war so energisch formuliert, daß man im diplomatischen Leben am ehesten von einem Ultimatum gesprochen hätte. Der Vater hatte erfreut geantwortet, sich aber ausbedungen, den Termin des Besuchs kurzfristig festzulegen.

Nun also war Sonntagmorgen, und Thomas sah aus dem Fenster. Er hatte vor Lustlosigkeit sogar auf den Besuch des Kindergottesdienstes verzichtet, dem er sonst an mehr als der Hälfte der Sonntage beiwohnte. Man müßte irgendwie Geld verdienen, dachte er, und wieder ein Fahrrad haben.

Er hatte sich nach Art alter Leute ein Kissen aufs Fensterbrett gelegt und schaute mit aufgestützten Ellenbogen dem sonntäglich gedämpften Treiben der Nachbarn zu. Zwei Mädchen spielten Federball, Frau Huck kehrte von der Messe zurück, und eine Familie belud ihren Lloyd mit Feriengepäck. Der arme Leukoplastbomber ächzte fast hörbar unter dem Gewicht von Koffern und Zeltausrüstung, und als sich die vierköpfige Familie schließlich auch noch hineinzwängte, hielt Thomas den Atem an, um die Achsen brechen zu hören. Der Lloyd tuckerte jedoch gemächlich davon und erreichte immerhin die Hauptstraße, in die er blaustinkend einbog.

Es blieb nun längere Zeit still, aber dann traten aus dem Haus gegenüber Jeanne und Monique. Das waren zwei hübsche Mädchen, etwas jünger als Thomas und Töchter eines Unteroffiziers der französischen Streitkräfte, der in Baden-Baden stationiert war. Eigentlich waren für Thomas Mädchen immer noch »blöde Weiber«, aber in diesem Fall machte er eine Ausnahme. Mit Verwirrung gestand er sich sogar ein, daß die beiden kindlichen Schönheiten nicht ganz schuldlos daran waren, daß er seine französischen Studien mit so viel Ehrgeiz betrieb. Noch gestern hatte er sich zu einem Kompliment erkühnt und Monique mit den Worten angestrahlt: »Tu es très beau.« Sie hatte schallend gelacht, da es natürlich »belle« hätte heißen müssen.

Die Mädchen hatten Badezeug bei sich und riefen Thomas zu, er solle sie »à la piscine« begleiten. Er griff seine

Badehose nebst Handtuch und jagte den beiden nach.

Das Hardbergbad in der Weststadt war erst ein Jahr alt und galt als das schönste in Südbaden. Es lag am Berghang und gestattete bei einigermaßen klarem Wetter einen Blick bis zum Turm des Straßburger Münsters. Es hatte ausgedehnte Liegewiesen und getrennte Becken für Schwimmer, Springer, Nichtschwimmer und Plantscher. Thomas bevorzugte das Nichtschwimmerbecken, indes die Mädchen im tiefen Wasser tobten und immer wieder versuchten, ihn ebenfalls dorthinein zu locken. Er drückte sich lange unschlüssig am Beckenrand herum, bis Jeanne und Monique ihm mit Gekicher ins Wasser schubsten. Er ging unter, nahm einen tiefen Schluck Chlorwasser, tauchte auf, prustete und strampelte, aber dann steuerte er, verärgert über seine eigene Ängstlichkeit, entschlossen das gegenüberliegende Ufer an. In der Mitte wurde er sich plötzlich bewußt, zweieinhalb Meter Wasser und den Tod unter sich zu haben, da er selbst nur ungefähr eineinhalb Meter maß. Er kam jedoch an und kehrte sofort um. Merkwürdig, dachte er, was man alles zustande bringt, wenn man sich beobachtet fühlt.

Jeanne und Monique rannten zum Sprungturm, Thomas hinterher. Er hoffte, sie würden das Ein-Meter-Brett benutzen, aber sie stiegen hinauf auf fünf Meter, und Thomas kletterte hinterher. Die Mädchen tauchten mit sauberen Kopfsprüngen davon, und Thomas wartete auf ein Wunder. Er hoffte, das Wasser unter ihm werde auslaufen oder auch gefrieren, so daß der Bademeister jegliches weitere Springen unterbinde. Er sah ganz klar, daß es nur einen Weg zurück nach unten gab und daß dieser Weg jedenfalls nicht über die Treppe führte.

Ein kleines Mädchen von vielleicht fünf Jahren schob den Zaudernden sanft beiseite und fragte schnippisch: »Wartscht aufs Christkindle?« Dann hielt es sich mit einer Hand die Nase zu und hüpfte.

Wie stets in Grenzsituationen des menschlichen Daseins kamen auch Thomas verschiedene Gedanken: Ich bin doch der einzige Sohn! Und die Oma wollte mich noch mal sehen. Da hätte mich auch der DKW auf dem Kudamm zermalmen können. Fast dreizehn Jahre für die Katz. Das ganze Essen umsonst …

Ein etwa vierzehnjähriger Junge sah ihn derweil verächtlich an und machte eine Geste, die heißen konnte: Hose voll?

Thomas sprang einfach hinter dem Jungen her. Er vergaß, die Nase zuzuhalten, plumpste wie ein Stein ins Wasser und bekam gerade noch mit, daß er beim Eintauchen den Jungen streifte, der vor ihm gesprungen war. Er schoß tief hinunter und gab sich verloren, trieb dann irgendwie an die Oberfläche und ruderte prustend mit allen Gliedmaßen.

»Merde alors!« hörte er neben sich französisches Fluchen, »tu es complètement fou! Idiot!«

Dann fühlte er sich an den Haaren gepackt und unter Wasser gezerrt. Als er, noch von Todesangst gezeichnet, den Beckenrand erkämpfte, standen dort lachend die beiden Mädchen und mit wütendem Gesicht der fremde Junge: »Idiot!« schimpfte er erneut.

Thomas spuckte Wasser und brachte erst im zweiten Anlauf eine Entgegnung hervor: »Du Hutsimpl, du elender!«

Das war ein vergleichsweise harmloses badisches Schimpfwort, das sich Thomas angeeignet hatte und das keinerlei Eindruck machte. Es war das alte Lied: Im Fremdsprachenunterricht lernte man die Wörter, die man im täglichen Umgang am nötigsten hatte, ausgerechnet nicht.

»Kriegschgloioiuffdlappnaa!« schimpfte Thomas weiter. Das war ebenfalls badisch und konnte etwa so ins Deutsche übersetzt werden: ›Kriegst gleich eins auf die Klappe hinauf!‹ Aber das konnte der Franzose nicht ahnen.

Nun griff Thomas zu einer über Ländergrenzen hinweg gebräuchlichen Geste und zeigte dem Gegner den Vogel. Im nächsten Augenblick lag er auf dem Hintern. Er sprang sofort wieder auf, aber der andere warf ihn erneut um, stürzte sich hinterher und siegte auch beim abschließenden

Ringkampf. Thomas wand sich verbissen und stieß alle Verwünschungen gegen die verhaßten Besatzer aus, mußte aber endlich klein beigeben.

»Boche!« sagte der Sieger beim Aufstehen voller Verachtung und gab dem Unterlegenen noch einen Tritt.

»Ce n'est pas juste!« rief Jeanne ihrem Landsmann hinterher, aber der warf den Kopf in den Nacken und schritt davon.

Thomas wagte nicht, die Mädchen anzuschauen, und zog sich zurück auf den allerhöchsten Punkt der Liegewiese, wo es fast menschenleer war.

Auf der anderen Seite des Rheins konnte man an diesem klaren Tag wirklich das Straßburger Münster sehen, mit dem unverwechselbaren einen Turm – oder auch dem fehlenden Turm, ganz wie man will. Typisch Franzmänner, dachte Thomas bissig, den zweiten Turm haben sie nicht geschafft. Oder vergessen. Schade, daß der andere nicht auch umfiel. Man müßte eine große Kanone haben und das Ding sauber abrasieren.

»Boche«, hatte der Kerl gesagt. Das war ein böses Schimpfwort für alle Deutschen. Wie kam dieser Bursche eigentlich dazu? Hatte er vielleicht den Krieg gewonnen? Hatten nicht die deutschen Truppen im Galopp Paris eingenommen, ohne sich um die französische Gegenwehr zu scheren? Es war ja nicht recht gewesen, daß Hitler den Krieg begonnen hatte, aber den Franzmännern war es recht geschehen. Wie die sich aufführten! Da mußten sich immer noch zwei deutsche Gymnasien in ein Gebäude zwängen, weil die Besatzer deutsches Eigentum nicht hergaben. Und wer hatte Thomas mit seiner Mutter in dieses muffige, winzige Stübchen in Lichtental verdrängt? Wer, wenn nicht die Franzmänner, die tausend Wohnungen festhielten und wahrscheinlich bloß verkommen ließen? Die waren ja wie die Russen.

Diese Gedanken, die Thomas auf dem höchsten Punkt der Liegewiese durch den Kopf gingen, waren durchaus nicht aus spontaner Verärgerung entstanden. Er hatte sich nur die antifranzösische Stimmung zu eigen gemacht, auf die er in seiner neuen Umgebung gestoßen war. Vor allem Frau Huck konnte hinter verschlossener Tür die wütendsten Worte für die »Rothosen« finden. In seinem ungerechten Zorn machte Thomas nun auch vor den beiden Mädchen nicht halt, die ihm doch durchaus gewogen waren, und schwor, sie niemals mehr anzuschauen.

So machte er sich denn mit dem Gefühl auf den Heimweg, allein gegen eine zutiefst verachtenswerte Welt zu stehen. In Höhe des Bahnhofs war er zu dem Entschluß gelangt, diese verachtenswerte Welt einfach in den Sack zu stecken, aber auf der halben Lichtentaler Allee hatte er eingesehen, daß das nicht ging.

Bei den Tennisplätzen wurde Thomas noch mißmutiger, denn er gewahrte seine beiden Cousinen, die er nicht mochte. Er hatte nicht viel Kontakt mit ihnen, denn Tante Klara war knauserig mit Einladungen an ihre später geflüchteten Verwandten. Wenn Thomas dennoch mit Ria und Doris zusammentraf, ärgerte er sich über ihr Gehabe. Sie hatten angefangen, das Vornehme zu schätzen, und betonten gern, daß der Tennisclub »Rot-Weiß«, dem sie angehörten, nicht jedem in der Stadt offenstehe. Thomas lehnte, seinem Alter gemäß, alles Vornehme auf sehr direkte Weise ab und fand zum Beispiel: »Ist doch wurscht, in welchem Verein du neben den Ball kloppst.«

Er setzte sich auf die kleine Tribüne und sah den beiden Mädchen zu, die mit zwei älteren Schülern des Markgraf-Ludwig-Gymnasiums ein gemischtes Doppel spielten. Ein weiterer Grund für sein Verweilen war, daß sein Klassenkamerad Eberhard den vier Spielern die Bälle auflas und zuwarf.

Thomas beschloß, die Cousinen zu ärgern, und klatschte bei jedem verschlagenen Ball begeistert Beifall. Er irritierte sie tatsächlich, so daß die Fehlschläge häufiger wurden. Eberhard grinste verstohlen dazu. Als ein Ball, von Ria mit der Schlägerkante getroffen, über den hohen Maschendraht bis auf die Lichtentaler Allee sprang und einen älteren

Radfahrer ins Schlingern und beinahe zu Fall brachte, rief Thomas laut: »Bravo! Welch ein Ball!«

Ria warf mit dem Schläger nach ihm, und ihr Kavalier schaltete sich ein: »Was ist'n das für einer?«

»Ach, das ist nur 'n Cousin von mir. Grade frisch aus der Zone.«

»Naja«, machte der ältere Gymnasiast von oben herab, »so ein Proletarier aller Länder.«

Dies war ein falsches Wort zuviel, und wieder mußte Thomas mit Worten und Taten gegen einen überlegenen Gegner angehen. Er unterlag zum zweitenmal an diesem unseligen ersten Ferientag, und da ihm nun alles gleichgültig geworden war, kaufte er sich für den Rest seines Juli-Taschengeldes im Clubhaus eine Coca-Cola.

Eberhard, sein Klassenkamerad, kam später dazu, und Thomas fragte ihn etwas, was er sich selbst schon gefragt hatte: »Deine Eltern haben doch genug Geld, dein Vater ist Zahnklempner. Warum mußt du hier für solche Figuren den Balljungen machen?«

Eberhard nickte, um anzudeuten, daß die Frage ihre Berechtigung hatte. Dann antwortete er: »Erstens will ich gern eigenes Geld verdienen. Und zweitens besteht mein Vater darauf, damit ich weiß, was Geld überhaupt wert ist.«

»Sehr vernünftig«, lobte Thomas, »aber es muß doch blöd sein, für solche Idioten wie meine Cousinen zu arbeiten.«

»Ja, schon«, bestätigte Eberhard, »aber mein Vater sagt, man muß erst mal dienen lernen, ehe man befehlen kann.«

Während Thomas noch über diese Äußerung nachsann, fuhr Eberhard fort: »Du solltest die Coca-Cola nicht mit'm Strohhalm trinken, das gibt 'n Bauch voll Luft und entsetzliche Blähungen.«

»Ehrlich?« fragte Thomas, »da hab ich mich schon manchmal gewundert.«

»Würdest du den Job hier nicht machen?« fragte Eberhard.

»Nee!« entfuhr es Thomas spontan.

»Schade. Du könntest ihn ab morgen haben. Ich muß nämlich mit meinen Eltern nach Südfrankreich. Du könntest mich vier Wochen vertreten.«

»Naja«, sagte Thomas schnell, »direkt ablehnen würde ich nicht. Ich meine ja nur, als Beruf für später ... Also, ich mach das schon. Es muß ja gemacht werden, wenn du weg bist.« Und in der Angst, die Chance könne zerrinnen, fügte er schnell hinzu: »Abgemacht? O.K.!«

Dann erklärte er, ohne den Vorfall aus dem Schwimmbad zu erwähnen, daß ihn eine Reise nach Frankreich überhaupt nicht reizen könne. Berlin oder München, ja; Kölner Karneval auch. Aber zu den Franzmännern?

Eberhard gab zu verstehen, daß er die Reisen seiner Eltern auch nur gezwungenermaßen mitmache. »Da hockst du vier Wochen lang hinten in diesem blöden Mercedes, mußt alle paar Kilometer in irgendwelche Kirchen oder Museen hasten und dir den halben Baedecker anhören und abends noch Froschschenkel verputzen.«

»Igitt!« schüttelte sich Thomas, »und Schnecken, wie?«

»Ja. Italien haben wir schon abgehakt, Österreich und die Schweiz auch.«

»Und wo war's am besten?«

»Also, die Österreicher haben den besten Kaiserschmarrn und die Italiener die besten Weiber.«

»Und die Schweizer?«

»Die Schweizer? Naja, die haben, glaube ich, die höchsten Berge.«

Sie tranken ihre Coca-Cola aus und gingen zum Club-Büro, wo Eberhard meldete, daß während seiner Abwesenheit Thomas auf die Liste der Balljungen gesetzt werden solle.

»Bonne route!« rief Thomas, als sie sich verabschiedeten.

»Ach, hör bloß auf!« meinte Eberhard, »ich würde lieber mit dir tauschen.«

Dieser Satz gab Thomas genug zu denken für den Heimweg. Doch nach einiger Zeit begann er fröhlich zu pfeifen und nachzurechnen, wie viele Stunden er Balljunge sein müsse, um sich vom Verdienst ein Fahrrad kaufen zu können.

16

Thomas hatte nun eine Aufgabe und ein Ziel: Bälle aufzulesen und mit dem so verdienten Geld möglichst bald ein Fahrrad zu kaufen.

Bisher hatte er in Baden-Baden eine große und mehrere kleine Pflichten gehabt. Im Mittelpunkt stand sein Ehrgeiz, in verschiedenen Schulfächern den Rückstand aufzuholen und das Niveau der Klasse zu erreichen, das er auf anderen Gebieten durchaus übertraf. Seine häuslichen Pflichten waren schon deshalb nicht zahlreich, weil das Zimmerchen so klein war. Es war am Morgen rasch aufgeräumt und wurde jeden Samstag in kurzer Zeit gründlich gereinigt. In der großen Wohnung in Leipzig hatte es auch für Thomas viel mehr Arbeit gegeben, vom Bohnern und Teppichklopfen bis zum Versorgen des Klos mit Papier aus handlich zugeschnittenen Zeitungen. Viel Zeit hatte er zu Hause auch mit Einkäufen vergeudet, die angesichts der chronisch schlechten Versorgungslage langwierig und oft erfolglos waren. Hier nun ging es schnell, und schon in Berlin hatte sich Thomas angewöhnt, ohne Umschweife seine Wünsche zu nennen und nicht mehr zu fragen: »Haben Sie keine Zitronen da?« So fragte man nämlich aus Gewohnheit und Erfahrung in Leipzig, während es im Westen hieß: »Drei Zitronen bitte.«

Thomas kaufte gern in Kaiser's Kaffeegeschäft, weil es dort Rabattmarken gab sowie eine Verkäuferin, die mit einer unbeschreiblich piepsigen Stimme den Wunsch nach einem Viertelpfund Plockwurst mit der Frage zu beantworten pflegte: »Uffgschnitte oder am Stick?« Beim erstenmal hatte sich Thomas noch von einer Nachbarin übersetzen lassen müssen: Aufgeschnitten, also in Scheiben, oder am Stück. Nun wartete er immer auf die piepsige Frage und forderte die Verkäuferin durch ein interessiertes »Wie meinen Sie?« ein weiteres Mal heraus. Einkaufen machte ihm Spaß, wenn auch das Geld, das die Mutter ihm mitgab, knapp bemessen war.

Nun indessen hatte Thomas eine Aufgabe, die ihn ganz erfüllte. Er stand früher als zu Schulzeiten auf, um als einer der ersten Balljungen im Clubbüro vorzusprechen. Er verbrachte den Tag meist bis zur Abenddämmerung im Club und wartete auf seine Einsätze, die allerdings manchmal Stunden auf sich warten ließen, denn viele Jungen und ein paar Mädchen drängten nach dem Geld. Wenn er Pause hatte, sah er sich Spiele an, um langsam den Sinn und die Regeln zu begreifen. Anfangs war er aus Unkenntnis in manchen As-verdächtigen Aufschlag hineingelaufen, war mehrfach hart getroffen und regelmäßig grob beschimpft worden. Inzwischen kannte er sich aus.

Das Mittagessen mit der Mutter fiel meistens aus, und einmal schwänzte Thomas, unter Gewissensbissen allerdings, den Nachhilfeunterricht bei dem ältlichen Fräulein.

Nun war Freitagnachmittag, und er wartete auf einen Einsatz für sechzehn Uhr. Er wartete bis zur letzten Minute und vergebens, dann rannte er wieselschnell die Lichtentaler Allee hinab zum Kurhaus. Von weitem sah er viele Menschen vor dem Eingang, beim Näherkommen Fotografen und Filmreporter auf der breiten Steintreppe. Autos mit den Schriftzügen von Rundfunksendern und Wochenschauen parkten in unmittelbarer Nähe.

Thomas hastete heran und fragte einen Jungen: »Sind sie schon drin?« Der Junge nickte.

»Wie hat er denn ausgesehen?« fragte Thomas weiter.

»Alt. Falls du den Adenauer meinst.«

»Hat er nicht mal 'n bißchen zugenommen?«

»Nee, eher im Gegenteil.«

»Na, hoffentlich macht er's noch 'ne Weile. Meine Mutter

sagt immer, er müßte mal 'n bißchen mehr auf die Rippen kriegen.«

Es war ein großer Tag für Baden-Baden, denn nicht nur Adenauer war da, der die Stadt oft besuchte, sondern es waren die Außenminister der Staaten der Montanunion gekommen, um über die Zukunft Europas zu konferieren. Es war ein bedeutendes Ereignis, und alte Baden-Badener sahen bereits den Glanz des 19. Jahrhunderts wiederkehren, jener Zeit also, da sich »im Tal der Oos« gekrönte Köpfe vom ganzen Kontinent zu treffen pflegten. Das »Badische Tagblatt« bemühte historische Reminiszenzen, die von nüchternen Zeitgenossen jedoch als unvergleichbar abgetan wurden, und der Oberbürgermeister war auffällig bemüht, außer seiner Stadt auch sich selbst ins europäische Rampenlicht zu rücken.

Da Thomas den Kanzler verpaßt hatte, kehrte er zum Tennisplatz zurück und verdiente noch eine Mark. Erst als es dunkel war und keine Kundschaft mehr zu erwarten war, lief er wieder zum Kurhaus, um zu erfahren, daß die Herren sich unterdessen dem Volke gezeigt hätten, auch der Herr Oberbürgermeister, immer in der Nähe des Kanzlers. Nun aber sei da drinnen ein Festbankett, und das dauere erfahrungsgemäß seine Zeit.

Vom Leopoldplatz her nahte ein Fackelzug. So um die tausend Menschen kamen gemessenen Schrittes heran. Manche trugen Fahnen, andere hatten Schilder in den Händen: »Nie wieder Krieg!« oder »Weg mit den Grenzen!« oder »Einigt endlich Europa!« Sie stellten sich vor der Kurhaustreppe auf, die Fackelträger bildeten einen Halbkreis, und alle riefen im Chor: »Wir wollen die Minister sehen! Wie wollen die Minister sehen!«

»He, was machst'n du hier?« fragte jemand, und Thomas gewahrte seinen Klassenkameraden Erasmus, der eine Fackel hielt und ziemlich mit Wachs bekleckert war. Thomas sagte, er wolle Konny sehen, und gab die Frage zurück.

»Ich latsche mal wieder für Europa«, erklärte Erasmus ein

wenig müde. Sein Vater hänge der Europa-Idee mit großem Eifer an und lasse keine Gelegenheit verstreichen, dafür auf die Straße zu gehen. Ungefähr jedes dritte Wochenende sei irgendeine Aktion auf der Grenzbrücke zwischen Kehl und Straßburg, hin und wieder sei man auch jenseits der Grenze in Straßburg, was jedoch immer Umstände mache wegen der erforderlichen Visumsanträge.

»Macht einen ganz schön schlapp, das ewige Demonstrieren«, meinte Thomas mitfühlend, »ich kenne das aus Leipzig: erster Mai, achter Mai, siebenter Oktober, siebenter November, vierundzwanzigster Dezember – ewig auf Achse.«

Erasmus wollte nun die einzelnen Daten und Anlässe erklärt haben, und Thomas zählte bereitwillig auf: »Also, erster Mai ist klar, Tag der Arbeit, weiß ich auch nicht, was es da zu feiern gibt. Achter Mai, Tag der Befreiung, da feiern sie in der Zone, daß sie nun alle sagen können, was sie denken, und überall hinfahren können, ohne die Volkspolizei zu fragen. Siebenter Oktober, da haben die Russen die DDR gegründet, und am siebenten November hat es sie selbst erwischt, da war Oktoberrevolution.«

»Oktoberrevolution im November?« wunderte sich Erasmus.

»Ja, damals waren sie in Rußland noch der Zeit hinterher, aber seither haben sie einen Monat aufgeholt.«

Erasmus wollte auch noch den 24. Dezember erklärt haben, und Thomas sagte, da sei man in die Kirche gegangen. Dies habe durchaus mit Demonstration zu tun, da es nämlich von der Obrigkeit nicht gern gesehen werde. »Hier ist das schon besser«, fand Thomas abschließend, »hier demonstriert man wenigstens freiwillig.«

»Ich nicht«, widersprach Erasmus, wobei er verstohlen zu seinem Vater blickte, der mit den anderen nach den Ministern rief.

Das vertraute Beisammenstehen nutzte Thomas zu einer Frage, die er seinem Klassenkameraden schon lange hatte stellen wollen: wieso er ausgerechnet Erasmus heiße.

»Das frage ich mich auch«, war die Antwort, die Thomas

jedoch nicht zufriedenstellte. Es kam heraus, daß der Vater eine große Vorliebe für Erasmus von Rotterdam hatte, den großen europäischen Humanisten. »Mensch, wenn das jeder so machen würde«, sagte Thomas kopfschüttelnd. »Ich hab zum Beispiel 'ne ausgesprochene Vorliebe für Goofy und für Tarzan. Wenn ich nun 'n Sohn kriege …«

Erasmus fand es nicht vergleichbar, gab jedoch zu, daß er lieber einen anderen Namen hätte.

Die ausdauernden Sprechchöre hatten einen kleinen, schnauzbärtigen Herrn auf die Kurhaustreppe treten lassen, von dem einige meinten, er sehe aus wie Felix von Eckardt, der Sprecher des Kanzlers. Er kündigte an, die Herren würden bald herauskommen. Im Moment könne er leider nicht mit dem Kanzler dienen, aber der Bundestagsabgeordnete Strauß wolle einige Worte sagen.

Ein rundlicher Mann mit kurzem Hals und korrektem Scheitel trat ins Licht der Fackeln und begann: »Meine lieben Freunde Europas!« Die Freunde Europas fühlten sich verstanden und applaudierten sofort. Der Redner versicherte, er selbst sei einer der besten Freunde Europas, was stärkeren Beifall auslöste. Man habe eine Aufgabe von historischen Dimensionen vor sich, und die Geschichte werde dermaleinst ihr Urteil fällen. Er selbst als Historiker könne es aber jetzt schon sagen.

Die Europäer am Fuß der Treppe gerieten aus dem Häuschen, und Erasmus staunte auf Badisch: »Moi, der Kerle kann schwätze!« Auch Thomas war beeindruckt, aber er störte sich etwas an dem Dialekt des Politikers. Erasmus fand das Bayerische gar nicht so übel und den Dialekt das Unwichtigste an einem Politiker, aber Thomas widersprach: »In der Ostzone denken wir da anders, wegen Ulbricht.«

Der Redner gab noch seine Vorhersage für das 21. Jahrhundert ab, das ihm außerordentlich bedroht erscheine, falls nicht …

Dann kam Adenauer und stahl dem Bayern den Schlußapplaus. Er hatte die Herren Außenminister aus Frankreich, Italien, den Niederlanden, Belgien und Luxemburg mitgebracht, aber die Menge rief nur »Konny, Konny!« und Erasmus schwenkte seine Fackel und bekleckerte Thomas, der das nicht mal merkte.

Adenauer begann zu sprechen und wiederholte, in anderem Dialekt freilich, manchen Gedanken seines Vorredners, der unübersehbar in der Szene stehengeblieben war. Die Konferenz von Baden-Baden sei ein Meilenstein auf dem Wege nach Europa, versicherte der Kanzler. Die Zuhörer klatschten.

Der Kanzler sagte, es gebe noch sehr viele Hindernisse auf dem Wege nach Europa, und die Zuhörer klatschten.

Die Welt widersetze sich der Vernunft, meinte der Kanzler, und seine Zuhörer klatschten begeistert.

Aber man werde es schaffen, und noch in fünfzig Jahren werde man von diesem historischen Tag in der schönen Kurstadt sprechen.

Dann bin ich fast dreiundsechzig, dachte Thomas und nahm sich vor, alles aufzuschreiben, um es bis dahin nicht zu vergessen.

»War das nicht toll?« fragte Thomas mit leuchtenden Augen Erasmus, »davon reden wir noch in hundert Jahren.«

»Ach, weißt du«, entgegnete Erasmus, der schnell abgekühlt war, »solange du noch ein Visum für Straßburg brauchst.«

»Naja, die Franzmänner sollte man auch vergessen bei dem Europa«, sagte Thomas und dachte an den ersten Feriensonntag im Schwimmbad.

17

Die Einladung des Vaters, ihn in Wiesbaden zu besuchen, kam, obwohl lange und heiß ersehnt, zur Unzeit. Denn Thomas hatte zwei Drittel der Ferien mit Fleiß Bälle aufgelesen und nach seinen Berechnungen zwei Drittel eines Fahrrades verdient.

Der Vater hatte Geld für eine einfache Fahrkarte dritter Klasse mitgeschickt, das aufgerundet war auf einen Betrag, der einen kleinen Imbiß unterwegs und eine Busfahrt in Wiesbaden ermöglichte. Thomas beschloß sofort, unterwegs nichts zu essen und in Wiesbaden zu Fuß zu gehen. Diese Sparpläne, einmal in Gang gekommen, endeten bei dem Entschluß, per Anhalter zu fahren, eine Art des Reisens, die Thomas bisher nur vom Hörensagen kannte.

So stand er eines Morgens, da die Mutter ihn sicher in einem Eilzug wähnte, an der Bundesstraße 3 am Ortsrand von Baden-Baden. Thomas winkte den nahenden Autos und fühlte sich dabei unbehaglich. Nach einer halben Stunde hielt ein großer dunkelblauer BMW, und der Fahrer ließ ihn mit einer Kopfbewegung einsteigen. Thomas sank in den Plüsch des Beifahrersitzes, der Wagen schwebte leise los, durchquerte bald Rastatt und erreichte schnell die Autobahn, die hinter Rastatt begann. Auf dem zweispurigen Betonband trat der Fahrer das Gaspedal durch, Thomas wurde in sein Polster gedrückt und sah gebannt Bäume, Brückenpfeiler und blaue Schilder vorüberflitzen, während das Auto nur einen vornehmen Pfeifton von sich gab.

»Toller Schlitten!« bemerkte Thomas.

Der Fahrer, der bisher geschwiegen hatte, schaute herüber. »Sagtest du Schlitten?«

»Naja, ich meine, das ist 'ne mordsmäßige Mühle.«

»Aha.«

Der Mann schwieg wieder und überholte alles, sogar einen 300er Mercedes und einen Porsche. Dann endlich fragte er nach Thomas' Ziel und ob er oft per Anhalter fahre.

»Ja, oft«, antwortete Thomas.

»Na, dann kennst du dich ja gut aus in unserem schönen Vaterland, was?«

Thomas nickte wortlos.

Am Karlsruher Dreieck fragte der Fahrer, ob er nach Wiesbaden rechts abbiegen oder geradeaus weiterfahren solle. Thomas tippte auf Rechtsabbiegen, der Mann fuhr geradeaus weiter.

»Weißt du, was ich glaube?« fragte er, »daß du noch nie per Anhalter gefahren bist.«

»Noch nie ist übertrieben«, widersprach Thomas, »aber ... aber es ist das erstemal.«

»Dachte ich mir. Außerdem glaube ich, daß du von zu Hause ausgerissen bist.«

Thomas war sprachlos, denn erstens stimmte es ja nicht, und zweitens fand er, daß das den Mann überhaupt nichts angehe. Hatte er den Fahrer vielleicht gefragt, ob er heimlich zu Hause losgefahren sei, ohne jemanden davon zu sagen? Was mischten sich Erwachsene immer in fremde Angelegenheiten ein. Wann war man eigentlich alt genug, um umbehelligt zu bleiben, um nicht mehr gefragt zu werden und sich nicht mehr rechtfertigen zu müssen?

Dann erzählte er die ganze Geschichte von seinem Stiefvater, von dessen Flucht aus Leipzig vor einem Jahr, von der eigenen Flucht vor dreieinhalb Monaten, von der Einladung und dem Fahrgeld, das er für ein Fahrrad sparen wolle.

Hinter Mannheim unterbrach der Fahrer: »Jetzt hast du mir aus deinem Leben bloß eines noch nicht erzählt: Wie ist der Mädchenname deiner Großmutter?«

»Die hieß ... Ach so, Sie wollen mich veräppeln?«

Der Mann nickte und sagte, er werde Thomas bei der angegebenen Adresse in Wiesbaden abliefern, und wenn die Adresse nicht stimme, werde er ihn zur Polizei bringen.

In Wiesbaden hing ein Zettel an der Haustür: »Lieber Thomas, ich bin in einer Stunde zurück.«

Der BMW-Fahrer fuhr beruhigt davon, und Thomas setzte sich auf eine Stufe. Die Gegend erinnerte ihn an Leipzig-Gohlis, wo er gewohnt hatte. Alles war größer und großzügiger als das enge, steile Sträßchen im Baden-Badener Vorort Lichtental.

»Da bist du ja!« rief der Vater.

Thomas sprang auf und stürzte in seine Arme.

»Mensch, so was!« murmelte er und spürte, wie ihm Wasser in die Augen trat.

Die beiden gingen, sichtlich ergriffen, in den zweiten Stock und betraten ein geräumiges, hohes und altmodisch möbliertes Zimmer. »Ich wohne immer noch zur Untermiete«, erklärte der Vater, »das ist praktisch, da muß ich mich um nichts kümmern.«

Der Vater sah aus wie immer, war nur eleganter gekleidet als früher. »Bist ein Stück gewachsen«, sagte er, mit den Augen Maß nehmend.

»Du nicht«, gab Thomas zurück, und sie lachten beide. Dann gingen sie in die Küche und machten Kaffee und Kakao. Als sie wieder im Zimmer saßen, steckte sich der Vater eine Zigarette an, eine Salem No. 6, die offenbar jetzt seine Marke war, und fragte Thomas nach seinen Erlebnissen seit der Trennung.

»Na, Mensch«, begann Thomas, »das war vielleicht 'n Schreck in der Abendstunde, wie ich aus den Ferien im Kinderheim zurückkomme und erfahre, daß du abgehauen bist.«

»Weißt du, daß das noch nicht mal ein Jahr her ist? Und mir kommt es vor wie zehn.«

»Mir auch«, bestätigte Thomas, der ja noch nicht mal dreizehn war. Dann fuhr er fort, die knapp zwölf Monate seit der Rückkehr aus dem Kinderheim so ausführlich zu schildern, wie es ihm die Wichtigkeit der Ereignisse gebot. Der Vater machte zwischendurch noch zweimal Kaffee und Kakao und holte aus einem Automaten am Haus gegenüber eine neue Schachtel Salem No. 6.

»So war das«, schloß Thomas, »und jetzt erzähl du!«

»Ich hab's ganz gut getroffen hier in Wiesbaden«, begann der Vater. »Ich bin wieder in meiner alten Branche tätig, bei einer großen Sektkellerei. Davon verstehe ich was, und ich genieße auch die Sicherheit einer festen Anstellung. Du weißt ja, wie ich in Leipzig mit meinen Geschäften immer auf einem Pulverfaß gesessen habe.«

»Weißt du noch«, unterbrach Thomas, »wie frühmorgens

die Polizei anrückte und dein Warenlager beschlagnahmte? Die ganze Wohnung haben sie auf den Kopf gestellt.«

»Ja, damals bin ich knapp an einer Anklage wegen Wirtschaftsvergehens vorbeigesegelt. Das war der Punkt, wo ich gesagt habe: Jetzt raus hier!«

Er berichtete von seiner Flucht über Ostberlin nach Westberlin, über das Notaufnahmeverfahren und den Flug nach Frankfurt, und Thomas bestätigte, bei ihm sei ein Dreivierteljahr später alles ebenso gewesen, nur mit dem Unterschied, daß ihm im Flugzeug schlecht geworden sei.

»Eigentlich hätten wir zusammen abhauen können«, fand Thomas.

Der Vater ging auf diese Bemerkung nicht ein, sondern machte eine überraschende Ankündigung: »Vielleicht wandere ich aus, nach Amerika.«

»Nimmst du mich da mit?« fragte Thomas so schnell, daß ihm die Abwegigkeit der Frage erst zu spät bewußt wurde. Der Vater ging auch hierauf nicht weiter ein, nur mit einem angedeuteten Lächeln, und malte dann seine Zukunft aus. In Kalifornien, erzählte er, gebe es Böden und Klima für Wein; man müsse nur mehr Winzer aus Europa haben, die ihre Erfahrungen und ihre Rebsorten mitbrächten, dann werde Kalifornien ein großes Weinland. Da brauche es auch ein Handelsnetz, und da sehe er eine Chance für sich.

»Überleg dir mein Leben«, sagte er. »Jetzt bin ich Mitte vierzig, habe einen Krieg hinter mir, eine zerstörte Existenz, eine Flucht, bin einmal verwitwet und einmal geschieden. Ich setze jetzt auf die große Chance, auf ›plein‹, wie man beim Roulette sagen würde.«

»Vielleicht komme ich eines Tages als Cowboy nach«, überlegte Thomas.

»Du bleibst erst mal bei deiner Mutter und bringst mit Anstand die Schule hinter dich, verstanden?«

Es klingelte zweimal an der Wohnungstür, und kurz darauf schob die Wirtin einen etwa zwölfjährigen, schwarzhaarigen Jungen ins Zimmer. Der Vater drängte ihn jedoch gleich wieder hinaus und schimpfte: »Ich hab dir doch gesagt, du sollst heute nicht kommen.«

»Aber Mutti hat mich doch geschickt«, wollte sich der Junge draußen auf dem Korridor verteidigen, doch der Vater komplimentierte ihn rasch hinaus ins Treppenhaus.

»Wer war denn das?« fragte Thomas.

»Das war ein Junge ... ja, wie soll ich dir das erklären?«

Thomas hatte es plötzlich erfaßt. »Das war mein Nachfolger, stimmt's?«

Der Vater lachte und schien befreit von der Pflicht einer peinlichen Eröffnung. Andreas, sagte er, sei der Sohn einer Frau, mit der er befreundet sei. Andreas' Vater sei im Kriege gefallen, ebenso wie Thomas' leiblicher Vater.

»Willst du wieder heiraten?« fragte Thomas ganz direkt.

»Unter Umständen.«

»Und dann geht ihr zusammen nach Amerika?«

»So könnte es sein.«

Thomas nickte nachdenklich: »Naja, ist ja auch Käse, so allein.«

Als er später für eine halbe Stunde allein war, rollte der oft gesehene Film vor ihm ab: Besuch in Wiesbaden, Gegenbesuch in Baden-Baden, noch ein Besuch und noch einer und noch ganz viele, und am Ende war's wie früher.

»Kannste glatt vergessen«, sagte Thomas leise zu sich.

Er blieb vier Tage in Wiesbaden und der Vater nahm sich Zeit, ihm die Stadt zu zeigen. Thomas stellte Vergleiche mit Baden-Baden an und ließ seine neue Heimatstadt dabei möglichst besser wegkommen, vielleicht in der unbewußten Absicht, den Vater zu einem Besuch zu verlocken.

Die Wilhelmstraße mit den teuren Auslagen schien ihm nicht ganz so vornehm wie die Lichtentaler Allee und die Läden der Kurhauskolonnaden. Das Thermalwasser war in Baden-Baden bedeutend heißer, der Kurpark weitläufiger, die Bergbahn auf den Merkur fand er schöner als die auf den Neroberg, und das Schwimmbad auf letzterem hielt in seinen Augen keinen Vergleich aus mit dem Hardbergbad in Baden-Baden.

Der Vater wunderte sich über diesen Lokalpatriotismus, der fast schon wieder so groß sei wie damals in Leipzig.

»Ach weißt du«, sagte Thomas, »manchmal denke ich, es ist ganz egal, wo man lebt. Wenn die richtigen Leute fehlen ...«

Für den Sonntag hatte der Vater eine Dampferfahrt auf dem Rhein angesetzt, worüber sich Thomas sehr freute.

»Wenn der Andreas mit will«, sagte er, »dann soll er eben.«

»Das finde ich aber riesig nett von dir«, sagte der Vater.

»Naja, der hat ja sowieso gewonnen.«

Die Fahrt von Wiesbaden-Schierstein bis nach Braubach war ein großes Erlebnis. Ab Rüdesheim verteilten die beiden Jungen die Burgen untereinander, so daß Thomas die auf dem rechten Ufer bekam und Andreas die anderen. Sie malten sich mit lautstarker Phantasie aus, wie sie ihre Besitztümer gegenseitig mit schwerer Artillerie in Schutt und Asche legen würden, was bei manchen Burgen freilich gar nicht mehr nötig war. An der Pfalz bei Kaub erklärte der Vater, daß hier den Rheinschiffen Zölle abverlangt worden waren, und die Jungen griffen die Idee auf. Sie verbündeten sich nun und schröpften nicht nur Schiffer, sondern auch Autofahrer und Bahnreisende. Neben nicht unerheblichen Gebühren verlangten sie pro Auto eine Tafel Schokolade und pro Eisenbahnzug eine Jungfrau, über deren Verwendung sie jedoch dem Vater keine klare Auskunft geben konnten. Irgendwas würden sie schon damit machen, sagten sie.

Auf dem Rückweg mit der Bahn waren sie dann wiederum froh, daß im Rheintal nicht mehr überfallen und geraubt wurde. In Rüdesheim stiegen sie aus und zogen durch die Drosselgasse. Der Vater schimpfte ein bißchen über die Betrunkenen, die am hellen Tage auf weichen Beinen einhertorkelten.

»Aber wenn's keine Betrunkenen gäbe«, wandte Thomas ein, »könntet ihr eure Sektfabrik dichtmachen.«

Kultivierte Menschen, und dies seien nun mal die Sekttrinker, pflegten derart edle Stoffe in Maßen zu sich zu nehmen, erklärte der Vater. Er erlaubte den beiden Jungen ein gemeinsames Glas Wein, was zur Folge hatte, daß sie auf dem Weg zum Bahnhof an Häuserwänden schleiften und Lieder anstimmten.

»Wie kann man von einem halben Glas so blau sein?« fragte der Vater am nächsten Morgen, als er Thomas weckte.

»Auweia!« stöhnte der und massierte sich die Stirn, »aber du weißt ja nicht, was wir vom Nachbartisch abgeräumt haben.«

Die beiden jungen »Saufkumpane«, wie der Vater sie nun nannte, verstanden sich gut und brachten einen guten Teil von Thomas' restlicher Zeit in Wiesbaden gemeinsam zu.

»Sag mal, ihr wollt ja nun meinen Vater heiraten«, meinte Thomas am letzten Tag, denn er war von dieser Frage noch nicht losgekommen.

»Das stimmt«, bestätigte Andreas, »aber er ist ja gar nicht mehr dein Vater.«

»Naja, wir sind aber sieben Jahre zusammengewesen, da kann ich das noch sagen. Das müßt ihr nämlich erst mal schaffen.«

»Wenn wir heiraten«, erwiderte Andreas, »dann bleiben wir für immer zusammen.«

»Hab ich auch gedacht. Und auf einmal war er abgehauen in den Westen.«

»Das kann uns ja nicht passieren, oder meinst du, er haut in den Osten ab?«

»Nee, aber nach Amerika.«

»Da gehen wir doch mit.«

Nach einiger Zeit sagte Thomas noch mal: »Sieben Jahre. Weißt du, da hast du viel zusammen erlebt. Letztes Jahr hat er mich noch in den April geschickt, das alte Schlitzohr. Da bin ich doch tatsächlich los und wollte mich als Straßenbahnfahrer bewerben. Das hat er so schön erzählt, daß sie jetzt auch Kinder nehmen. Da hat er mich voll erwischt, verdammich!«

»Mich dieses Jahr auch«, erzählte Andreas. »Mich hat er zum großen Sackhüpfen nach Bleidenstadt geschickt. Da könnte man tolle Sachen gewinnen, Micky-Maus-Kostüme und so, hat er mir erzählt. Man müßte nur einen eigenen Sack mitbringen.«

»Und? Stimmte nix? Gab's Donald-Duck-Kostüme, oder wie?«

»Gar nichts. Nicht mal 'n Sackhüpfen. Und ich hab extra noch 'n alten Kohlensack dreimal ausgewaschen und bin mit dem Rad übern Berg nach Bleidenstadt. Und dann steh ich da vorm Rathaus wie das Männlein im Walde.«

»Für dieses Jahr hätte ich was für ihn gehabt«, sagte Thomas, »ich hätte ihn todsicher in den April geschickt. Aber er ist ja vorher abgehauen.«

Beim Abschiedsfrühstück mit dem Vater brachte Thomas das Gespräch noch einmal vorsichtig auf das Thema: »Wenn ihr vielleicht doch nicht heiratet ...«

Der Vater trank Kaffee und strich sich ein Leberwurstbrot.

»Ich hab schon mal im Kino gesehen«, machte Thomas weiter, »wie die Braut noch vor der Kirchentür links abgeschwenkt hat. Oder war's rechts, ist ja auch egal.«

Der Vater biß in sein Wurstbrot und schenkte Kaffee nach.

»Also wenn so was passieren sollte, dann schreib mir doch mal nach Baden-Baden.«

Sie aßen eine Weile schweigend, dann fragte Thomas plötzlich: »Soll ich zur Hochzeit kommen?«

»Deine Ideen! Wie früher. Bestechend in ihrer Einfachheit, umwerfend in ihrer Originalität und garantiert undurchführbar.«

»Und deine Sprüche sind auch nicht anders geworden«, gab Thomas zurück, »aber wenn du meinst, komme ich eben gleich nach der Hochzeit.«

Er bekam das Geld für die Heimfahrt, wiederum etwas aufgerundet, und zehn Mark extra fürs Fahrrad. Dann suchte er sich eine Ausfallstraße und winkte in der festen Zuversicht, bis zum Nachmittag in Baden-Baden zu sein und noch ein paar Stündchen in den Tennisclub gehen zu können.

Er kam jedoch erst gegen Mitternacht an und mußte sich verteidigen: »Weißt du, der Zug hat einen riesigen Umweg gemacht, der Lokführer hat sich total verfahren, und ...«

»Du hast auch schon mal besser gelogen«, fand die Mutter, und sie holte binnen kurzem die Wahrheit zutage. Das Fahren per Anhalter sei ab sofort verboten, verfügte sie, und Thomas' Erwiderung, das sei ja schon bisher der Fall gewesen, steigerte ihren Zorn; Thomas bekam eine Woche Hausarrest.

Da nun widersprach Thomas noch einmal heftig, wies darauf hin, daß er berufstätig sei und bei allem Sinn für Strafe eines ohnehin nicht verstehen könne: »Für Hausarrest braucht man ein Haus, aber in unserer Bude ist das nicht zuzumuten, da dreht man ja durch, da springt man ja aus dem Fenster oder zündet alles an. Wir sind noch nicht wieder so weit, daß wir Hausarrest verhängen können.«

»Ist ja gut«, beruhigte ihn die Mutter, »aber du mußt doch verstehen, daß wir in Sorge waren.«

Thomas spitzte die Ohren. »Wer ist denn ›wir‹?«

»Na wir«, sagte die Mutter und tat vergeblich, so, als sei das eine ganz normale Antwort. »Hans und ich.«

»Was is'n das für einer?«

»Du wirst ihn kennenlernen, wir gehen am Sonntag zusammen nach Iffezheim zum Pferderennen.«

»Reitet er da?«

»Nein, wir gehen zum Zuschauen. Das heißt, wir fahren, er hat nämlich ein Auto.«

»Was für eins?«

»Einen Messerschmitt Kabinenroller.«

»Das ist doch kein Auto, das ist doch ein Motorrad mit Mütze. Da haste aber was an Land gezogen.«

Die Mutter rügte den Ausdruck.

»Sag mal«, fragte Thomas, »wollen wir vielleicht auch heiraten?«

»Nein. Will der Herr in Wiesbaden heiraten?«

Thomas nickte.

18

Am Sonntagvormittag sah Thomas Hans Heinemann mit seinem frisch gewienerten Messerschmitt Kabinenroller vorfahren. Er klappte die Plexiglashaube hoch und versuchte, mit einem federnden Sprung auszusteigen, was ihm aber wegen der Enge des Fahrzeugs mißlang, so daß er einen zweiten Anlauf nehmen mußte.

Frau Huck äugte mißtrauisch aus ihrer Zimmertür und murmelte etwas von »Herrenbesuch«, als Herr Heinemann die Wohnung betrat. Thomas begrüßte ihn zurückhaltend und mürrisch, womit der Gast jedoch gerechnet zu haben schien.

Herr Heinemann trug einen hellen Sommeranzug mit Krawatte, und die Mutter hatte ihr Vorkriegs-Seidenkleid angezogen, das ihr immer noch besser stand als alles später Gekaufte. Thomas hatte sich nicht besonders in Schale geworfen; erstens war ihm das ohnehin ein Greuel, und zweitens wollte er gar nicht mit zum Pferderennen. »Was soll ich bei den blöden Gäulen? Ich gehe lieber Geld verdienen.«

»Tu mir mal den Gefallen, daß wir zu dritt ausgehen«, bat die Mutter.

»Wenn man da wenigstens selber reiten dürfte«, maulte Thomas.

»Kannst du das?« fragte Herr Heinemann, und Thomas mußte verneinen.

»Es ist doch nur einmal im Jahr Große Woche«, sagte die Mutter, und Thomas gab schließlich nach.

Der Kabinenroller war wirklich ein komisches Gefährt. Lenker und Kickstarter ließen an ein Motorrad denken. Allerdings hatte das Ding drei Räder. Obwohl es rundherum mit Blech verkleidet war, hätte doch niemand von einem »Auto« gesprochen. Es war ein typischer Zwitter, geboren aus dem Wunsch der Leute, wieder zu fahren, und der Unmöglichkeit, sich ein richtiges Auto zu leisten.

Auch das Kennzeichenschild war kleiner als bei ausgewachsenen Fahrzeugen. Die Nummer war FB 21-3546, wobei das F für die französische Zone stand, das B für Baden und die 21 für die Stadt Baden-Baden.

Herr Heinemann verstaute seine beiden Fahrgäste und zuletzt sich selbst in der knapp bemessenen Karosse. Die seitlich aufgeklappte Plexiglashaube mußte bei drei Fahrgästen offenbleiben, so daß auch auf der Landstraße die neun PS des Kabinenrollers nicht voll auszuschöpfen waren. Viele Wagen überholten, darunter immer wieder große Limousinen wie Mercedes 300, BMW 501 oder Opel Kapitän. Daneben sah Thomas zahlreiche »Ami-Schlitten«, wie er sie nannte, von denen die Cadillacs am eindrucksvollsten waren; sie trugen ihre barock verchromte Kühlerfront vor sich her wie Rita Hayworth ihren Busen. Sogar drei Rolls-Royce zählte Thomas, und auch Onkel Manfred mit seinem Ford 12 M samt Familie fuhr vorüber, ohne jedoch die Insassen des Kabinenrollers zu erkennen.

»Unser Wagen ist doch der lustigste von allen, oder nicht?« rief Herr Heinemann im Fahrtwind nach hinten.

»Ja, vor allem wenn es auf dem Heimweg regnet«, rief die Mutter zurück.

In Iffezheim teilte sich der Strom der Fahrzeuge: Die großen Autos und manche andere fuhren geradeaus in die Richtung der Haupttribüne, die kleineren Wagen sowie die zahlreichen Motorradfahrer und Radler bogen rechts ab. Dort ging es zu dem Ort, von dem aus jene die Rennen verfolgten, die keinen Eintritt zahlen konnten oder wollten. Es war ein langgestreckter Hügel entlang der Gegengeraden, der sich schon beträchtlich mit sommerlich gekleideten

Menschen gefüllt hatte. Ein Bierzelt und verschiedene Stände mit Coca-Cola, Eis und heißen Würstchen sorgten für die Atmosphäre eines Kleingärtnerfestes.

Sie suchten sich einen Stehplatz mit gutem Blick auf die Haupttribüne, und die Mutter meinte: »Da drüben geht's ein bißchen vornehmer zu als hier.«

»Aber hier ist es lustiger«, entgegnete Herr Heinemann.

»Ja, du mit deinem sonnigen Gemüt. Ich hab eben noch nie beim Pferderennen woanders gesessen als auf der Haupttribüne.«

»Laß mal«, sagte Herr Heinemann, »nächstes Jahr sitzen wir da auch.«

Dann holte er Eis für die Mutter und Coca-Cola für Thomas, der nicht mehr so mürrisch war wie bei der Begrüßung, denn er fand den Freund seiner Mutter weniger unsympathisch als befürchtet.

Über den Lautsprecher war zu verfolgen, was vor der Tribüne geschah, aber zu sehen war nichts, nicht der Sattelplatz oder der Führring, nicht die Totalisatoren oder die Tische der Vornehmen. Thomas begann sich zu langweilen, dann drückte ihn die hastig getrunkene Coca-Cola, und er mußte austreten gehen. Als er zurückkam, war das erste Rennen vorbei.

Das zweite verpaßte er nicht. Ungefähr zwölf Pferde galoppierten schnaubend heran. Sie trommelten mit den Hufen, daß die Erschütterung noch auf dem Hügel leicht zu spüren war, und schleuderten Grasbüschel und Dreckklumpen in die Höhe. Die Jockeys, winzige Männchen wie aus dem Liliputanerzirkus, hatten schreiend bunte Leibchen an, manche gestreift, manche kariert, andere wieder gepunktet. Sie standen in den Steigbügeln und beugten sich tief über die Hälse ihrer Pferde. Sekunden später war der Spuk vorüber, und nach einer Minute schrie es aufgeregt aus dem Lautsprecher, »Liebesmahl« unter Micky Starosta habe das Rennen um die »Goldene Peitsche« gewonnen, und »Niederländer« unter Ossi Langner sei Zweiter geworden.

»Aha«, sagte Thomas, »und was kommt nun?«

Als er keine Antwort erhielt, fragte er deutlicher: »Ich meine, müssen wir jetzt den ganzen Tag hier rumstehen, weil alle halbe Stunde 'n paar Pferde vorbeihoppeln?« Ein bißchen Sinn für Pferde müsse man schon haben, gab Herr Heinemann zu, und er selbst habe ihn eben, da er im Krieg bei der Kavallerie gewesen sei.

»Oh, erzählen Sie mal«, bat Thomas.

»Nein, ich erzähle nicht vom Krieg.«

»Warum denn nicht? Das machen doch alle.«

»Ja, diese entsetzlichen wandelnden Landserheftchen. Ich erzähle lieber, was ich vor mir habe, und nicht, was ich hinter mir habe.«

Nach dem dritten Rennen meinte Thomas, er habe nun lange genug ausgeharrt und finde die Sache endgültig langweilig. »Wenn wenigstens mal eins verkehrtrum rennen würde. Oder wenn zwischendurch Elefanten kämen.«

Da beides unwahrscheinlich war, bat Thomas um die Erlaubnis, doch noch im Tennisclub nach Beschäftigung zu fragen. Die Mutter verabschiedete ihn mit Bedauern und der dringenden Bitte, mit dem Bus zu fahren und nicht per Anhalter.

Die Mutter kam abends fröhlich nach Hause. »Das war der schönste Tag seit langer Zeit«, strahlte sie. Thomas ging nicht darauf ein.

»Hast du was gegen Herrn Heinemann?« fragte die Mutter.

»Ach was! Du kannst ihn sofort heiraten. Vati in Wiesbaden heiratet auch. Alle heiraten. Muß'n Mordsspaß sein.«

»Kein Mensch redet von Heiraten«, entgegnete die Mutter, ungewohnt ärgerlich, »aber soll ich vielleicht ganz allein rumlaufen in diesem schönen Baden-Baden?«

Thomas sah sie verwundert an. »Du hast doch mich!«

Die Mutter lachte. »Du bist mir vielleicht ein Dummkopf. Du bist mein Sohn, aber eine Frau will doch auch einen Mann haben, verstehst du das?«

»Nee, wozu? Du verdienst doch, und ich verdiene auch.«

»Also, nun hör mal gut zu! Ich mache morgens unser Frühstück, gehe ins Büro, bleibe dort meistens bis spät abends, mache noch Abendbrot, flicke deine Sachen, packe Pakete für die Ostzone und gehe schlafen. Sonntags gehen wir wandern oder Eis essen, aber bald, wenn du ein Fahrrad hast, wirst du deine eigenen Wege gehen, und dann setze ich mich in den Kurpark und höre das Konzert und sehe mir die Frauen an, die mit ihren Männern spazierengehen. Willst du das?«

»Nee, so nicht, aber ...«

»Siehst du! Deine Tante Klara meint ja, es genüge völlig, wenn ich als alleinstehende Frau sonntags in die Kirche und anschließend nach Hause gehe, anstatt mich herumzutreiben, wie sie das nennt. Wenn Tante Klara von Herrn Heinemann erfährt, wird sie schwarz vor Ärger. Oder sie platzt sofort.«

»Meinst du wirklich?« fragte Thomas und malte sich das aus. Die Mutter nickte.

Thomas sah nun Herrn Heinemann in anderem Licht und wurde neugierig. »Erzähl doch mal, was das für'n Knabe ist.«

»Ein Herr, bitteschön! Also, Hans stammt aus Magdeburg und hat dort eine Autowerkstatt gehabt.«

»Enteignet, was?«

»Nein, aber es stand wohl kurz bevor. Jedenfalls bekam er keine Ersatzteile mehr geliefert und kein Material, genau wie bei uns damals, du weißt ja noch. Schließlich hatte er den Ärger satt und ist nach Westberlin getürmt, genau wie wir.«

»Hat er 'ne Frau?«

»Wo denkst du hin! Dann wäre ich doch nicht mit ihm zusammen.«

»Richtig, habe ich vergessen. Und jetzt verkloppt er für euch Automaten?«

»Ja, er hat bei uns als Vertreter angefangen. Aber irgendwann will er wieder in seinen alten Beruf.«

»Erst mal«, sagte Thomas, »soll er sich ein richtiges Auto kaufen. Die Mühle ist doch 'ne Krankheit.«

»Verdien du dir erst mal ein Fahrrad«, riet die Mutter,

»anschließend kannst du dann große Töne spucken. Ich glaube übrigens, daß du dich gut mit ihm verstehen wirst.«

»Naja, ich weiß nicht. Wir können ihn ja mal testen«, antwortete Thomas skeptisch. »Wenn du unbedingt meinst, du brauchst so was.«

Die Mutter lachte.

»Er ist übrigens auch so ein Fußballfritze wie du«, sagte sie.

»Fußball?« wunderte sich Thomas. »In Magdeburg gibt's doch nicht mal 'ne Oberligamannschaft.«

»Vielleicht kannst du diesen kleinen Makel übersehen, wenn du ihn näher kennenlernst.«

Thomas versprach, großzügig zu sein.

19

Hatte Thomas die großen Ferien in lustloser Stimmung angetreten, so kehrte er in weit besserer Stimmung und voller Tatendrang in den ersten Schultag zurück. Und dort machte er gleich eine bedeutsame Bekanntschaft.

Es wurde nämlich ein neuer Schüler vorgestellt, ein kräftiger Junge, der augenscheinlich älter war als die anderen und Hans-Joachim hieß. Er hatte dunkle, fast schwarze Augen, die zugleich listig und mißtrauisch blickten. Seine schwarze und nicht sehr sorgfältig gekämmte Mähne saß auf den Ohren auf und erreichte hinten beinahe den Hemdkragen, was ganz und gar ungewöhnlich war und bei Thomas sogleich Neid und Hochachtung auslöste; denn er selbst kämpfte seit Jahren einen vergeblichen Kampf um längere Haare. Der Neue hatte breite Schultern und muskulöse Arme, und seine Waden ließen vermuten, daß er im Radfahren nicht so leicht zu schlagen sein werde. Noch aussichtsloser dürfte es sein, mit Hans-Joachim eine Rauferei anzuzetteln. So hatte Thomas nach Jungenart den Neuen rasch auf dessen Kampfkraft hin taxiert und war zu der Überzeugung gelangt, daß Freundschaft angebrachter sei.

Als Hans-Joachim seine Personalien zum Eintrag ins Klassenbuch nannte, hörte Thomas mit geübtem Ohr einen sächsischen Zungenschlag heraus, vielleicht auch einen thüringischen, jedenfalls einen heimatlichen. Und in der Tat gab Hans-Joachim als Geburtsort Naumburg an der Saale an. Thomas hätte ihm am liebsten sofort mitgeteilt, daß er schon einmal dort gewesen sei, verschob diese Eröffnung jedoch bis zur Pause.

Hans-Joachim war in der Tat älter als alle anderen, eineinhalb Jahre älter zum Beispiel als Thomas, und Fräulein Dr. Bangemann bemerkte: »Ganz schön alt für die Quarta.«

Hans-Joachim schaute die Klassenlehrerin mit einer Mischung aus Erstaunen und Mißbilligung an, dann sagte er, ohne Schärfe, eher mit aufreizender Gelassenheit: »Soll ich Ihnen mal vorrechnen, wie oft ich die Schule gewechselt habe?«

»Danke nein«, gab die Lehrerin zurück, die nun ihrerseits erstaunt schien.

»Ich sag's Ihnen aber trotzdem: in der Ostzone sechsmal und nach der Flucht viermal.«

»Ich habe dich ja nicht beleidigen wollen«, lenkte die Lehrerin ein.

»Es klang aber so«, behielt Hans-Joachim das letzte Wort. Die Klasse hörte dem kurzen Dialog stumm und verwundert zu, und Thomas dachte: Mannomann, der läßt sich aber nicht die Butter vom Brot nehmen!

In der kleinen Pause machte er sich an den Neuen heran: »Du, ich war schon mal in Naumburg.«

»Ich auch«, gab Hans-Joachim zurück.

»Weiß ich doch, aber ich war auf Klassenfahrt dort.«

»Ich nicht.«

»Nee, weiß ich doch«, meinte Thomas ein bißchen verwirrt, denn er hatte sich mehr Eindruck erhofft.

Wenigstens fragte ihn Hans-Joachim etwas: »Habt ihr da auch die Marktkirche besichtigt?«

»Nee, in Naumburg gibt's doch keine Marktkirche, da gibt's bloß'n Dom. Das müßtest du aber wissen.«

»Weiß ich auch«, sagte Hans-Joachim, und jetzt blinzelte er listig, »ich wollte bloß mal prüfen, ob du wirklich in Naumburg warst.«

Mannomann, dachte Thomas.

Dann war Französischunterricht, und Fräulein Dr. Bangemann machte sich mit Hans-Joachim, der kaum ein Wort dieser Sprache verstand, den gleichen Spaß wie seinerzeit mit Thomas, ließ ihn einen Text lesen und amüsierte sich mit der Klasse über die unmögliche Aussprache. Hans-Joachim sah die Lehrerin wieder mit einer Mischung aus Erstaunen und Mißbilligung an, und es war ein wenig Verachtung dabei.

»Die Bangemann ist total plemblem«, versicherte Thomas dem Neuen in der großen Pause.

»Wenn sie wenigstens schnuckelig aussehen würde«, meinte Hans-Joachim.

Auf dem Schulhof zeigte Thomas dem neuen Kameraden einige der Lehrer, die in der Klasse Unterricht gaben. Da war Dr. Steiner, der hagere Turnlehrer aus Sachsen, der als einziger der Herren kurze Hosen trug und der seine grinsenden Schüler stets davon zu überzeugen suchte, daß es im Leben »immer auf die innere und äußere Haltung« ankomme – ein Prinzip, das er in Haltung, Gang und Blick demonstrierte.

Dann war da Dr. Barthelmes, der beleibte Englischlehrer, der seine Stunden regelmäßig und ausnahmslos mit der Frage einleitete: »What about the weather of today?« Auf diese Frage waren zwei Antworten üblich: »The weather is good because the sun is shining«, oder »The weather is bad because it is raining.« Wenigstens diese beiden Sätze wurden von der Klasse fließend beherrscht. Für unbestimmte Wetterlagen gab es keine griffige Formel, und Thomas hatte einmal für eine in Not gegebene Antwort einen Rüffel einstecken müssen: »There is no weather today.«

Sonst waren keine Lehrer auf dem Hof, und Thomas gab

Erläuterungen zu ein paar Klassenkameraden. Er wies auf einen kurzgewachsenen und gutgenährten Junge, der den außerordentlich passenden badischen Familiennamen Klumpp trug. »Das ist unser Primus. Fast nur Einsen. Außer im Turnen, da hat er 'n Attest.«

Hans-Joachim besah sich den Jungen etwas angewidert und bemerkte, daß merkwürdigerweise die meisten »Primusse« ganz unverkennbar an Schweinchen Schlau erinnerten.

Hans-Joachim wollte lieber die schlechtesten Schüler gezeigt bekommen: »Das sind meine direkten Konkurrenten.«

Thomas wies auf einen sehr langen Jungen mit ungelenken Bewegungen: »An den mußte dich halten, der ist dumm wie die Nacht. Aber er kann sich's leisten, weil er später mal'n Hotel erbt.«

Hans-Joachim fand, die Natur habe hier ein Mindestmaß an Gerechtigkeit walten lassen, indem sie dem Hotelerben nicht auch noch geistige Kräfte verliehen habe.

»Der da«, sagte Thomas, »der ist am reichsten, dem sein Alter hat 'ne Möbelfabrik. Der wird jeden Morgen mit'm Dreihunderter in die Penne gebracht. Mit Chauffeur.«

Hans-Joachim schüttelte sich vor Widerwillen. Thomas hatte Bedenken, der Neue möge ein gar zu verheerendes Bild der Klasse gewinnen, und er stellte ihm Eberhard vor, der als Balljunge Geld verdienen ging, obwohl doch sein Vater Zahnarzt war. Hans-Joachim ließ zum erstenmal Anerkennung ahnen, fand aber an der Arbeit auf dem Tennisplatz vieles auszusetzen: »Da springst du wie ein dressierter Affe hinter den Bällen her und mußt sie diesen aufgeblasenen Figuren nachtragen. Ich habe das mal gemacht, in Bremerhaven, und habe gleich Streit gehabt. Der Kerl hat mit'm Schläger geworfen und ich mit'm Schiedsrichterstuhl, und aus war's.«

Thomas fand seinerseits die meisten Tennisspieler überheblich, die halbwüchsigen noch mehr als die erwachsenen, hoffte aber dennoch, daß man ihn nach den Ferien weiterbeschäftigen werde. »Ich spare auf ein Fahrrad«, erzählte er.

Nach der letzten Stunde verließen die beiden gemeinsam die Schule. Hans-Joachim schob sein Fahrrad und schlug vor, eine Milchbar aufzusuchen. In Baden-Baden gebe es so was nicht, erklärte ihm Thomas, man treffe sich allenfalls im kleinen Eiscafé »Knebel« in der Adlerstraße, wo auch die Mädchen vom Richard-Wagner-Gymnasium, dem sogenannten Backfischaquarium, nach dem Unterricht verkehrten.

Bei einem gemischten Eis mit Sahne, das Hans-Joachim spendierte, machten sich die beiden besser miteinander bekannt.

Hans-Joachim erzählte, sein Vater habe in Naumburg ein Fuhrunternehmen gehabt, einen alten Familienbetrieb, der nach dem Krieg auf zwei Pferdegespanne und einen Lastwagen zusammengeschrumpft sei. In den ersten Nachkriegsjahren habe der Vater mit dem Lastwagen viele Familien samt ihrer Habe in den Westen geschleust, das sei so manchem in Naumburg bekannt gewesen. Auch sonst habe der Vater nichts getan, um sich den neuen gesellschaftlichen Verhältnissen anzupassen, und eines Tages seien sie selbst mit ihrem Lastwagen zur Grenze gefahren.

»Und dann mit Karacho durchgebrochen, oder?« fragte Thomas richtig gespannt.

»Von wegen! Sie haben uns die Reifen zerschossen, und wir sind mit Mühe und Not zu Fuß rüber. Jeder mit 'ner Handtasche, sonst nix.«

In Köln habe der Vater als Fernfahrer angefangen, dann in Bremerhaven als Fischhändler sein Glück versucht, aber nicht gefunden. In Hannover war er Sachbearbeiter in einer Speditionsfirma gewesen, und in Weiden in der Oberpfalz war er in einer ähnlichen Firma sogar Geschäftsführer geworden.

»Und warum seid ihr da wieder weg?« fragte Thomas.

»Ach, der kommt nicht mehr zur Ruhe, der weiß nicht mehr, was er eigentlich will. Der will wieder 'n eigenes

Fuhrgeschäft haben, aber es hat sich noch keiner gemeldet, der ihm eins schenkt.«

»Und da zieht ihr so rum, große Deutschlandtournee, was?«

»Ja, wie der fliegende Holländer.«

Nun jedenfalls sei der Vater bei einer Baden-Badener Spedition untergekommen, aber er habe schon am zweiten Tag gesagt, dies sei wohl keine Anstellung für alle Zeiten. Hans-Joachim vermutete, er werde einen weiteren Schulwechsel nicht mitmachen, sondern den Bettel hinwerfen und zur See fahren – eine Bemerkung, die Thomas weitere Bewunderung abnötigte.

Hans-Joachim schilderte sodann die Mühsal häufiger Umzüge, insbesondere wenn es dabei in ein anderes Bundesland ging. »Wenn du 'n paarmal gewechselt hast, dann wunderst du dich, daß du in Bayern dieselben Turnschuhe benutzen darfst wie in Niedersachsen.«

Dann fragte er unvermittelt: »Wieviel fehlt dir denn noch zu einem Fahrrad?«

»Naja, so zwanzig Mark.«

»Soll ich dir was pumpen?« fragte Hans-Joachim.

»Hast du denn was?« fragte Thomas überrascht.

»Könnte ich dir sonst was pumpen?«

Die Vorstellung war verlockend: Noch heute nachmittag zum Fahrradhändler in der Bertholdstraße zu gehen, auf das Sportrad mit der Gangschaltung und dem Vorbaulenker zu zeigen und lässig die Scheine auf den Ladentisch zu blättern, die steile Friedhofstraße hinauf die Gangschaltung auszuprobieren und auf dem Rückweg die Felgenbremsen, die Mutter abends vom Büro abzuholen und ganz beiläufig zu fragen: Gefällt's dir?

»Ich mache grundsätzlich keine Schulden«, sagte Thomas.

»Schön blöd. Meinst du, der Mensch, der seinen Knirps mit dem Dreihunderter in die Schule schickt, hat immer alles bar bezahlt? Dann würde er ihn mit dem Handwagen abliefern. Mein Vater sagt: Schulden machen und das Geld arbeiten lassen.«

Thomas wollte sagen: Du siehst ja, wie weit es dein Vater dabei bringt. Aber er fragte statt dessen: »Und wovon sollte ich das Geld zurückzahlen?«

»Wir müssen uns Jobs suchen«, antwortete Hans-Joachim, und Thomas dachte: »Wir« hat er gesagt.

»Schulden machen«, dozierte Hans-Joachim, »investieren, das Geld arbeiten lassen, Gewinn machen, Schulden zurückzahlen. Und gleich wieder neue machen.«

Er entwickelte nun Pläne, in die er Thomas wie selbstverständlich einbezog. Man werde Zeitungen austragen, sagte er, dazu müsse man zwar ekelhaft früh aufstehen, aber das sei dafür ein verläßliches Einkommen, sozusagen ein Grundstock. Noch heute nachmittag werde man zur Vertriebsabteilung des »Badischen Tagblatts« gehen und fragen, ob was frei sei.

Gut bewährt habe sich auch, Flaschen, Altpapier und Buntmetall zu sammeln. Man werde morgen nachmittag mal die Altwarenhändler der Stadt aufsuchen und deren Aufkaufpreise vergleichen.

»Buntmetall haben wir in Leipzig auch gesammelt«, warf Thomas ein, »für den Aufbau des Sozialismus.«

»Damit ist Schluß«, erklärte Hans-Joachim, »wir sind jetzt Kapitalisten. Kleinkapitalisten.«

In Weiden, seiner letzten Station vor Baden-Baden, habe er unter anderem Autos gewaschen, Rasen gemäht, Fenster geputzt und ein Familiengrab gepflegt. Man müsse sich für alle diese Geschäfte einen festen Kundenstamm aufbauen, sagte Hans-Joachim, und Thomas wunderte sich immer mehr, wie dieser neue Freund vom Geldverdienen redete, so wie andere seines Alters vom Briefmarkensammeln oder Rollschuhlaufen.

»Wir können auch Nachhilfe geben«, schlug Thomas vor, aber da mußte Hans-Joachim lachen: »Ich und Nachhilfe? Da bringe ich die ja in allen Fächern auf 'ne Fünf!«

Es wurde beschlossen, gemeinsam ans Werk zu gehen, und Thomas bestellte vor lauter Begeisterung und ohne Rücksicht auf seine Ersparnisse zwei Portionen gemischtes

Eis mit Sahne, und zwar die großen zu sechzig Pfennig.

»Du kannst übrigens Joe zu mir sagen«, meinte Hans-Joachim, den Mund voll Schlagsahne, und Thomas nickte schnell.

Als sie das Eis gegessen hatten, fragte er: »Mit dem Geld für das Fahrrad, also ich nehme das an. Wann kann ich es denn haben?«

»Bis zum Wochenende hast du's«, versprach Joe, »und ich nehme von dir auch nur ganz niedrige Zinsen. Sagen wir drei Prozent.«

20

Für das »Badische Tagblatt« und die deutsche Öffentlichkeit stand das erste Septemberwochenende 1953 im Zeichen der zweiten Bundestagswahl. Thomas hingegen kaufte sich ein Fahrrad.

Er hatte sich von Joe zehn Mark vorstrecken lassen, denn er sah, daß sich all die schönen Geldquellen, von denen der neue Freund gesprochen hatte, nur mit Hilfe eines Fahrrades erschließen ließen.

Joe hatte nämlich schon einen Altwarenhändler aufgetan, der für leere Weinflaschen passabel zahlte: acht Pfennig für die Literflasche, sechs für die 0,7er. Joe hatte am Freitag zum erstenmal in der Nachbarschaft gesammelt und immerhin 23 Flaschen zum Händler fahren können, der seinen Schuppen und den Hof voller Gerümpel weit draußen im Vorort Oos hatte.

Es mußte also ein Fahrrad her.

»Ein Fahrrad?« sagte der Fahrradhändler, »haben wir welche da. Hast du denn genug Geld mit?«

»Klar, und fast alles selber verdient«, sagte Thomas, den die Frage ein bißchen beleidigt hatte.

»Hat dein Vater nicht genug Geld, dir ein Fahrrad zu kaufen?« fragte der Mann, ohne sonderlich an einer Antwort interessiert zu scheinen.

»Doch, doch!« beteuerte Thomas rasch.

»Aber?«

»Aber ich habe keinen Vater.«

Der Mann schüttelte den Kopf: »Du hast also keinen Vater, aber der hat genug Geld.«

»Nein, das ist ganz anders: Mein Vater hat genug Geld, aber er ist nicht mehr mein Vater. Und außerdem hat er mir ja ein bißchen gegeben, für die Bahnfahrt.«

»So, für die Bahnfahrt. Und deswegen willst du jetzt ein Fahrrad.«

Der versteht mich nicht, dachte Thomas und kam zur Sache: »Ja, ein achtundzwanziger Sportrad mit Dreigang-Simplex-Kettenschaltung und Leichtmetallfelgen und Weinmann-Felgenbremsen und Rennsattel und Rennlenker und Rennpedalen und in Blau.«

Das hatte er auf dem Weg zum Fahrradgeschäft auswendig gelernt.

Der Mann ließ sich alles wiederholen, rechnete und nannte den Preis.

»Soviel habe ich aber nicht«, sagte Thomas enttäuscht.

Da Thomas ein normales Tourenrad nicht haben wollte – schließlich sei er »kein alter Mümmelgreis« –, mußte an der Ausstattung gespart werden. Thomas wollte auf nichts verzichten, was ihn schnell machte oder wenigstens schnell aussehen ließ, und er hätte am ehesten die Beleuchtung weggelassen. Der Mann erklärte ihm aber, daß gemäß einer ganz neuen Verordnung Fahrräder auch tagsüber Beleuchtungseinrichtungen zu tragen hätten. Außerdem müsse das Brennen des Schlußlichts ohne wesentliche Änderung der Kopf- oder Körperhaltung wahrnehmbar sein.

»Das geht doch gar nicht«, wunderte sich Thomas.

»Nein, natürlich nicht, aber es ist vorgeschrieben. Es geht eigentlich nur, wenn man hinter sich herfährt.«

Es wurde ein Fahrrad mit Beleuchtung, Schaltung und Felgenbremsen erörtert, aber ohne die spezielle Rennausrüstung.

»Ich hätte eines in Rot«, sagte der Mann, »da würde dein Geld reichen. In Blau habe ich nur ein teureres Modell.«

»Ich würde schon Wert darauf legen, daß es blau ist«, sagte Thomas mit Nachdruck, »ich hatte nämlich bis vor drei Monaten ein blaues. Das ist mir aber geklaut worden, bei der Königin.«

»Bei wem?«

»Bei der Königin.«

»Naja, zur Königin fährt man ja auch nicht mit dem Fahrrad.«

Der versteht mich wieder nicht, dachte Thomas und fragte: »Wenn Sie mir's vielleicht zehn Mark billiger geben, weil's rot ist?« Die Frage kam ihm nicht leicht von den Lippen, aber Joe hatte ihm geraten: Handeln, handeln, handeln! Der Altwarenhändler hätte ihm auch zuerst zwei Pfennig weniger pro Flasche geben wollen.

»Sagen wir, drei Mark billiger«, schlug der Fahrradhändler vor.

»Neun.«

»Vier.«

Er bekam es um fünf Mark billiger und behielt genug übrig, um die Mutter zur Feier des Tages ins Café König einzuladen.

Es war wie damals, an seinem zehnten Geburtstag, als er sein erstes Fahrrad bekommen hatte, das blaue. Es war wieder das Gefühl, mit einem Male ein anderer Mensch zu sein, beweglich, unabhängig, frei. Das war es: jederzeit überall hinfahren können; nicht mehr bedauernd abwinken müssen, wenn die Klassenkameraden zum Rummelplatz im Waldseetal wollten oder rauf zum Geroldsauer Wasserfall oder hinaus an den Altrhein; nicht mehr an der O-Bus-Haltestelle stehen neben alten Mütterchen und tattrigen Rentnern. Und Geldverdienen!

Thomas jagte, bis die Mutter Feierabend hatte, wie ein Wilder kreuz und quer durch Baden-Baden. Er fuhr nach Lichtental und dann in die entgegengesetzte Richtung bis in die Rheinebene, er keuchte die steilen Gassen der Altstadt hinauf zur Stiftskirche und schoß auf holprigen Kopfsteinen halsbrecherisch wieder hinunter, testete Schaltung und Bremsen und hätte gern einen Tachometer gehabt, um zu wissen, wie rasant er war. Mit einem Male hatte er das Bild eines Hundes vor sich, der nach langer Zeit aus seiner Hütte gelassen wird und wie ein geölter Blitz über eine Wiese rast, jaulend und Purzelbäume schlagend. Völlig bekloppt, dachte Thomas und fuhr ein bißchen langsamer.

»Ein schönes Fahrrad«, lobte die Mutter, »und so schnell hast du's zusammengespart und erarbeitet. Ich bin sehr stolz auf dich!«

Jetzt müßte ich die Einladung loswerden, dachte Thomas, der nicht wußte, wie er das ohne zuviel vornehmes Getue machen sollte.

»Willst du 'n Stück Kuchen?« fragte er.

»Wieso? Hast du eins?«

»Nee, aber wenn du eins willst, dann lasse ich was springen, drüben im Café König.«

»Soll das eine Einladung sein?« fragte die Mutter schmunzelnd.

»Genau«, nickte Thomas, froh, daß er so schnell verstanden worden war.

Sie setzten sich in den Garten des hübschen Cafés, das mitten in der Stadt lag und eine Baden-Badener Institution war. Thomas lehnte sein Fahrrad an den Tisch, was die Bedienung nicht richtig fand. Er wimmelte sie jeoch mit der Bemerkung ab, ihm sei schon mal ein Fahrrad geklaut worden.

»Aber nicht bei uns!«

»Hab ich ja nicht gesagt. Bringen Sie uns mal lieber was zu futtern, ehe wir vom Stengel kippen.«

Er bestellte zweimal Schwarzwälder Kirschtorte, dazu Kaffee und Coca-Cola.

»Du mußt ein bißchen bessere Manieren lernen«, meinte die Mutter, als das Mädchen kopfschüttelnd gegangen war.

»Ach, die sollen sich nicht so anstellen«, schimpfte Thomas, »wenn mein Fahrrad 'n Rolls-Royce wäre, dann würden sie hier die Tische rücken, damit er Platz hat.«

Dann genossen sie den schönen Tag und den guten Kuchen, und Thomas beschrieb genau seine Verhandlungen mit dem Fahrradhändler.

»Weil du so gespart hast«, sagte die Mutter abschließend, »und weil ich dir jetzt keine O-Bus-Karte mehr kaufen muß, kriegst du eine Mark mehr Taschengeld, also vier Mark im Monat.«

»Oh, toll!« freute sich Thomas, aber dann sagte er sehr erwachsen: »Vielleicht habe ich bald genug eigene Einkünfte, dann kann ich auf das Taschengeld verzichten.«

Die Mutter lachte.

Abends trafen sie sich zu dritt bei Hans Heinemann, den Thomas inzwischen duzen durfte. Hans hatte ein recht geräumiges möbliertes Zimmer in einer ruhigen Nebenstraße der Weststadt. Er war, wie immer, von Montagmorgen bis Samstagnachmittag unterwegs gewesen, um Automaten zu verkaufen. Diesmal hatte er besonders gute Geschäfte gemacht und in der Freiburger Gegend vierzehn Aufträge bekommen. Und obendrein schöne Aufträge, keine Kaugummiautomaten, sondern große Geräte für Zigaretten oder Lebensmittel.

»Wenn du ein neues Fahrrad hast«, sagte Hans, »muß ich mir natürlich ein neues Auto kaufen. Und zwar mindestens einen Mercedes dreihundert SL.«

»Mann, toll!« sagte Thomas, »der macht ja zweihundertfünfzig Sachen.«

»Ja, die macht er. Aber ich werde meist nur zweihundertdreißig fahren.«

»Aber der ist doch teuer, oder?« fragte Thomas, der sich nur in Fahrradpreisen auskannte und oberhalb dieser Kategorie bar jeder Vorstellung war.

»Wenn du viele Flaschen verkaufst und wir zusammenlegen«, meinte Hans, und nun erst merkte Thomas, daß er verulkt wurde.

Dann sprachen sie jedoch ernsthaft über verschiedene Autos. Die Mutter, die auf der Kochplatte eine Bohnensuppe bereitete, ließ sich in Abständen mit der Bemerkung vernehmen, dies alles sei im Augenblick noch viel zu teuer. Der schöne neue Mercedes 180, der erste mit einer Pontonkarrosserie, fiel in der Tat wegen seines Preises von fast zehntausend Mark aus der Erwägung heraus. Ebenso der Opel Kapitän für neuntausendfünfhundert. Näherer Überlegung wert schien jedoch der neue Opel Olympia Rekord, den die einschlägigen Berichterstatter als sensationellste Neuerscheinung des Jahres priesen. Seine selbsttragende Ganzstahlkarrosserie galt als der letzte Schrei, das modernste auf dem Markt.

»Die sechstausend Mark könnte ich riskieren«, meinte Hans, »aber der Wagen wird erst ab Dezember ausgeliefert, und bis dahin halten meine Bandscheiben den Kabinenroller nicht mehr aus. Der gilt zwar offiziell als autobahnfest, aber südlich von Baden-Baden gibt es nun mal keine Autobahn, sondern Landstraßen voller Schlaglöcher.«

Thomas hätte ein Motorrad mit Seitenwagen besonders lustig gefunden, eine NSU »Max« oder eine Triumph »Boss« oder eine Horex »Regina«, aber die Mutter protestierte aus der Kochnische heraus energisch: »Dann können wir auch gleich diese Seifenkiste behalten, diesen Sardinenroller oder diese Kabinenbüchse.«

»Es hat mich gefreut, eure Meinung zu hören«, sagte Hans, »aber ich habe mich längst entschieden. Ich nehme einen VW Export. Da hast du für fünftausend Mark alles, was du brauchst. Und als nächstes kaufe ich mir dann einen Fernsehempfänger.«

»Ich sag's ja«, seufzte die Mutter, »du bist übergeschnappt.«

Hans fand das überhaupt nicht. Ein Auto sei schon längst nichts Besonderes mehr, denn das habe bereits jeder Vierzigste in der Bundesrepublik. Dagegen gebe es erst zehntausend Fernsehempfänger in Deutschland. Das sei jedoch eine Sache mit Zukunft, und da wolle er einer der ersten sein.

»Was soll den dieser blöde Guckkasten für eine Zukunft haben?« fragte die Mutter. »Wenn sich die Leute damit die Augen verdorben haben, gehen sie wieder ins Kino.«

»Aber wenn zum Beispiel 'ne Königin gekrönt wird«, wandte Thomas ein.

»Ja, das passiert ja auch jede Woche.«

Hans sah jedoch große Vorteile: Man könne, ohne aus dem Haus zu gehen und ohne die nötige Garderobe anschaffen zu müssen, Opern und Schauspiele genießen; dreimal in der Woche gebe es die »Tagesschau« mit Bildern vom Weltgeschehen; Filme über ferne Länder würden gezeigt und wichtige Fußballspiele direkt übertragen.

»Das ist 'ne unheimlich sinnvolle Anschaffung«, bekräftigte Thomas, der Feuer und Flamme war, »da kriegst du mehr Bildung als in der Schule.«

»Ja, da weiß man dann, wie dieser Franz Walter aussieht.«

»Fritz«, verbesserte Thomas mit einem nachsichtigen Seufzer.

»Nein, nein«, beharrte die Mutter, »dieser Kasten fördert nur die Verblödung. Das setzt sich auch nicht durch.«

»Wenn es die Verblödung fördert, setzt es sich bestimmt durch«, vermutete hingegen Hans.

Nach der Bohnensuppe hatte die Mutter mit ein paar Näharbeiten zu tun, und Hans blätterte im »Badischen Tagblatt«.

»Hört euch das mal an!« rief er plötzlich, »das ist ja ein tolles Ding. Da schreibt der Herr Oberbürgermeister dieser schönen Stadt in einem offenen Brief an seine lieben Mitbürger und Mitbürgerinnen, er wolle sich mit einem Wort zur Bundestagswahl an sie wenden. Und zwar aus einer ganz allgemeinen und über die parteipolitischen Schranken hinausgehenden Überlegung.«

»Das ist doch vernünftig«, meinte die Mutter.

»Ja, aber jetzt hör mal zu, wie's weitergeht, ganz allgemein und über die Parteipolitik hinaus: ›An der Entwicklung Baden-Badens hat sich ohne Zweifel die politische und wirtschaftliche Richtigkeit der Bundespolitik, der Aufbauarbeit der Bundesregierung und des Bundestags erwiesen.‹ Und hier kommt's noch besser: ›Daß unsere gute Verbindung zum Bundeskanzler, dem Ehrenbürger unserer Stadt, der sein wärmstes Interesse gehört, uns viele Vorteile erschlossen hat, erübrigt sich zu sagen.‹ Na, ist das nicht toll?«

Hans legte die Zeitung beiseite und schien auf eine Antwort zu warten.

»Man muß doch den Konny wählen«, sagte Thomas, »wen denn sonst?«

»Ach, du hast natürlich keine Ahnung«, sagte Hans etwas barsch und wandte sich an die Mutter: »Da empfiehlt also der Oberbürgermeister – selbstverständlich ganz allgemein und jenseits aller Parteipolitik –, morgen die CDU zu wählen. Herrlich! Wenn diese Brüder Demokratie so verstehen, dann ist sie bald wieder im Eimer.«

»Obwohl ich nichts gegen Herrn Adenauer habe«, sagte nun die Mutter, »finde ich diesen Wahlaufruf auch nicht richtig. Er erinnert mich an Ähnliches in der ›Leipziger Volkszeitung‹, und das finde ich peinlich.«

»Aber wieso soll man denn nicht den Konny ...«, wollte Thomas noch mal nachfassen, weil er den Sinn nicht verstand.

»Man kann den einen oder den anderen wählen«, erklärte ihm Hans, »darum geht's hier gar nicht. Hier geht's um Heuchelei.«

Thomas ging es jedoch nur um dies: »Wählst denn du den Konny nicht?«

»Nein«, sagte Hans.

Thomas war perplex und schaute entsprechend.

»Ich will dir das gern erklären«, sagte Hans, aber in Wahrheit richteten sich seine Worte an die Mutter, die zuhörte, ohne ihre Näharbeit beiseite zu legen.

»Also, ich sehe das so«, begann Hans seine Stellungnahme: »Die wichtigste Frage für die Deutschen ist die

Frage der Wiedervereinigung, und ich beurteile eine Partei oder einen Politiker danach, wie er zu dieser Frage steht.«

»Aber der Konny«, plapperte Thomas dazwischen, »ist doch ganz wild hinter der Wiedervereinigung her.«

»Adenauer ist wahrscheinlich nicht gegen die Wiedervereinigung«, nahm Hans seinen Faden wieder auf, »aber ich sehe ihn ganz klar auf dem falschen Wege. Die Wiedervereinigung kriegt man nicht, indem man Westdeutschland möglichst schnell und möglichst fest an Amerika bindet, sondern indem man diese Frage offenhält. Man muß mit dem Osten verhandeln und keine Tatsachen schaffen, die das Verhandeln überflüssig machen. Man muß auch mal Vorschläge prüfen, obwohl sie von Kommunisten kommen. Und wir dürfen nicht in ein Militärbündnis mit dem Westen, denn damit sind alle Wege zubetoniert.«

»Aber wir haben doch gar keine Soldaten«, wandte Thomas ein, der mit Mühe gefolgt war.

»Die kriegen wir bald«, sagte Hans, »der Westen will sie haben, Adenauer will sie haben, und es gibt ja genug, die vom letzten Mal die Schnauze noch nicht vollhaben!«

»Hans!« mahnte ihn die Mutter, aber Thomas meinte, das schlimme Wort sei ihm längst vertraut.

»Es ist kaum zu glauben«, fuhr Hans fort, nun richtig erbost, »daß nach acht Jahren schon wieder über eine neue Wehrmacht diskutiert wird, als gehe es um den Brötchenpreis. Da wird über die Dauer der Wehrpflicht geredet und darüber, wo Herr Steinhoff seine Luftwaffenpiloten ausbilden soll.«

Thomas hatte auch flüchtig davon gelesen, aber er hatte die Luftwaffe durcheinandergebracht mit der Lufthansa, die demnächst mit vier Maschinen vom Typ Lockheed Super Constellation wieder auferstehen sollte.

»Und weil ich das alles nicht ertragen kann«, schloß Hans, »werde ich morgen dem Herrn Oberbürgermeister nicht folgen, sondern sozialdemokratisch wählen.«

»Das hilft auch nichts«, sagte die Mutter, die bis hierher schweigend zugehört hatte.

Thomas war froh, daß er am nächsten Tag nicht wählen mußte.

»Muß ich auch Soldat werden?« fragte er.

»Voraussichtlich ja«, antwortete Hans, »in sechs bis acht Jahren bist du dran.«

»Dann wählt mal morgen anständig«, bat Thomas.

Am Sonntag gingen die Mutter und Hans in ihre Wahllokale in Lichtental und der Weststadt, und anschließend fuhr man zu dritt im Kabinenroller die Schwarzwaldhochstraße hinauf zur Bühlerhöhe. An der steilsten Stelle schaffte es das Motörchen nicht mehr, und Thomas mußte aussteigen. Zweihundert Meter weiter mußte auch die Mutter aussteigen, und sie liefen zu Fuß hinter dem qualmenden Vehikel her.

»Mit meinem Fahrrad wäre ich raufgekommen«, meinte Thomas.

»Wir haben ja bald einen VW«, meinte die Mutter.

Sie sagt schon »wir«, dachte Thomas.

»Übrigens darf Tante Klara nie erfahren«, sagte die Mutter, »daß mein Hänschen in der SPD ist.«

»Ja, weiß sie denn überhaupt schon, daß er dein Hänschen ist?« fragte Thomas.

»Nee«, sagte die Mutter und lachte.

Am Montag erwies sich, daß die CDU/CSU die Wahl mit absoluter Mehrheit gewonnen hatte. Adenauer sagte, die Wähler hätten trotz Rundfunk und Presse ein nüchternes und selbständiges Urteil gefällt. In Baden-Baden hatten sich die Stimmen für die CDU sogar verdoppelt. Am Dienstag druckte das »Badische Tagblatt« ein Telegramm des Oberbürgermeisters an den Bundeskanzler: »Baden-Baden hat mit überwältigender Mehrheit von rund 62% für seinen hochverehrten Ehrenbürger Adenauer gestimmt. Aufrichtigste Wünsche für persönliches Wohlergehen und ergebenste Grüße mit einem herzlichen Händedruck!«

»Sag mal, was hast'n du eigentlich gewählt?« fragte Thomas die Mutter.

»Den Adenauer. Aber das darfst du meinem Hänschen nicht erzählen.«

»Mensch, das ist ja fast wieder wie in der Ostzone«, wunderte sich Thomas, »immer aufpassen, daß du nicht aus Versehen die Wahrheit sagst.«

21

Die Jobs mit Joe hatten sich gut angelassen.

Beim »Badischen Tagblatt« war schon sehr bald ein Zustellbezirk freigeworden. Der bisherige Träger, ein Rentner hoch in den Jahren, hatte einen Schlaganfall erlitten, worüber sich Thomas und Joe mit dem gebotenen Bedauern freuten. Abwechselnd machten sie nun die Tour im Morgengrauen.

»Was machen die Leute mit der Zeitung, wenn sie sie ausgelesen haben?« fragte Joe.

»Weiß ich nicht«, antwortete Thomas, »wir haben früher Klopapier draus gemacht.«

»Aber hier ist nicht früher und nicht Ostzone, hier schmeißen die Leute die Zeitung weg.«

»Ja und?« fragte Thomas.

»Ja und?« äffte ihn Joe nach, »denk doch mal nach! Was sucht unser Altwarenhändler außer Flaschen und Buntmetall?«

»Ui!« staunte Thomas über so viel Findigkeit.

»Siehst du? Wir machen mit den Leuten aus, daß wir einmal im Monat die alten Zeitungen abholen. Kapiert?«

»Klar! Am einfachsten wär's sogar, wir bringen die Zeitungen gleich morgens zum Altwarenhändler und tragen sie gar nicht erst aus.«

»Glänzende Idee«, fand Joe, »und das würde keiner merken. Lern du mal Englisch und so'n Zeug, und ich sorge für's Geld.«

Joe war wirklich ein bemerkenswerter Kumpan. Er war einer der schlechtesten Schüler der Klasse und verhaute fast jede Arbeit, obwohl Thomas mit seinen bescheidenen Mitteln zu helfen versuchte. Er hatte es bald geschafft, neben Joe zu sitzen, und flüsterte ihm vor. Es half jedoch nicht viel, und manchmal wollte Joe auch einfach nicht. Er hatte die Schule innerlich schon hinter sich gelassen und stand im Leben. Er machte widerwillig mit, weil seine Eltern es verlangten, hatte aber anstelle französischer Vokabeln und geometrischer Formeln nur im Sinn, wie man »eine schnelle Mark machen« könne. Die Lehrer hatten eine gewisse Nachsicht mit ihm, zumal er immer wieder ganz geschickt daran erinnerte, welch schweren Weg er hinter sich habe: Kinderlandverschickung, Evakuierung, Unterbringung bei verschiedenen Verwandten auf verschiedenen Dörfern, weil das Elternhaus in Naumburg zunächst beschlagnahmt war; Flucht in den Westen und ruheloses Umherziehen, ständige Schulwechsel.

»Das ist 'n richtiges Schicksal«, pflegte er mit gespielter Treuherzigkeit zu sagen, »nicht bloß 'n Lebenslauf.«

So erreichte er, daß seine Schulnoten, objektiv gesehen, immer noch zu gut waren. Seine unbestreitbare Intelligenz war auf praktisch Verwertbares ausgerichtet, und er konnte als ausgesprochen pfiffig und gerissen gelten. Er wußte das auch und genoß es, wenn es bemerkt wurde. Ein großes Lob widerfuhr ihm zum Beispiel, indem der Altwarenhändler eines Tages kopfschüttelnd das Feilschen um Flaschenpreise unterbrach und sagte: »Heiligs Blechle, sag amol, bisch du e Jud?«

Wenn es einen für Joe typischen Satz gab, so diesen, den er bei jeder Gelegenheit sprach: »Ich laß mich doch nicht unterbuttern!« Damit war sein Wesen in groben Zügen umschrieben. Vielleicht, dachte Thomas einmal, liegt das daran, daß er vier ältere Geschwister hat, die ihn immer geknutet haben.

Joes Einfallsreichtum war schier unerschöpflich, und Thomas fragte sich allmählich immer banger, ob er selbst das

Leben nach der Schule zu bestehen imstande sein würde. Zum Beispiel hatte auch er im »Badischen Tagblatt« gelesen, daß Baden-Badens erster Waschsalon eröffnet wurde. Dort standen zwei Miele-Waschmaschinen und eine vollautomatische Constructa sowie ein Trockenapparat, die man gegen eine Gebühr benutzen konnte. Thomas hatte gedacht: Da können wir ja unsere Wäsche waschen.

Aber Joe hatte gesagt: »Laß mal nachdenken! Da müssen die Hausfrauen ein, zwei Stunden rumhocken, bis die Wäsche durch ist. Das ist doch verlorene Zeit.«

»Ja, stimmt«, hatte Thomas bestätigt.

»Ja und? Fällt dir dazu nichts ein?«

»Naja, die Maschinen müßten eben schneller laufen.«

»Quatsch! Wir holen die Wäsche ab und bringen sie fertig wieder zu den Leuten, kapiert? Und dafür nehmen wir fünfzig Pfennig.«

Mannomann! dachte Thomas, das gibt's doch gar nicht.

Es wurde dann so gehandhabt, daß immer einer von beiden die Waschmaschinen beaufsichtigte, während der andere rumfuhr und leere Flaschen sammelte.

Gelegentlich besorgte Joe auch Aufträge zum samstäglichen Autowaschen, und als in den Wäldern um Baden-Baden die Eßkastanien, auf Badisch »Käschte« genannt, reif waren, machten die beiden Jungen guten Umsatz bei den Hausfrauen ihres Viertels. Und gelegentlich war Thomas auch noch auf den Tennisplätzen an der Lichtentaler Allee.

Eine weitere Einnahmequelle versiegte ebenso rasch, wie sie zu sprudeln begonnen hatte. Das war folgendermaßen: Thomas hatte von der Mutter Geld und die dringende Aufforderung erhalten, zum Friseur zu gehen. In dieser Angelegenheit hatte die Mutter einen konservativen Geschmack und wollte nicht dulden, daß Thomas die Haare ebenso lang trug wie sein Freund Joe. So gab es jedesmal Streit, bis sich Thomas ans Messer liefern ließ.

»Auch noch dafür blechen, daß du so verunstaltet wirst«, klagte er gegenüber Joe, und dieser hatte – wie immer – einen Vorschlag: »Ich mach das, und wir teilen das Geld.«

»Kannst du das?« fragte Thomas.

»Klar.«

Es stellte sich heraus, daß Joe es nicht konnte. Als jedenfalls Thomas nichtsahnend nach zehn Minuten einen Spiegel verlangte, behauptete Joe, in ihrer Wohnung gebe es keinen: »Guck dich mal lieber erst zu Hause an!«

Thomas begann zu ahnen, fand einen Spiegel und war sprachlos. Es traten ihm sogar Tränen in die Augen, und wäre Joe nicht so stark gewesen, hätte er ihn gern verprügelt.

»Wächst ja nach«, tröstete Joe, »ist ja nicht, als wenn man 'n Ohr abschneidet.«

In Wahrheit war Joe jedoch ratlos, und das hatte Thomas noch nicht erlebt.

»Daraus kann man bloß noch 'n Mecki machen«, fand Thomas, als er seine Sprachlosigkeit überwunden hatte, »aber dann mußt du auch einen kriegen.«

Joe willigte widerspruchslos ein, und am Ende hatten sich die beiden Jungen gegenseitig Frisuren geschnitten, die man als Bürsten oder Stoppelköpfe oder Igel oder eben als Mecki bezeichnen konnte, zwei Zentimeter lang, dabei freilich nicht ganz einheitlich.

Zu Hause gab es dafür Schimpf und Schande, in der Schule Spott. Jedenfalls zunächst, denn alsbald geschah das Merkwürdige, daß sich Klassenkameraden nach dem Friseur erkundigten, der solche Frisuren schnitt.

»Das ist im Moment noch furchtbar teuer«, antwortete Joe, »weil das 'ne ganz neue Mode ist. Aber das ist im Kommen. Nächstes Jahr kannst du gar nicht mehr anders rumlaufen.«

Er bot an, für einen ausgesprochenen Freundschaftspreis zu scheren, und neun Klassenkameraden unterzogen sich begeistert der Prozedur. Die übrigen hätten sich gern angeschlossen, aber die seuchenartige Verbreitung des sogenannten Igels hatte den Widerstand von Eltern und Lehrkörper herausgefordert, so daß Fräulein Dr. Bangemann eines Tages verfügte: »Die Verunstaltung meiner Klasse hört ab sofort auf!«

Joe trauerte den entgangenen Einnahmen nicht lange

nach: »Haben wir gar nicht nötig«, fand er. Und das stimmte auch, denn er hatte für sich und Thomas gerade einige Daueraufträge zum Fensterputzen abgeschlossen.

»Aber interessant war's schon«, sagte Thomas, »daß unsere verunglückten Frisuren gleich Mode geworden sind.«

»Daraus müßte man noch was machen«, sinnierte Joe, »so 'ne weltweite Bewegung.«

»Ich finde, wir sollten erst mal zufrieden sein, so wie's läuft«, sagte Thomas.

22

Der letzte Sonntag im September begann ärgerlich, endete jedoch mit einem Ergebnis, das jeden Ärger vergessen ließ.

Auf den Tennisplätzen des TC »Rot-Weiß« an der Lichtentaler Allee waren die Endspiele des Internationalen Turniers angesetzt. Das war nicht nur ein gesellschaftliches, sondern auch ein sportliches Ereignis hohen Ranges, das sogar leibhaftige Wimbledon-Asse wie Gottfried von Cramm und Jaroslaw Drobny anzog. Als Balljunge für eines der Endspiele ausgelost zu werden brachte einen in unmittelbaren Kontakt mit der Weltgeschichte des weißen Sports und mit einem bißchen Glück auch auf ein Foto im »Badischen Tagblatt«.

Zunächst traf Thomas auf den Tennisanlagen seine beiden Cousinen, die er nach wie vor nicht mochte und nach Möglichkeit mied. Sie waren mit ihren fünfzehn Jahren in einem Alter, in dem niemand recht wußte, ob er sie als Kinder oder als Frauen ansehen solle. Eine züchtig-biedere Kleidung nach dem unerbittlichen Geschmack von Tante Klara ließ die beiden Mädchen reizlos erscheinen. Sie machten dies jedoch wett, indem sie wohleinstudierte Blicke warfen, die freilich Unerfüllbares versprachen. Doch ein paar Jungen aus höheren Klassen des Markgraf-Ludwig-

Gymnasiums schwirrten um Ria und Doris herum und waren auch an diesem Morgen da. Die Jungen trugen an diesem warmen Tag lange Hosen, was Thomas als außerordentlich affig empfand.

»Na, ihr Gespielinnen der Nacht«, begrüßte Thomas seine Cousinen; er hatte den Ausdruck irgendwo gelesen, wußte aber nicht, auf welches Spiel er anspielte. Doris und Ria schienen es schon zu wissen, denn sie sahen sich verlegen an.

Thomas lümmelte ein wenig um die Mädchen und ihre Kavaliere herum, lauschte ihren Gesprächen und versuchte störende Bemerkungen zu machen.

Es ging um die Großen dieser Erde, zum Beispiel um Ali Khan und die Frage, ob es recht sei, daß er sich so kurz nach seiner Scheidung von Rita Hayworth bereits mit Gene Tierney auf seiner Luxusjacht tummelte. Die Meinungen waren geteilt, wobei die Jungen für Ali Khan Partei ergriffen. Einmütig war man dagegen der Ansicht, daß Prinzessin Margret erlaubt werden solle, Peter Townsend zu heiraten.

»Ich finde das wahnsinnig romantisch«, bekannte Ria, »so eine Prinzessin und so ein einfacher Kammerjäger.«

»Kammerherr«, verbesserte einer der älteren Jungen.

Doris drückte ihr Bedauern für die arme Soraya aus, die vorigen Monat aus Persien vertrieben worden sei. Einer der Kavaliere klärte sie auf: Nicht Soraya sei vertrieben worden, sondern ihr Mann, der Schah, und sie sei mitgegangen.

»Weiß ich doch«, beteuerte Doris, »aber inzwischen sind sie ja im Triumph heimgekehrt.«

»Nee, im Rolls-Royce«, verbesserte Thomas, der es in der Wochenschau genau gesehen hatte, aber wieder beachtete man ihn nicht.

Dann wurden die Balljungen für die Endspiele ausgelost, und Thomas hatte das Glück, das Herreneinzel zu erwischen.

Als er zu den Cousinen zurückkam, diskutierten diese gerade die neue Mode der nur knielangen Röcke. Dior hatte sie eingeführt, mit vierzig Zentimetern über dem Boden, und damit heftige Auseinandersetzungen ausgelöst. Die Befürworter sprachen von der Schönheit des weiblichen Beines sowie von der Ersparnis an Stoff. Die Gegner argumentierten vor allem moralisch und warnten vor Lustmolchen, die sich von nackten Knien herausgefordert fühlen würden.

Der Berliner Modeschöpfer Heinz Oestergaard hatte den revolutionären vierzig Zentimetern Bodenfreiheit Diors eine nicht ganz so gewagte Alternative entgegengesetzt: achtunddreißig Zentimeter.

Ria setzte sich emphatisch für vierzig oder gar zweiundvierzig Zentimeter ein, und Thomas sah sie mitleidig an: »Deine Mami erlaubt dir aber höchstens zweiundzwanzig.«

Ria schoß giftige Blicke und wollte ihren ungeliebten Cousin übergehen, aber der biß sich nun fest: »Und außerdem schreibt die Mode dieses Jahr vor, daß die Brust hoch getragen wird. Davon sehe ich bei euch auch nichts.«

Im nächsten Augenblick spürte Thomas eine Hand in seinem Gesicht, und Rias Kavalier schimpfte: »Du lächerlicher Knirps mit deinen kurzen Hosen. Ich möchte mal sehen, ob du schon irgendwas hoch tragen kannst.«

Thomas zog ab, weil er beleidigt war und das Herreneinzel begann. Zweieinhalbtausend Zuschauer schauten zu. Thomas ließ seinen Blick über die Ränge gleiten und dachte: So viel Publikum hatte ich noch nie! Doch dann lief er in einen Aufschlag hinein, wurde gescholten und ausgewechselt und fuhr verärgert davon.

Er radelte wütend die besonders steile Hirschstraße hinauf zur Stiftskirche und raste ungebremst die kopfsteinige Steinstraße hinunter, bog in die Gernsbacher Straße ein und griff so abrupt in seine Weinmann-Felgenbremsen, daß sich das rote Rad querstellte. Da stand doch vor einer Haustür ein Lieferwagen, in den gerade Kisten und Koffer eingeladen wurden. Ein kleines Mädchen gab wichtigtuerisch Anweisungen, die keiner befolgte.

»Wird hier was frei?« fragte Thomas die Kleine.

»Wer bist du überhaupt?« fragte sie.

Thomas stieg das Treppenhaus hinauf und trat in die offene Tür der ersten Etage, wo ihn eine ältere Dame erstaunt nach seinem Begehr fragte.

»Wird hier was frei?« fragte er, »haben Sie's schon dem Wohnungsamt gemeldet?«

»Nein, aber wer bist du denn überhaupt?«

»Gestatten, Thomas. Können wir die Bude haben?«

»Nun komm doch erst mal zu dir. Du bist ja ganz außer dir.«

Thomas sammelte sich mühevoll und berichtete über das möblierte Zimmer in Lichtental, den allmorgendlichen Streit ums Bad und den allabendlichen um die Küche und über die kleinlichen Gemeinheiten der Frau Huck.

»Die Huckebein, das alte Rabenaas«, schimpfte er, »die sollte man auf den Mond schießen.«

»Redest du immer so über Zimmervermieterinnen?« fragte die Dame.

»Die sind doch alle gleich«, schimpfte Thomas, der die Falle nicht bemerkte, »schmuddelig und verlogen.«

»Alle?« fragte die Dame.

Jetzt merkte Thomas, und eilig rückte er zurecht: »Nee, bei Ihnen ist das anders. Das sieht man schon, wenn man Sie so sieht.«

Die Dame schüttelte den Kopf, aber Thomas unterbrach sie dabei:

»Halten Sie das für uns fest? Ich schleppe sofort meine Mutter her.«

Die Dame versprach es.

Zu Hause in Lichtental stürmte Thomas in die Küche der Frau Huck und mitten in einen Streit hinein.

»Mein Gott, was sind Sie kleinlich!« rief gerade die Mutter, »da hat der Junge mal den Wasserhahn nicht richtig zugedreht. Kommen Sie, hier haben Sie zehn Pfennig. Mehr wird ja nicht rausgetropft sein in der kurzen Zeit, bis Sie ihm nachspioniert haben.«

Frau Huck hatte in letzter Zeit fast täglich Klage geführt. Schlug Thomas die Türen, so beschwerte sie sich über den Lärm; schloß er sie leise, so warf sie ihm vor, heimlich umherzuschleichen. Ließ die Mutter in der Küche etwas stehen, warf ihr Frau Huck Schlampigkeit vor; schloß sie alles sorgfältig weg, war von Mißtrauen die Rede.

Thomas hätte der verbiesterten Frau tausend Streiche zu spielen gewußt, aber mit Rücksicht auf die Mutter hatte er sie sich ohne Ausnahme verkniffen.

»Ich werde Ihnen noch beibringen«, keifte Frau Huck jetzt die Mutter an, »wie man sich als Untermieter anständig benimmt.«

»Ach, pusten Sie sich doch nicht so auf«, gab die Mutter, ziemlich gelassen sogar, zurück, »vor einem halben Jahr habe ich selbst noch eine Wohnung gehabt, gegen die dieses Loch hier eine Hundehütte ist.«

Frau Huck verschlug es vorübergehend die Sprache, dann holte sie sicht- und hörbar Luft, um zu antworten: »Dann gehen Sie doch wieder in die Zone!«

»Wie originell«, sagte die Mutter gelassen, »das habe ich hier in Baden-Baden schon so oft gehört, daß ich mich nicht mal mehr aufregen kann.«

Nun trat Thomas vor Frau Huck und redete sie wichtig an: »Hören Sie mal, Sie Huckebein! Wir ziehen aus, wir haben jetzt was Besseres.«

»Aha? Vermutlich 'ne Villa in der Lichtentaler Allee? Es gibt ja genug Flüchtlinge mit Villa.«

»Nee, aber ...«, wollte Thomas erklären, doch Frau Huck unterbrach ihn: »Hat das Wohnungsamt schon zugestimmt?«

»Nee, aber ...«

»Na, dann spuck mal nicht so große Töne!« rief Frau Huck und verließ türeknallend die Küche.

Thomas wollte die Mutter auf dem Gepäckträger seines Fahrrads in die Gernsbacher Straße fahren, aber sie nahm den O-Bus. Thomas hatte sich die Hausnummer nicht gemerkt und fand das Haus erst nach einiger Zeit wieder. Dann endlich saßen sie im Wohnzimmer der Vermieterin und wurden sich einig, vorausgesetzt, das Wohnungsamt stimme der Überlassung des vierundzwanzig Quadratmeter umfassenden Wohnraums zu.

Im Vorgriff auf diese Entscheidung entkorkte die Dame eine Flasche Varnhalter Riesling und wurde gesprächig. Sie sei Klavierlehrerin, erzählte sie, und in ihrem Zimmer werde daher auch abends gelegentlich gespielt, aber nie bis in die Nacht.

»Mein Thomas«, sagte die Mutter, ehe der Genannte es verhindern konnte, »hat zu Hause in Leipzig sehr nett Klavier gespielt.«

»Soso, ein kleiner Pianist«, lobte Fräulein Schwerdtlein, wie die Dame hieß.

»Sagen Sie mal«, fragte Thomas, um abzulenken, »wo kann ich denn hier mein Fahrrad unterstellen?«

»Im Hof. Hättest du denn Lust, wieder Klavierstunden zu nehmen?«

»Vielleicht. Ist denn im Hof noch ein Platz für mein Fahrrad?«

»Ja, natürlich. Ich würde dir gern Stunden geben, und du könntest auch auf meinem Flügel üben.«

»Ja, aber ich brauche einen Platz, wo das Fahrrad auch nicht naß wird.«

»Da finden wir schon was. Was hast du denn zuletzt gespielt?«

»Eine Fantasie von Händel. Das Fahrrad ist nämlich noch fast neu.«

»Also«, unterbrach die Mutter, »das Zimmer ist fast doppelt so groß wie unser jetziges und viel besser möbliert. Das Klo ist zwar auf der Treppe, aber dafür teilen wir uns Küche und Bad zu dritt und nicht zu sechst. Ich möchte das Zimmer nehmen, wenn das Wohnungsamt keine Einwände hat.«

Am Montag erwies sich, daß das Wohnungsamt keine Einwände hatte, und schon am Mittwoch war Umzug.

Thomas transportierte seine Habe auf dem Fahrrad und mußte zweimal fahren. Hänschen war dreimal mit dem Kabinenroller unterwegs, um den Rest zu bewältigen.

»Ist das Umziehen nicht schön einfach, wenn man kaum noch was besitzt?« fragte er fröhlich.

»Ja, ganz wunderbar«, antwortete die Mutter, »wie unpraktisch war das früher mit all den Möbeln, Teppichen, Kisten voll Wäsche und Porzellan und Silber. Man ahnte ja gar nicht, wie man sich damit unnötig belastete.«

»Sogar ein Klavier hatten wir«, sagte Thomas.

Die Mutter erinnerte ihn daran, daß er nun wieder eines zur Verfügung habe, kein eigenes zwar, aber jenes von Fräulein Schwerdtlein.

»Wenn ich wieder Klavier spielen muß«, versuchte Thomas rasch etwas herauszuschlagen, »darf ich mir dann ein Tier zulegen, einen Hund oder so?«

Die Mutter stimmte grundsätzlich zu, fand aber einen Hund zu groß und handelte Thomas auf einen Goldhamster herunter.

23

»Ich hätte gern ein Tier«, sagte Thomas.

Der Mann hinterm Ladentisch nickte: »Da bist du hier ganz richtig, wir sind ja eine Zoohandlung.«

»Ja«, sagte Thomas.

Der Mann wartete eine Weile, dann fragte er: »Nun sag doch endlich, was für ein Tier es sein soll.«

»Eigentlich ein Hund. Aber das geht nicht, weil wir bloß ein möbliertes Zimmer haben.«

»Gut, Hund scheidet also aus. Wäre auch eine Quälerei für Mensch und Tier. Was soll's denn sonst sein?«

»Ich dachte, Sie können mir was empfehlen. Haben Sie

vielleicht gerade ein Sonderangebot?«

»Nein«, sagte der Mann, »aber wenn ihr so beengt wohnt, dann sind Fische ganz praktisch. Die bellen vor allem nicht.«

Thomas meinte, daß er lieber was zum Anfassen hätte.

»Wie wär's mit einem Kaninchen?« fragte der Mann.

»Nein, bloß nicht!« wehrte Thomas ab, »da habe ich ganz schlechte Erfahrungen gemacht.«

Er erzählte die Geschichte von seinem Kaninchen in Leipzig, das als Festschmaus für Onkel Wolfgang geschlachtet worden war. Der Mann sah ein, daß Thomas kein Kaninchen haben wollte, und schlug ein Meerschweinchen vor.

»Hatte ich auch mal«, sagte Thomas, »es hieß Max, und ich habe es bei der Flucht zurücklassen müssen, und kurz danach ist es gestorben.«

»Aus Kummer?«

»Ich denke schon.«

»Wieviel Geld willst du denn überhaupt anlegen?« fragte der Mann, um das Geschäft von einer anderen Seite her aufzurollen.

»Wenig. Fünf Mark höchstens.«

»Na also, für fünf Mark kann ich dir einen Goldhamster anbieten, der ist auch zum Anfassen.«

Thomas ließ sich das Tier zeigen. Es gefiel ihm nicht schlecht, aber er meinte: »Wissen Sie, von einem Kaninchen über ein Meerschweinchen auf einen Goldhamster, das ist schon ein ziemlicher Abstieg.«

»Für fünf Mark kannst du dich eben nicht vergrößern.«

Thomas dachte eine Zeitlang nach und fragte dann: »Ist für fünf Mark der Käfig dabei?«

»Wo denkst du hin! Der Käfig kostet allein zwölf Mark.«

»Oje, das ist nicht drin. Selbst wenn ich soviel hätte, könnte ich mir dann keinen Hamster dazu leisten.«

Er bat sich ein paar Minuten Bedenkzeit aus, während derer der Zoohändler sich an seinen Regalen zu schaffen machte.

»Kann ich mir nicht selbst einen Käfig bauen, mit der Laubsäge?« fragte Thomas dann.

»Der würde nicht lange halten.«

»Hören Sie mal!« empörte sich Thomas.

»Der würde deswegen nicht lange halten, weil so ein Hamster doch pinkelt, und das macht das Holz kaputt. Man braucht einen Metallkäfig.«

»Aber ein Vierteljahr Pinkeln würde das Holz doch aushalten, und in der Zeit spare ich auf einen richtigen Käfig.«

Es kam andere Kundschaft, die einen jungen Dackel kaufte, indes Thomas unschlüssig den Hamster für fünf Mark beobachtete. Das Tierchen hatte ein paarmal am Käfiggitter geschnuppert und rannte jetzt in seinem Laufrad auf der Stelle.

»Muß der so 'n Rad haben?« fragte Thomas, als der Mann wieder zu ihm trat.

»Ja, er braucht doch Bewegung.«

»Aber kann der nicht auch anders trainieren?«

Na wie denn zum Beispiel? Soll er Kniebeugen machen?«

Thomas stellte sich das vor und mußte lachen.

»Also, ich nehme den Hamster«, sagte er schließlich entschlossen, »und baue ihm einen Käfig.«

Der Mann setzte den Goldhamster in einen kleinen Karton mit Luftlöchern. Er gab Thomas ein Säckchen Streu und eine Schachtel Spezialfutter: »Das schenke ich dir dazu.«

Thomas zahlte fünf Mark und bedankte sich.

Am nächsten Tag stand er wieder in der Zoohandlung.

»Na?« fragte der Mann.

»Mein Hamster ist weg.«

»Wieso denn das?«

»Der ist einfach abgehauen. Ich habe im Hof an dem Käfig gebastelt, weil ich im Zimmer keine Schweinerei mit der Laubsäge machen soll. Und den Karton mit dem Hamster habe ich in die Sonne gestellt. Und als ich den Käfig fertig hatte, war der Hamster weg. Der hat einfach ein Loch in den Karton gefressen und ist abgehauen.«

»Ja, und nun?«

»Nun habe ich keinen Hamster mehr, bloß 'n leeren Käfig.«

Der Mann wiegte den Kopf, sagte aber nichts.

»Gibt's denn da keinen Ersatz?« fragte Thomas vorsichtig.

»Nein, da hättest du eben besser aufpassen müssen.«

»Aber der darf doch auch nicht einfach so abhauen. Ich habe gedacht, der ist 'n bißchen vernünftig. Ich habe gedacht, für fünf Mark kriegt man einen Hamster, der nicht so'n Quatsch macht.«

»Ja, denkst du denn, du kriegst für fünf Mark einen Goldhamster mit Abitur?«

»Nee, aber daß er nun gleich ganz doof war ... Also können Sie mir keinen neuen geben?«

Der Mann schüttelte den Kopf.

»Ich hab mal was von Garantie gehört«, versuchte es Thomas noch mal, »da kriegt man Ersatz, wenn was nicht richtig in Ordnung ist.«

»Der Hamster war aber in Ordnung. Das wäre etwas anderes, wenn sich herausgestellt hätte, daß er krank war.«

Thomas dachte kurz nach und sagte: »Der war auch krank. Der war nämlich geisteskrank. Sonst wäre er nicht abgehauen, wo es bei uns auf'm Hof so viele Katzen gibt.«

»Du meinst also«, fragte der Mann, »ich hätte mit dem Hamster zum Psychiater gehen sollen, ehe ich ihn dir verkaufte?«

Thomas kannte die amerikanischen Witzzeichnungen mit Patienten auf der Couch des Psychiaters, und er mußte lachen, als er sich den Goldhamster in dieser Lage vorstellte.

»Also gut«, sagte nun der Mann, »weil das ein Fall von außergewöhnlicher Tragik ist, verkaufe ich dir in Gottes Namen einen zweiten Goldhamster mit Rabatt.«

»Mit was?«

»Mit Rabatt.«

Thomas kannte nur die 3%-Rabattmarken von »Kaiser's Kaffeegeschäft« oder »Thams & Garfs«, die er in Heftchen klebte, aber unter einem Rabatthamster konnte er sich nichts vorstellen.

»Du kriegst ihn ausnahmsweise für drei Mark«, erklärte ihm der Mann, »aber wenn du den zweiten auch wegrennen läßt, dann kriegst du nicht etwa den dritten für eine Mark.«

»Ist doch klar«, strahlte Thomas erleichtert, »sonst müßte ich ja beim vierten noch was rauskriegen.«

Einen Tag später stand Thomas erneut in der Zoohandlung.

»Na, ist der zweite auch weg?« fragte der Mann.

»Nee, aber der erste ist wieder da. Wollen Sie ihn zurück?«

»Wenn er nicht beschädigt ist.«

»Der ist völlig einwandfrei. Für fünf Mark können Sie ihn zurückhaben.«

»Wieso für fünf?« wunderte sich der Mann, »ich habe dir doch gestern den Ersatzhamster für drei Mark gegeben.«

»Ja, ich weiß, aber das hier ist der richtige für fünf Mark.«

Der Mann lachte: »Du bist mir vielleicht ein Schlitzohr! Ich mache dir jetzt einen Vorschlag: Ich nehme den Hamster für fünf Mark zurück, und zwar als Anzahlung auf den Käfig. Die restlichen sieben Mark kannst du in sieben Monaten abzahlen.«

»Geht in Ordnung«, sagte Thomas.

Als er mit seinem Käfig auf die Straße trat, dachte er: Schade, daß Joe nicht dabei war, der hätte mich bestimmt gelobt.

24

Anfang November hatte Thomas großen Ärger in der Schule. Es begann damit, daß man ihm etwas übelnahm, was er selbst als harmlosen Scherz aufgefaßt hatte. Vor Beginn der Musikstunde, als der Lehrer sich verspätete, hatte sich Thomas ans Klavier gesetzt und ein paar Melodien zum besten gegeben, durchaus nicht sehr flüssig, sondern so, wie er es nach den wenigen Stunden bei Fräulein Schwerdtlein eben wieder konnte.

»Soll ich euch mal vorspielen, was wir in Leipzig gelernt haben?« fragte er Eberhard und ein paar andere Klassenkameraden. Sie nickten, und Thomas spielte als erstes die »Internationale«, wobei er Teile des Textes sang und den Refrain in bekannter Weise verballhornte: »Die Internatioale erkämpft das Menschenrecht« ersetzte er durch »Die Überlandzentrale versorgt Berlin mit Licht«. Dann ließ er die sowjetische Nationalhymne hören, anschließend die der DDR, letztere wiederum mit einer Textversion, die in Leipzig unweigerlich zu harten Strafen geführt hätte. »Auferstanden aus Ruinen und der Zukunft zugewandt«, begann der Text von Johannes R. Becher, aber die Kinder in Leipzig hatten daraus gemacht: »Auferstanden aus dem Bette und dem Frühstück zugewandt.«

Dies alles präsentierte Thomas seinen amüsierten Klassenkameraden. Als er gerade noch »Brüder zur Sonne, zur Freiheit« spielte, stürmte Fräulein Dr. Bangemann zur Tür herein. »Was sind denn das für Töne?« herrschte sie Thomas an.

»Das sind Lieder aus Leipzig«, antwortete Thomas, »die mußten wir dort singen.«

»So, aber hier sind wir nicht in Leipzig. Und hier wird nicht kommunistisch unterwandert.«

Thomas schüttelte verständnislos den Kopf. »Ich hab doch bloß Spaß gemacht.«

»Der wird dir vergehen«, sagte Fräulein Dr. Bangemann, »morgen bist du beim Direktor.«

Thomas fühlte sich ungerecht behandelt, und anstatt sich zurückzuhalten, ging er in die Offensive. Das sah so aus, daß er in der Geschichtsstunde Herrn Fütterer fragte, wieso man eigentlich an dieser Schule kein Wort über das Dritte Reich erfahre. Diese Tatsache war Thomas nicht selbst aufgefallen, sondern Hänschen, der Freund seiner Mutter, hatte ihn danach gefragt.

»Siehst du«, hatte Hänschen gesagt, »hier mogeln sie sich an ihrer jüngsten Vergangenheit vorbei. Aber das gelingt nur eine Zeitlang, dann werden die Nachwachsenden sehr unangenehme Fragen stellen.«

Thomas fragte also Herrn Fütterer aus heiterem Himmel, wieso man dieses Jahr von der Behandlung der Weimarer Republik zurückgekehrt sei in die Steinzeit, anstatt bis ins Jahr 1945 vorzudringen.

Herr Fütterer war verwundert, bemühte sich jedoch um eine Antwort. »Laut Lehrplan mußten wir wieder von vorn anfangen.«

»Soll ich mal erzählen, was wir in der Ostzone über das Dritte Reich gehört haben?« bot Thomas an.

»Um Gottes willen!« wehrte der Lehrer ab, »wir wollen doch hier keine kommunistische Propaganda verbreiten.«

Der Direktor erfuhr von dieser Sache und ermahnte Thomas am nächsten Tag eindringlich, den Unterrichtsfrieden nicht zu stören. Man sei hier besonders empfindlich gegen linke Töne.

»Aber wir sind doch gerade abgehauen«, verteidigte sich Thomas, »weil wir gegen die Kommunisten sind.«

»Dann mußt du dich hier so verhalten, daß man dir das auch glauben kann«, sagte der Direktor und schob Thomas aus der Tür.

Die Klasse erfuhr natürlich von der Rüge und war unschlüssig, ob sie für oder gegen Thomas Partei ergreifen sollte. So fiel ein anderes Ereignis wenige Tage später in eine ungünstige Phase. Es hatte sich seit ein paar Wochen die dumme Unsitte ausgebreitet, bei den Fahrrädern von Klassenkameraden heimlich die Ventile herauszuschrauben, Luftpumpen zu vertauschen, Lenker oder Sättel zu verdrehen, kurzum, an den Fahrrädern rumzumachen, ohne sie allerdings zu beschädigen. Das war unsinnig, aber eben in Mode.

Thomas machte mit, ohne sich viel dabei zu denken, und eines Tages erwischte ihn ein Klassenkamerad.

»He, laß deine Pfoten da weg!« rief Peter.

»Mensch, spiel dich nicht so auf!« gab Thomas zurück und beendete seine Arbeit, indem er noch den Sattel nach hinten drehte.

Peter ging entschlossen auf Thomas' Fahrrad zu, hob es aus dem Ständer und ließ es demonstrativ fallen.

»Du spinnst wohl!« fuhr ihn Thomas an, »du hebst das sofort wieder auf.«

Das war nun eine Situation, in der sich jeder im Recht fühlte und keiner klein beigeben wollte. Es fielen böse Worte, Thomas nannte seinen etwas klein geratenen Widerpart »Schrumpfgermane«, und Peter suchte ebenfalls nach einer wirkungsvollen Beleidigung.

»Du Beutegermane!« fiel ihm ein, »du blöder Flüchtling!«

Im nächsten Augenblick lag Peter auf dem Boden, schrie und hielt die Hände vors Gesicht. Bald darauf quoll Blut durch seine Finger. Thomas sah erschrocken in die Gesichter der Jungen, die herbeigelaufen waren. »Ihr habt ja gehört, was er zu mir gesagt hat.« Da fielen drei über ihn her, rissen ihn zu Boden und schlugen auf ihn ein. Er wehrte sich nach Kräften und bemerkte, daß Joe herangeeilt und ebenfalls mit einer Übermacht beschäftigt war. Thomas steckte viel ein, doch plötzlich ließen die Schläge nach, und es trat Stille ein.

»Bist du wieder mal dabei?« hörte Thomas den Direktor rufen, und er wußte, daß er gemeint war. »Bringt den Jungen zum Arzt«, waren die nächsten Worte, die Thomas hörte. Verdammt noch mal, dachte er nur noch.

Das Verhör beim Direktor war für Thomas ein einziges Rückzugsgefecht. Es gab keine Rechtfertigung für den heftigen Schlag, mochte die Beleidigung auch noch so »gesessen« haben. Thomas sah alles ein und nahm dankbar zur Kenntnis, daß er wenigstens auf der Schule bleiben dürfe, auf Bewährung sozusagen.

»Sollte noch mal das Geringste vorfallen, wirst du relegiert«, drohte der Direktor.

»Wie bitte?« fragte Thomas, »ich habe das letzte Wort nicht verstanden.«

»Dann fliegst du«, verdeutlichte der Direktor und schob Thomas aus seinem Zimmer.

»Warum sind die alle gleich gegen mich los?« fragte Thomas später, als er mit Joe im Eiscafé »Knebel« saß.

»Ich glaube«, vermutete Joe, »daß die was gegen uns beide haben, weil sie uns beneiden.«

»Worum denn? Vielleicht um das möblierte Zimmer? Oder die alten Klamotten?«

»Nee. Aber daß wir so ziemlich machen können, was wir wollen. Daß unsere Eltern keine Zeit haben, uns dauernd zu beaufsichtigen. Daß wir einen eigenen Wohnungsschlüssel haben.«

Es war in der Tat so, daß die übrigen Klassenkameraden mehr oder weniger pünktlich zu Hause sein mußten und nach acht Uhr abends nicht ohne Erlaubnis der Eltern weggehen durften. Joe hatte sich längst von solchen Einschränkungen befreit, und Thomas genoß den Vorteil, daß seine Mutter nach wie vor bis neun oder sogar zehn Uhr abends im Büro bleiben mußte.

»Das ist doch klar«, sagte Joe, »die müssen alle pünktlich nach Hause, damit ihr Grießbreichen nicht kalt wird. Und wir können abends ins Kino, ohne zu fragen.«

Ein weiterer Punkt, meinte Joe, sei bestimmt das Geld. Fast alle Klassenkameraden hätten wohlhabendere Eltern als sie beide, und manche seien sogar stinkreich. Aber keiner aus der Klasse verdiene so viel nebenher und könne so viel ausgeben für Eis und Coca-Cola und Kinokarten.

»Aber die meisten kriegen doch was, wenn sie ins Kino wollen«, widersprach Thomas.

»Ja, aber sie müssen fragen, ob sie's kriegen. Und wir verdienen's einfach.«

»Vielleicht haben wir 'n bißchen zuviel angegeben mit unserer Freiheit und unserem Geld?« sinnierte Thomas.

»Irgendwas müssen wir falsch gemacht haben«, bestätigte Joe.

Die beiden rührten lustlos in ihrem inzwischen geschmolzenen Eis, Erdbeer und Haselnuß ohne Sahne.

Dann fuhr Thomas eine Ladung Wäsche für den Automatensalon holen, während Joe losging, um die Zeitungen des abgelaufenen Monats für den Altwarenhändler einzusammeln.

Am nächsten Tag fehlte Peter in der Schule, und die Klassenkameraden schnitten die beiden Freunde und sprachen kein Wort mit ihnen. Auch die Lehrer riefen Thomas und Joe nicht auf. Am folgenden Tag war es ebenso, und nach der letzten Stunde sagte Thomas zu Joe: »Die miese Stimmung macht mich ganz fertig. Ich muß was unternehmen.«

»Was denn?«

»Weißt du was, ich besuche Peter und sehe nach, wie's ihm geht.«

»Da wirst du hochkant rausgefeuert«, prophezeite Joe.

Als Peters Mutter die Tür öffnete, stellte sich Thomas als Klassenkamerad vor, nannte aber vorsorglich nicht seinen Namen.

Peter machte große Augen. Er lag auf einer Couch, hatte ein großes Pflaster quer über die ganze Nase und las ein Micky-Maus-Heft.

»Tut mir leid«, sagte Thomas sofort, »aber du hast mich eben beleidigt.«

Peter sagte zunächst nichts, konnte wohl auch noch nicht wieder richtig sprechen.

»Der Direx hat mich ganz schön zur Schnecke gemacht«, berichtete Thomas, »zehn Stunden Direktionsarrest muß ich abbrummen, und nächstes Mal werde ich redigiert oder so ähnlich. Aber ich hab's ja verdient.«

Er sei ein bißchen empfindlich, was seine Herkunft aus der Ostzone angehe, meinte Thomas, da lasse er sich nur sehr ungern krumm anreden. Unversehens kam er ins Erzählen über Leipzig und seine Klasse und seine Freunde und wie er mal beim Trümmerspiel einen gegnerischen Jungen mit einem halben Ziegelstein so getroffen habe, daß er ein großes Loch im Kopf hatte. Das sei früher dort ganz normal gewesen. »Aber hier gibt's ja nicht mal Trümmer«, monierte Thomas, »und 'ne Straßenbahn gibt's auch nicht.«

»Wir hatten mal eine«, schnaufte Peter durch sein Pflaster, »die Schienen kann man noch sehen.«

»Ja, ich weiß. Da bin ich mal mit dem Vorderreifen reingekommen und hab mir saumäßig die Fresse poliert.«

Peters Mutter trat ein und mochte die letzten Worte noch gehört haben. Sie fragte Thomas: »Kennst du eigentlich den Rowdy, der unseren Peter so zugerichtet hat?«

Thomas fiel nichts ein.

Peter sprang in die Bresche. »Ach, der hat das gar nicht so gemeint. Der ist eben 'n bißchen schnell beleidigt. Und wir haben ja auch überhaupt keine Ahnung, wie das so ist, wenn man aus der Ostzone kommt.«

Peters Mutter bot an, Kakao zu kochen, aber Thomas hatte es nun doch eilig und gab vor, sein Hamster warte dringend darauf, gefüttert zu werden.

Peter zwinkerte ihm über das Pflaster hinweg beim Abschied zu.

25

Mit Tausenden bunter Glühbirnen und Kilometern grüner Girlanden rüstete sich die Stadt für die Weihnachtszeit. Weihnachtsmänner verteilten Handzettel mit Angeboten der »Kaufstätte« oder der »Textil-Zentrale«, und in den Schaufenstern wurde manch merkwürdiger Zusammenhang konstruiert. So warb die Zoohandlung, in der Thomas den Hamster mit Rabatt gekauft hatte, mit Bildern vom Stall zu Bethlehem für den Erwerb von Tieren aller Art, und ein Installationsgeschäft benutzte fast die gleichen Bilder, um deutlich zu machen, wie das Kind in der Krippe habe frieren müssen ohne Gasofen und Durchlauferhitzer. »Kaiser's Kaffeegeschäft« verkaufte »Weihnachtsbier«, und Thomas fragte vergebens herum, was an diesem Bier anders sei als nur das Etikett.

In Leipzig hatten sich die Geschäfte um diese Jahreszeit weit weniger herausgeputzt. Aber was hätten sie hinter einer Flitterfassade auch bieten sollen, wenn nicht die bekannten leeren Regale? Dennoch dachte Thomas in diesen Tagen öfter als sonst an Zuhause. An den Leipziger Weihnachtsmarkt vor allem, der arm an Waren, aber reich an Stimmung gewesen war: die hölzernen Buden vor dem herrlichen Alten Rathaus; der große Weihnachtsbaum aus dem Erzgebirge mit seinen elektrischen Lichtern; die riesige erzgebirgische Pyramide mit den holzgedrechselten Figuren; irgendwo ein verlorenes, vom Herbstregen verwaschenes Transparent über den Sieg des Sozialismus; der Duft von Thüringer Rostbratwürsten; die weihnachtliche Musik aus Lautsprechern, die sonst die »Internationale« und sächsische Ansprachen von Ulbricht in die Ohren pumpten; die dicken Schneeflocken, die keinen Teppich bilden wollten, aber die Füße in den dünnen Schuhen naß werden ließen; die Glocken der nahen Thomaskirche; der Gesang der Thomaner, deren freitägliche Motetten in der Adventszeit noch besser besucht waren als sonst im Jahr.

Aber es war schon recht, hier in Baden-Baden zu sein. Es ging bergauf, die Mutter hatte für ihren Fleiß eine Gehaltserhöhung bekommen und sich auf 275 Mark brutto verbessert. Thomas verdiente in guten Wochen bis zu acht Mark und legte meistens mehr als die Hälfte auf die hohe Kante. Als nächste Anschaffung plante er Packtaschen für die erste größere Radtour, die er Ostern mit Joe machen wollte, und zwar nach Köln, wo der Freund ja mal gewohnt hatte. Bis dahin wollte Thomas sich auch ein Paar jener bei den Jungen so beliebten knöchelhohen Sportschuhe mit Gummisohle kaufen, die man »Tramps« nannte.

Ja, es ging bergauf, und der allererste, allergrößte Mangel war überwunden. Jeden Monat ging ein Paket an die Oma und Onkel Wolfgang nach Leipzig, dafür stellte die Mutter selbst dringende Anschaffungen hintan. Und das erste

Weihnachtspaket sollte auf keinen Fall so »lumpig« aussehen wie diejenigen, die Onkel Manfred und Tante Klara in den letzten Jahren nach Leipzig geschickt hatten.

»Bitte zehn Rollen Klopapier«, las Thomas von seinem Zettel ab, »aber das weichste, das sie haben.«

»Was habt ihr denn vor?« fragte der Drogist im weißen Kittel und äugte belustigt über seine randlose Brille.

»Für die Ostzone«, erklärte Thomas.

»Ach so«, nickte der Mann, »dann verstehe ich. Daß es nicht mal das drüben gibt!«

Thomas verlangte und bekam zweimal SUWA-Weiß und zweimal das neue PRIL-Pulver zum Geschirrspülen, das angeblich das Wasser entspannte. »Und dann brauche ich noch für meine Oma«, sagte Thomas, doch dann genierte er sich, den Wunsch auszusprechen, »naja, wie soll ich sagen? Sie kann manchmal nicht so richtig, verstehen Sie?«

»Ein Abführmittel.«

»Genau, ich wollte es nicht so direkt sagen.«

»Ist ja auch komisch«, sagte der Drogist, »da gibt es drüben kaum was zu essen, und dann haben die Leute auch noch solche Schwierigkeiten mit dem bißchen.«

»Ja, komisch«, bestätigte Thomas, »aber meine Oma hatte das schon vor dem Krieg. Können Sie mir ein Mittel empfehlen? Das letzte war wohl zu ... äh ... zu gemein.«

Der Drogist zog eine Schachtel aus einer Schublade. »Ganz was Neues – Abführschokolade von Darmol.«

»Oh, ich glaube, so was Neumodisches will sie nicht«, wehrte Thomas ab.

Der Drogist gab ihm ein anderes Präparat, drückte ihm aber die Abführschokolade als kostenlose Probe in die Hand, und Thomas kam die Idee, das Mittel seinen ungeliebten Cousinen auf ihre Weihnachtsteller zu schmuggeln.

Auf Thomas' Zettel stand noch dreimal »Kukident«-Reinigungspulver. Auch da gab es etwas ganz Neues, was der Drogist wärmstens empfahl, nämlich »Kukident«-Haftcreme. Thomas wollte nichts kaufen, was ihm nicht aufgetragen war, und er dachte fast ein bißchen ärgerlich: In Leipzig hat man beim Einkaufen wenigstens seine Ruhe, da drängen sie einem nichts auf.

»Tragen denn die Herrschaften, für die das Reinigungspulver ist, eine Vollprothese?« fragte der Drogist.

»Was für'n Ding?«

»Ich meine, ob die Herrschaften ein richtiges Gebiß haben?«

»Nee, ein falsches. Deswegen schicken wir ja immer das Reinigungspulver da.«

»Das meine ich ja«, versicherte der Drogist, »und diese neuartige und völlig sensationelle Haftcreme läßt die Gaumenplatte den ganzen Tag über fest am Gaumen haften.«

»Ich weiß nicht«, wehrte sich Thomas, »ob die so was Neumodisches noch anfangen wollen. Bisher haben sie sich ja auch durchgebissen.« Ihm war nicht ganz wohl bei diesem Argument, denn natürlich mußte man Neues ausprobieren, wollte man nicht den Fortschritt aufhalten. Aber mußte der Fortschritt ausgerechnet vom knappen Geld der Flüchtlinge finanziert werden?

»Was soll das denn kosten?« fragte Thomas.

»Die kleine Tube kostet eine Mark.«

»Bißchen happig. Dafür kriege ich ja zwei Päckchen Kaugummi.«

»Kaugummi? Damit hält keine Prothese!«

»Meine ich doch auch nicht, war doch nur 'n Vergleich.«

Thomas kaufte eine Tube und bekam eine zweite wiederum kostenlos als Probe.

Auf dem Einkaufszettel folgte eine lange Aufzählung von Eß- und Trinkbarem, Kaffee stand stets an der Spitze der Leipziger Wünsche, denn drüben kostete er bei mäßiger Qualität immer noch vierzig Mark das Pfund. Leider durfte nur ein halbes Pfund in jedes Paket. Thomas kaufte Schokolade und Weinbrandbohnen, Margarine und Milchpulver, Dauerwurst und Ölsardinen, die besonders begehrt waren, weil es drüben immer nur die gleichen »Kamtschatka-Krebse« gab. Als Neuheit wurden Thomas hier die Fertigklöße von »Pfanni« angeboten, und er verlangte zwei Probepackungen, die ihm aber nicht gewährt wurden.

»Meine Oma macht echte Thüringer Klöße«, sagte Thomas daraufhin, »der können Sie mit diesem Pappzeug da überhaupt nicht imponieren.«

Schließlich kaufte er die Zutaten für die Christstollen: Mehl und Butter, Mandeln und Rosinen, Zitronat und Orangeat sowie Puderzucker. Die Oma wollte vier Stollen backen und zwei davon nach Baden-Baden schicken. Tante Klara hatte schon gemeint, sie könne hier bessere Stollen kaufen. Aber die Mutter blieb dabei, daß ein Sachse zu Weihnachten eine Stolle von zu Hause haben müsse.

Thomas hatte ursprünglich wieder jedem etwas basteln wollen, aber Joe hatte ihn gefragt: »Was sollen die denn mit dieser entarteten Kunst? Das steht rum und verstaubt und geht aus dem Leim.«

»Meine Sachen sind noch nie aus dem Leim gegangen, das sind bleibende Werte. Und alle haben sich immer wie toll gefreut.«

»Hätten sie vielleicht sagen sollen: Du kannst den Krempel wieder zerlegen?«

Zum ersten Mal kam Thomas der Gedanke, die ganze Bastelei sei vielleicht nur eine Kindergartenmarotte, und Joe gab der Idee dann den Todesstoß: »In der Zeit, wo du mit deiner albernen Laubsäge Löcher in die Tischkante fummelst, da machen wir so viel Geld, daß du jedem was Richtiges kaufen kannst.«

Thomas kaufte von selbstverdientem Geld jedem eine Kleinigkeit. Die Oma bekam die weichen Nougat-Pralinen von Lindt, die sie so gut beißen konnte, Onkel Wolfgang eine Tube BRISK-Frisiercreme, die Großmutter Erfrischungsstäbchen und der Großvater, dem der Arzt die Zigarren verboten hatte, ein Paket Karlsbader Oblaten, die die CSSR leider nicht ins befreundete Leipzig lieferte.

Eine weitere vorweihnachtliche Erledigung hatte Thomas

so lange vor sich hergeschoben, daß es nun beinahe zu spät dafür geworden war. Unter dem Druck seines schlechten Gewissens betrat er schließlich energischen Schrittes den Laden des Fotografen Tschira und antwortete auf die Frage nach seinem Wunsch: »Ein Foto.«

»Von wem?« fragte der bärtige Mann freundlich.

»Na, von mir.«

Thomas haßte es seit je, fotografiert zu werden, und aus früheren Jahren gab es nur wenige Bilder, auf denen er nicht Grimassen schnitt oder die Zunge herausstreckte.

»Na, dann komm mal mit rüber ins Atelier«, forderte ihn der Fotograf auf. Aber Thomas wollte erst noch Einzelheiten klären. Er benötige drei Fotos, etwa postkartengroß, hübsch gerahmt und spätestens übermorgen abholbereit, denn zwei davon müßten noch in Pakete für die Ostzone, während das dritte für seine Mutter etwas Zeit habe.

»In Ordnung. Nun komm mal mit rüber.«

»Nee, Moment! Das Fahrrad muß mit drauf und Fiffi, das ist mein Hamster. Das sind nämlich die beiden Sachen, die ich mir im Westen schon angeschafft habe.«

Er holte das Fahrrad und den Käfig herein, und der Fotograf bemerkte: »Gott sei Dank, daß du dir noch kein Pferd leisten konntest.«

Als das Gruppenbild arrangiert war, der Hamster für einen Augenblick auf der Lenkstange stillsaß, der Fotograf »Jetzt!« rief und abdrücken wollte, rief Thomas: »Halt, Moment mal! Was soll das denn eigentlich kosten?«

»Sechs Mark.«

»Alle drei?«

»Unsinn! Jedes.«

»Das ist nicht drin.«

»Na gut, dann auf Wiedersehen«, sagte der Fotograf erleichtert.

»Moment noch. Ist es ohne Hamster billiger?«

»Nein, das macht keinen Unterschied.«

»Und ohne Fahrrad?«

»Auch nicht. Ohne Rahmen ist es allerdings billiger.«

»Wissen Sie was? Ich nehme nur zwei, denn meine Mutter sieht mich sowieso jeden Tag.«

»Jetzt tu deine Maus wieder auf die Lenkstange, damit wir endlich fertig werden.«

Thomas nahm die Haltung von vorhin an, rückte den Hamster zurecht und zog die Mundwinkel auseinander.

»Oder«, dachte er noch mal laut, »ich nehme nur eins. Das können meine Leute in Leipzig dann austauschen. Vielleicht jeden Monat oder so.«

»Weißt du«, sagte der Fotograf, als er Thomas den Abholschein für ein Foto mit Rahmen aushändigte, »einmal die Woche kann man sich einen Kunden wie dich leisten, wenn das Geschäft ansonsten gutgeht.«

Wieso?« fragte Thomas.

»Schon gut. Und paß auf, daß sich dein Hamster auf der Heimfahrt nicht erkältet.«

Vielleicht hatte sich Fiffi wirklich erkältet, jedenfalls starb er vier Tage vor Weihnachten. Thomas beweinte ihn, legte ihn in eine Pappschachtel, die er vorher mit Watte auspolsterte, und begrub ihn im Hof unter einem Ziegelstein, in den er mit einem Schraubenzieher Namen und Todestag einritzte. Im Laufe des Tages kam zur Trauer um den Hamster der Ärger über das vergeudete Geld hinzu, und Thomas ritzte in den Grabstein auch noch den Preis ein, den der Hamster gekostet hatte.

Am 24. Dezember um die Mittagszeit kauften Hänschen und Thomas einen nicht zu großen Weihnachtsbaum. Sie bekamen ihn billig, weil eigentlich schon Feierabend war. Sie schmückten ihn gemeinsam, und dann stellte die Mutter Kaffee und selbstgebackenen Marmorkuchen auf den Tisch. Omas Stolle war noch nicht eingetroffen.

»Es ist schön«, sagte die Mutter mit spürbarer Überzeugung, »es geht uns schon recht gut hier.«

Thomas nickte, und Hänschen sagte: »Das Schöne daran ist, daß wir uns bei niemandem dafür bedanken müssen. Keiner hat uns was geschenkt, wir haben bis hierher alles ganz allein geschafft.«

»Ich habe alles erst lernen müssen«, bestätigte die Mutter, »ich hatte ja überhaupt keine Ahnung von den Dingen, die ich zu tun bekam. Und dabei mußte ich immer so tun, als sei mir das alles ganz selbstverständlich.«

»Warum?« fragte Thomas.

»Weil Onkel Manfred denen gesagt hatte, ich sei eine erfahrene Kraft. Sonst hätten sie mich wahrscheinlich nicht genommen. Es gibt ja genug Arbeitslose, die arbeiten wollen.«

»Ich habe auch lernen müssen«, sagte Hänschen, »und am Anfang wollte ich manchmal den Bettel hinschmeißen.«

»Wen?«

»Den Bettel. Den kennst du wieder mal nicht, was? Ich habe in Magdeburg eine eigene Werkstatt gehabt, und nun mußte ich plötzlich als eine Art Hausierer durch die Lande ziehen und irgendwelchen Dorfkrämern Automaten aufschwätzen. Aber siehe da, es ging. Es läuft und läuft und läuft, und in einem Jahr ist der VW abbezahlt, wetten?«

»Ich wette, daß du ihn bis dahin zu Bruch gefahren hast«, bot Thomas an, aber Hänschen wollte nicht mit Kindern wetten.

»Eigentlich«, sagte die Mutter, »geht es mir sogar besser als Tante Klara. Die hat zwar einen Ehemann, der pünktlich Geld abliefert. Und sie hat eine große Wohnung und einen schönen Wohlstand. Aber sie schaut immer nur nach denen, die mehr Geld haben und eine größere Wohnung und mehr Wohlstand oder mehr gesellschaftliches Ansehen. Und da gibt es ja gerade in Baden-Baden nicht wenige.«

»Ein bißchen davon hättest du ja auch gern«, sagte Hänschen.

»Das gebe ich zu. Ich würde gern mal wieder in einem neuen, schönen Kleid auf einen Ball gehen und Kaviar essen und Froschschenkel und Austern und Champagner schlürfen und mit einem Taxi nach Hause fahren in eine schöne Neubauwohnung. Das täte ich gern mal, aber davon hängt meine Seligkeit nicht ab.«

Nach dem Kirchgang wurde beschert.

»Du bist ja verrückt, so viel Geld auszugeben«, rief die Mutter, als sie Hänschens Geschenk ausgepackt hatte: einen »Knittax«-Handstrickapparat.

Das Radio, dachte Thomas enttäuscht, war ihm wohl zu teuer, und vielleicht brauchte er auch einen neuen Pullover.

Hänschen bekam von der Mutter einen Schonbezug für seinen VW-Sitz und von Thomas eine Blumenvase fürs Armaturenbrett.

Die Mutter hatte für Thomas einen Pullover, zwei Hemden, zwei Paar Socken und ein Federmäppchen. Naja, dachte er, praktische Sachen gehen erst mal vor. Er selbst schenkte der Mutter Kölnisch Wasser. Sein Drogist hatte ihn dahingehend beraten, daß etwas von »4711« vornehmer sei als ein Liter Maiglöckchenparfüm für dreizwanzig.

»Früher hast du immer jedem was gebastelt«, bedauerte die Mutter.

Schließlich holte Hänschen ein kleines Paket für Thomas hervor. In dem Karton, der ein paar Luftlöcher hatte, rumorte es, und Thomas ahnte schon, daß das der neue Goldhamster war. Doch dann war es ein Wellensittich.

»Redet der?« fragte Thomas.

»Frag ihn halt«, antwortete Hänschen.

Der Wellensittich redete nicht. Thomas konnte ihn auch nicht bewegen, in Fiffis verwaistem Käfig das Laufrad zu betreten, das der Vormieter so ausdauernd in Gang gehalten hatte.

Nach der Bescherung ging man nach nebenan, wo Fräulein Schwerdtlein mit ihrem Freund feierte, einem älteren und sehr gemütlichen Kulturkritiker vom »Badischen Tagblatt«, den sie liebevoll »Muckelchen« nannte. Es wurden Weihnachtslieder gespielt, zwei- und vierhändig. Dann gab es eine große Weihnachtsgans, zu der sich die beiden Frauen verbündet hatten. Thomas wies darauf hin, daß dies der erste Gänsebraten seines Lebens sei, was nicht ganz stimmte, und es wurde sogleich beschlossen, daß der Junge ein Beinchen bekommen müsse. Als später die Damen Zigaretten, die Herren Zigarren rauchten und Thomas Kaugummi kaute, hatten alle ein Gefühl der Behaglichkeit, das sich hin und wieder in lustvollen Seufzern Bahn brach.

Am ersten Feiertag besuchten die Mutter und Thomas ihre Verwandten. Es wurden kleine Aufmerksamkeiten ausgetauscht, und Thomas bekam zu seiner Überraschung von Onkel Manfred ein richtiges Geschenk, eine »Agfa-Box« mit einem Film für acht Aufnahmen.

»Ein bißchen früher«, sagte Thomas, »und ich hätte nicht extra zum Fotografen gemußt.«

Thomas schmuggelte den Cousinen die Abführschokolade auf ihre Weihnachtsteller und sah dann keinen Grund mehr, länger zu verweilen.

Tante Klara klagte, daß sie kein eigenes Haus habe, und Onkel Manfred unterbrach seine stumme Ergebenheit ab und zu mit einem vorsichtigen Witz. Die Cousinen stritten darüber, ob die Leuwerik bei der »Bambi-Wahl 1953« zu Recht erste geworden sei oder ob nicht die Schell hätte gewinnen müssen. Thomas erklärte großspurig, für ihn gebe es nur eine richtige Frau, und das sei die Lollo. Tante Klara fand, dem Jungen fehle sichtbar eine ordnende Hand, aber seine Mutter habe sich ja sehr um einen Herrn Hans Heinemann zu kümmern.

Damit endete das Familientreffen.

Am Tag nach Weihnachten kamen die Stolle von der Oma und ein Brief aus Wiesbaden.

»Mein lieber Thomas, Du weißt ja seit langem, daß ich nach Amerika auswandern will. Nun ist es soweit, die Visa sind erteilt, die Koffer gepackt, am Tag nach Weihnachten gehen wir in Bremerhaven an Bord. Andreas, den Du ja kennengelernt hast, und seine Mutter gehen mit. Ich habe drüben eine Stellung in Aussicht, es ist nichts Sicheres, aber wir sind guten Mutes.

Erinnerst Du Dich an den Sommer 1952? Damals mußte ich ziemlich Knall und Fall aus Leipzig weg, während Du im Kinderheim warst. Ich wußte, daß wir nie wieder richtig zusammenkommen würden, aber ich wollte mich um Dich kümmern, wenn Du auch eines Tages in den Westen kämst.

Nun bist Du da, und ich gehe ein weiteres und diesmal ein sehr weites Stück nach Westen. Da kannst Du nicht mal rasch mit der Eisenbahn angefahren kommen.

So schreibe ich Dir einen zweiten Abschiedsbrief und hoffe wiederum, daß wir uns nicht aus den Augen verlieren werden. Wenn Du größer bist, wirst Du mich eines Tages besuchen kommen.

Anstelle eines Weihnachtsgeschenks habe ich Dir ein Scheinchen beigelegt, Du wirst es schon kleinkriegen.

Dir und Deiner Mutti ein schönes Weihnachtsfest und alles Gute für die Zukunft, Dein ehemaliger Vati.«

So, dachte Thomas, heute hauen die also ab nach Amerika.

Er faltete das Scheinchen, das er dem Brief entnommen hatte, und sah aus dem Fenster. Es schneite ein wenig, und Thomas glaubte irgendwo gelesen zu haben, daß es in Kalifornien niemals schneite. Jedenfalls im Süden nicht.

26

»Mensch, ich muß erst mal eine paffen«, sagte Joe draußen vor dem Kino.

Er fingerte eine »Gold-Dollar« heraus und hielt auch Thomas die zerknitterte Packung hin. Thomas zog ganz vorsichtig, um nicht aus Versehen Rauch in die Luftröhre zu bekommen. Zigaretten schmeckten ihm eigentlich nicht, und er hatte auch noch keine bis zum Ende geschafft. Aber wenn er abends mit Joe und anderen Jungen am Leopoldplatz stand und blaue Wolken blies, dann war er direkt ein bißchen von sich selbst beeindruckt. Dieses Gefühl nahm zu, wenn Mädchen nahten, und brach unvermittelt ab, wenn ein Lehrer auftauchte.

»Mann, das war 'n Film, was?« sagte Joe, »und auch noch jugendfrei. Verstehst du das?«

»Nee, wo die sich sonst schon bei jedem bißchen Geknutsche anstellen.«

»Und diesmal der Schleiertanz, da ist mir ganz anders geworden«, meinte Joe.

»Salome« hatten sie gerade gesehen, und darin hatte Rita Hayworth besagten Tanz vorgeführt, der die Männer im Parkett mit heißen Augen starren und mit trockenen Kehlen hatte schlucken lassen. Solche Darbietungen hatte wohl der Papst gemeint, als er kürzlich vor der »bösen und beunruhigenden Macht« der Filme gewarnt hatte, die nun auch noch durch das Fernsehen in die Familien getragen würde.

»Vielleicht war das deswegen jugendfrei«, fiel Thomas ein, »weil es eine Geschichte aus der Bibel ist.«

Joe fand das einleuchtend und meinte: »Eigentlich hätte uns sogar der Religionslehrer in den Film führen müssen, kostenlos.«

»Genau, und der Geschichtslehrer hätte uns ›Quo vadis‹ zeigen müssen.«

»Und der Biologielehrer«, ergänzte Joe, »›Wenn der weiße Flieder wieder blüht‹, oder nicht?«

Dann beschrieb er mit den Händen den Schleiertanz der Salome und vollzog bald mit dem ganzen Körper, so gut er konnte, die Bewegungen der Rita Hayworth nach, was Passanten dazu brachte, ihm den Vogel zu zeigen.

»Komm, wir trinken noch 'n Milch-Shake«, schlug Thomas vor, dem es wegen Joes Gebärden peinlich und wegen der strengen Kälte auch ungemütlich wurde. Das Eiscafé »Knebel« hatte wegen besagter Kälte geschlossen, und Joe schlug ein Bier im »Sinner-Eck« vor. Dort erhielten sie jedoch erst einmal eine Erläuterung einschlägiger Vorschriften des Jugendschutzgesetzes und am Ende zwei Coca-Cola.

»Also, das ist ein tolles Weib«, schwärmte Joe weiter.

Thomas widersprach ihm nicht, fand aber: »Also die im ›Weißen Flieder‹ hat mir noch ein bißchen besser gefallen.«

»Diese Rosy Schneider?«

»Romy. Ja, die finde ich, wie soll ich sagen, hinreißend. Oder besser gesagt hinhauend. Ich meine, die haut hin, verstehst du?«

»Das ist doch noch 'n Kind«, sagte Joe verächtlich.

»Die ist fünfzehn, genau wie du.«

»Ich sage ja immer«, antwortete Joe, »wir haben 'n ganz verschiedenen Frauengeschmack.«

Das hatte sich schon mehrmals erwiesen und mochte daran liegen, daß Joe eineinhalb Jahre älter war. Er legte daher großen Wert darauf, daß an einer Frau »etwas dran« sei, wie bei der Lollo und der Loren, der Bardot und der Arnoul, der Monroe oder eben der Hayworth. Thomas schaute mehr auf ein hübsches Gesichtchen mit einem Paar fürwitziger Augen unter einem neckischen Pony. Wie stark sich darunter der Pullover wölbte, war ihm noch vergleichsweise unwichtig.

Aber Joe hielt sich für wesentlich weiter und ließ auch seine Klassenkameraden gern mit hämischen Reden wissen, daß er sie für reichlich rückständig hielt. »Ihr wißt ja noch gar nicht«, höhnte er dann, »daß ihr mit euerm Schnippedillerich auch was anderes machen könnt als pinkeln.« Dann schlugen die meisten im Gefühl ihrer Ohnmacht die Augen nieder, indes Thomas, ohne freilich selbst Genaueres zu wissen, seinen Freund triumphierend bestätigte: »Genau, das wißt ihr nämlich überhaupt noch nicht, ihr Säcke!«

Unter dem Einfluß des älteren Freundes hatte sich Thomas stärker dem schönen Geschlecht zugewandt, das er aber nach wie vor für das dümmere hielt. Während nach dem Unterricht die meisten Klassenkameraden nach Hause fuhren, um eine warme Mahlzeit einzunehmen, schlugen Thomas und Joe lieber den Weg zum »Richard-Wagner-Gymnasium« ein. Das »Backfischaquarium«, wie es der Volksmund nannte, hatte gerade sein angestammtes und lange Zeit von den Franzosen beschlagnahmtes Schulhaus bezogen, und gegenüber wartete um die Mittagszeit stets eine unübersehbare Zahl von Jungen in betonter Unauffälligkeit darauf, daß sich die Tore öffneten.

Thomas und Joe spähten mit Vorrang nach Zweiergruppen, nicht zu alt für den einen, nicht zu jung für den anderen.

Heute mittag hatten sie Steffi und Marietta entdeckt. Joe hatte beide ein wenig flach gefunden, dann aber der Verfolgung zugestimmt, die bald kichernd bemerkt wurde. Die Jungen schlossen enger auf und machten dumme Bemerkungen, stellten insbesondere unangemessene Vergleiche mit der Lollo an, bis sich eines der Mädchen umdrehte und Joe anfuhr: »Hör mal, du Tarzan im Nicki, du hast gleich 'ne Hand im Gesicht!«

Mannomann! dachte Thomas.

Joe wurde still, und dann nahm sich Thomas ein Herz und trat neben die beiden Mädchen. »Hört mal her. Wir wollen uns bei ›Knebel‹ noch 'n Eis reinhauen. Kommt ihr mit?«

Sie sahen ihn an, kicherten, prusteten, bis er fast wütend wurde, aber dann sagte die frechere von beiden: »Da habt ihr aber Glück, ihr zwei Playboys, der Ali Khan hat nämlich gerade abgesagt.«

Es war die erste Stufe der Eroberung, sich mit Mädchen im Eiscafé »Knebel« sehen lassen zu können. Dieser Erfolg war nicht billig, denn eine kleine Portion Eis kostete dreißig Pfennig, eine große sechzig, jeweils ohne Schlagsahne gerechnet, und die Mädchen wollten meistens eine große Portion mit Schlagsahne. Steffi und Marietta machten da keine Ausnahme.

Weiteres Geld verschlang die Music-Box, die als letzter Schrei und jüngster US-Kulturimport das kleine Café bis unter die Decke mit Lärm füllte. Joe drückte für einen Groschen »Die Beine der Dolores« und schaute beziehungsvoll auf Steffis Waden, bis sie ihn fragte: »Du bist noch 'n bißchen kindlich, oder?«

Thomas legte René Carol's »Rote Rosen, rote Lippen, roter Wein« auf, und er hatte das Gefühl, daß Marietta verstand. Jedenfalls war sie bereit, ein weiteres Eis zu verlangen.

»Jetzt muß ich aber zum Essen nach Hause«, sagte sie dann.

»Eigentlich müßtest du satt sein«, fand Thomas, und dann fragte er: »Ob wir uns mal nachmittags treffen?«

»Das weiß man nie. Aber in so einer Kleinstadt kann das immer wieder passieren.«

Joe kam mit Steffi auch nicht weiter und vermutete, als die beiden weg waren: »Da haben wir wieder umsonst investiert.«

»Quatsch!« sagte Thomas, »nach dem, was wir geblecht haben, müssen wir am Ball bleiben. Es ist ja nicht zu glauben, was die so an Eis wegputzen können. Vor allem deine Steffi.«

Joe hatte sich darüber auch gewundert. »Die hätte auch noch 'ne vierte Portion verdrückt. Aber wieso eigentlich meine Steffi? Mir gefällt die Marietta besser.«

»Erstens habe ich die beiden angesprochen«, erklärte Thomas, »und zweitens paßt die Steffi besser zu dir. Die hat dich so schön angegiftet, ihr wart manchmal wie 'n altes Ehepaar.«

»Sehr witzig. Und wenn die Marietta lieber mit mir geht?«

»Die wird nicht gefragt«, sagte Thomas, »wir sind schließlich die Männer. Und außerdem: Hast du gesehen, daß die Steffi schon 'n BH trägt?«

»Ja, das ist 'n Argument«, gab Joe zu, »O.K., ich nehme sie.«

Am Abend, bei Coca-Cola im »Sinner-Eck«, griffen die Jungen das Gespräch vom Mittag wieder auf. Wichtig war, so bald wie möglich zu einer Verabredung zu kommen, denn das war die zweite Stufe der Eroberung. Man konnte sich freilich jetzt im Winter nur an wenigen Orten treffen, am besten zum Schlittschuhlaufen am Waldsee, denn dort wurde kein Eis verkauft. Man mußte eine solche Verabredung, wenn sie einmal geklappt hatte, zur Gewohnheit zu machen versuchen und schließlich eines Tages die Frage aller Fragen stellen: »Willst du mit mir gehen?«

Joe hatte die beiden letzten Male so unverblümte Körbe erhalten, daß er die Frage nicht mehr stellen mochte, und Thomas versprach ihm, diesmal für beide zu fragen.

Wer es am Ende schaffte, mit einem Mädchen Hand in Hand durch die Stadt zu gehen, genoß den Ruf eines verwegenen Liebhabers. Man bezeichnete ihn dann als »Poussierstengel«, was eine hohe Auszeichnung bedeutete.

»Aber die Hayworth«, kam Joe auf sein Thema des Abends zurück, »die Hayworth, die müßte man mal ...«

» ...ins Café ›Knebel‹ einladen, oder was?«

»Naja, erst mal meinetwegen.«

»Du spinnst ja«, sagte Thomas, »du und die, da lachen ja die Hühner. So viele alte Flaschen kannst du gar nicht sammeln, daß du der was bieten kannst. Die war mit dem Ali Khan verheiratet, der hat 'n eigenen Kahn, 'ne Luxusjacht, so was brauchst du, und kein Fahrrad.«

»Ach, hör mir doch auf mit dem Ali Khan!« sagte Joe unwirsch.

»Aha, eifersüchtig bist du auch noch?«

»Es kommt ja nicht nur aufs Geld an«, meinte Joe, »sondern auch auf den Menschen, verstehst du? Und auf den Mann.«

»Was soll denn so 'ne Frau mit dir kleinem Kerl anfangen?« fragte Thomas mitleidig, »die kann dir doch höchsten die Brust geben.«

»Das wär doch schon mal ganz gut«, fand Joe.

Dann kam der Ober, zeigte auf seine Armbanduhr und sagte, für Kinder sei jetzt aber endgültig Schluß.

»Weißt du«, meinte Thomas draußen in der Kälte, »die Romy wäre schon eher was. Die ist in unserem Alter und noch nicht so'n Star.«

»Warte mal ab, bis die ihren zweiten Film gemacht hat«, sagte Joe, »dann kriegst du die auch nicht mehr ins Café ›Knebel‹, wetten?«

»Vielleicht hast du recht. Also morgen wieder die beiden von heute mittag, O.K.?«

27

»Ich habe drei Jazzkarten für uns erwischt«, strahlte Hänschen, »für Edelhagen am Donnerstag.«

Die Mutter machte ein längliches Gesicht. »Ich weiß nicht, ob das Gejaule was für meine Ohren ist.«

Auch Thomas war nicht Feuer und Flamme. »Wenn's Gerhard Wendland wäre oder Bruce Low. Oder wenigstens Friedel Hensch und die Cyprys.« Hänschens Miene hatte sich verfinstert, und bei der Erwähnung der Cyprys fuhr er aus der Haut. »So ist's recht! Gerhard Wendland, oder der lachende Vagabund, la-la-la und ha-ha-ha, das ist Musik, da geht uns der Hut hoch. Mir geht da das Messer in der Tasche auf. Zum Verzweifeln ist das! Da dürfen die Deutschen endlich seit fünfundvierzig wieder Musik hören, wie sie draußen in der Welt gemacht wird, und was tun sie? Sie verbeißen sich in ihre Schnulzen: Der alte Förster streichelt traumversonnen seinen Hund.«

»Traumverloren«, verbesserte Thomas, der sich auskannte, »nicht traumversonnen.«

»Ja, lern das mal schön auswendig«, giftete ihn Hänschen an, »vielleicht kannst du im Quiz auftreten damit.«

»Nun tu mal nicht so«, empörte sich jetzt die Mutter, »als seien alle verblödet, die das Jazzgedudel nicht mögen.«

Hänschens Grimm war damit von Thomas weg und auf die Mutter gelenkt: »Ja, ja Kurkonzert! Franz von Soupé. Das war schon ein alter Hut, bevor es komponiert wurde. Da sitzen nun die alten Herrschaften vor der Konzertmuschel, und es rieselt der Kalk, und es rieseln die Töne, und du immer mittendrin. Weißt du, wo die richtige Musik spielt? Bei Duke Ellington, Dizzy Gillespie, Benny Goodman, Charlie Parker.«

»Ist das nicht 'n Boxer?« fragte Thomas.

Hänschen sah ihn entnervt an. »Ich geb's auf. Da stellt man sich an nach den teuren Karten, und ihr wollt lieber das alte Försterhaus hören.«

»Ich hab gelesen«, widersprach Thomas, »die Karten wären umsonst.«

»Ja, das stimmt, aber für euch sind sie trotzdem noch zu teuer.« Hänschen meinte, er müsse frische Luft schnappen und sich irgendwo eine Schachtel Zigaretten ziehen.

»Ich glaube, den haben wir verprellt«, sagte die Mutter, als er draußen war.

»Schwer verprellt«, bestätigte Thomas, »ich fürchte, einer von uns muß sich opfern und mit zum Jazz gehen.«

»Aber wer?« fragte die Mutter.

»Na wer schon? Das kenne ich doch: immer der Jüngste.«

Thomas hatte im »Badischen Tagblatt« von der Veranstaltung gelesen, die am Donnerstag erstmals im neuen Unterhaltungsstudio des Südwestfunks stattfinden sollte: »Jazztime Baden-Baden«, eine Neuheit in deutschen Rundfunkkanälen, Jazz mit Publikum und direkt übertragen. Die Karten gab's kostenlos.

»Was ist denn Jazz eigentlich?« fragte Thomas, als Hänschen nach einer Stunde zurück war.

»Negergehopse«, war die unfreundliche Antwort.

»Nee, nun mal ernsthaft.«

Hänschen erklärte es, erzählte von Ragtime und Blues, von New Orleans und den Shuffle Boats, vom Dixieland und Kansas Style, und Thomas tat sich, wenn auch vorerst nur in Worten, eine Welt auf, von der er nichts geahnt hatte.

»Das wird sicher toll am Donnerstag«, sagte er am Ende, und Hänschen gab ihm versöhnt einen Klaps auf die Schulter.

In den letzten Monaten hatte Hänschen unbemerkt eine Rolle übernommen, die die Mutter bei der Ankunft in Baden-Baden eigentlich ihrem Bruder zugedacht hatte: Thomas ein wenig den Vater zu ersetzen. Aber Onkel Manfred war zu sehr mit sich und seiner Familie beschäftigt, hatte vor allem viel damit zu tun, die teuren Ansprüche seiner stets unzufriedenen Frau zu erfüllen oder sie ihr auszureden.

Hänschen war meist nur am Wochenende da und hütete sich, als Erziehungsberechtigter aufzutreten. Er war Thomas' großer Freund, den man alles fragen konnte.

»Sag mal«, fragte Thomas zum Beispiel, »wie ist das denn eigentlich mit den Mädchen? Ab wann kann man mit denen eigentlich ...«

»Oh, am besten abends nach zehn.«

»Dann sieht's doch aber gar keiner.«

»Soll man das denn?« fragte Hänschen verwundert.

»Naja, das müssen doch alle sehen, wenn ich mit einer Hand in Hand gehe. Und ab wann kann man das machen?«

»Ach so. Also, das muß man im Gefühl haben.«

»Du kannst einem prima helfen«, maulte Thomas, »da kann ich auch die Mutti fragen.«

Politik war ein anderes Thema, über das Thomas lieber mit Hänschen als mit der Mutter sprach. Sie sagte, sie habe nach Krieg und Nachkrieg die Nase davon voll und wolle sich nicht mehr darum kümmern.

Hänschen widersprach: »Mir haben Krieg und Nachkrieg bewiesen, daß man sich kümmern muß.«

»Ach, es kommt doch nichts dabei heraus«, widersprach ihrerseits die Mutter. »Sieh dir doch die Berliner Vier-Mächte-Konferenz an! Glaubst du vielleicht, die bringen am Ende eine Wiedervereinigung zustande?«

»Na, vielleicht nicht auf Anhieb. Aber irgendwann muß ja was passieren. Habe ich dir übrigens erzählt, was mir unser Chef kürzlich gesagt hat?«

Die Mutter sah ihn fragend an.

»Also, er hat mich beiseite genommen und gesagt, ich solle mir doch mal ein paar Gedanken darüber machen, wie wir nach der Wiedervereinigung gleich den Automatenmarkt drüben an uns reißen können.«

»Aha, und was hast du dir ausgedacht?«

»Naja, noch nicht sehr viel. Er hat ja auch erst vorgestern mit mir gesprochen. Ich soll mir jedenfalls überlegen, wie man drüben rasch ein Vertreternetz aufbauen kann, zum Beispiel von Leipzig aus.«

»Leipzig?« fragte Thomas wie elektrisiert.

»Ausgerechnet Leipzig«, sagte die Mutter, »setzt euch mal recht viele Flöhe ins Ohr!«

Die Mutter behielt recht, denn die Berliner Vier-Mächte-Konferenz scheiterte im Januar kläglich.

Das Jazzkonzert hingegen wurde eine große Sache. Thomas und Hänschen saßen in der vierten Reihe. Der Junge fuhr erschrocken zusammen, als das Orchester Kurt Edelhagen mit einem schrillen Crescendo begann. Die Töne prasselten so dicht auf ihn nieder, daß er erst nach Minuten etwas Bestimmtes heraushören konnte. Er sah die Menschen vor und neben sich im Rhythmus der Musik mit den Füßen wippen, auch Hänschen tat es, und Thomas fing ebenfalls an.

»Na, wie fandest du's?« fragte Hänschen auf dem Weg zu seinem neuen VW.

»Toll! Klasse, dufte! So was möchte ich auch lernen.«

Am Nachmittag darauf fragte Thomas Fräulein Schwerdtlein, die ihm immer noch kostenlos Klavierstunden gab: »Können Sie mir auch Jazz beibringen?«

»Jazz? Wo denkst du hin! Ich unterrichte Musik und keinen Jazz.«

Sie sagte »Jatz«.

28

Vor Ostern gab es Zeugnisse, und als Joe das seine ansah, wurde er bleich.

»Ehrenrunde?« fragte Thomas, und der Freund nickte erschüttert.

Thomas selbst war versetzt worden, mit Noten, die sich unauffällig um die dreizehn Punkte bewegten. Das entsprach ungefähr einer ehrlichen alten Drei, und Thomas fand, das sei für einen Flüchtling ganz anständig. In die Spalte für Französisch hatte Fräulein Dr. Bangemann ein Sternchen gemalt, dessen Bedeutung am Fuß des Blattes erläutert war: »Der Schüler befindet sich infolge Fluchtfolgen noch nicht auf dem Stand der Klasse.«

Im Café »Knebel« schwirrte an diesem Mittag die Luft von finsteren Verwünschungen gegen die Lehrerschaft insgesamt und gegen einzelne Vertreter im besonderen. Zu den Stammgästen mit gleich verheerendem Schicksal wie Joe zählte Marietta, mit der Thomas seit einigen Wochen fest »ging«. Das hatte ihn manche Portion Eis gekostet, und heute spendierte er besonders großzügig, um die Freundin zu trösten. Joe war sehr geknickt, und Thomas fragte sich und ihn: »Was haben wir denn bloß falsch gemacht?«

Steffi, die mit Joe ging, war versetzt worden und zeigte Mitleid. »Guck mal, wenn du erst Kapitän bist, dann fragt doch keiner mehr nach dem Fetzen Papier da.«

»Nee, aber wenn ich's werden will, fragen sie danach.«

»Du wirst schon Kapitän«, richtete auch Thomas den Freund auf, »vielleicht auf'm kleineren Schiff. Ich glaube fest daran.«

»Ehrlich?« fragte Joe mit Rührung in der Stimme.

»Ganz ehrlich! Ich sehe dich schon als Kapitän vor mir, wie du ganz stolz mit deinem Pott absäufst und dich nicht retten läßt.«

Trotz dieser Tröstungen wurde Joe nicht fröhlich. Er löffelte mit bitterer Miene ein Eis nach dem anderen und drückte auf der Music-Box schwerblütige Seemannslieder, bis Steffi entschlossen einen eigenen Groschen hervorholte und Detlef Lais singen ließ: »Es wird ja alles wieder gut, nur ein kleines bißchen Mut!«

»Also, bis morgen früh um sieben«, verabschiedete sich Thomas von seinem Freund.

Am nächsten Morgen stand Thomas um sieben mit Fahrrad und gepackten Taschen am Leopoldplatz, bereit, mit Joe den Rhein hinab bis nach Köln zu fahren.

Zwanzig vor acht meldete sich Thomas beunruhigt bei Joes Eltern, die in großer Sorge waren, da ihr Sohn seit gestern nachmittag von zu Hause weggeblieben war.

Thomas dachte an Joes bittere Stimmung beim Eislöffeln und ängstigte sich sehr um seinen besten Freund. Er ließ es sich aber nicht anmerken. »Ach, da machen Sie sich mal nichts draus, der ist entweder zur See oder zur Fremdenlegion.«

»Mein Gott!« rief Joes Mutter entgeistert, »hat er gesagt, daß er da hinwill?«

Was habe ich denn nun wieder falsch gemacht, fragte sich Thomas. »Direkt gesagt hat er's nicht«, antwortete er, »aber eigentlich gibt es ja nur die beiden Möglichkeiten.«

Als Thomas nach Hause kam, um seine fürs erste nutzlos gewordenen Packtaschen abzulegen, übergab ihm ein kleinerer Junge mit Verschwörermiene einen Zettel. Der Zettel war in einer Geheimschrift beschrieben, die Thomas und Joe gemeinsam entwickelt hatten. Sie war so geheim, daß Hänschen sie bei einer Probe erst nach fünfzehn Minuten entziffert hatte.

»Du sollst an den Battert kommen und was zu essen mitbringen«, flüsterte der kleinere Junge bedeutungsvoll.

»Hast du das etwa entziffert?« fragte Thomas beunruhigt.

»Nein, das hat er mir gesagt.«

Thomas bedankte sich, und der Junge fragte, was mit Trinkgeld sei, und bekam fünf Pfennig.

»Bin in der Höhle am Battert, bring was zu essen mit, Joe«, stand auch in der Geheimschrift auf dem Zettel.

Der Weg zu den Battertfelsen am Alten Schloß oberhalb der Stadt war für einen Radfahrer beschwerlich. Thomas entsann sich nicht mehr genau der Höhle, die eigentlich nichts weiter als ein überhängender Felsen war. Nach kurzer Suche entdeckte er jedoch Joes Fahrrad mit gepackten Taschen und dann Joe selbst.

»Mensch, du Greenhorn«, sagte Thomas, »läßt dein Fahrrad draußen stehen, daß jeder Spaziergänger drüberfällt. Das lernst du doch in jedem Western, daß man sein Pferd versteckt.«

»Hast du was zu essen mit?« fragte Joe.

Thomas packte ein Paket Knäckebrot und eine Dose Schmalzfleisch aus, und Joe fragte nach einem Dosenöffner und etwas zu trinken.

»Stand beides nicht auf dem Zettel«, sagte Thomas.

Joe zeigte ihm einen Vogel. »Soll ich vielleicht warten, bis die Dose durchgerostet ist?«

»Du sollst mit mir nach Köln fahren«, entgegnete Thomas, »das war nämlich verabredet. Alles war geklärt, wir haben sogar einen Rentner, der für uns die Zeitung austrägt. Und jetzt willst du plötzlich Robinson Crusoe spielen, am liebsten mit Dosenöffner und allem Komfort. Das hast du dir so gedacht: Freitag, bring mir mal dies und das, 'ne Badewanne vielleicht und'n Fernsehapparat und vielleicht noch die Steffi.«

»Mensch, hör doch auf«, rief Joe, »siehst du denn nicht, daß ich in einer verzweifelten Lage bin? Sogar in einer beschissenen Lage. Ich stehe an einem Wendepunkt. Das ist Tragik, verstehst du? Ach, was sage ich, Mist ist das.«

Thomas hatte mal gelesen, man müsse mit Verzweifelten und Selbstmördern hart und klar reden. Deshalb sprach er zu Joe hart und klar und ließ sich auch nicht unterbrechen. »Also schön, dann geh halt zur Fremdenlegion, wenn du unbedingt willst. Da kommst du grade noch recht, um dich in Dien Bien Phu abmurksen zu lassen. Da brauchen sie noch 'n paar als Leichen. Du mußt dich aber beeilen, weil die Vietminh nicht mehr lange fackeln, bis die die Franzmänner massakrieren. Unterbrich mich jetzt nicht, du bist nämlich verzweifelt! Liest du eigentlich keine Zeitung? Weißt du, was da gestern dringestanden hat? Zweiundzwanzigtausend deutsche Fremdenlegionäre sind schon da hinten gefallen, in dem lausigen Indochina. Und trotzdem rennen noch jeden Monat tausend solche Simpl los und melden sich dafür. Da mach du mal ruhig mit, da kommt's auf einen Idioten mehr oder weniger auch nicht an. Und die Zeitungen kann ich auch mit dem Rentner austragen, wenn er einigermaßen spurt.«

Joe, als er endlich zu Wort kam, fragte verwundert: »Wie kommst du denn auf die Idee, daß ich zur Legion will?«

»Ist doch klar, das wissen sogar schon deine Eltern.«

»Woher denn?«

»Na, von mir.«

»Du hast ja wohl 'ne Meise unterm Pony. Ich will nicht nach Indochina, ich will zur See.«

»Das wissen sie auch schon. Und außerdem geht's nach Indochina erst mal zur See, Gibraltar, Suezkanal und dann links halten.«

»Ich weiß nicht, ob ich in deinem Alter auch so blöd war«, erwiderte Joe.

»Na, ich werde in meinem Alter jedenfalls versetzt«, gab Thomas zurück – hart und klar.

Joe verkündete ihm nun seinen Plan, mit dem Fahrrad nach Hamburg zu fahren und dort als Schiffsjunge anzuheuern. Wahrscheinlich müsse er auf einem ausländischen Schiff fahren, weil die Deutschen es zu genau nähmen mit der Einwilligung der Eltern Minderjähriger und ähnlichem bürokratischem Kleinkram. Er habe jedenfalls alles bei sich, was er brauche, alle Ersparnisse und auch das Schulzeugnis vom vergangenen Jahr, als er noch versetzt worden sei.

Thomas hätte am liebsten gesagt: Ich komme mit. Aber er traute es sich nicht zu und versuchte statt dessen, Joe von dem Plan abzubringen. Am Ende rang er ihm ein Ja zu folgendem Kompromiß ab: »Wir fahren wie geplant nach Köln und besuchen deine alten Klassenkameraden. Und wenn du dann immer noch spinnst, dann kehre ich um, und du strampelst nach Hamburg, O.K.?«

»O.K.«, sagte Joe.

»Und du schreibst von unterwegs deinen Eltern nur, daß wir nach Köln fahren.«

»O.K.«

Sie kamen, da es schon über Mittag hinaus war, an diesem Abend nur bis Bruchsal, wo sie in der Jugendherberge übernachteten. Am nächsten Tag sahen sie sich Heidelberg an und kehrten abends in der Jugendherberge zu Worms ein. Sie aßen und tranken für dreißig Pfennig Schmalzbrote und Pfefferminztee, bis Joe plötzlich fragte: »Wie heißt das Nest, in dem wir hier sind?«

»Worms«, antwortete Thomas und wollte in sein Schmalzbrot beißen, aber Joe schlug es ihm aus der Hand. »Mensch, Worms! Fällt dir da nichts ein?«

»Nee«, antwortete Thomas verdutzt, »höchstens, daß es hier mal Nibelungen gab. Zum Beispiel, Sigi, der den Molch gemeuchelt hat. Aber die sind alle längst kaputt.«

»Das ist das Stichwort. Kaputt. Verstehst du endlich?«

Thomas verstand immer noch nicht, und Joe flüsterte eindringlich: »E sechshundertfünf.«

Thomas wurde blaß. »Mensch, und fast hätte ich reingebissen.«

In Worms war vor nicht einmal zwei Monaten der aufsehenerregende Fall einer Frau namens Lehmann bekanntgeworden, die drei Menschen und einen Hund mit Hilfe des Pflanzenschutzmittels E 605 zu Tode gebracht hatte. Ihr Ehemann hatte das Gift mit seiner abendlichen heißen Milch geschlürft, der Schwiegervater hatte es mit Joghurt gelöffelt, der Hund hatte eine nicht mal für ihn bestimmte Praline vom Fußboden aufgeschleckt, und Frau Lehmanns Freundin war ebenfalls an einer geimpften Praline gestorben, die nicht einmal für sie bestimmt gewesen war. Dieser Kriminalfall hatte die Stadt Worms und das Pflanzenschutzmittel in die Schlagzeilen der deutschen Presse gebracht. Innerhalb weniger Wochen hatten über dreißig Menschen mit E 605 Selbstmord begangen. Anfangs wurden sie noch mit Namen und Wohnort genannt, später meldeten die

Zeitungen nur noch in Abständen die aktuelle Gesamtzahl.

»Du hast mir wahrscheinlich das Leben gerettet«, flüsterte Thomas, noch ganz benommen von der knapp überstandenen Gefahr.

Joe nickte so ernst, wie es der Augenblick verlangte.

»Aber dafür«, sagte Thomas, »habe ich dir auch ausgeredet, in Dien Bien Phu zu fallen.«

Sie wunderten sich, daß ihnen nicht beizeiten eingefallen war, dieses gefährliche Worms zu meiden. Sie ließen die möglicherweise todbringenden Schmalzbrote liegen und holten ihr Knäckebrot und die Schmalzfleischdose aus dem Gepäck. Sie liehen sich einen Dosenöffner und aßen mit Behagen. Als sie die letzte Fleischfaser aus der Dose gekratzt hatten, fiel Joes Blick auf das Etikett: »Schmalzfleisch, Einwaage 250 g, Wurstfabrik Worms«.

Sie schliefen schlecht in der Nacht, hatten bedrohliche Träume und brachen ohne Frühstück auf in Richtung Mainz.

Die Radtour den Rhein hinab gab Thomas ein nie zuvor erlebtes Gefühl von Freiheit und Abenteuer. Wenn sie morgens aufbrachen, hatten sie eine Richtung und ein Ziel; doch wenn sie es nicht erreichten, weil Ungeplantes und Ungeahntes am Wege lag, dann war es auch gut. Das Verzeichnis der Jugendherbergen wies genug Orte aus, an denen man eine Matratze für sich und seinen Leinenschlafsack bekam, für fünfzig Pfennig die Nacht. Wenn nichts mehr frei war, fuhr man weiter, und eigentlich hoffte Thomas sogar, eines Abends überhaupt kein Bett zu finden, denn dann, so dachte er, fange das Abenteuer erst richtig an.

Unterwegs trafen sie viele, die die gleiche Richtung hatten. Man grüßte mit dem traditionellen Radwanderergruß »Servus«, tauschte Erfahrungen aus über die Eigenheiten von Herbergseltern oder die Qualität von Mahlzeiten, fuhr ein paar Stunden oder gar ein paar Tage miteinander. Es waren auch Mädchen und Jungen von »drüben« unterwegs, und in der Jugendherberge von Bingerbrück traf Thomas sogar zwei Leipziger, mit denen er bis zum Lichtlöschen über die Heimat sprach.

Nach zehn, wenn es dunkel war in den Schlafräumen, kam die Zeit der schlüpfrigen Witze. Es waren fast stets dieselben, und nach wenigen Tagen kannte Thomas alle Pointen, die aus dem Dunkel kamen.

Von Bingerbrück aus fuhren Thomas und Joe jenes Stück Rhein entlang, das ihn weltberühmt gemacht hat. Sie krochen am linken Ufer in fast jede Burg und kamen nur langsam voran. In Höhe der Pfalz bei Kaub hatte Thomas einen Platten, und angesichts der Loreley meinte Joe plötzlich: »Ich weiß nicht, was es bedeutet, aber ich habe unheimlich Bauchweh.«

»Worms«, schwante es Thomas. Doch am nächsten Tag ging es Joe wieder gut.

In Bonn hielten sie am Bundeshaus, und Thomas hatte die Idee, nach Adenauer zu fragen.

»Der macht auch Osterferien«, sagte der Pförtner.

In Köln stellte sich dann heraus, daß Joes ehemalige Klassenkameraden eine gemeinsame Radtour den Rhein hinauf angetreten hatten.

»Und wen sollen wir jetzt besuchen?« fragte Thomas.

Sie besuchten den Kölner Dom und kamen zufällig zur Osterpredigt von Kardinal Frings.

»Dat is' ne jute Mann«, sagte Joe, dessen kölnischer Lokalstolz wiedererwachte, »der müßte bloß evangelisch sein.«

»Dann würde er bestimmt entlassen«, vermutete Thomas.

Joe zeigte Thomas, wo er gewohnt hatte und wo er zur Schule gegangen war, und dann beschrieb er ihm den Rosenmontag. »Am Ende sind dann alle besoffen«, rundete er die Erzählung ab, »und wenn du nicht aufpaßt, kotzen sie dir auf die Schuhe.«

»Und das soll dann Volkskunst sein?« fragte Thomas verwundert.

Am Ostermontag traten die beiden den Heimweg an. Sie fuhren diesmal rechtsrheinisch, um die restlichen Burgen zu besichtigen. In den Jugendherbergen gab es in diesen Tagen ein großes Thema: die Tragödie am Dachstein. Dort, in den österreichischen Alpen, waren seit Karfreitag zehn Schüler und drei Lehrer aus Heilbronn im Schneesturm vermißt, und die Bergwacht konnte den Angehörigen kaum noch Hoffnung machen.

»Apropos vermißt«, entfuhr es Thomas in einer Kurve kurz vor Rüdesheim, »deine Eltern haben ja gar keine Ahnung, wo du bist.« Von dieser Erkenntnis wurde Joe getroffen wie der Lukas vom Hammer, und er mußte anhalten, absteigen und sich setzen. »Verdammt noch mal, das habe ich doch glatt vergessen.«

»Und daß du zur See wolltest, hast du auch vergessen.«

»Da brat mir einer 'n Storch. Wie kann der Mensch bloß so vergeßlich sein?«

Es sprach vieles dafür, daß die Polizei längst nach Joe suchte und daß in jeder Jugendherberge ein Fahndungsplakat hing mit der Summe, die auf seine Ergreifung ausgesetzt war. »Mindestens zehn Mark«, schätzte Thomas.

Sie beschlossen, daß Joe ab sofort alle Ortschaften zu umfahren habe, während Thomas versuchen solle, Erkundigungen einzuholen. Als erstes hatte Joe Rüdesheim schräg durch die Weinberge zu umgehen, während Thomas das Postamt suchen und ein Telegramm an Joes Eltern aufgeben sollte: »Liebe Eltern stop ich bin gesund und wohlauf stop leider habe ich vergessen euch mitzuteilen daß ich mit Thomas eine Radtour angetreten habe stop ich komme in wenigen Tagen zurück stop viele Grüße von euerm Sohn Hans-Joachim.«

Der Postbeamte riet Thomas dringend, den Text zu kürzen, da er sonst kaum zu bezahlen sei, und am Ende ging folgendes über den Draht nach Baden-Baden: »Hallo stop bedaure Nichtmitteilung Radtour stop baldige Wiederkunft stop Sohnesgrüße.«

In Erinnerung an den schönen Rüdesheim-Besuch mit

dem Vater vor acht Monaten machte Thomas einen Umweg durch die Drosselgasse. Dabei stibitzte er ein volles Glas vom Tresen einer Gartenwirtschaft und wunderte sich dann, daß Joe am Ortsausgangsschild hinter der Stadt mit einem »Zwillingsbruder« wartete. Auch die Fahrräder sah Thomas doppelt.

»Alles klar?« fragten die beiden Joes.

»Alles kllllar, die Knnnneipe schickt das Ddding ab.«

Es wurde ein beschwerlicher Heimweg über wenig befahrene Nebenstraßen, und in jeder Jugendherberge fragte Thomas erst mal nach, ob ein gewisser Joe gesucht werde.

Zu Hause entlud sich über Joe das erwartete Donnerwetter, das aber rasch der Rührung über die glückliche Heimkehr wich. Joe erzählte eine tolle Geschichte von Lebensüberdruß und verzweifelter Flucht nach Hamburg, und Thomas ergänzte sie durch die plastische Schilderung einer abenteuerlichen Verfolgungsjagd. »Und wie er in Hamburg gerade auf den Pott will nach Dingsda, na, wie heißt das Kaff noch ...?«

»Havanna«, warf Joe schnell ein.

»Genau. Da hab ich ihn am Ärmel zurückgerissen. Er war schon auf der Treppe.«

»Gangway«, verbesserte Joe.

»Ist doch egal, sah aus wie 'ne Treppe. Also praktisch war er schon in Havanna.«

»Unglaublich«, staunte Joes Vater. Und dann holte er einen Zettel, auf dem er sich Notizen gemacht hatte, und las vor: »Montags Bruchsal, dienstags Worms, mittwochs Bingerbrück, donnerstags St. Goar – soll ich weiterlesen?«

»W ... wo hast du das denn her?« stotterte Joe.

»Ich habe ein bißchen mit Jugendherbergen zwischen Baden-Baden und Köln telefoniert.«

Dann entfaltete er auch noch das Telegramm aus Rüdesheim und hielt es den Jungen vor die Nase. »Große Sorgen hat uns allerdings das hier gemacht: ›Baldige Niederkunft‹. Das konnten wir uns gar nicht erklären.«

Später im Café »Knebel«, beim Eis mit Steffi und Marietta, wurde trotz allem die Havanna-Version beibehalten. Und Thomas hatte seinen Freund Joe sogar bis auf den offenen Atlantik verfolgt, um ihn zurückzuholen.

29

Es ging Thomas gut in diesem Frühjahr, jedenfalls im großen ganzen.

Manchmal dachte er zwar noch an den trostlosen Tag seiner Ankunft in Baden-Baden, an die ersten Wochen in Enge und Bedrückung, an das muffige Zimmerchen in der muffigen Wohnung der muffigen Frau Huck, an die schlimme Zeit ohne Fahrrad, in abgetragenen Sachen und mit knappem Taschengeld. Das alles war nicht mal ein Jahr her.

Nun bewohnte Thomas mit der Mutter ein fast doppelt so großes und viel schöneres Zimmer bei einer freundlichen Dame, die ihm Klavierstunden gab. Seit dem Konzert mit Edelhagen hätte er zwar lieber Trompete gelernt, aber die Mutter war dagegen, unter anderem aus finanziellen Gründen.

Sie hatte durch sparsames Haushalten schon viele dringende Anschaffungen ermöglicht, Kleidung und Wäsche vor allem, aber auch Geschirr und anderen Hausrat. Auch sie hätte gern ein Radio gehabt oder gar einen Plattenspieler; doch dazu war noch nicht die Zeit. »Erst mal wollen wir anständig angezogen sein«, sagte sie, »und nicht so sehr abfallen gegenüber den vielen eleganten Leuten hier.«

Mit wachsendem Interesse an Mädchen war auch bei Thomas der Wunsch nach »richtigen Klamotten« erwacht; und er hatte sich schon einiges von eigenem Geld gekauft. Zum Beispiel zwei Paar grellbunte Ringelsocken und einen orangefarbenen Nicki, den die Mutter scheußlich fand, während ihn Marietta mochte.

Mit Marietta »ging« Thomas zwar meistens, aber manchmal fand sie ihn »blöd« und traf sich mit anderen. Dann wollte er mit keinem reden, höchstens mit Joe, der ähnlichen Ärger mit Steffi hatte und dann sagte: »Weiber sind sowieso blöde Geißen.«

»Meine Petra in Leipzig«, widersprach dann Thomas, »die war anders. Die hat mich nicht so genervt.«

»Dann bist du bloß nicht lange genug mit ihr gegangen.«

Joe war nun eine Klasse unter Thomas, und beide empfanden das als eine gegen sie persönlich gerichtete Gemeinheit der Lehrer. Wenn sich Joe in der Schule geärgert hatte, und das war häufig der Fall, dann sprach er von Hamburg und Havanna. Aber mit dieser Drohung war es wie mit allem, was zu oft wiederholt wird: Sie nutzte sich allmählich immer mehr ab.

Auch Hänschen sprach manchmal davon, Baden-Baden zu verlassen und sich anderswo eine »seriösere« Arbeit zu suchen. Jedenfalls wollte er nicht mehr zu lange als »Hausierer« durch die Lande ziehen und widerspenstige Krämer von den Vorteilen eines Automaten überzeugen.

Manchmal sprach auch die Mutter von »Veränderung«. »Erstens«, sagte sie, »möchte ich mehr verdienen, wenn ich schon abendelang im Büro sitze. Zweitens möchte ich wieder in einer Großstadt leben. Und drittens gehen mir unsere Verwandten gewaltig auf den Wecker.«

Thomas konnte alle drei Gründe gut verstehen. Aber er wollte nicht an eine »Veränderung« glauben, denn ihm ging es gut, und es war immer etwas los.

Ende Mai stieg in Hamburg das Endspiel um die Deutsche Fußballmeisterschaft, und Thomas war mit Hänschen und Joe im »Sinner-Eck«, um sich die Fernsehübertragung anzuschauen. Das Spiel wurde als reine Formsache für den haushohen Favoriten angesehen, den 1. FC Kaiserslautern nämlich. Die Mannschaft hatte einen Fritz Walter und eine Reihe weiterer Nationalspieler, und es ging an diesem Sonntag eigentlich nur um die Zahl der Tore.

Bevor noch alle Gäste im »Sinner-Eck« mit Bier versorgt waren, führte Kaiserslautern schon mit 1:0. »Na, wer sagt's denn«, meinte Thomas.

Dann ließen es die Lauterer langsamer angehen, und kurz vor der Pause glich Hannover 96 aus. »Die Lauterer sind noch nicht ganz warm«, kommentierte Thomas sachkundig.

Knapp nach Beginn der zweiten Halbzeit fabrizierte Kaiserslauterns Verteidiger Kohlmeyer dann ein Eigentor.

»Das kannste dir nur leisten, wenn du den Gegner voll im Griff hast«, erklärte Thomas.

Die beiden nächsten Tore für Hannover 96 kommentierte er nicht mehr, und erst als es fünf Minuten vor Schluß 5:1 für die Norddeutschen stand, gab er mürrisch zu: »Jetzt wird's 'n bißchen eng.«

Nach dem Schlußpfiff wurde im »Sinner-Eck« bei kühlem Bier und Obstler heiß darüber diskutiert, wie Bundestrainer Herberger nächsten Monat bei der Weltmeisterschaft in der Schweiz mit den »Versagern aus Kaiserlautern« einen Blumentopf gewinnen wolle. Es wurde die Forderung laut, einfach die »Elf der Namenlosen« aus Hannover in die Schweiz zu schicken. Als sich diesem Verlangen immer mehr Gäste anschlossen, wechselte auch Thomas die Fronten und verkündete seinen Nachbarn stolz: »Hannover, da wäre ich fast mal hingezogen.«

Es war immer etwas los. Am Vatertag machten sie in der inzwischen bewährten Besetzung Hänschen, Joe und Thomas eine fröhliche Wanderung in die Winzerorte der Umgebung. Heimwärts mußte für teures Geld ein Taxi gemietet werden, da Hänschen wegen seiner Kriegsverletzung am linken Knie nicht mehr gehen konnte. Die beiden Jungen verständigten sich jedoch mit Blicken und Gesten über den wahren Grund der Behinderung.

Ein paar Tage später traf es Joe ganz ähnlich. Er und Thomas waren mit dem Fahrrad nach Staufenberg gefahren, einen im ganzen Umkreis bekannten Erdbeerort, und hatten nachgefragt, ob bei der Ernte Geld zu verdienen sei. Dies war nicht so, und um den steilen Weg zum Gasthaus »Zur Nachtigall« nicht ganz umsonst bewältigt zu haben, genehmigten sich die Jungen Erdbeerbowle. Joe wollte beweisen, daß ein Seemann was vertrage, auch wenn er zur Zeit noch keiner sei. Auf dem Heimweg nahm er zwei scharfe Kurven geradeaus, ehe ihn Thomas bewegen konnte, das Fahrrad zu schieben.

»Ich möchte mal sehen«, grinste Thomas, »wie du dein Schiff durch den Suezkanal steuerst. Da reißt du den halben Sinai ab.«

Es war wirklich immer etwas los, und sei es nur das große Pfingstfeuerwerk im Kurpark, das in ein Furioso von Heultönen und Kanonenschlägen mündete. Die Mutter fand es fürchterlich und fühlte sich an die Bombennächte des Krieges erinnert.

»Ich find's schön«, widersprach Thomas, »wie im Kino.«

»Du warst im Krieg Gott sei Dank zu klein, um etwas mitzukriegen. Aber mir jagt so was eiskalte Schauer den Rücken hinab.«

Mehrere Umstehende stimmten zu. »Jedesmal, wenn es irgendwo laut knallt«, sagte eine Frau, »denke ich gleich, geht's jetzt wieder los?«

Man müsse ja auch täglich damit rechnen, meinte die Mutter, daß Amerikaner und Russen aufeinander losschlügen. Wenn Thomas es genau bedachte, rechnete auch er damit. Es mußte ja eines Tages geschehen, denn alle sagten es.

Wenn dagegen einmal nichts los war, sorgte Marietta dafür, daß sich Thomas nicht langweilte.

Am 17. Juni 1954 lud die Mutter ihren Sohn zum Abendessen ins Kurhaus ein. Es gab Spargel, mit dem er nicht zurechtkam, und als Nachtisch eine Eisbombe.

»Weißt du noch«, fragte die Mutter, »wie wir heute vor

einem Jahr, genau um diese Uhrzeit, in der Bude von Frau Huck gehockt haben und uns das große Elend überfiel?«

»Ja, mit Macht hat es uns überfallen. Und dann sind wir in die Kneipe um die Ecke und haben Hausmacherwurst gegessen.«

»Siehst du, und ein Jahr später sitzen wir schon hier im Kurhaus.«

Wenn ausnahmsweise gar nichts los war, wenn es auch einen Nachmittag lang kein Geld zu verdienen gab, dann war Zeit für jene Streiche, die Jungen erfinden, um Erwachsene zu ärgern.

Gut bewährt hatte sich für solche Unternehmungen das neue PRIL-Pulver. In kleinen Dosen dem Wasser zugesetzt, entspannte es dasselbe; großzügig in Thermalbrunnen der Baden-Badener Altstadt geschüttet, ließ es die Quellen gewaltig überschäumen. Das sah lustig aus und ärgerte die Menschen – vom einfachen Kurgast bis zum feindlichen Polizisten.

»Man müßte mal ein paar Päckchen PRIL kaufen«, überlegte Joe in einer freien Stunde, »und alles auf die Fontäne in der Allee schütten. Das würde schäumen wie verrückt. Bis auf die Fahrbahn. Stell dir mal die Autos und die Pferdekutschen in PRIL-Schaum vor! Ich würde mal so von drei Päckchen ausgehen«, kalkulierte Joe. »Wenn wir das Doppelte nehmen, können wir vielleicht die ganze Stadt einschäumen. Wie in dem Märchen von dem großen Brei, wo sich alle durchfressen müssen.«

Sie nahmen vier Päckchen. Und der Erfolg war ganz ansehnlich. Der Fahrverkehr in der Lichtentaler Allee wurde zwar nicht behindert, aber viele Spaziergänger blieben stehen und amüsierten oder erregten sich über das frevelhafte Tun der beiden Jungen. Einige meinten, man solle sie kräftig vermöbeln; andere fanden, dies sei unter Umständen als eine neue Art von Kunst anzusehen.

Plötzlich war ein Polizist da. Er stieg von seinem Fahrrad und wollte die Jungen zur Rede stellen. Thomas und Joe flohen. Sie nahmen auf ihren Rädern entgegengesetzte Richtungen, weil sie wußten, daß dies normalerweise einen Verfolger verwirrt und wertvolle Sekunden einbringt. Der Polizist war jedoch ziemlich jung und sehr auf Draht. Er entschied sich blitzschnell für den weniger athletischen der beiden Missetäter und jagte hinter Thomas her, dem es nicht gelang, den entscheidenden Vorsprung herauszufahren. Die Jagd ging die Lichtentaler Allee hinauf, ohne Halt an einem Stoppschild vorbei, und weiter in Richtung der Tennisplätze. Mensch, ist der schnell, dachte Thomas und hörte den Verfolger dicht hinter sich.

Da kam ihm im letzten Augenblick ein rettender Gedanke, den er ohne Zögern ausführte. Thomas schoß durch einen schmalen Eingang in den Garten der Villa »Sorrent«.

Der Polizist war an dem Garten vorbeigerast, mußte wenden und kam nun zurück.

»Hier können Sie mich nicht rausholen«, rief Thomas, noch völlig außer Atem, »hier dürfen Sie nämlich gar nicht rein.«

»Wieso?« fragte der keuchende Polizist.

»Weil das hier russisch ist!«

Die Villa »Sorrent« an der Lichtentaler Allee beherbergte die Sowjetische Militärmission. Thomas hatte sich anfangs gewundert, mitten in Baden-Baden auf jene olivfarbenen Uniformen zu stoßen, die er so gut aus Leipzig kannte. Hänschen hatte ihm inzwischen die Sache erklärt. In Baden-Baden war das Hauptquartier der »Forces Françaises en Allemagne«, der französischen Besatzungstruppen in Deutschland. Und die Sowjets, als ehemalige Alliierte, hatten hier so eine Art Kontaktbüro – wie beim amerikanischen und britischen Hauptquartier. Thomas hatte sich längst an den Anblick sowjetischer Uniformen gewöhnt und auch an die Autos der Mission, die man manchmal in der Stadt sah: rotes Nummernschild mit gelbem Hammer- und Sichel-Symbol. Wenn er im Garten der Villa jemanden sah, rief er gelegentlich einen russischen Gruß hinüber, den er aus der Schule in Leipzig behalten hatte und der bisweilen erwidert wurde.

»Warum soll i di da net naushole könne?« fragte der Polizist.

»Des isch russisch«, antwortete Thomas noch einmal, diesmal ebenfalls Badisch redend, was er inzwischen schon ganz gut konnte. Er hatte mal irgendwo gelesen und gehört, die Polizei dürfe fremde Botschaften nicht betreten, weder in Deutschland noch irgendwo auf der Welt. Deswegen sei man dort absolut sicher vor polizeilichem Zugriff. Ob nun allerdings die Sowjetische Militärmission den gleichen Schutz genoß, das wußte er nicht. Der Polizist schien es aber ebensowenig zu wissen.

Thomas zeigte auf die Grenze zwischen öffentlichem Fußweg und sowjetischem Garten. »Sie dürfe hier net noi, des gibt sonscht ganz großer Ärger!«

Der Polizist sah hinüber zur Villa, wo offenbar niemand den Vorfall im Garten bemerkte, und machte Anstalten, Thomas zu holen.

»Halt!« rief der, und zur Sicherheit nochmal auf russisch: »Stoi!«

Er suchte nach einem starken Argument, und in höchster Bedrängnis fiel ihm auch eines ein, das er der Wichtigkeit halber auf Hochdeutsch anbrachte: »Bleiben Sie draußen. Sie riskieren einen Dritten Weltkrieg!«

»Wege dir?« lachte der Polizist.

»Noi, wege Ihne«, gab Thomas schnell zurück, und dann versicherte er sehr ernsthaft: »Ich kenn der Iwan, mit sellem mache Sie koi Faxe net.«

Es trat eine Art Patt ein, und beide Seiten überlegten neue Argumente.

»Wenn du net nauskommscht«, sagte schließlich der Polizist, »dann bleib i hier hocke bis morge früh.«

»Sie habe doch Schichtwechsel irgendwann«, erwiderte Thomas keck, aber die Drohung machte ihm Angst. Er hatte mal gelesen oder gehört, daß manchmal Menschen in die Sicherheit einer Botschaft geflohen waren, dann aber dort hatten Jahre zubringen müssen. Er schaute hinüber zur Villa »Sorrent«, wo sich nichts rührte, und stellte sich sein künftiges Leben vor. Mit meinen paar Brocken Russisch unter lauter Sowjetmenschen? Und wenn die erfahren, daß ich aus Leipzig bin? Weggemacht aus ihrem sozialistischen Paradies. Das sind doch sicher alles ganz Linientreue, die nicht auf die Idee kommen würden, im goldenen Westen zu bleiben. Und das Essen da drin. Das kennt man ja: Kohlsuppe und Hirsebrei und diese komischen schwarzen Fischeier.

Thomas war jetzt ernsthaft beunruhigt, während der Polizist ganz gelassen sein Fahrrad an einen Alleebaum lehnte und sich eine Zigarette anzündete.

Da sah Thomas Joe.

Der Freund beobachtete die Szene an der Gartenhecke der Villa »Sorrent« von weitem. Nach einiger Zeit schien er sich einen Reim gemacht und einen Entschluß gefaßt zu haben. Er stieg auf sein Fahrrad und kam langsam angefahren.

»Ha, was isch no?« fragte Thomas, um den Polizisten abzulenken, »wenn i freiwillig nauskomm, lasse Sie mich dann laufe?«

»Ha noi. I krieg di scho.«

Thomas beobachtete aus dem Augenwinkel Joe und redete weiter: »Aber des isch üblich. Freier Abzug. Des mache die als. Auch international. Lese Sie koi Zeitung?«

Der Polizist, immer noch ruhig, antwortete nicht, sondern rauchte.

»Könne Sie net lese?« fragte Thomas frech und siegessicher, denn er sah, wie Joe davonfuhr und mit der rechten Hand das Polizeifahrrad entführte. Thomas hörte nicht mehr darauf, was ihm der Polizist auf seine unverschämte Frage antwortete; vielmehr wartete er, bis Joe ungefähr zweihundert Meter weit weg war. Dann fragte er: »Hatte Sie vorhin net e Fahrrad?«

Der Polizist fuhr herum, suchte, sah Joe, warf seine Zigarette weg und rannte los. Thomas nahm die entgegengesetzte Richtung.

Später traf er Joe im Café »Knebel«.

»Hast du sein Fahrrad wenigstens in die Oos geschmissen?« fragte Thomas.

»Nee, der ärgert sich auch so grün und blau.«

»Hoffentlich erkennt er uns nicht mal irgendwann wieder.«

30

Hänschens VW schnurrte über die Bundesstraße 3 nach Süden, vorbei an Weinbergen und Schwarzwaldhöhen, durch Städte und Städtchen wie Brühl und Achern, Appenweier und Offenburg. Der Heckmotor hämmerte laut und beruhigend vor sich hin, und der Fahrer lobte sein Auto als eine der großen Erfindungen des Jahrhunderts, für die sich übrigens langsam auch das Ausland zu interessieren beginne. Thomas saß hinten und hatte Joe den Beifahrersitz überlassen. Seit der Vatertagswanderung waren die drei ein richtiges Team geworden, und unter vier Augen gestand Joe sogar, er hätte »auch gern so einen Vater« wie Thomas.

An diesem ungewöhnlich heißen Sonntag mit Temperaturen über 30 Grad waren die drei auf dem Weg zu einem großen Fußballereignis. Im Rahmen der Weltmeisterschaft trat die deutsche Mannschaft in Basel gegen Ungarn an, jene »Wunderelf«, die seit Jahren ungeschlagen war und kürzlich in Budapest sogar England mit 7:1 besiegt hatte.

Während Hänschen aus nicht ersichtlichem Grund sehr schweigsam war, wirkten die beiden Jungen ausgelassen und trieben alle möglichen Wortspiele. Außerdem versuchten sie, sozusagen wettkampfmäßig das Fabrikat entgegenkommender Autos so früh wie möglich zu bestimmen. Jetzt, in der Höhe von Lahr, wollten sie indessen etwas von Hänschen lernen.

»Wie lange«, fragte Joe, »gehen Sie denn immer mit derselben Frau?«

»Bis zum Schluß«, antwortete Hänschen.

»Und wie lange ist das?«

»Je nachdem, eine Woche lang oder ein Leben lang.«

»Sind Sie schon mal mit einer ein Leben lang gegangen?« wollte Joe wissen, aber Thomas wies ihn grinsend auf den Unsinn der Frage hin.

»Wie lange gehst du denn noch mit meiner Mutter?« fragte er.

»Warum«, lenkte Hänschen ab, »spielt ihr eigentlich nicht mehr aktiv Fußball, wie früher zu Hause in Leipzig oder in Naumburg?«

»Keine Zeit«, erklärte Joe, »wir müssen Geld verdienen. Und mit Fußball verdient man kein Geld.«

»Ich war auch, ehrlich gesagt, nie richtig gut«, ergänzte Thomas, »zu viele Eigentore, verstehst du? Manchmal haben sie mich deswegen sogar in den Sturm geschickt, aber da habe ich dann noch weniger getroffen.«

In Freiburg legte Hänschen einen kurzen »Kultur-Stopp« ein, wie er es nannte, und zeigte den Jungen das Münster und die Gassen ringsherum, die nach den Zerstörungen des Krieges langsam wieder ihr altes Gesicht bekamen. Bald drängte es aber die drei, beizeiten im Basler St. Jakob-Stadion zu sein.

Dort herrschte große Stimmung bei den deutschen Schlachtenbummlern, die unter den gut 55 000 Zuschauern eine klare Mehrheit hatten. Ihre Mannschaft hatte das erste Spiel des Turniers gegen die Türken gewonnen, und heute sollte sie es nun dem übermächtigen Gegner zeigen. Schaffte sie es nicht, so konnte sie durch ein weiteres Spiel gegen die Türken im Turnier bleiben, aber an diese Hintertür mochte keiner im Stadion denken.

Als die deutsche Mannschaft einlief und gleichzeitig ihre Aufstellung über den Stadionlautsprecher verlesen wurde, brach ein wütendes Pfeifkonzert los. Der Bundestrainer hatte, mit Ausnahme von Fritz Walter, Jupp Posipal und Werner Liebrich, alle seine Asse in der Kabine gelassen und eine Mannschaft zweiter Wahl in den Kampf gegen die

Ungarn geschickt. Thomas und Joe empörten sich mit harten Worten über Sepp Herberger, der ihrer Ansicht nach besser Turnlehrer am Baden-Badener »Backfischaquarium« hätten werden sollen, und boten Hänschen an, unter Protest nach Hause zu fahren.

»Erstens«, widersprach Hänschen, »waren die Karten nur schwer zu bekommen und war der Weg sehr weit. Zweitens kann es ja eine Überraschung geben. Und drittens hat es vielleicht einen Sinn, die Leute für das Entscheidungsspiel zu schonen. Ich bleibe.«

Nach gut zwanzig Minuten führten die Ungarn mit 3:0, nach einer Stunde stand es 5:1. Dann schied ihr großer Star Ferenc Puskas verletzt aus, was die Ungarn aber nicht hinderte, drei weitere Tore zu schießen und am Ende mit 8:3 zu gewinnen.

Auf der Heimfahrt war es lange still in Hänschens VW, bis Thomas kurz vor Bad Krozingen ziemlich bissig sagte: »Zu so was brauchst du mich nicht noch mal einzuladen.«

Hänschen sah geradeaus und sagte mit Beherrschung: »Das wird auch nicht mehr vorkommen.«

»Wieso?«

»Weil ich von Baden-Baden weggehe.«

»Allein?«

Thomas hatte immer, wenn Hänschen vom Weggehen sprach, die Vorstellung gehabt, man werde zusammen in eine andere Stadt gehen. »Wo gehst du denn hin?« fragte er.

»Nach Düsseldorf. Dort kann ich in einem großen Autohaus als stellvertretender Verkaufsleiter anfangen.«

»Das muß ich Mutti erzählen.«

»Sie weiß es schon.«

Deswegen also ist sie so komisch gewesen, dachte Thomas, und deswegen war Hänschen vorhin auf dem Hinweg zu still.

Ein Gefühl sagte ihm, er müsse etwas unternehmen, reden, argumentieren, den Gang der Dinge aufhalten, das Schicksal abwenden. Aber er wußte sogleich, daß es nichts zu reden gab, daß alles entschieden und nichts zu ändern war. Er dachte daran, wie vor zwei Jahren der Vater aus Leipzig weg und in den Westen gegangen war, und er spürte die gleiche Ohnmacht wie damals.

Bis in die Gegend von Offenburg sagte niemand etwas, dann begann Joe ein Gespräch über die Chancen der deutschen Mannschaft, sich je wieder in der Öffentlichkeit zeigen zu können. Das Gespräch kam aber nicht richtig in Gang.

Kurz vor Baden-Baden stellte Thomas die Frage: »Warum, zum Kuckuck, kann denn keiner mal da bleiben, wo er ist?«

Er bekam keine Antwort, nur Joe sagte beim Aussteigen: »Ich bleibe ja.«

In den folgenden Tagen suchte Thomas nach Worten, die die Mutter trösten sollten; er fand keine. Ein paar Gesten fielen ihm ein, ein Blumenstrauß mitten in der Woche, ein besonders sorgfältig aufgeräumtes Zimmer, gewienerte Schuhe und spiegelblank geputzte Fenster. Abends trieb er sich nicht mehr herum, sondern wartete zu Hause. Und wenn die Mutter kam, erzählte er ohne Punkt und Komma, was er tagsüber erlebt, gesehen und gedacht hatte.

»Ich würde vielleicht mitgehen nach Düsseldorf«, bot Thomas an.

»Aber ich nicht«, sagte die Mutter, »ich will nie wieder von jemandem abhängig sein und immer auf eigenen Füßen stehen, verstehst du?«

Hänschen verabschiedete sich mit Blumen und Schokolade, mit einem Ausdruck des Bedauerns sowie dem Versprechen, man werde sich gewiß wiedersehen. Thomas wollte ihm richtig böse sein, konnte es aber nicht.

Die deutsche Mannschaft war inzwischen weit vorangekommen, und vor dem Einzug ins Finale stand nur noch die Hürde des Spiels gegen Österreich. Um dies mitzuerleben, besuchte Thomas seine Verwandten, die einen Fernsehapparat besaßen. Kurz nach der Halbzeitpause, als Max Morlock gerade das 2:0 für Deutschland geschossen hatte, kamen Ria und Doris vom Tennisplatz nach Hause. Sie forderten Thomas auf, den Apparat abzustellen.

»Ihr spinnt wohl«, protestierte Thomas, »hier geht's um Deutschland.«

»Wir wollen jetzt aber Schallplatten hören und nicht das blöde Gekicke«, sagte Doris.

»Mensch, habt ihr denn überhaupt kein Nationalgefühl? Wir müssen doch die Österreicher schlagen, diese Knödelfresser.«

»Warum denn das?« fragte Ria, »ich denke, wir sind alle Europäer?«

»Wie kann man bloß so'n beschränkten Horizont haben«, wunderte sich Thomas.

In diesem Augenblick fiel ein Tor für Österreich, und Thomas schimpfte. »Jetzt habe ich das nicht mitgekriegt, bloß wegen euch blöden Geißen!«

Da schoß Tante Klara ins Zimmer, fragte, was das für Töne seien, und schaltete den Fernsehapparat aus.

Thomas war zuerst fassungslos, dann sagte er mit tiefer Resignation: »Mit so was bin ich nun verwandt.«

Die Fassungslosigkeit war nun auf seiten der Tante, und sie wies dem Neffen stumm den Weg zur Tür. Auf der Schwelle drehte sich Thomas um und ließ seinen Gefühlen freien Lauf. »Vom ersten Tag an habt ihr uns wie arme Verwandte behandelt, und wenn was zu feiern war, dann habt ihr uns nie eingeladen, weil ihr euch geschämt habt, daß eure Verwandten in alten Klamotten rumlaufen. Und der Oma und Onkel Wolfgang in Leipzig schickt ihr immer bloß den billigsten Dreck, das schreiben die uns in jedem Brief. Und wir haben viel weniger Geld als ihr, aber wir schicken anständigen Dreck. Und die Sache mit Hänschen, ich meine Herrn Heinemann, die hast du auch verpfuscht, weil du immer rumgemäkelt hast, daß Mutti mit ihm geht, obwohl sie nicht verheiratet sind. Dabei bist du ja bloß neidisch, weil du dich mit Onkel Manfred langweilst. Das würde ich wahrscheinlich auch. Aber sonntags in der Kirche, da singst du immer am lautesten und immer ein bißchen schneller als die anderen, und dein Gesangbuch, das klappst du immer zu, damit alle sehen, daß du auswendig singst, so richtig bigottisch. Aber mit deinen Verwandten springst du um wie die Wildsau. So, jetzt weißt du Bescheid.«

Alle drei hatten offenen Mundes zugehört, und da sie nicht gleich Worte fanden, wandte sich Thomas auch noch an die Mädchen. »Damit ihr's wißt, der Dünnpfiff an Weihnachten, das war ich.«

Dann rannte er aus der Wohnung.

Mannomann, dachte er an der frischen Luft, das wird Ärger geben.

Damit behielt er recht. Onkel Manfred erklärte der Mutter, es sei nicht mehr ersprießlich, im selben Büro zu arbeiten, und Tante Klara lehnte jeden privaten Kontakt für alle Zukunft ab.

»Mensch, da habe ich ja was angerichtet«, bereute Thomas.

»Das hast du«, bestätigte die Mutter, »aber das dumme ist nur, daß offensichtlich jedes deiner Worte gestimmt hat.«

Die deutsche Mannschaft hatte Österreich mit 6:1 geschlagen, und am Sonntag darauf fanden sich Thomas und Joe beizeiten zur Übertragung des Endspiels im »Sinner-Eck« ein. Deutschland gegen Ungarn, David gegen Goliath, ein aussichtsloser Kampf; aber ein 3:8 sollte es wenigstens nicht wieder werden.

Nach sechs Minuten schossen die Ungarn im Berner Wankdorf-Stadion ihr erstes Tor, nach acht Minuten das zweite. Im »Sinner-Eck« wurden Berechnungen angestellt, wonach es bei gleichbleibendem Rhythmus am Ende ungefähr 22:0 stehen müsse. Aber dann machte Max Morlock mit langem Zeh ein Tor, und nach nicht einmal zwanzig Minuten Spielzeit hatte Helmut Rahn ausgeglichen. Auf dem regennassen Rasen des Stadions entbrannte ein Kampf, wie ihn sogar alte und weitgereiste Fußballanhänger nach eigenem Bekunden noch nicht gesehen hatten. In der Pause ließen sich die Gäste des »Sinner-Eck« rasch ihre längst ausgetrockneten Gläser füllen, und wer erst nach dem Wiederanpfiff von der Toilette zurückkam, wurde ungnädig ausgezischt.

In der 84. Minute des Spiels traf Helmut Rahn noch einmal. Ein Schrei aus hundert Kehlen ließ das »Sinner-Eck« erzittern, umgeworfene Gläser klirrten, und der Reporter in Bern brüllte so oft »Toooor«, daß es keiner mehr zählen konnte.

Als die neunzig Minuten vorbei waren, fielen sich wildfremde Menschen glückselig in die Arme, und Thomas beobachtete, daß Joe dabei zielstrebig auf die wohlproportionierte Kellnerin losging. Dann wurde in Bern das Deutschlandlied angestimmt, und im »Sinner-Eck« sangen fast alle mit.

Am Montag hätte Thomas gern die Schule geschwänzt, um irgendwie nach Schaffhausen oder Konstanz zu gelangen, denn dort sollte der Sonderzug mit der deutschen Mannschaft auf dem Weg nach München durchkommen. Joe schien es gewagt zu haben, jedenfalls fehlte er.

Als Joe auch am nächsten Tag nicht auftauchte, fuhr Thomas mittags zu ihm nach Hause.

»Er ist wieder verschwunden«, schluchzte Joes Mutter, »seit gestern morgen ist er einfach weg.«

»Vielleicht ist er unserer Mannschaft nachgefahren«, sagte Thomas.

»Nein, das glaube ich nicht, denn dann hätte er ja nicht alle seine Sachen mitgenommen. Ich glaube, er ist richtig ausgerissen.«

»Aber warum denn?« fragte Thomas, »warum denn grade jetzt, wo alles so schön ist und wo wir Weltmeister sind?«

»Wir haben am Sonntagabend darüber gesprochen«, sagte Joes Mutter, »daß wir Ende des Monats von Baden-Baden weggehen. Danach hat er uns gute Nacht gesagt, und morgens war er verschwunden.«

Thomas war sehr niedergeschlagen, und ein paar Tage später trieb ihn eine Stimmung dazu, den Wellensittich, den ihm Hänschen zu Weihnachten geschenkt hatte, aus dem Goldhamsterkäfig zu nehmen und davonfliegen zu lassen.

»Dann sind wenigstens alle weg«, sagte er.

31

In den Wochen danach lebte Thomas in dem Gefühl, er müsse mit einer deutlichen und für alle erkennbaren Auflehnung gegen das Geschehene protestieren. Aber er tat seine Pflichten wie bisher und war nur etwas seltener im Café »Knebel« zu treffen.

In der Schule tat er sogar etwas mehr als vorher und schrieb ein paar überraschend gute Arbeiten, darunter eine glatte Drei in Französisch. Fräulein Dr. Bangemann sagte daraufhin, er könne nun wohl mit dem Nachhilfeunterricht aufhören.

Die Schule war übrigens in ihr jahrelang von den Franzosen beschlagnahmtes Gebäude zurückgekehrt, dessen wuchtiger viereckiger Uhrturm über die Häuser der Altstadt ragte. Auch war das französische Notensystem der zwanzig Punkte dem herkömmlichen deutschen mit den Stufen eins bis sechs gewichen, so daß eigentlich alles beim alten war.

Die morgendliche Zeitungstour teilte sich Thomas mit dem Rentner, der schon während der Osterferien eingesprungen war. Das Geschäft mit den leeren Flaschen ging immer noch ganz gut. Bei drei älteren Damen der Nachbarschaft putzte Thomas vierzehntäglich alle Fensterscheiben; das Wasser dafür holte er vom nahen Thermalbrunnen, der es 67 Grad heiß hergab. Außerdem hatte Thomas für zwei gehbehinderte wohlhabende Witwen die Pflege der Familiengräber übernommen. Es lief also alles ganz gut, aber ohne Joe machte es keinen rechten Spaß mehr.

Eines Morgens entschloß sich Thomas, die Zeitungen nicht auszutragen; er brachte den ganzen Packen, noch verschnürt, als Altpapier zum Händler in Oos. Als er im Vertriebsbüro des »Badischen Tagblatts« gefragt wurde, was er sich dabei gedacht habe, konnte er es nicht sagen. Er wurde entlassen.

»Reiß dich mal ein bißchen zusammen«, sagte die Mutter zu ihm, »ich möchte auch manchmal alles hinschmeißen, aber wie stehen wir dann da?«

Thomas mußte ihr recht geben.

Der Juli war naßkalt und brachte in vielen Teilen Deutschlands schwere Überschwemmungen. Die Menschen meinten, das habe mit dem Atombombenversuch auf dem Bikini-Atoll zu tun. Thomas war das Wetter ziemlich gleichgültig, er las viele Bücher, versuchte »Robin Hood« auf englisch und den »Kleinen Prinzen« auf französisch. Außerdem schrieb er Briefe nach Leipzig, an Karl-Edwin in Berlin und an Micky in München. Es kam auch Post, kurz hintereinander und teilweise lange erwartet.

Joe schickte aus Hamburg eine Karte, auf der die »Große Freiheit« abgebildet war. Die Rückseite hatte er eng bekritzelt:

»Lieber Tom! Ich hatte die Schnauze voll von dem unruhigen Leben, deswegen bin ich zur See. Ich konnte es Dir nicht vorher sagen, weil ich nicht wußte, ob Du dieselbe halten würdest. Ich habe auf einem Pott angeheuert, wo sie es nicht so wichtig nehmen mit dem Alter und den Papieren. Morgen geht's nach Conakry. Sag Steffi, sie wäre manchmal blöd gewesen, aber ich würde sie nicht vergessen, wenn ich jetzt in den Häfen richtige Weiber habe. Wir sehen uns bestimmt mal wieder. Dein Joe.«

Thomas suchte in seinem Schulatlas Conakry und fand plötzlich, daß seine geplante Radtour nach München gar nicht so furchtbar weit sei.

Hänschen schrieb der Mutter und ließ Thomas grüßen, und dann kam ein Brief aus Los Angeles:

»Lieber Thomas, ich habe Dir versprochen, aus Kalifornien zu schreiben. Es hat gedauert, aber unser Anfang hier war auch schwer. Wir mußten viel umziehen, und ich habe hier und dort gejobbt. Nun arbeite ich in einer Weinhandlung, wo ich meine Kenntnisse einsetzen kann. Auch mit dem Englischen geht es von Tag zu Tag besser. Wenn man Englisch redet, fällt auch das Sächsische gar nicht mehr so auf.

Wir wohnen in der Nähe von Hollywood, und manchmal sehen wir Leute, die Du aus dem Kino kennst: Rita Hayworth oder Gary Cooper oder John Wayne. Unser Häuschen ist bescheiden und aus Holz gebaut, aber die meisten Leute hier wohnen in Holzhäusern, denn es ist das ganze Jahr über warm. Wir haben einen uralten Studebaker, ohne den wir in der riesigen Stadt völlig aufgeschmissen wären.

Ich bin sehr froh, den Schritt gewagt zu haben, und meine Frau sowie Andreas fühlen sich ebenfalls wohl hier. Ich hoffe, ich kann dich einmal einladen, wenn Du größer bist.

Herzliche Grüße, Dein Ami.

PS: Ein Päckchen ist unterwegs.«

Thomas bemühte erneut seinen Schulatlas und fand, er sei auf dem besten Wege, weltweite Beziehungen aufzubauen. Er fragte sogar in einem Reisebüro, was die Schiffspassage nach Los Angeles koste, und wurde erstaunt betrachtet, ehe er die Auskunft erhielt. Er traute seinen Ohren nicht und fragte noch einmal ganz genau:

»Für eine Person?«

Die Großmutter aus Leipzig schrieb:

»Mein lieber Thomas! Wir hatten so gehofft, Dich in Deinen großen Ferien hier zu haben, aber wir müssen Deine Mutter verstehen, daß sie Dich nicht so weit reisen lassen will.

Uns geht es leidlich, Großvater kommt freilich kaum noch vor die Tür. Ich fliehe oft aus dem kleinen Zimmerchen im Heim, gehe in Museen und Konzerte, höre Vorträge in der Volkshochschule, obwohl ich nicht weiß, was ich mit dem neuen Wissen noch anfangen soll. Vor allem versäume ich an keinem Freitag die Motette der Thomaner. Dabei habe ich aber immer ein etwas schlechtes Gewissen gegenüber Großvater, der nicht mitkann.

Du hast ja in der Zeitung, die Du so fleißig austrägst, sicher vom großen Evangelischen Kirchentag gelesen, den wir hier hatten. Es waren ja viele Teilnehmer aus Westdeutschland da. Gut, daß so etwas noch möglich ist! Ich war beim Festgottesdienst vorm Neuen Rathaus. 200 000 Menschen nahmen teil, obwohl es in Strömen regnete.

Daß wir Weltmeister geworden sind, habe ich vernommen. Ich verstehe das Spiel zwar bis heute nicht, aber ich denke, das ist eine großartige Sache für Dich. Überhaupt denke ich mir, daß es Dir sehr gut geht in dieser schönen Umgebung.

Eine kleine Bitte noch: Die Kukident-Haftcreme aus dem Weihnachtspäckchen ist längst alle, und sie ist wirklich eine großartige Erfindung.

Liebe Grüße, auch an Deine Mutti, von uns beiden Alten,

Deine Großmutter.«

Auch ohne diesen Brief dachte Thomas in diesen Tagen oft an Leipzig. Er fragte auch noch mal vorsichtig, ob er nicht doch hinfahren dürfe, aber die Mutter vertröstete ihn aufs nächste Jahr.

Der letzte der Briefe, die kurz hintereinander kamen, hatte am längsten auf sich warten lassen, und Thomas öffnete ihn mit nervösen Fingern:

»Lieber Thomas! Vielleicht weißt Du gar nicht mehr, wer ich bin. Aber eigentlich müßtest Du es wissen, denn Du hast mir ja oft nach Leipzig geschrieben. Ich durfte Dir aber nie antworten, weil meine Eltern das für zu gefährlich hielten. Aber jetzt kann ich Dir schreiben, denn wir sind inzwischen auch abgehauen. Wir hatten keine Lust, eines Tages als letzte in Leipzig blöd rumzusitzen. Seit einer

Woche sind wir in München, mit vier Personen in einem möblierten Zimmer. Aber es wird schon bergauf gehen. Es wäre schön, wenn Du mal vorbeikommen könntest. Darüber würde sich freuen

Deine Petra.«

Den letzten Satz las Thomas mehr als ein dutzendmal und meistens laut. München! Welch glücklicher Zufall, daß sie nach München gezogen waren, wo er in den großen Ferien ohnedies seinen Freund Micky besuchen wollte.

Am folgenden Tag hatte Marietta eine Nachricht für ihn. »Meine Eltern haben endlich erlaubt, daß ich die Radtour nach München mitmache. Aber nur, wenn noch jemand Älteres dabei ist.«

»Ist aber keiner dabei«, gab Thomas zurück, »jetzt wo Joe weg ist, bin ich sogar der älteste. Ich fahre nämlich allein.«

»Dann darf ich nicht mit«, bedauerte Marietta.

»Sieht wohl so aus«, sagte Thomas.

32

Am nächsten Morgen fuhr Thomas los. Die Mutter ließ ihn nur unter strengsten Auflagen allein nach München radeln. Er hatte sich in allen Jugendherbergen anmelden und die Bestätigungen vorlegen müssen. Alle zwei Tage sollte er die Mutter morgens kurz im Büro anrufen, auch wenn das angemeldete Gespräch eine Stunde auf sich warten lassen sollte. Er hatte ganz allgemein der Verpflichtung zugestimmt, keine Dummheiten zu machen. Eine besondere Verpflichtung verbot ihm, mit fremden Männern zu gehen. Er wußte nicht, warum, und nahm sich vor, statt dessen eben mit fremden Frauen zu gehen.

Obwohl er die Berge unterschätzt hatte, die zu überqueren waren, hielt er sich an seine Marschtabelle und meldete sich pünktlich am Telefon.

»Hier Tübingen«, zeigte er beim erstenmal an, »alles in Ordnung, Servus!«

Beim zweiten Anruf unterbrach ihn die Mutter, ehe er einhängen konnte. »Bist du denn gesund?«

»Ja, kerngesund.«

»Wirst du immer satt?«

»Ja, pappsatt.«

»Strengt es dich nicht zu sehr an?«

»Nein, kein bißchen. Es geht nur immer bergauf. Die Berge haben alle nur eine Seite, bergab geht's fast nie. Kann ich jetzt einhängen? Es wird so teuer.«

»Moment noch. Stellst du dich bei Regen immer unter?«

»Nee, sonst komme ich nie bis München bei dem Dreckswetter. Der Wind ist viel schlimmer, der kommt immer von vorn.«

»Aber wir haben doch Westwind, und du fährst nach Osten.«

»Ich weiß auch nicht, wie der das macht. Mir kommt er immer entgegen. Kann ich jetzt einhängen?«

»Ja, häng ein. Servus!«

In Ulm hatte Thomas genug davon, im Regen bergauf gegen den Wind zu fahren. Er sprach einige Fernfahrer an, ob sie ihn und sein Fahrrad mitnehmen könnten nach München. Er hielt sich damit strikt an das Verbot, nicht mit fremden Männern zu gehen; vom Mitfahren hatte die Mutter nichts gesagt. Dennoch wollte er es ihr nicht direkt erzählen.

Der Lastzug, in den Thomas nach vier erfolglosen Anfragen schließlich einsteigen durfte, brachte Bier von Dortmund nach München.

»Und was nehmen Sie auf der Rückfahrt mit?« fragte Thomas neugierig. »Münchner Bier nach Dortmund«, antwortete der Fahrer, der Dortmund wie »Doatmund« aussprach.

»Das ist aber blöd«, fand Thomas.

»Find ich auch. Schmeckt viel zu labbrig, dat Münchner Bier.«

»Ich meine das anders«, sagte Thomas, »ich finde es blöd, das Bier hin- und herzufahren, anstatt daß die Leute überall ihr eigenes trinken.«

»Oder überall Doatmunder.«

»Meinetwegen. Aber so wie jetzt ist es doch blöd.«

»Find ich auch«, bestätigte der Fernfahrer.

»Ja und?« staunte Thomas, »warum machen Sie das dann?«

»Anweisung von oben.«

Thomas dachte kilometerlang über die Sache nach, und ihm schwante, daß das Leben nach der Schule nicht wesentlich sinnvoller werde. Davon abgesehen machten der Fernfahrer und der Lastzug großen Eindruck auf ihn. Er bewunderte, wie der Mann mit muskulösen Armen das mächtige Lenkrad und den gewaltigen Schaltknüppel bediente. Und auf der breiten Lederbank in dem Führerhaus hoch über den anderen Autos fühlte er sich stark und unangreifbar. Als der Fahrer am Anfang von München hielt und Thomas verabschiedete, bedankte sich dieser richtig von Herzen für das große Erlebnis.

Thomas fuhr ungefähr zwei Kilometer in die Richtung, in der er das Zentrum der großen fremden Stadt vermutete. Dann fragte er einen Passanten nach der Orléansstraße, in der Micky wohnte.

»Jo mei, dös woaß i net. Wia hoaßt de Stroß'n?«

Thomas dankte verwirrt für die unverständliche Auskunft und radelte rasch weiter. Den nächsten Passanten fragte er zunächst, ob er Deutscher sei.

»Ja Kruzitürkn, moanst i bin a Kinees? Wos wuist'n wiss'n?«

»'tschuldigung!« murmelte Thomas und trat wieder in die Pedale.

Ehe er sich zu Micky durchgefragt hatte, war es Abend geworden. Der Freund und Banknachbar aus Leipziger Tagen, der Thomas erst Ende der Woche erwartet hatte, begrüßte ihn herzlich und rief gerührt: »Sakradi! Des i di noamoi siag!«

Dann zerrte er den Ankömmling in die Wohnung und schob ihn an den Abendbrottisch, wo die Eltern und Mickys älterer Bruder Klaus saßen. Alle begrüßten ihn nett, und die Erwachsenen fanden, er sei groß geworden in den letzten zweieinhalb Jahren. Er bekam einen Teller und Besteck und mußte erzählen, wie es ihm und der Mutter seit Leipzig ergangen war, und immer wieder sagten sie: »Genau wie wir! Genau wie bei uns!«

Thomas fiel auf, daß die Eltern noch unverkennbar sächselten, während die beiden Jungen klangen wie die Passanten heute nachmittag. Mickys Familie hatte es schon ziemlich weit gebracht, aber schließlich hatte Micky einen Vater, und das machte im Lebenskampf einen großen Unterschied. Herr Müller handelte mit Gebrauchtwagen und war darin so geschickt, daß er sich schon diese Vier-Zimmer-Wohnung mit leidlichem Komfort leisten konnte. Sie lag in der Nähe des Ostbahnhofs und damit, wie Herr Müller zugab, nicht im besten Viertel Münchens, aber er war zuversichtlich, sich in ein bis zwei Jahren zum Stadtrand hin zu verbessern.

Später bekam Thomas ein Notbett im Zimmer der beiden Brüder, und die drei Jungen erzählten eine Leipziger Weißt-du-noch-Geschichte nach der anderen.

»Ich würde mehr verstehen«, bat Thomas zwischendurch, »wenn ihr nicht so bayerisch reden würdet.«

»Wannst moanst«, meinte Micky und bemühte sich fortan.

Im Anschluß an die Heimaterinnerungen kam Micky auf die bisher im Westen getätigten Anschaffungen, und gegen Mitternacht begann er, seine elektrische Eisenbahn aufzubauen.

Morgens telefonierte Thomas mit Baden-Baden. »Ich bin jetzt planmäßig in Krumbach, und es ist alles in Butter. Der Gegenwind hat auch nachgelassen. Wenn ich in München bin, melde ich mich wieder.«

Micky verstand das Telefon nicht, und Thomas erklärte es ihm. Dann wollte er endlich zu Petra.

Micky ließ sich erklären, wer das sei, und bot Thomas an, ihm den Weg zu zeigen. Er holte sein Fahrrad; es war nicht schöner als das von Thomas. Sie fuhren über die Isar, und Micky schlug vor, rasch das Deutsche Museum zu besuchen. Aber Thomas wollte nichts besuchen außer Petra, und das bald. Als sie vor dem Haus unweit der Theresienwiese standen, wo Petra mit ihrer Familie zur Untermiete wohnte, mußte Thomas seine feuchten Hände an der Hose abtrocknen, denn er hatte kein Taschentuch bei sich. Dann ging er in den zweiten Stock und klingelte entschlossen.

Petra trat aus der Tür, und Thomas erschrak ein wenig, denn sie war inzwischen ein Stückchen größer geworden als er.

»Mensch, Thomas!« sagte sie, und dann sahen sich die beiden eine Zeitlang ergriffen an.

»Du bist größer geworden«, meinte Petra endlich.

»Naja, es geht«, antwortete Thomas.

Auch die nächsten Worte fand wieder Petra: »Wir haben uns ja ewig lange nicht gesehen.«

»Ja, vierhundertsechsundsechzig Tage.«

Sie sah ihn mit einem Blick an, der sich vor Rührung etwas verschleierte. »Hast du die Tage mitgezählt?«

»Nee, vorhin ausgerechnet«, antwortete Thomas, aber er fand die Antwort nicht zufriedenstellend.

Dann faßte er sich ein Herz. »Du bist noch hübscher als früher, ich meine im Gesicht, aber auch ... auch ... andere Sachen.«

Während Petra errötete, ärgerte sich Thomas über seine unbeholfene Ausdrucksweise.

»A fesches Madl«, ließ sich jetzt Micky vernehmen, und Thomas stellte ihn vor.

Die drei beschlossen einen Spaziergang rund um die Theresienwiese und fingen an, über alte Zeiten zu reden. Petra und Micky hatten sich in Leipzig noch nicht kennengelernt, aber dieselbe Schule besucht und in benachbarten Stadtvierteln gewohnt. Außerdem hatten alle drei etwas gemeinsam, wenn sie es auch nicht zusammen erlebt hatten, die Flucht. Micky war mit Eltern und Bruder vor zweieinhalb Jahren den Weg über Westberlin gegangen, Thomas mit Mutter vor eineinviertel Jahren, und für Petra mit Eltern und Bruder war es noch nicht mal ein Vierteljahr her. Alle drei hatten jedoch den großen Einschnitt in ihr Dasein so lebhaft vor Augen, daß die Erinnerungen nur so hervorsprudelten – bei Micky auf Bayerisch, bei Thomas in einer Art badisch gefärbtem Hochdeutsch mit sächsischen und berlinerischen Einsprengseln, bei Petra in jenem typischen Singsang der Leipziger »besseren Leute«, die den Dialekt ihrer Heimatstadt eigentlich verabscheuen, aber nicht verbergen können. Vom Ostbahnhof redeten die drei und den Kontrollen der Volkspolizei, von der S-Bahn-Fahrt in die Freiheit, von der Flüchtlingsmeldestelle in der Kuno-Fischer-Straße, vom langen »Laufzettel für das Notaufnahmeverfahren«, vom Flüchtlingsflugzeug, das Thomas nach Frankfurt, die beiden anderen nach München gebracht hatte.

Als die Berliner Geschichten sich erschöpften und die Theresienwiese halb umrundet war, kam Leipzig zur Sprache, und unmerklich verfielen alle drei in ein ganz und gar ungebremstes Sächsisch. Ihr grauer Vorort wurde lebendig, Freunde und Nachbarn tauchten auf, beliebte Streiche und unbeliebte Pflichten füllten sich mit Leben.

»Weeßde noch, wie mr Gardoffelgäfer gesuchd ham?« fragte Micky.

»Nu glar! Und Bundmedall«, bestätigte Thomas.

»Un alles fiern Siech des Sozchalismus«, meinte Petra, die sich im heimatlichen Dialekt mehr als wohl fühlte, »aber geene Gardoffeln und geene Näächel zu goofen!«

Sie sprachen auch über die Lieder, die sie damals gelernt hatten, und bald sangen sie gemeinsam die »Internationale« und das »Weltjugendlied«, bis Passanten nahten und Thomas warnte: »Seid lieber ruhig, so was gibt hier nur Ärger.«

Thomas hätte gern auch mal allein mit Petra gesprochen und wartete insgeheim darauf, daß sich Micky vornehm verabschiedete. Aber der fühlte sich sehr wohl und fing nun an zu beschreiben, wie die Theresienwiese im September aussehe, beim Oktoberfest. »Do nimm i di amoi mit«, versprach er Petra, und Thomas sagte: »Hoffentlich kann ich da kommen.«

Die folgenden Tage dieses plötzlich warmen August waren Petra, Micky und Thomas viel in München unterwegs, wobei meistens Thomas seine alte Freundin auf dem Gepäckträger seines Fahrrades transportierte. Micky übernahm die Führung und zeigte zunächst den Gebrauchtwagenhandel seines Vaters, der sich auf einem geräumten Trümmergrundstück nahe der Innenstadt abspielte. Das Büro war in einer Holzbaracke, und Herr Müller erzählte, vorher habe hier ein alter Wohnwagen gestanden, aber angefangen habe es im Freien. »Im Winter habe ich manchmal so gefroren, daß ich mich in einem der Autos aufwärmen mußte.«

»Oder in der Wirtschaft«, sagte Micky.

»Auch mal«, gab sein Vater zu.

Dann wollte er wissen, was Petras Vater machen wolle, und sie sagte, er würde gern wieder im Buchhandel arbeiten.

»Mußte er drüben weg?« fragte Herr Müller.

»Ja, er hat in seinem Lager Bücher gehabt, die man besser verbrannt hätte«, sagte Petra, und sie wirkte sehr erwachsen dabei.

Eines Nachmittags gab es Streit ums Kino, denn Thomas wollte »Weltmeisterschaft 1954« sehen, Micky »Das war unser Rommel« und Petra »Rosen-Resli«. Das Hin und Her endete damit, daß Thomas den Fußballfilm sah, während Micky mit Petra das »Rosen-Resli« anschaute.

Am Tag darauf gingen sie ins Deutsche Museum. Petra hatte zunächst diesen »technischen Kram« nicht sehen wollen, aber sie war genauso beeindruckt wie Thomas und drückte begeistert Knöpfe, um alles mögliche in Bewegung zu setzen. Micky kannte das Museum in- und auswendig und führte durch die zahlreichen Abteilungen. Das Planetarium wollte er allerdings nicht »zum hundertsten Mal« sehen, und so war dann Thomas endlich mal allein mit Petra, und noch dazu im Dunkeln. Die Sterne zogen ihre Bahn, erläutert von einem Herrn am Mikrofon, und endlich faßte sich Thomas ein Herz und stellte flüsternd die Frage, die er seit Tagen stellen wollte: »Petra, willst du wieder mit mir gehen?«

Er konnte ihr Gesicht nicht sehen und mußte lange auf eine Antwort warten.

»Wie soll denn das aussehen?« fragte sie schließlich, »immer nur in den Ferien?«

»Ich komme nach München, sooft ich kann«, flüsterte Thomas, während der Orion erklärt wurde.

»Wenn du in München wohnen würdest«, sagte Petra, und nach einer Pause fügte sie hinzu, »wie Micky zum Beispiel.«

Ach so, dachte Thomas.

Der Große Wagen wanderte übers Firmament, und Thomas dachte an Leipzig und die schöne Zeit mit Petra.

In der Autoabteilung fragte er sie noch mal: »Wieso hast du denn dann geschrieben, du würdest dich freuen, wenn ich käme?«

»Ich hab mich doch gefreut«, sagte sie, »ich freue mich doch immer noch, daß du da bist. Aber du mußt ja in ein paar Tagen wieder weg.«

»Und Micky ist da«, sagte Thomas, aber sie ging nicht darauf ein. Sie standen jetzt vor dem herrlichen Mercedes SSK mit dem endlosen Kühler und den dicken Kompressorschläuchen, und Thomas dachte: Ein Auto müßte man haben und mehr Geld und überhaupt.

»Wir können doch gute Freunde bleiben«, sagte Petra.

»Jaja. Das hat Hänschen auch gesagt.«

»Wer ist denn das?«

»Den kennst du nicht. Das war mal 'n Freund von mir.«

Micky kam wieder hinzu, und Petra versicherte ihm, wie großartig sie das Museum finde. Man könne ja öfter zusammen hierherkommen, meinte Micky.

Als Thomas am nächsten Morgen von Müllers aus die Mutter anrief, sagte sie ganz aufgeregt: »Du mußt schnell nach Hause kommen, wir ziehen um.«

»Oh, toll!« freute er sich, »hast du 'ne Wohnung gefunden?«

»Nein, wir ziehen weg von Baden-Baden.«

Thomas entfuhr ein verbotenes Wort, und seine Miene wurde finster.

»Es war ja sowieso nichts mehr hier«, sagte die Mutter, »mit Onkel Manfred im Büro und mit Tante Klara und ohne Hänschen. Nun macht die Firma ein neues Zweigbüro auf, und da soll ich hin und den Büroleiter unterstützen. Da kriege ich sogar fünfzig Mark mehr als hier, wie findest du das?«

Die Freude sprudelte nur so aus ihr heraus, während sich Thomas in seine Enttäuschung verkroch.

»Grade wenn man sich irgendwo eingelebt hat«, murrte er, »und wo ich jetzt in der Schule richtig mitkomme, sogar in Französisch, und wo ich die guten Jobs habe und Marietta und alles.«

»Jobs gibt's überall und Mädchen auch, und in der Schule mußt du eben zwei Jahre Englisch aufholen, aber dafür bist du in Französisch weit voraus.«

»Naja, ich komme«, versprach Thomas lustlos, »hoffentlich habe ich nicht ewig Gegenwind.«

Als er aufgehängt hatte, wollte Micky alles wissen, vor allem, wo Thomas künftig wohnen werde.

Thomas rief die Mutter noch einmal an. »Wo geht's denn eigentlich hin?«

»Nach Hannover.«

»Naja, das geht ja noch.«

»Das muß dich doch freuen«, sagte die Mutter, »da gibt's doch so 'ne gute Fußballmannschaft, Hannover sechsundachtzig oder so.«

»Ja, so ähnlich.«

Micky konnte gut verstehen, daß Thomas nicht schon wieder umziehen wolle. Er selbst wolle in München bleiben und wahrscheinlich nicht mal nach der Wiedervereinigung zurück nach Leipzig. Er sei sehr froh, daß sein Vater diesen Autohandel habe und gar nicht daran denke, woanders etwas Neues zu beginnen.

»Mit'm Vater ist eben alles einfacher«, meinte Thomas.

»Dös is g'wiß«, bestätigte Micky.

Thomas packte seine Sachen zusammen, und als er startbereit war, fragte er Micky, wie dieser zu Petra stehe.

»Das ist eine wichtige Frage«, antwortete Micky, und weil es wichtig war, sprach er sogar Hochdeutsch. »Sie hat mich gefragt, ob ich sie nicht fragen will, ob sie nicht mit mir gehen will.«

»Moment. Noch mal!«

»Also, die Petra hat mich, den Micky, gefragt, ob ich, der Micky, sie, die Petra, nicht fragen will, ob sie, die Petra, nicht mit mir, dem Micky, gehen will. Kapiert?«

»Ja. Und was hast du gesagt?«

»Ich habe erst mal hinhaltenden Widerstand geleistet, weil ich dich vorher fragen wollte, ob ich sie fragen soll.«

»Dann frag sie«, sagte Thomas und ergriff sein Gepäck, »und wir sehen uns bald mal wieder, O.K.?«

Thomas fuhr am Deutschen Museum vorbei und über den Marienplatz und den Stachus und aus der Stadt hinaus. Er fuhr aber nicht zur Bundesstraße 2, sondern zum Anfang der Autobahn, wo ihn neulich der Fernfahrer abgesetzt hatte. Dort standen Lastzüge aus vielen Städten.

»Hannover« las Thomas und dachte daran, einfach hinzufahren und die Mutter am Telefon zu fragen, wo sie denn bleibe. Gleich nach Hannover, wenn es denn schon sein mußte. Was sollte nun Baden-Baden noch? Abschied von den Klassenkameraden? Die waren alle in den Ferien. Die Jobs aufkündigen? Postkarten genügten. Marietta noch mal sehen? Das tat nur weh, genau wie bei Petra.

»Hamburg« las er und dachte an Joe, der bestimmt längst in Afrika gelandet war. Sollte man auch nach Hamburg und anheuern? Auf und davon in die weite Welt? Von Hafen zu Hafen und Mädchen zu Mädchen durch Wind und Wellen?

»Bei dem Geschaukel wird mir ja bloß schlecht«, murmelte Thomas.

»Berlin« las er und dachte an Karl-Edwin und die U-Bahn und den Kudamm. Sollte man zurück in die quirlende Stadt, auf die Insel, von Vopos umstellt, wo man immer die Nähe der Heimat spürte? Aber was dort machen, wovon leben? »Da kann ich höchstens betteln gehen«, dachte Thomas.

»Leipzig« las er sogar an einem Lastzug. »VEB Kraftverkehr Leipzig«. Thomas dachte an die Oma und Onkel Wolfgang und die Großeltern. An die »Rote Schule«, die wegen ihrer roten Backsteine so hieß, und an das Völkerschlachtdenkmal, wo er mal mit Micky abends versehentlich eingeschlossen worden war. An den Hauptbahnhof, wo er eines Morgens mit der Mutter und vielen Koffern in den Zug nach Berlin gestiegen war, »Richtung Freiheit«, wie die Daheimgebliebenen sagten.

Es war eine schlimme Zeit gewesen in Leipzig, mit Mangel an Fleisch und Angst vor Spitzeln. Aber eine schöne Zeit war es gewesen, mit Familie und Freunden und Fußball und den Thomanern am Heiligen Abend und ohne drohenden Umzug – jedenfalls bis vor zwei Jahren das Wort »Flucht« in den Raum trat.

Aber zurück nach Leipzig?

»Nee, bloß nicht«, murmelte Thomas, »kein Kaugummi, keine Freiheit.«

»Karlsruhe« las er und fragte, ob er mitfahren dürfe, da er in der Nähe wohne. Er durfte.

33

Die Mutter fuhr mit dem Zug nach Hannover. Für Thomas hatte sie, damit es billiger kam, arrangiert, daß er zwei Tage später samt seinem Fahrrad mit einem Lastzug fahren konnte, der Automaten nach Hamburg transportierte. Es ging über die Autobahn nach Norden, an Heidelberg und

Frankfurt vorbei, und auf den steilen Strecken des Mittelgebirges wurde der Lastzug langsamer. Der Fahrer war ein gemütlicher Mann, der gern über Fußball redete und nur ungemütlich wurde, wenn er auf Seebohm zu sprechen kam. Der Bundesverkehrsminister plante nämlich, den LKW-Verkehr künftig von Samstagabend bis Sonntagabend zu verbieten.

»Das ist doch prima«, meinte Thomas, »da haben Sie doch dann Pause.«

»Ja was! Pause in irgendeinem gottverlassenen Nest, wo ich grade samstags um zehn durchkomme. Und alles bloß, damit die Herren Sonntagsfahrer Platz haben.« Seebohm solle sich lieber um neue Autobahnen scheren, da habe er genug Arbeit.

Nachts entluden sie ein paar Kisten in Kassel, und Thomas, der todmüde war, wunderte sich, daß der Fahrer nicht in seine Kabine kletterte, um ein Nickerchen zu machen. Er fuhr statt dessen wieder auf die Autobahn, und Thomas, der nichts versäumen wollte, biß sich auf die Zunge und kniff sich in den Arm, um wach zu bleiben.

Bei Göttingen wurde die Autobahn einspurig, und bei Northeim endete sie. Auf der Bundesstraße 3 ging es durch Städte, von denen Thomas nie gehört hatte, und morgens, kurz nach sieben, ließ ihn der Fahrer in Hannover aussteigen.

Thomas stand mit seinem Fahrrad da, müde und mißmutig, und fühlte Tränen aufsteigen. Eine Frau, die ihn beobachtet hatte, fragte: »Wo willste denn hin?«

»Das fragt einen ja sowieso keiner«, antwortete Thomas. Doch die Frau hatte es anders gemeint und fragte weiter, in einem für Thomas fremden Dialekt voller s-pitzer S-teine: »Ich maane, in welche S-traße du willst. Oder willste hier s-tehn und wachten bis Waahnachten ist?«

Thomas holte einen Zettel aus der Hosentasche und hielt ihn der Frau hin. Sie las ihn und sagte: »Das ist gar nicht waat von hier, glaach ümme Ecke.«

»Ich will nicht mehr, ich will nicht mehr«, sagte Thomas, als er das Automatenbüro gefunden und die Mutter ihn freudig begrüßt hatte.

»Was willst du nicht mehr?« fragte sie.

»Ich will nicht mehr ewig umziehen, und ich will nicht immer in eine neue Schule und überhaupt nicht in so eine blöde Stadt, wo die Leute so komisch reden: ›Ümme Ecke‹, so was Bekloptes. In Baden-Baden war es schön, da hatte ich Freunde und Jobs und alles, und in Leipzig hatte ich wenigstens meine Ruhe, bis es mit der blöden Flüchterei losging. Ich will das alles nicht mehr!«

Die Mutter hatte schweigend, aber mit sich verfinsterndem Gesicht zugehört. Nun sah sie Thomas kühl an und sagte nach längerer Pause mit ungewohnter Strenge: »Jetzt hör mal zu, was ich dir ein für allemal mitzuteilen habe. Ich bin nicht aus Spaß von Leipzig weggegangen nach Berlin und Baden-Baden und jetzt hierher, sondern weil ich nach einem vernünftigen Leben suche, für uns beide – und besonders für dich. Weil ich nicht unter den miserablen Umständen existieren will, die der Krieg uns aufgezwungen hat. Ich hätte mich auch hinsetzen können und sagen: ›So ist es nun mal, ich kann es auch nicht ändern.‹ Aber ich will, daß du einen halbwegs brauchbaren Start ins Leben hast, verstehst du? Nicht in Leipzig, wo du nicht auf die Oberschule gekommen wärst, weil wir mal eine Firma hatten und als ›Kapitalisten‹ galten. Nein, hier im Westen, wo du Abitur machen kannst und studieren und was werden. Deswegen habe ich das alles gemacht, und das ist ganz schön mühsam für eine Frau ohne Mann und ohne Berufsausbildung, verstehst du? Und eines hilft mir dabei gewiß nicht, nämlich dein kindisches Gegreine. Du wirst nächsten Monat vierzehn werden und im Frühjahr konfirmiert; das glaubt dir aber kein Mensch, wenn er dich so lamentieren hört.«

Thomas schaute betreten aus dem Fenster, denn die Mutter hatte ihn genau an dem gepackt, was er als seine »Jungenehre« empfand.

»Da erzählst du mir«, fuhr sie in etwas milderem Ton fort, »daß du eines Tages durch die Welt ziehen und Abenteuer erleben willst, aber von Baden-Baden nach Hannover zu ziehen, das ist dir wohl schon zu abenteuerlich, oder?«

Thomas hoffte, die Gardinenpredigt fände ein Ende, und nahm sich in einer Art heldenhafter Gemütsaufwallung vor, ein ganzer Mann zu sein, und zwar ab sofort.

Ein graumelierter und distinguiert wirkender Herr von schätzungsweise 55 Jahren betrat den Raum, und die Mutter machte bekannt: »Das ist mein Sohn Thomas. Und das ist der Büroleiter, Herr Heiland.«

»Ehrlich?« fragte Thomas ob des ausgefallenen Namens, und er verbesserte sich schnell: »Angenehm.«

»Wie gefällt dir denn Hannover?« fragte Herr Heiland freundlich, und Thomas antwortete artig: »Recht gut, muß ich sagen. Jedenfalls soweit man das nach der ersten halben Stunde beurteilen kann.«

»Ich habe gehört«, fuhr Herr Heiland fort, »du bist ein großer Fußballer.«

»An sich mehr Zuschauer«, stellte Thomas richtig, »ich habe meine aktive Laufbahn schon in Leipzig abgebrochen, nach ein paar unglücklichen Eigentoren.«

»Verstehe, verstehe. Wie dem auch sei, du bist jedenfalls gerade recht in der Stadt des Deutschen Meisters.«

»Sechsundneunzig?« fragte Thomas, »die haben doch seit dem Endspiel fast jedes Spiel verschi ..., ich meine vergeigt.«

Thomas hatte, seitdem der Umzug beschlossen war, im »Badischen Tagblatt« mit besonderer Aufmerksamkeit und wachsender Enttäuschung verfolgt, wie die Mannschaft, die im Mai den 1. FC Kaiserslautern so souverän besiegt hatte, in die neue Saison gestartet war: mit teilweise deftigen Niederlagen in Freundschafts-, Pokal- und Oberligaspielen. Herr Heiland war Mitglied im »Hannoverschen Sportverein von 1896 e. V.«, den er »Ha-Es-Vau« nannte, und sagte zuversichtlich: »Der Ha-Es-Vau wird die Verliererstraße sehr bald verlassen.«

»Wetten, daß nicht?« gab Thomas zurück, ohne zu überlegen und in der erschrockenen Hoffnung, Herr Heiland möge gar nicht oder nicht hoch wetten.

»Gut, wetten wir eine Mark, daß der Ha-Es-Vau das nächste Spiel gewinnt.«

Herr Heiland legte einen blauen Ein-Mark-Schein auf den Tisch, und Thomas setzte zwei silberne Fünfziger auf eine Niederlage der 96er.

Das Norddeutschland-Büro der Baden-Badener Automatenfirma bestand aus einer Drei-Zimmer-Altbauwohnung, Herrn Heiland, der Mutter und einer älteren und recht beleibten Sekretärin, die Fräulein Bolte hieß und nicht duldete, daß man sie mit »Frau« anredete. In den drei Räumen herrschte jene Mischung aus Leere und Chaos, die bezeichnend ist für Unternehmen, die gerade erst anlaufen.

Das Büro lag im wenig zerstörten Stadtteil List, am Beginn der Podbielskistraße und schräg gegenüber der Keksfabrik Bahlsen, die die Nachbarschaft mit einem süßlichen und rasch penetrant wirkenden Backstubendunst überzog. Die Mutter nahm sich eine halbe Stunde frei, um Thomas nach Hause zu bringen. Es waren nur zehn Minuten zu Fuß bis in die Bödekerstraße, eine jener typischen gutbürgerlichen Wohnstraßen der Jahrhundertwendezeit, die man sich gut mit Pferdebahnen und einspännigen Droschken vorstellen kann. Obwohl kein Haus dem anderen glich, waren sie leicht zu verwechseln: drei oder vier hohe Stockwerke, reichverzierte Fassade, zweiflügelige Fenster mit Oberlichtern, schmiedeeiserne Balkongitter bis unter den spitzen Giebel, kniehoche Hecken oder Mäuerchen vor schmalen Vorgärten. Durch eine hohe Haustür betrat man ein Treppenhaus mit Stuck oder gar echtem Marmor und einem braunen, glattgegriffenen Geländer über gedrechselten Säulchen. Die Wohnungstür, die die Mutter im dritten Stock aufschloß, hatte Milchglasscheiben mit Blumenmustern hinter eisernen Stäben. Den Korridor erhellte eine Messinglampe mit gläsernem Gehänge; links und rechts der eichenen Garderobe hingen goldgerahmte Stiche mit kriegerischen Auseinandersetzungen aus vergangenen Jahrhunderten. Das Zimmer, das die Mutter und Thomas bewohnten, war von einem mächtigen eichenen Doppelbett beherrscht, dessen Kopfende Schnitzereien zierten. Schrank, Kommode, Nachttische und Frisiertisch waren von gleichem Stil. Mehrere Perserbrücken, weinrote Samtvorhänge und ein Gobelin mit einer Wildschweinjagd vervollständigten die Einrichtung.

»Wie'n Museum«, fand Thomas, »scheußlicher oller Plunder.«

Die Mutter gab zu, daß auch sie das Zimmer, die Wohnung, das Haus und die ganze Straße furchtbar altmodisch fand und lieber in einem schicken Neubau mit schlichten Möbeln im Stil der Zeit leben würde. »Aber auf die Schnelle war nichts anderes zu bekommen«, erklärte sie, »höchstens weit draußen am Stadtrand.«

So habe sie denn dieses Zimmer gemietet, das, ganz unverkennbar, ein Schlafzimmer und nicht für tagsüber gedacht sei. Frau Ulbrich, die Vermieterin, schlafe auf dem Sofa im Wohnzimmer und sei wohl aus finanziellen Gründen gezwungen, einen Raum zu vermieten. Sie sei Offizierswitwe und könne von der Pension ihres gefallenen Mannes nicht im gewohnten Stil leben.

Bevor die Mutter wieder ins Büro ging, machte sie Thomas mit der Vermieterin bekannt.

Thomas hatte gelernt, daß Vermieterinnen wichtige Wesen waren und, ohne Ansehen der Person, gut zu behandeln. So ließ er schon zu Beginn der Unterhaltung einfließen, daß auch sein Vater als Offizier im Krieg gefallen sei.

»Wie schön«, sagte Frau Ulbrich, und auf seinen fragenden Blick ergänzte sie: »Ich meine, wie schön, den Sohn eines Offiziers unter meinem Dach wohnen zu haben.« Sie sagte übrigens »Offzier« und nicht »Offizier«.

Frau Ulbrich fragte nach der Waffengattung, und Thomas wußte sie nicht genau. »Ich glaube, sie hatten Schußwaffen. Also keine Panzer oder so, aber schon bewaffnete Banden.«

»Wenn dein Vater Offizier war«, sagte Frau Ulbrich, »dann willst du sicher auch mal Offzier werden?«

»Ich bin doch nicht bekloppt«, entfuhr es Thomas, und er versuchte erschrocken, die Lage zu retten. »Ich wollte sagen, hoffentlich bin ich nicht zu wenig intelligent für so einen Beruf.«

Frau Ulbrich war dennoch beleidigt und gab der Hoffnung Ausdruck, in der neuen Wehrmacht werde sich hoffentlich ein schneidiger Offzier finden, der dem in wenigen Jahren wehrpflichtigen Thomas gehörig die Hammelbeine langziehe.

»Da gibt's sicher welche von früher«, machte Thomas der Vermieterin Mut.

Nach diesem allenfalls halb geglückten Einstand bestieg Thomas sein Rad, um seine neue Umgebung zu erkunden. Er folgte den Straßenbahnschienen, die in Richtung Innenstadt führten. Bald lichteten sich die Häuserzeilen; es gab immer mehr Lücken, in die sich oft flache Behelfsbauten gedrängt hatten. Hinter dem Hauptbahnhof, rund um das alte vergitterte Gefängnis, erstreckten sich freie Flächen mit Mauerresten und kleinen Holzbuden. Thomas unterquerte die Bahnschienen und fuhr immer der Nase nach, bis er die Orientierung verloren hatte. Irgendwann stand er vor einem hohen Klinkerbau mit grellgrünem Kuppeldach und las über dem Eingang »Hannoversche Allgemeine Zeitung«. Kurz entschlossen fragte er sich zum Vertriebsbüro durch und trug sein Anliegen vor. »Haben Sie 'ne Tour frei? Am besten am Lister Platz.«

Die junge Frau hinter dem Schalter, fast noch ein Mädchen, sah in prüfend an. »Wie alt bist du denn, du Pöks?«

Thomas kannte das Wort nicht, ahnte jedoch die abfällige Bedeutung und fragte frech zurück: »Was geht denn dich das an?«

Er bekam keine Tour. Auch nicht im Haus gegenüber bei der »Hannoverschen Presse«, obwohl er dort besonders freundlich auftrat.

Das Abendbrot zu Hause gestaltete sich einigermaßen kompliziert, da es in Frau Ulbrichs Offziersehepaarschlafgemach weder einen Eßtisch noch geeignete Sitzmöbel gab. So klemmte man sich auf lehnenlosen Schemeln seitlich an die Kommode, schmierte Brote auf Vorrat und aß sie anschließend bequemer mit dem Rücken zur Kommode.

»Ich glaube«, meinte Thomas, »ich suche mal wieder 'ne Bude, so wie damals in Baden-Baden.«

»Eigentlich dachte ich an eine kleine Wohnung«, gestand die Mutter.

»Du bist ja kein bißchen unbescheiden.«

Es sei in der Tat sehr schwer, in Hannover gut unterzukommen, gab die Mutter zu. Die Stadt sei schlimmer zerstört als die meisten anderen und müsse dennoch jeden Monat zweitausend neue Bewohner aufnehmen, zuwandernde Arbeitskräfte, Flüchtlinge, Vertriebene, Heimkehrer oder einfach ehemalige Hannoveraner, die neun Jahre nach Kriegsende endlich in ihre Heimatstadt zurückwollten. Zwar werde viel gebaut, aber laut Zeitungsberichten fehlten immer noch 80 000 Wohnungen und fast fünfzig Schulen.

»Dann habe ich vielleicht Glück und finde keine Penne«, meinte Thomas hoffnungsvoll.

Doch die Mutter stand auf, holte aus ihrem Nachtschränkchen einen Zettel und legte ihn wortlos neben Thomas' Teller. »Leibnizschule, Oberstudiendirektor Dr. Brenneke, Donnerstag 8 Uhr«, stand darauf.

»Ach du Schande, das ist ja morgen!« fuhr Thomas auf.

Die Mutter nickte.

»Meinst du nicht«, fragte Thomas nach einer schmerzerfüllten Pause, »daß ich mir erst mal einen Job suchen soll?«

»Ich zahle hundert Mark Schulgeld im Jahr«, entgegnete die Mutter ungerührt, »und da wollen wir denen doch keinen Tag schenken, oder?«

»Nee, kommt natürlich nicht in die Tüte«, sagte Thomas resignierend.

Am nächsten Morgen, nach kurzer Begrüßung und Begutachtung durch den Oberstudiendirektor, sah sich Thomas wieder einmal gut 30 abschätzenden Augenpaaren gegenüber, mußte der Klasse seinen Namen und seine Herkunft mitteilen und auf Befragen des Klassenlehrers, eines Herrn Lüttich, seinen Wissensstand in den verschiedenen Fächern beschreiben.

Thomas beschrieb forsch. »Also, in Französisch kann ich schon ganz gut parlez-vous, in Englisch ist es dünn und sonst durchwachsen.«

Die Klasse kicherte verhalten, und Herr Lüttich bemerkte, der Neue wolle sich wohl zum Klassenkasper aufbauen.

In der fünften und sechsten Stunde war Kunsterziehung bei Studienrat Griesecker, der den Neuen sogleich examinierte. »Hast du die Plastik unten im Foyer bemerkt?«

»Ja«, sagte Thomas, »aber ich weiß nicht, was sie darstellen soll.«

Die Klasse lachte wieder, und der Studienrat fragte weiter: »Denk mal scharf nach. Was könnte denn eine Plastik darstellen, die im Foyer der Leibnizschule aufgestellt ist?«

»Leibniz normalerweise«, antwortete Thomas ohne Arg, »aber Leibniz war ja ein Mann, und das da unten sieht mehr aus wie ... wie Keksbruch.«

Die Klasse grölte, und der Kunsterzieher schüttelte so traurig den Kopf, als lohne sein Beruf gar nicht mehr.

»Mensch«, flüsterte Thomas' Banknachbar, »der Griesekker hat doch den Leibniz selber gemacht. Vor drei Wochen ist er eingeweiht worden.«

Thomas hatte den Eindruck, er müsse sich nach der Stunde bei Herr Griesecker entschuldigen.

»Laß man ruhig«, sagte der Studienrat, »die moderne Kunst ist eben zu hoch für euch Dösköppe. Ihr müßt auf den ersten Blick sehen, ob es sich um Tarzan oder Goofy handelt, sonst kommt ihr nicht klar. Moderne Kunst, verstehst du, zeigt nicht die äußere Hülle, sondern das innere Wesen. Das, was man eben nicht auf den ersten Blick sieht. Kannst du mir folgen?«

»Ja«, sagte Thomas halbherzig, »aber ich habe wirklich nicht gewußt, daß der Leibniz so ausgesehen hat.«

Der Kunsterzieher schüttelte wiederum traurig den Kopf und entließ seinen neuen Schüler mit einem mitleidigen Schulterklaps. Im Foyer standen noch die Klassenkameraden lachend um die Plastik.

»Das kapiert ihr nicht«, sagte Thomas hinzutretend, »das ist der Leibniz von innen.«

»Wie war der erste Tag?« fragte abends die Mutter.

»Prima«, antwortete Thomas, »viel besser als letztes Jahr in Baden-Baden.«

34

Am Sonntag fuhr Thomas mit seinem Banknachbarn, der Jürgen Dumont hieß, ins Eilenriedestadion, wo der Deutsche Meister Hannover 96 den Harburger TB zu Gast hatte, den Tabellenletzten der Oberliga Nord. Eigentlich war Thomas dafür, daß sich 96 wieder berappelte; andererseits mußte er, wenn 96 gewann, eine Mark an Herrn Heiland zahlen. Es wurde ein schlechtes Spiel, so daß Thomas beim Halbzeitpfiff feststellen mußte:

»Die kicken ja einen Stiefel, daß es dich graust. Deutscher Meister wollen die sein?«

Jürgen verteidigte nichts und niemanden, sondern berichtete mit Wehmut von der letztjährigen Saison.

»Daß die für diese Stolperei noch jeden Monat vierhundert Mark pro Mann kriegen, ist doch ein Witz«, wütete Thomas, »die müßten dafür zahlen, daß sie uns hier so versäckeln.«

Jürgen fragte, was »versäckeln« bedeute, und Thomas übersetzte aus dem Badischen: »Veräppeln, verarschen, verscheißern oder so.«

Es sei auch überhaupt ein Witz, meinte Jürgen, mit diesen

zweitklassigen Darstellern eine Bundesliga gründen zu wollen, wie es viele forderten, denn dann kriegten die Spieler für ihre dürftigen Leistungen anstelle von vierhundert Mark vielleicht das Doppelte oder sogar noch mehr.

Das Spiel schleppte sich weiter, und Jürgen wies Thomas auf den Linksaußen der 96er hin, der eine besonders schwache Figur abgab. »Das ist kein Hannoveraner, der stammt von auswärts. Wie soll der sich auch für Hannover ins Zeug legen, wenn er gar nicht von hier wegstammt?«

Unter höhnischen Zurufen und wütenden Pfiffen der Zuschauer rettete 96 einen mageren 1:0-Elfmeter-Sieg, und Thomas wollte nie wieder zum Fußball gehen.

Nach dem Trauerspiel im Eilenriedestadion schlug Jürgen vor, eine Tour durch die Stadt zu machen. »Du kennst da noch gar nix von, oder?«

Daß Thomas Jürgen Dumont als Banknachbarn bekommen hatte, war Zufall oder vielleicht Herrn Lüttichs Absicht gewesen; jedenfalls war es gut. Jürgen war durchweg freundlich, und selbst wenn er mal einen grimmigen Blick aufsetzte, schien sein viel zu großer Mund nicht anders zu können als zu lachen. Jürgen war lang und schlaksig und schlenkerte beim Gehen mit Armen und Beinen fast in der Art einer Marionette.

Jürgen wohnte ebenfalls in der Bödekerstraße, wuchs wie Thomas ohne Vater und ohne Geschwister auf, bekam nicht viel Taschengeld und arbeitete nachmittags als einer von drei Boten der Buchhandlung Beeck am Lister Platz. Er stellte Thomas in Aussicht, ihn dort einzuführen, sobald einer der anderen Boten ausscheide oder aber genug Arbeit für vier wäre.

Sein Name wies Jürgen als Nachkommen hugenottischer Einwanderer aus. Die Klassenkameraden, obwohl sie seit fünf Monaten Französisch lernten und es besser wissen mußten, sprachen »Dumont« als »du Mond« aus, was Jürgen jedoch nicht rührte.

Thomas war rasch aufgefallen, daß Jürgen ein Junge war,

der viel Sinn fürs Praktische hatte und seine Umgebung aufmerksam wahrnahm. Man konnte ihn alles mögliche über Hannover fragen, er wußte fast immer eine Antwort. Er sprach übrigens, wie die meisten in der Klasse, nicht jenen s-pitzen, s-teinigen Ümme-Ecke-Dialekt, auf den Thomas während seiner ersten Minuten in Hannover gestoßen war, sondern ein Deutsch, wie es im Buche stand. Auf Thomas wirkte dieses gesprochene Schriftdeutsch zunächst seltsam geziert, aber er bemühte sich sofort um Angleichung. Jürgen beherrschte freilich auch das »hannöversche Platt« und benutzte es manchmal, um einer Sache größeren Nachdruck zu verleihen – so wie andere Hochdeutsch sprechen, um etwas Wichtiges zu unterstreichen.

Jürgen führte Thomas vom Stadion aus ins Neue Rathaus, in dessen gewaltiger Kuppelhalle verschiedene maßstabsgetreue Modelle der Stadt aufgestellt waren. Eines davon zeigte den Zustand der Innenstadt im Jahre 1945, und Thomas war aufs höchste erstaunt. »Mensch, da hat ja reinweg gar nichts mehr gestanden!«

Jürgen nickte nachdenklich und bestätigte mit Nachdruck: »Kaan S-taan auf'm anderen.«

Aus der Trümmerwüste, die da nachgebaut war, ragten nur wenige leicht beschädigte Gebäude hervor, und als einziges markantes Bauwerk war das »Anzeiger-Hochhaus« mit der grünen Kuppel unbeschädigt geblieben.

Jürgen erklärte an einem weiteren Modell den Wiederaufbau der Innenstadt. Man hatte in Hannover den Kahlschlag der Bombenteppiche als Chance begriffen und breite Schneisen in die Trümmerwüste geschlagen. Ein System vielspuriger Durchgangsstraßen und großflächiger Verkehrskreisel sollte die enge Innenstadt von Autoströmen befreien. Jürgen wußte zu berichten, daß der Stadtbaurat Hillebrecht wegen dieses Konzepts anfangs viele Gegner gehabt habe. Es habe sich nämlich keiner vorstellen können, daß es in absehbarer Zeit genug Autos für die breiten Straßen geben werde. Inzwischen hatte Hannover schon zehntausend Kraftfahrzeuge mehr als vor dem Krieg, und

Hillebrecht wurde als weiser Mann gefeiert. Auch die Zahl der Einwohner, bei Kriegsende auf die Hälfte gesunken, hatte den alten Stand überschritten und eine halbe Million erreicht.

»Woher weißt'n das alles?« fragte Thomas.

»Ich bin doch Hannoveraner«, antwortete Jürgen mit großer Selbstverständlichkeit.

»Wenn ich's recht bedenke«, sagte Thomas nach kurzem Überlegen, »wußte ich früher auch alles über Leipzig.«

»Ist da auch soviel kaputt wie hier?« fragte Jürgen.

Thomas dachte nach und sagte dann: »In Leipzig war weniger kaputt als hier, aber sie haben weniger aufgebaut als hier, und deswegen ist jetzt in Leipzig mehr kaputt als hier.«

Dann schlug Jürgen vor, mit dem Fahrstuhl hinaufzufahren auf die Rathauskuppel, wo eine kleine Plattform Aussicht über den größten Teil der Stadt bot.

»Das da ist der Maschsee«, erläuterte Jürgen mit südwärts ausgestrecktem Arm, »der ist unter Adolf angelegt worden, und daneben das Niedersachsenstadion, das haben sie aus Adolfs Trümmerschutt aufgeschüttet.«

Das Stadion war so gut wie vollendet, das erste wirkliche Großereignis, das Fußballänderspiel des Weltmeisters gegen Frankreich, war für Mitte Oktober vorgesehen.

»Ob wir da Karten kriegen?« fragte Thomas.

»Ich denke, du gehst nicht mehr zum Fußball?« fragte Jürgen zurück. Dann erläuterte er Thomas im Uhrzeigersinn die Stadt. Fast zu Füßen des Rathauses lag der Platz des alljährlichen Schützenfestes, das als größtes der Welt galt; leider war es für dieses Jahr schon vorbei. Im Südwesten erlaubte das schöne Wetter eine Sicht bis zu dem bläulichen Höhenrücken des Deisters, wo die Leibnizer ihr Schullandheim hatten. In Thomas erwachten Neugierde und Lust, alles kennenzulernen, was diese neue Umgebung bot. Er sah hinab auf den Fleckenteppich aus wenigen alten und vielen neuen Häusern, aus Lücken und Baustellen, auf diese Stadt, die wieder im Werden war, und sagte dann beeindruckt: »Gar nicht übel, das Nest.«

Jürgen schien ebenso ergriffen und nickte. »Es gibt ehrlich schlimmere.«

»Zeig mir noch 'n bißchen was«, bat Thomas, als sie wieder auf die Fahrräder stiegen. Sie fuhren an der alten Wasserkunst vorbei und auf dem linken Ufer der Leine entlang. An der Ruine des Leineschlosses erklärte Jürgen, es solle wieder aufgebaut werden, und zwar entweder für den Landtag oder für das Schauspielhaus. Parallel zum Fluß entstand das Leibnizufer als sechsspurige Straße, und Jürgen berichtete, eben hier habe zuvor ein sehr altes Viertel mit sehr engen Gassen und sehr schmalen Häusern gestanden. In einem davon habe übrigens Hamann seine Metzgerei gehabt.

»War das 'n besonderer Metzger?« fragte Thomas.

»Und ob«, bestätigte Jürgen geheimnisvoll.

»Wieso, was hat'n der gemetzgert?«

»Kunden«, raunte Jürgen.

Thomas schaute ziemlich ratlos, und Jürgen flüsterte mit teuflischem Vergnügen: »Der hat Menschen geschlachtet und als Hackefleisch verkauft.«

»Quatsch!« empörte sich Thomas, »das ist ja gar nicht erlaubt.«

»Deswegen war er ja auch ein Verbrecher.«

Dann sang Jürgen das Lied vor:

»Warte, warte nur ein Weilchen,
bald kommt Hamann auch zu dir,
mit dem kleinen Hackebeilchen
macht er Hackefleisch aus dir.«

»Ich weiß nicht, warum mir das grade einfällt«, sagte Thomas, »aber in Leipzig haben wir das Hackfleisch immer endlos mit alten Brötchen gestreckt.«

Jürgen hielt es für wichtig, Thomas die beiden Orte zu zeigen, an denen sich die Hannoveraner verabredeten: am Kröpcke oder am Hauptbahnhof. Am Kröpcke stand eine alte Uhr, sicherlich vier Meter hoch, grün und verschnörkelt, mit Reklameflächen, auf denen für »Concordia Feuer« und »Persil bleibt Persil« geworben wurde. Die Uhr war jedoch recht baufällig, wozu ihre Jahre und die Erschütterungen der Bombenangriffe beigetragen hatten, und sollte demnächst einer ganz modernen, pilzförmigen Nachfolgerin Platz machen. Das fanden viele Ältere nicht gut, aber Jürgen als aufgeschlossener Bürger einer aufgeschlossenen Stadt war für den Pilz und gegen den alten Krempel. Den anderen Treffpunkt nutzte man vor allem, wenn jemand mit der Eisenbahn ankam. Direkt vor dem Hauptbahnhof stand auf hohem Sockel König Ernst-August, in Bronze und zu Pferde, und man traf sich »unterm Schwanz« des stolzen Pferdes.

Schließlich fand Jürgen es unerläßlich, Thomas in das kleine Gäßchen hinterm Hauptbahnhof zu führen, das den gutbürgerlichen Namen »Zimmerstraße« trug. Vor einer Reihe ebenerdiger Häuschen standen grell aufgemachte Damen verschiedenen Alters und schienen sich zu langweilen.

»Worauf warten die denn?« fragte Thomas.

»Bestimmt nicht auf dich«, erwiderte Jürgen, »die warten auf Kundschaft.«

»Und was verkaufen die?«

»Verkaufen? Nichts. Die vermieten eher was.«

»Was denn?« fragte Thomas.

Jürgen sah ihn mitleidig an. »Sag bloß, in Baden-Baden gibt es keinen Puff!«

»Ach so«, dämmerte es Thomas, »hier kann man …«

»Genau. Wenn man kann.«

Jürgen erklärte ihm, daß diese Gasse, da sie unmittelbar hinter dem fünften Bahnsteig des Hauptbahnhofs liege, auch »Bahnsteig 6« beziehungsweise »Bahnsteig Sex« genannt wurde.

Wenige Tage darauf standen Thomas und Jürgen früh um vier nach Eintrittskarten für das Länderspiel gegen Frankreich an. Der Vorverkauf begann um acht, und um zehn zogen die meisten Fußballfreunde unverrichteter Dinge wieder ab. Von den 90 000 Karten waren nur 2000 in den Vorverkauf nach Hannover gegeben worden.

»Da trägste Jahr um Jahr und Sonntag um Sonntag deine Groschen auf den Fußballplatz«, klagte Jürgen, »aber wenn mal was los ist, dann gibt's nur Karten für die feinen Herrschaften mit ihren Gemahlsgattinnen. Und die fragen dann, warum die einen blaue Leibchen anhaben und die anderen rote und warum man das nicht einheitlich machen kann.«

Drei Tage vor dem Länderspiel saßen Thomas und Jürgen zufällig in derselben Kinovorstellung wie Sepp Herberger und die Nationalmannschaft. Nachher hatten die Jungen von dem Film, der »08/15« hieß, nur so viel behalten, daß man möglichst nicht Soldat werden solle; dafür konnten sie mit großer Genauigkeit die Hinterköpfe der einzelnen Nationalspieler beschreiben.

Die unerwartete Begegnung ließ den heißen Wunsch nach einem Stehplatz im Stadion neu erwachen, und Jürgen entwickelte einen verwegenen Plan, ohne Eintrittskarte hineinzukommen. Er baute darauf, daß die Ordner neu seien und noch keiner richtig Bescheid wisse. Am Sonntag brachte Jürgen zwei lederne Geldtaschen mit, wie sie die Boten der Buchhandlung Beeck benutzten. Dann kauften sich beide Jungen draußen vor dem Stadion je zwanzig Programmhefte zusammen. Eines davon steckte sich jeder auf seine Schirmmütze, die anderen hielten sie gefächert in einer Hand, und mit dem Ruf »Das offizielle Programm zum Länderspiel« näherten sie sich dem Haupteingang. Die Ordner nickten ihnen freundlich zu und wünschten guten Umsatz. Hinter der Sperre verkauften die Jungen den Rest der Hefte und suchten sich einen Platz in der Südkurve, wo man die Sonne im Rücken hatte. Jürgen wischte sich den kalten Schweiß von der Stirn und stöhnte: »Bloß gut, daß hier noch kaaner Beschaad waaß!«

Die Stimmung im Stadion war angesichts des zu erwartenden deutschen Sieges ganz ausgezeichnet. Besondere Aufmerksamkeit wurde zwei Neulingen in der Mannschaft entgegengebracht, dem 19jährigen Klaus Stürmer und dem 17jährigen Uwe Seeler, die beide aus Hamburg kamen. Seeler, ein kraftstrotzender Knubbel von Mittelstürmer, machte seine Sache ausgezeichnet, und Stürmer schoß sogar ein Tor. Zuvor aber hatten die Franzosen deren drei geschossen, und die 90 000 verließen das schöne neue Stadion teils gellend pfeifend, teils kopfschüttelnd stumm. Thomas hätte gern eine schwarz-rot-goldene Fahne verbrannt, aber er hatte keine.

35

Gut zwei Monate nachdem ihn der Fernfahrer morgens in Hannover abgesetzt hatte, fühlte Thomas sich überarbeitet, beengt und pleite. Die Überarbeitung hatte die Leibnizschule zu verantworten, die ihm wesentlich mehr abverlangte als das Markgraf-Ludwig-Gymnasium in Baden-Baden. In fast allen Fächern hatte Thomas zu strampeln, um den Anschluß zu finden beziehungsweise zu halten.

»Wie kommt das bloß?« fragte er Jürgen, »habt ihr hier mehr im Kopp?«

»In den Bergen«, erklärte Jürgen, »haben die Menschen einen beschränkten Horizont. Sie gucken und gucken und gucken immer bloß gegen Berge. Da kriegen sie ganz eng stehende Augen von, hast du das noch nicht bemerkt? Guck dir mal 'n echten Bayern an. Aber bei uns in Norddeutschland gibt's nur den Wilseder Berg, da kannst du leicht überweg gucken. Wir haben einen weiten Horizont, da kann der Geist bis zur Nordsee schwappen. Und da kommt das von.«

»Meinst du«, fragte Thomas, »die Zeit in Baden-Baden hat mir geschadet?«

»Eindeutig.«

»Sell isch ebbes, wo i net versteh«, sagte Thomas, und dann hörte ihm Jürgen weiter ein englisches Weihnachtsgedicht ab, das in den Ausruf mündete: *»Hurrah, we are here! Let's all give a cheer! Hurrah the pumpkin pie!«*

»Wozu lernen wir eigentlich so was?« fragte Thomas.

»Damit wir uns in England verständigen können.«

»Ach so? Ich glaube, wenn ich mit einem Hurra auf den Weihnachtspudding die Insel betrete, schmeißen die mich gleich wieder ins Meer, weil sie selber genug Irre haben. Ich würde lieber mal erfahren, wie man eine Bahnfahrkarte löst. Oder wie man 'ne Frau anquatscht. Meinst du, das lernen wir noch?«

Jürgen rechnete eher mit weiteren Gedichten.

Er hatte Thomas angeboten, ihn aus Freundschaft und kostenlos an das Englisch-Niveau der Klasse heranzuführen, wofür sich Thomas im Französisch erkenntlich zeigte. Denn Jürgen, obwohl er Dumont hieß, fand sich in dieser Sprache überhaupt nicht zurecht.

»Wie kommt denn das«, fragte Thomas, »wo du doch von diesen Hugos abstammst?«

Jürgen meinte, seine Vorfahren hätten ihm statt dessen Charme und Intelligenz vererbt, und Thomas wünschte ihm von Herzen, daß beides eines Tages zum Vorschein käme.

Beengt fühlte sich Thomas vor allem dadurch, daß die vielen Hausaufgaben und das feuchtkalte Wetter ihn mehr als erwünscht in Frau Ulbrichs ehemaligem Offziersehepaarsschlafgemach festhielten. Er konnte die alten Möbel und die Perserbrücken und den Samtvorhang und den Gobelin nur noch mit einem starken Gefühl von Überdruß betrachten. Er saß, seitlich an die Wäschekommode geklemmt, über seinen Büchern und paukte das Flußsystem des Orinoko, die Daten des Habsburgischen Erbfolgekriegs, die Formel von Formaldehyd und das Archimedische Prinzip. Zwischendurch trat er ans Fenster, schaute in den

Hinterhof und murmelte müde: »Was hab ich da bloß von? Da fragt mich doch kein Schwein nach.« Er hatte sich inzwischen die norddeutsche Sitte angewöhnt, Wörter wie »davon« und »danach« in der Weise zu teilen, daß der Rest ans Ende des Satzes rückte.

Frau Ulbrich war mit Mühe wieder freundlicher geworden, aber Thomas mied sie gern, da sie stets nur auf die wehrunwillige Jugend schimpfte. Wenn er auf den Korridor wollte, horchte er jedenfalls vorher an der Zimmertür.

In diesen Tagen, die nicht zufällig dem Büßen, Beten und Volkstrauern vorbehalten sind, dachte Thomas viel an Baden-Baden, an Joe und Marietta, an die Freunde im Café »Knebel« und die Walnußbäume an der Lichtentaler Allee. Und da er erst vierzehn Jahre alt war und nicht wußte, wie schnell sich Leben in jegliche Richtung verändern kann, war er novemberlich-melancholisch gestimmt.

Pleite fühlte er sich nicht nur, er war es. Die fünf Mark Taschengeld, die er seit dem Umzug in die Großstadt bezog, reichten nicht hinten und nicht vorn. Bei der »Eilenriede-Ernte« im Oktober hatte er ein wenig, aber nicht viel gutgemacht. Das Forstamt kaufte alljährlich Kastanien und Eicheln für drei bis neun Mark je Zentner, und der Stadtwald wimmelte von gebückten Kindern und beladenen Handkarren. Thomas hatte einen solchen entliehen und fleißig gesammelt, aber nicht gewußt, daß Kastanien und Eicheln getrennt abzuliefern waren, ja, die Eicheln außerdem in Futtereicheln fürs Wild und Stiel- bzw. Roteicheln für die Aussaat zu unterscheiden waren. So mußte er seinen randvollen Handkarren umkippen und alles sortieren. »So was sollen die einem mal in Biologie verklickern«, maulte er vor sich hin, »aber da lernste Saurier und so'n Gerümpel. Möcht mal wissen, wo ich in der Eilenriede 'n Saurier treffen soll.«

Thomas beklagte seine knappen Einkünfte gegenüber der Mutter. »Hier gibt's viel mehr Kinder, die hinter den Jobs her sind. In Baden-Baden, da hatten es die meisten gar nicht nötig.«

»Hier ist sowieso alles anders als in dem noblen Kurstädtchen«, meinte die Mutter, »hier gibt's weniger Reiche und weniger Elegante, hier gibt's mehr kleine Leute und mehr Flüchtlinge. Hier fällst du nicht auf mit einem Vorkriegsmantel, und hier reden sie dich nicht so borniert an, wenn du auf ein Amt gehst und Hilfe willst.«

Thomas mußte das bestätigen; die Leibnizschule hatte ihm beispielsweise anstandslos alle Schulbücher kostenlos geliehen.

»Du brauchst eine anständige Behausung«, sagte die Mutter, »und mehr Freunde und deine Jobs, wie du das nennst, dann geht es uns beiden gut hier. Ich bin nämlich ganz zufrieden mit meiner Arbeit und meiner Bezahlung. Wenn bloß der Heiland nicht so ein furchtbarer Lahmarsch wäre.«

»Ein was für ein?« fragte Thomas.

»Na, so ein langsamer Mensch.« Der Büroleiter sei ein Umstandskrämer, der eine zügige Abwicklung der Aufträge, die die Vertreter wöchentlich aus ganz Norddeutschland mitbrächten, mehr behindere als fördere.

»Das mußt du sofort in Baden-Baden melden«, fand Thomas, »dann wirst du selber Büroleiterin und kriegst viel Geld und kannst alle rumkommandieren.«

»Unsinn!« sagte die Mutter.

Drei Abende später hatte sie eine Neuigkeit. »Thomas, stell dir vor, wir ziehen am ersten Dezember um. Raus aus diesem Schlafzimmer hier.«

»Was denn, wohin denn, weg aus Hannover?« fragte Thomas erschrocken.

»Nein, in einen anderen Stadtteil.«
Sie erzählte, die Firma habe für das Zweigbüro eine ganze Neubauetage gemietet, und zwei Zimmer seien für sie und Thomas gedacht.

»Zwei Zimmer?« staunte er. »Da wohnen wir ja bald wieder so gut wie in Leipzig, da hatten wir drei.«

Am nächsten Nachmittag besah sich Thomas, wenigstens von außen, die neue Wohnung. Sie lag im ersten Stock eines Hauses an der Haltenhoffstraße, einem vielbefahrenen Zubringer zur Bundesstraße 6 nach Bremen. Im Erdgeschoß und im Hof des Hauses befanden sich die Lagerhallen einer Spedition, und in den knappen eineinhalb Stunden, die Thomas sich umtat, zwängten sich drei Lastzüge durch die enge Einfahrt und wurden teilweise entladen. Rückwärts schloß sich an das Grundstück ein großer Verschiebebahnhof an, wo kleine Diesel- und Dampfloks pausenlos Güterwagen hin und her und auf einen Ablaufhügel schoben. Thomas sah interessiert den Rangierern zu, die die heranrollenden Wagen mit Bremsschuhen stoppten, so daß sie nur mit sanftem Klicken auf die Puffer des Zugendes aufrollten. Jenseits des Verschiebebahnhofs und etwa zweihundert Meter von der neuen Wohnung entfernt führte die Eisenbahnstrecke nach Hamburg und Bremen vorüber. Im Abstand weniger Minuten schleppten schwere Dampfloks lange D-Züge vorbei, heftig schnaufend noch, denn sie hatten den Hauptbahnhof noch nicht lange verlassen und mußten den Zug auf Touren bringen.

»Hier ist ja toll was im Busch!« sagte Thomas zu sich und rieb die Hände.

Neben dem Haus war eine Grundschule, auf deren Hof auch jetzt, am Nachmittag, Kinder lärmten, die eine Pause in ihrem Schichtunterricht hatten. Schräg gegenüber war die Einfahrt des Nordstadtkrankenhauses, in dem sich die wichtigste Unfallstation der Stadt befand. In kurzen Abständen brausten Krankenwagen mit Blaulicht und Tatütata heran und rasten mit quietschenden Reifen unter der halb geöffneten Schranke hindurch. Genau gegenüber der neuen Wohnung waren ein Lagerplatz für Bordsteine und anderes Straßenbaumaterial sowie die Endstation der Straßenbahnlinie 6. Im Abstand von zehn Minuten kreischten die neuen Großraumwagen durch die Wendeschleife.

»Gefällt es dir?« fragte die Mutter beim Abendbrot an der Kommode.

»Ganz toll!« schwärmte Thomas, »Lastzüge, Dampfloks, Straßenbahnen!«

»Ist dir nicht aufgefallen«, fragte die Mutter weiter, »daß es sich höchstens um die zweitbeste Gegend von Hannover handelt?«

»Nee, wieso? Mir gefällt's.«

In der Woche darauf mußten Möbel gekauft werden, denn die zwei Zimmer für die Mutter und Thomas waren völlig leer.

»Da muß ich zum erstenmal in meinem Leben Schulden machen«, sorgte sich die Mutter, »aber bar bezahlen ist einfach nicht drin.«

Sie besuchten das »Lister Möbelhaus«, das mit seinem »Möbelzwerg« unter anderem für Anbau- und Raumsparmöbel nach den Erfordernissen der Zeit warb. Die Mutter wählte eine Bettcouch mit zwei dazu passenden Sesseln aus und suchte nach einem Tisch.

»Nehmen Sie diesen hier in Teakholz«, empfahl der Verkäufer, »das kommt jetzt sehr in Mode.«

»Der ist doch schief«, protestierte Thomas wachen Auges.

»Nicht im mindesten«, widersprach der Verkäufer, »er hat die Form einer Niere, was jetzt ebenfalls sehr in Mode kommt.«

»Aber wir müssen doch an dem Tisch essen«, gab die Mutter zu bedenken.

»Wenn Sie wenig essen, geht es und sieht sehr schick aus.«

Die Mutter entschied sich für einen rechteckigen Mehrzwecktisch, der sowohl ausziehbar als in der Höhe verstellbar war. »Da kann ich auch bügeln, ohne daß mir das Kreuz weh tut«, fand sie.

Außerdem wurde für den Anfang ein Anbauschrank mit Kleiderstange und Wäschefächern erstanden, der sich nach Bedarf vergrößern ließ.

Zwei Straßen weiter kauften sie einen dreiflammigen Gasherd, und die Mutter sagte: »Vielleicht können wir im

Frühjahr einen Kühlschrank haben. Über den Winter kommen die Lebensmittel aufs Fensterbrett.«

Da Thomas ja auch irgendwo schlafen mußte, wurde inseriert: »Su. gebr. Klappbett m. Matr.« Es meldete sich jemand, der ein Bett für fünfundfünfzig Mark zu verkaufen hatte, und Thomas meinte: »Hättste hingeschrieben ›für Flüchtlingskind‹ oder sogar ›für müdes Flüchtlingskind‹, dann hättstes vielleicht umsonst gekriegt.«

In der so eingerichteten Wohnung konnte ab 1. Dezember gesessen, geschlafen und gekocht werden. Gewaschen wurde sich in der Toilette des Büros, die über ein nicht gerade großes Waschbecken verfügte. In der ersten Woche nach dem Umzug tat Thomas ein übriges und beschaffte sich von der Spedition im Hof ein paar stabile Kisten, von einer Baustelle – dies bei Nacht – einige Holzbohlen sowie vom Lebensmittelhändler ein Dutzend Apfelsinenkisten und baute daraus eine Landschaft bis unter die Decken, in der sich Lebensmittel und Kosmetika unterbringen ließen, Schulbücher und Schreibzeug, Schmutzwäsche und Putzzeug.

»Ob sich diese Art von Möbeln durchsetzt?« fragte Herr Heiland mit sympathisch gemeintem Spott.

Das bleibt vielleicht länger im Haus als du, dachte Thomas.

Dann kam ihm die Idee, das Zimmer, in dem sowohl sein Bett als auch der Gasherd standen, durch einen Vorhang in zwei Zimmer zu unterteilen. Er kaufte eine Schiene und ein paar Meter Acella, bunt bedruckt mit gezeichneten Pariser Ansichten wie Eiffelturm und Sacré Cœur, Arc de Triomphe und Notre-Dame sowie Straßencafés mit keß behüteten Damen in engen Röcken.

»Jetzt habe ich ein eigenes Zimmer, wie früher zu Hause«, sagte Thomas, als der Vorhang zugezogen war.

36

Eine Woche nach dem Umzug hatte Thomas ein neues Berufsziel: Er wollte Fernfahrer werden.

In jeder freien Minute trieb er sich unten im Hof herum, bei den Lastzügen und in den Lagerhallen der Spedition. Beinahe ehrfürchtig bestaunte er die von Wind und Wetter verschmutzten Kolosse mit den kindshohen Reifen und den mannshohen Kühlerhauben: die »Büssing« mit dem Löwenwappen, die »Krupp« mit den drei Ringen, die »Mercedes« mit dem Stern, die »Magirus« mit dem spitzigen M. Wenn sie hereinkamen und an der Rampe hielten, half Thomas die Planen öffnen und stand mit der Sackkarre bereit, um beim Einladen leichterer Sachen zu helfen. Er beneidete die Fernfahrer, diese handfesten Männer mit den muskulösen, behaarten Unterarmen und den kräftigen Pranken. Die »Kapitäne der Landstraße« begrüßten sich mit rauhen Stimmen in unterschiedlichsten Mundarten, tauschten Erfahrungen aus über hinderliche Baustellen und zeitraubende Umleitungen, schlechte Raststätten und teure Tankstellen, erzählten von Schikanen der Vopos und Iwans bei Helmstedt und der »Spaghettifresser« am Brenner sowie von den rüden Beschimpfungen, denen man als Deutscher manchmal in Dänemark, Holland oder der Schweiz ausgesetzt war.

Manche wußten tolle Geschichten zu erzählen über die Autobahnbanditen, die gerade wochenlang die Strecken vor allem in Nordrhein-Westfalen unsicher gemacht hatten. Diese Gangster hatten bei Nacht mit gestohlenen Personenwagen andere Autos überholt, an den Rand gedrängt, zum Halten gezwungen und mit vorgehaltenen Waffen die Fahrer ausgeraubt, um sogleich wieder in der Dunkelheit zu verschwinden. Ihr Terror hatte eine richtige Psychose erzeugt, so daß sich wochenlang die Autofahrer nachts nur noch im Konvoi über die Autobahn zu fahren getraut hatten.

»Immer ainen von uns vornewech, nö«, erzählte ein Fernfahrer aus »Doatmund«, »und so'n ganzen Schwanz von Angsthasen am Hinterherschleppen.«

»Wie 'ne Glucke mit ihren Küken«, verglich Thomas.

Zu seiner Freude beachtete der Fahrer den Einwurf und bestätigte ihn durch zustimmendes Nicken.

»Und wenn die Banditen Ihren Lastzug gestoppt hätten«, fragte Thomas, »dann hätten Sie ihn einfach übergemangelt, oder?«

»Wat mainze woll«, bestätigte der Fahrer aus »Doatmund«, nun heftiger nickend, »vollet Rohr und auf ihm mit Gebrüll!«

Fünftausend Polizisten waren zeitweise auf der Spur der dreisten Räuber gewesen und hatten Anweisung gehabt, scharf zu schießen, wenn jemand ihre Sperren durchbrach. Dabei war eine unschuldige Beifahrerin ums Leben gekommen, weil ihr Mann im Dunkeln die Polizisten für Gangster gehalten und lieber Gas gegeben hatte.

»Kannze nix machen«, fand der Fahrer achselzuckend, »wenn sowat is, denn ent- oder weder, woll.«

»Genau«, pflichtete ihm Thomas mit Eifer bei, »wenn gehobelt wird, gibt's auch mal Kleinholz, woll.«

Der Fahrer nannte ihn einen verständigen Burschen, und Thomas bekam vor Stolz rote Ohren.

Manchmal erzählten die Fernfahrer von Touren in Sturm und Hagel und manchmal von Kollegen, die nach langen Stunden am Steuer eingeschlafen und über die Böschung gekippt oder gegen Brückenpfeiler geknallt waren. Und auch von jenen, die Mädchen vom Straßenrand aufgelesen und sich dabei »was geholt« hatten.

»Was denn?« fragte Thomas, aber die Antwort war so verschlüsselt, daß er nur mitkriegte, man müsse anschließend zum Arzt.

»Wann kann man denn Fernfahrer werden?« wollte er dann wissen.

Mit einundzwanzig.«

»Und braucht man Abitur?«

»Nee, das stört eher. Aber was im Kopp braucht man.«

»Ich werde Fernfahrer«, erklärte Thomas der Mutter beim Abendbrot.

»Weißt du noch«, fragte sie, »was du schon alles werden wolltest? Gärtner, Müllkutscher, Eismann, Straßenkehrer, Laternenmann, Straßenbahnfahrer, Cowboy, Lokführer, Klavierspieler, Altwarenhändler, Rennfahrer, Seemann. Hoffentlich habe ich nichts vergessen.«

»Aber Fernfahrer will ich wirklich werden, und das geht ohne Abi.«

»Cowboy wolltest du auch wirklich werden.«

Thomas fand die kleinlichen Einwände lästig und malte sein neues Berufsbild in glühenden Farben. Sein 30-Tonner brauste über Gangsterautos und verschneite Alpenpässe hinweg, jagte den Italienern in die Stiefelspitze und den Norwegern in die Rentiere, wurde rollendes Hotel für Mädchen vom Straßenrand. Als Thomas gerade mit einer Ladung Ölsardinen durchs wilde Kurdistan unterwegs war, unterbrach ihn die Mutter: »Herr Heiland sucht übrigens eine Putzfrau fürs Büro, willst du das nicht machen?«

»W ... was?« fragte Thomas entgeistert.

»Ja, ich meine, du kannst ja später noch die Welt erobern. Aber jetzt brauchst du doch erst mal ein paar Mark. Wenn du jeden Samstag das Büro und das Treppenhaus saubermachst, bekommst du drei Mark.«

»Vier«, sagte Thomas automatisch, obwohl er den Job gar nicht wollte.

»Also drei fünfzig«, erwiderte die Mutter, und Thomas nickte.

»Putzfrau«, murmelte er, als er den Sinn seiner Zusage erfaßt hatte.

Es wurde meistens später Nachmittag, ehe Thomas den Besen schwingen und das Scheuertuch wringen konnte. Denn samstags kamen die Vertreter und lieferten ihre Aufträge ab. Wenn es die Woche über gut gelaufen war, wurde Bier getrunken, war es sehr gut gelaufen, mußte Thomas Sekt holen. Wenn alle gegangen waren, riß er die Fenster auf, leerte die stinkende Aschenbecher, räumte die Gläser weg, naschte auch mal eine Neige, saugte Staub, wischte feucht, auch hinter den Heizkörpern. Jeden zweiten Samstag waren auch die Fenster dran, die durch die Nähe der Bahnanlagen mit den Dampfloks stets einen fettig-schwarzen Rußfilm trugen.

»Das ist 'ne Arbeit für'n Zuchthäusler«, murrte Thomas, »und nicht für dreifuffzich.«

Aber er tat es, denn viermal drei fuffzich waren vierzehn Mark im Monat. Hinzu kam, daß die Buchhandlung Beeck am Lister Platz für ihr Weihnachtsgeschäft einen zusätzlichen Boten benötigte. So fand sich Thomas beinahe an die alten Zeiten erinnert, da er mit Joe in Baden-Baden das große Geld gemacht hatte. Seine Lebensgeister meldeten sich zurück, und kein Weihnachtszeugnis fuhr ihnen in die Parade, denn mit Rücksicht auf den Frieden in den Familien war ein solches erstmals in Niedersachsen nicht mehr verteilt worden. Rund um die backsteingotische Marktkirche genoß Thomas mit geschwollenem Portemonnaie den hannoverschen Weihnachtsmarkt, der nach Einbruch der Dunkelheit nicht weniger stimmungsvoll war als jener vor dem Leipziger Alten Rathaus und sich von letzterem vor allem dadurch unterschied, daß man Steinhuder Räucheraal kaufen konnte. Thomas tat das, bis ihm schlecht wurde.

Am Samstag vor Heiligabend war Weihnachtsfeier im Büro, mit fast allen Vertretern des norddeutschen Raums, Herrn Heiland und Fräulein Bolte, der dicken Sekretärin. Es wurde auf Kosten der Firma Sekt mittlerer Preislage gereicht, dazu gab es belegte Brote mit Seelachsschnitzeln, Kalbsleberwurst und »Relli«-Käsecreme, Spekulatius und Nürnberger Elisen-Lebkuchen. Auf den weihnachtlich gedeckten Schreibtischen standen außerdem ovale 50er-Blechdosen »Astor Filter«. Da die Firma seit kurzem auch Music-Boxen vertrieb und eine davon zur Ansicht und Probe im Büro stand, wurde Thomas angehalten, sie möglichst ohne Pause in Gang zu halten. Er bot alles auf, was an Schallplatten aktuell war und ihm schön vorkam: Das Hula

Hawaiian-Quartett schluchzte »Vaya Con Dios« sowie »Jim, Jonny und Jonas«, wobei Thomas stark an seinen Freund Joe denken mußte; Gerhard Wendland rief schmachtend »Lebe wohl, du schwarze Rose«, wonach René Carol die Botanik ergänzte mit »Es blüht eine weiße Lilie«; das Cornel-Trio besang den »Mann am Klavier«, Illo Schieder beklagte »Sieben einsame Tage«, und Mona Baptiste raunte »Es liegt was in der Luft«. Die Music-Box bot auch Aktuelles aus Amerika, zum Beispiel Patti Page mit dem »Doggie In The Window«, die Four Aces mit den »Three Coins In The Fountain« und Frank Sinatra mit »Young At Heart«. Immer wieder stürmisch verlangt wurde jedoch »Das alte Försterhaus«, und als die Festgesellschaft allen Sekt ausgetrunken und auf Bier mit Korn umgestiegen war, sang sie laut und dissonant mit: »Der alte Förster streichelt traumverloren seinen Hund.« Dabei versuchte Herr Heiland traumverloren, Fräulein Bolte zu streicheln, aber er bekam klatschend eins auf die Finger und schmollte minutenlang.

Dann mußte Thomas neues Bier und neuen Korn holen, und Herr Heiland zeigte allen, die es noch nicht kannten, wie man in Hannover »lüttje Lage« trank: das Bierglas zwischen Daumen und Zeigefinger, darüber das Schnapsglas zwischen Zeige- und Mittelfinger, und beides gleichzeitig gekippt. »Aanfach die Zunge aufe Saate legen und laufen lassen«, riet er. Beim Probieren wurde viel verschüttet, und Thomas mußte Nachschub holen. Er stellte die Music-Box auf »Försterhaus«-Dauerbetrieb, und bald konnten die Vertreter außer der »lüttjen Lage« auch das Lied auswendig. Als sie anfingen, mit leeren Gläsern nach der Deckenlampe zu zielen, zog sich die Mutter indigniert in ihre Wohnung zurück und bat Thomas, die Leute bei passender Gelegenheit rauszuschmeißen. Thomas verfolgte alles ganz genau und fragte sich, ob er wirklich erwachsen werden wollte.

Der Höhepunkt der Weihnachtsfeier war erreicht, als Herr Heiland meinte, der alte Förster brauche jetzt auch eine »lüttje Lage«. Er kippte eine solche in die Music-Box, die mit einem Knall verstummte. Alle Lichter erloschen, und es ertönte ein spitzer Schrei, der nur von Fräulein Bolte stammen konnte.

»Jetzt machen wir mit dunklem Bier weiter«, lallte Herr Heiland und schickte Thomas nach solchem. Dunkles Bier war jedoch in den Kneipen der Nordstadt nicht bekannt, und bei der Rückkehr mußte sich Thomas als »heidnisches Element« beschimpfen lassen, da er Weihnachtsfeiern sabotiere. Da riß ihm der heftig strapazierte Geduldsfaden, und er schrie: »Polizeistunde! Alle Besoffenen raus!«

Es fühlte sich aber keiner besoffen, und das Fest ging weiter. Als gegenüber die erste Straßenbahn des Morgens durch die Wendeschleife quietschte, riet dann doch jemand zum Aufbruch. Thomas bemächtigte sich des Hausschlüssels und gab ihn erst her, nachdem jeder Teilnehmer der Weihnachtsfeier zwei Mark entrichtet hatte. Vom Fenster aus sah er Herrn Heiland zu seinem DKW wanken, einsteigen, losfahren und einen Laternenpfahl rammen.

»Wumm!« sagte Thomas und schloß das Fenster.

Der Heilige Abend zu zweit war still. Zu einem Radio hatte es noch nicht gereicht, und kein Fräulein Schwerdtlein spielte mit Thomas vierhändig Weihnachtslieder. Ein freundlicher Herr hatte inzwischen die Music-Box von ihrem Kurzschluß geheilt, aber die Mutter fand, die Auswahl der Schallplatten passe nicht zum Heiligen Abend.

»In Leipzig sind wir immer zu den Thomanern«, sinnierte Thomas und bekam keine Antwort.

Es gab Heringssalat, denn das war Familientradition.

Die Bescherung war bescheiden, denn die Mutter hatte viele Möbelschulden auf sich laden müssen, und selbst die Pakete nach Leipzig waren ein wenig karger ausgefallen als im letzten Jahr. Thomas bekam Verschiedenes zum Anziehen sowie endlich eine Lampe zum Anklemmen an den Pfosten seines Klappbetts.

»Und damit du was zum Lesen hast«, kommentierte die Mutter das letzte Päckchen, das ein Buch enthielt: »3 : 2 – die Spiele zur Weltmeisterschaft« von Fritz Walter.

Thomas hatte für die Mutter die lange gewünschte Leselampe gekauft, die man ebenfalls an der Lehne der Bettcouch festklemmen konnte. »Das war aber eine gute Idee«, lobte die Mutter.

Dann wurden Briefe und Päckchen geöffnet, die die Mutter bis zum Heiligen Abend versteckt hatte. Aus Leipzig waren eine Stolle gekommen und ein erzgebirgisches Räuchermännchen sowie Briefe, in denen offen von Einsamkeit und versteckt von Versorgungsschwierigkeiten die Rede war.

Der Vater hatte aus Los Angeles ein Paar Schuhe mit Kreppsohlen geschickt, ein Paar Original Levy's Jeans, ein kurzärmeliges Überfallhemd mit Mickymäusen vorn und Donald Ducks hinten sowie eine Schirmmütze mit zwei gekreuzten Baseballschlägern. Thomas probierte sofort an und präsentierte sich: »Toll, was?«

»Ganz toll«, erwiderte die Mutter, »jetzt hast du auch was für'n Karneval.«

Thomas' Miene fiel zusammen, und er fragte: »Bist du immer noch böse, daß er damals weg ist?«

»Ach, lassen wir das«, sagte die Mutter.

Joe hatte aus einem Hafen eine bunte Postkarte nach Baden-Baden geschrieben, die kurz vor Weihnachten nach Hannover nachgesandt worden war: »Lieber Tom! Ich wünsche Dir und Deiner Mutter ein schönes Fest. Ich werde zu der Zeit grade wieder in Nigeria sein und mit den lieben schwarzen Christkindchen aus Dollies's Saloon feiern. Mitte Februar bin ich in Hamburg, ob wir uns da mal sehen? Ich schreibe noch genauer. So long! Dein Joe.«

»Toll, was?« meinte Thomas, »richtig weite Welt. Da kommste dir wie'n Würstchen vor.«

Micky hatte aus München geschrieben: »Lieber Thomas, wann sehen wir uns mal wieder? Mir geht es umständehalber entsprechend. Dich wird vielleicht interessieren, daß Petra jetzt mit meinem Bruder Klaus geht, der schon ein Moped hat. Der Teufel soll sie alle holen. In diesem Sinne ein gesegnetes Weihnachtsfest, Dein Micky.«

Die Tage, die manche Leute »zwischen den Jahren« nennen und an denen man nicht waschen soll, vergingen mit Briefebeantworten, Bücherlesen und Möbelbasteln. Das Büro war geschlossen, das Wetter schauderhaft, und die Mutter fand, sie habe seit Jahren nicht mehr eine so gemütliche Zeit mit ihrem Sohn zugebracht.

»Vielleicht ist es die letzte dieser Art«, ahnte sie, »denn du wirst jetzt immer mehr deine eigenen Wege gehen.«

Am Silvesterabend öffnete sie eine Flasche Sekt, die bei der Weihnachtsfeier des Büros übersehen worden war. Schlag Mitternacht grüßten die Lokomotiven auf dem Verschiebebahnhof das neue Jahr mit minutenlangem Pfeifen. Die Mutter öffnete das Fenster. Der Himmel schimmerte von roten, grünen und weißen Raketen. Thomas trat mit seinem Sektglas ebenfalls ans Fenster, und die Mutter sagte: »Wenn es unseren Lieben in Leipzig auch so gut ginge ...«

»Das würden die gar nicht ertragen«, meinte Thomas.

37

Am Neujahrsmorgen fuhr Thomas mit dem Rad an die Leine hinter Herrenhausen, um sich das Hochwasser anzuschauen. Die »Allgemeine« hatte geschrieben, es sei das schlimmste seit dem Katastrophenwinter 1946, die Leine stehe fünf Meter höher als zu normalen Zeiten und an ihrem Lauf über Göttingen und Hannover bis hin zur Aller seien Dutzende von Landstraßen gesperrt. Auch in anderen Teilen Deutschlands hatten Flüsse ihre Betten verlassen.

Die Leine hatte sich tatsächlich stark verändert. Das schlängelige Flüßchen war zum See geworden, der fast nicht aufhörte. Die Lauben der Kleingärtner standen bis zur Mütze im Wasser, und die Pappelreihe am Horizont immer noch bis zu den Knöcheln. Thomas beobachtete, wie ein dicker Baumstamm, schon geschält, zügig herantrieb, auf das Schild über dem Eingangstor einer Kleingartenkolonie zielte und erst kurz davor von einem Strudel abgelenkt wurde. Ein Stuhl schwamm langsam kreiselnd vorüber, und Thomas hätte ihn gern gehabt, denn er hatte noch keinen in seinem Zimmer; die Mutter wollte ihm allerdings gleich vom Januargehalt einen kaufen.

Thomas fuhr ein Stück weiter auf dem Damm, sah eine Wasserratte davonhuschen und mit einem Kopfsprung eintauchen; er näherte sich einer Brücke, die kniehoch überflutet und für den Verkehr gesperrt war. Da versuchte ein Junge, die Brücke auf einem Fahrrad zu überqueren, was große Anstrengungen zu kosten schien.

»He!« rief Thomas, »laß doch den Quatsch!«

Schon hatte die Strömung das Fahrrad umgeworfen und den Radfahrer gegen das Brückengeländer geschwemmt. Thomas rannte zu Hilfe, dachte unterwegs an seine nagelneuen Los-Angeles-Jeans, watete dennoch am Geländer entlang zur Brückenmitte, wo sich der Radfahrer inzwischen triefend hochgerappelt hatte. Als Thomas angelangt war, sah er, daß es ein Mädchen war.

»Sag mal, bist du des Wahnsinns fette Beute?« schimpfte Thomas.

»Was suchst du denn hier, du Kasper?« gab das Mädchen forsch zurück.

»Mensch, ich muß dich doch retten!« rief Thomas, der Dankbarkeit erwartet hatte und keine frechen Redensarten.

Das durchnäßte Mädchen hielt sich am Geländer fest und wollte weiter streiten. »Retten? Wir sind doch hier nicht im Kino. Wie soll ich denn hier ersaufen?«

Thomas hatte ein Ende des Fahrradlenkers entdeckt und griff danach.

»He, du sollst mir auf der Stelle vormachen, wie man hier auf der Brücke ersaufen kann«, rief das Mädchen.

»Du Knalltüte!« fauchte Thomas und brachte das Rad aufs Trockene. Das Mädchen folgte ihm zitternd und triefend, und Thomas zog seinen Anorak aus und ließ sie hineinschlüpfen. Sie sah verwundert auf sein Hemd mit den

Mickymäusen und Donald Ducks und fragte: »Trägt man jetzt so was?«

»Ja, wenn man was auf sich hält.«

Dann fragte er nach ihrer Adresse und trieb sie rasch nach Hause. Sie wohnte nicht weit vom Automatenbüro, aber in einem Viertel mit neuen Einfamilienhäusern. »Dr. Hausmann« stand in Messing an der Einfahrt.

»Mädel, was hast du denn wieder angestellt?« rief Frau Hausmann.

»Ooch nix, bloß was ausprobiert«, erwiderte ihre nasse Tochter, die umgehend in die Badewanne geschickt wurde.

Thomas stellte sich vor und beschrieb den Vorgang, wobei er, ohne zu dramatisieren, seine Rolle gehörig herausstrich. »Das Wasser steigt ja noch, und auf die Dauer wäre sie ertrunken.«

»Unsere Birgit ist ein schlimmer Wildfang«, sagte Frau Hausmann, und sie führte es auf den Einfluß der beiden älteren Brüder zurück. Sie zeigte auf Thomas' nasse Hosenbeine und fragte, ob er ein Paar neue Jeans haben wolle. Er verneinte viel zu schnell und ärgerte sich darüber, bat um seinen Anorak und wollte gehen.

»Komm doch heute nachmittag zum Kaffee«, bat ihn Frau Hausmann.

»Ich trinke bloß Cola oder Buttermilch«, erwiderte Thomas.

Cola hätten sie, meinte Frau Hausmann, Buttermilch nicht.

Birgit war nachmittagas wieder trocken, und alles deutete darauf hin, daß sie sich nichts geholt hatte. Thomas fand sie jetzt sehr hübsch mit ihrer schlanken Figur in Jeans und Pullover, mit ihren kurzgeschnittenen schwarzen Haaren und den großen braunen Augen, an denen ihn nur der spöttische Ausdruck störte.

»Ohne dich wäre ich jetzt ein Engelchen«, blinzelte sie.

»Ich glaube eher, ein Teufelchen«, blinzelte Thomas zurück.

Er mußte von sich erzählen, wurde viel gefragt und kam irgendwie auf den Stuhl zu sprechen, den er nicht hatte.

»Dann nimmst du nachher den mit, auf dem du jetzt sitzt«, sagte Frau Hausmann und ließ keine Widerrede zu.

Sie erzählte, daß ihr Mann und die Jungen zum Skifahren im Harz seien, aber leider fließe ja wohl der meiste Schnee als Tauwasser die Leine hinab.

»Thomas, gehst du morgen mit mir zum Fußball?« fragte plötzlich Birgit.

»Naja, ich ... äh ...«, stotterte Thomas und wollte sagen, ich gehe nicht mehr zum Fußball. Aber mit einem Male spürte er eine ungekannte Wärme in seinen Adern, die bis in den Kopf stieg und dort, sozusagen nach außen dringend, seine Ohren zum Glühen brachte. Es war das erste Mal in seinem Leben, daß ihm ein Mädchen aus heiterem Himmel und ohne Umschweife so etwas wie ein Rendezvous vorschlug, ein hübsches Mädchen noch dazu und gerade im richtigen Alter für ihn.

»Ich wollte sowieso hingehen«, sagte er schnell.

Es spielte »Arminia« gegen den Hamburger SV, und Uwe Seeler, inzwischen achtzehn geworden, war riesengroß in Form. »Das ist 'n Kerl!« schwärmte Birgit.

Thomas giftete stumm in die Richtung des knubbeligen Jungstürmers, der gerade mit seinem vierten Tor die »Arminia« zerlegte, und dachte: Uwe Seeler, O. W. Fischer, Ludwig Erhard – da kommst du nicht gegen an.

Später fragte er Birgit, wieso sie eigentlich zum Fußball gehe, und bekam eine beinahe patzige Antwort: »Soll ich lieber mit Puppen spielen?«

»Nee, aber ...«

»Was aber? Denkst du, die richtigen Sachen sind bloß für euch Kerle da, weil ihr so'n lächerliches Würstchen habt?«

Die ist aber ganz schön aufsässig, dachte Thomas; es hatte ihm die Sprache verschlagen.

»Wir Frauen lassen uns das nicht mehr gefallen«, fuhr

Birgit fort, »wir haben genug gelitten. Auf unserer blöden Penne dürfen wir nicht mal Hosen tragen, nur Röcke. Dabei sind Röcke beim Radfahren viel unzüchtiger, oder nicht?«

»Weil du 'n Herrenrad hast«, erklärte ihr Thomas.

»Ich will aber kein Damenrad. Stell dir mal Fausto Coppi bei der Tour de France auf'm Damenrad vor.«

»Naja, das ist ja doch was anderes«, besänftigte Thomas, aber alles in allem war er von Birgits revolutionärem Schwung ähnlich mitgerissen wie sie selbst gestern vom Hochwasser. Sie gefiel ihm sehr gut, und hätte er nicht Angst vor einer spöttischen Antwort gehabt, hätte er sie gefragt, ob sie mit ihm gehen wolle. Statt dessen ließ er die Sache sich entwickeln.

Die Sache entwickelte sich gut. Fast jeden Nachmittag, wenn Thomas seine Botengänge für die Buchhandlung Beeck, die ihn weiter beschäftigte, erledigt hatte, traf er sich mit Birgit. In ihrem Elternhaus ging er ein und aus, und ihr Vater, der Arzt war, bot Thomas sogar an, sich frank und frei zu melden, falls er mal eine Krankheit verspüre.

»Sehr gern, danke«, sagte Thomas höflich, »aber ich warte immer lieber, bis es von selbst besser wird.«

Im Hause Hausmann herrschte eine fröhlich entspannte Atmosphäre, und Birgit und ihre Brüder schienen alles tun und lassen zu können, aber auch zu wissen, was sie tun und lassen konnten. Mangel war fremd, aber Angeberei verpönt. Geschenke wurden so geschickt gemacht, daß der Beschenkte den Eindruck hatte, es handele sich ohnehin um seinen rechtmäßigen Besitz. Da Birgit zu Weihnachten ein neues Radio bekommen hatte, besaß Thomas nun ihr altes. Er hörte anfangs fast alles, dann aber schnell mit Vorliebe den Jazzclub des NWDR und samstags ganz spät Musik und Geschichten mit »Adrian und Alexander«.

Birgit war anstrengend, und in gewisser Weise erinnerte sie an Petra. Sie hatte ein flinkes Mundwerk, ließ sich kein X für ein U vormachen, spießte jeden Widerspruch genußvoll auf, verbat sich jeden Schmus und spottete erbarmungslos über jede Schwäche, die sie für »typisch Junge« hielt. Sie sagte »Junge«, während sie umgekehrt von »typisch Frau« sprach. Im Gegensatz zu Petra ließ sich Birgit nie einladen, sondern bezahlte ihre Cola und ihre Kinokarte selbst.

Ihr Filmgeschmack ging in die harte amerikanische Richtung, und als Thomas vorschlug, den vielgerühmten neuen Fischer-Leuwerik-Film »Ludwig II. – Glanz und Ende eines Königs« anzusehen, erntete er die spöttische Bemerkung: »Tommy der Zweite – Glanz und Ende eines Daumenlutschers.«

Sie sahen »Die Caine war ihr Schicksal«, die dramatische Geschichte des amerikanischen Kriegsschiffs, das beinahe im Taifun zerschellt und dessen Kapitän in der Gefahr die Nerven verliert, so daß seine Leute gegen ihn meutern, wofür sie später vor Gericht stehen.

»Mensch, war das toll!« schwärmte Birgit hinterher, »wie das Schiff im Taifun fast zu Klump gegangen ist.«

»Irre toll!« bestätigte Thomas und dachte weniger an die Filmszenen, sondern daran, daß sich Birgit dabei innig an ihn geklammert und daß er an seinem Arm zum erstenmal weich gespürt hatte, was er bisher unter ihrem Pullover nur hatte ahnen können.

Das Schauspielhaus im »Ballhof« hatte die Bühnenversion »Meuterei auf der Caine« im Programm, und Birgit wollte nun auch diese sehen. Auch Thomas war gespannt, wie sie im Theater wohl den Taifun darstellten. »Ob man da Gummistiefel anzieht?« fragte er.

Die Mutter hielt, als sie von dem geplanten Theaterabend erfuhr, einen anständigen Anzug für nötig. Da ein Stuhl und ein Radio letzhin kostenlos ins Haus gekommen waren, hielt sie die Anschaffung auch für finanzierbar. Sie nahm sich einen halben freien Tag und fuhr mit Thomas, der Kleiderkäufe eigentlich haßte, zu C & A in die Georgstraße. Der Verkäufer erklärte die aktuelle Herrenmode: Die bisherige amerikanische Jackenform mit erheblichen Mengen Watte in den Schultern, der Branche als »Tarzan von der Stange« geläufig, war passé; man trug jetzt nur noch leicht verbreiterte Schultern und angedeutete Taille. Die Hosen waren enger geworden, fast röhrenartig, und mußten nicht mehr unbedingt einen Umschlag haben.

»Prima«, fand Thomas, »da fallen sowieso nur immer die Krümel rein.«

Die Mutter suchte nach etwas in gedeckten Farben, das nicht so schnell schmutzig wirke, Pfeffer und Salz am besten, aber der Verkäufer riet zu etwas Modischerem. Ganz groß im Kommen seien großkarierte Stoffe in der Art, wie sie Peter Frankenfeld im Fernsehen schon seit einiger Zeit trage.

»Erstens kenne ich den Herrn nicht«, meinte die Mutter, »und zweitens soll mein Sohn nicht als Clown auftreten, sondern bei besonderen Anlässen gut gekleidet sein. Zum Beispiel demnächst bei seiner Konfirmation.«

»Haben Sie nichts mit großen Kreuzen?« fragte Thomas.

Er bekam statt dessen etwas Kleinkariertes in Dunkelblau, und die Mutter achtete darauf, daß in Ärmeln und Hosenbeinen genug zum Rauslassen war. Der Verkäufer konnte sich die Bemerkung nicht verkneifen, daß man zu solch einem Anzug keine breiten Kreppsohlenschuhe trage, sondern die neuen, ganz spitzen.

Als Thomas seine Birgit zum Theater abholte, sahen sie sich verwundert an und mußten lachen: Er sah sie zum erstenmal im Rock und sie ihn zum erstenmal mit Krawatte.

»Hast du dich mit dem Ding nicht erwürgt?« fragte sie, und Thomas führte ihr den patenten Fertigknoten mit dem Gummiband unterm Hemdenkragen vor.

»Das wäre auch was für dich«, sagte Frau Hausmann zu ihrem Gatten, »dann sähest du nicht immer aus, als hättest du einen Überfall hinter dir.«

»Oder lern endlich den neuen Windsor-Knoten«, ergänzte der ältere der beiden Brüder, »denn mit so 'nem Knoten da bindet man heutzutage höchstens noch einen Hund vorm Metzgerladen fest.«

»Jaja, wie ihr doch recht habt«, sagte Herr Hausmann in

teilweise gespielter Entrüstung, »und so ein blöder Mensch ernährt euch alle.« Dann brachte er Birgit und Thomas in seinem beigefarbenen Mercedes 220 zum Theater.

Das Stücke begann mit der Kriegsgerichtsverhandlung, die im Film am Ende gestanden hatte, und Thomas wunderte sich über die Umstellung. Vielleicht, dachte er, kommt der Taifun als Knüller zum Schluß. Er kam aber überhaupt nicht. Davon abgesehen, war die Vorstellung gut.

Nach dem Schlußapplaus schlug Thomas vor: »Jetzt nehmen wir noch irgendwo einen zur Brust.«

Birgit fand es toll aufregend, so spät und ohne Eltern in ein Lokal zu gehen, und sie regte an, eine der besonders verruchten Spelunken im Steintorviertel aufzusuchen. »Da mußt du dich dann um mich kloppen.«

Draußen vor dem Theater aber wartete Herr Hausmann mit seinem Mercedes und brachte die beiden nach Hause.

38

»Wieso«, fragte Thomas mit vollem Mund, »hast du eigentlich in Hannover noch keinen neuen Macker?«

»Hör mal!« fuhr die Mutter hoch, »was ist denn das für eine Redensart? Deine Mutter hat keine ›Macker‹, sie ist allenfalls mal mit einem gebildeten Herrn befreundet.«

»Hab ich ja gemeint«, lenkte Thomas kauend ein.

»Dann sag es gefälligst auch so, und mit leerem Mund, wenn ich bitten darf. Deine Manieren und deine Ausdrucksweise gefallen mir immer weniger. Das kommt wohl davon, daß du dauernd bei den Fernfahrern herumlungerst. Was sagt denn deine Birgit dazu?«

»Die redet genauso, und die Fernfahrer sind schwer in Ordnung, und außerdem hast du meine Frage nicht beantwortet.«

»Welche?« wich die Mutter aus.

»Wieso du noch keinen gebildeten Herrn hast.«

»Hab ich doch.«

Thomas sah sie groß an. »Das ist ja 'n Ding mit'm Pfiff. Wie heißt er, wie sieht er aus, womit macht er seine Kohle?«

Die Mutter rügte erneut den Ausdruck, dann rückte sie heraus. »Du kennst ihn, es ist der Herr, der damals die Music-Box im Büro repariert hat.«

»Was denn, der alte Radioklempner mit dem Dreirad?«

Die Mutter hatte Mühe, die Fassung zu bewahren. »Herr Eisenmann ist weder alt noch Klempner, sondern in den besten Jahren und Handwerksmeister sowie Inhaber eines wenn auch kleinen Radiogeschäfts.«

»Kommt alles viel zu spät«, meinte Thomas, »wir haben doch inzwischen ein Radio.«

Die Mutter nannte ihn naseweis und altklug und setzte ihm vorsichtig auseinander, daß sie auf Herrn Eisenmanns Rendezvous-Wunsch nur zögernd und bestimmt nicht deswegen eingegangen sei, um ein Radio zu bekommen. Vielmehr habe sie dem Wunsch stattgegeben, um als alleinstehende Frau mit einem schon recht flügge gewordenen Sohn auch einmal die Möglichkeit zu haben, etwas zu zweit zu tun: Kino, Theater, Essengehen, Ausflüge, vielleicht mal eine Reise.

»Mit dem Dreirad?« fragte Thomas.

Er hatte damals bemerkt, daß Herr Eisenmann zur Reparatur der Music-Box mit einem »Fuldamobil« vorgefahren war. Dieses dreirädrige Wägelchen gehörte zur wachsenden Zahl der Versuche findiger Unternehmer, die Deutschen ohne großen Aufwand zu motorisieren. Da gab es inzwischen den zwergenhaften, dreirädrigen »Kroboth«, den sein Hersteller mutig als »Allwetter-Roller« anpries, da man bei Regen nicht nur ein Verdeck zuklappen, sondern mit etwas Geschick links und rechts Fenster einstecken konnte. Der »Kleinschnitger« erinnerte lebhaft an einen Autoscooter vom Rummelplatz, war diesem jedoch in der Spitze von 70 Stundenkilometern überlegen. Der »Messerschmitt Kabinenroller« mußte sich, da seine Insassen unter einer Plexiglashaube saßen, eine ganze Reihe abfälliger Spitznamen gefallen lassen, zum Beispiel »Sülzkotelett« oder auch »Mensch in Aspik«. Thomas dachte gern an die Zeit zurück, als er mit Hänschen »in Aspik« gefahren war. Aus Italien war die »Isetta« gekommen und wurde in Deutschland von »Hoffmann« nachgebaut und von »Heinkel« nachempfunden, indes BMW einen Lizenzbau ankündigte. Der Volksmund im Badischen hatte für das beinahe kugelförmige Vehikel den treffenden Namen »Roßbollenschleuder« geprägt. Hoffmann hatte seiner Isetta rechts eine Tür eingebaut und versprach für die nahe Zukunft eine Luxusversion mit einer zweiten Tür, diesmal auf der linken Seite. Fast schon richtige Autos waren der »Maico Champion« und der »Gutbrod Superior« oder gar der »Lloyd«, den man wegen seiner kunststoffbespannten Holzkarosserie den »Leukoplastbomber« nannte. Das »Fuldamobil« fand Thomas von all diesen Fahrzeugen am scheußlichsten, indes die Mutter von einem »netten Wägelchen« sprach.

»Eine Krankheit ist das«, widersprach Thomas, »und sieht aus wie ein zerquetschtes Solei. Hast du mal die Reklame gelesen? Platz für zweieinhalb Personen, schreiben sie, aber Schlafgelegenheit für zwei. Und wo soll die halbe Person hin? Kannst du mir das mal sagen?«

»Nein, vielleicht kann es dir Herr Eisenmann sagen. Im übrigen will er sich einen Borgward Isabella kaufen.«

Thomas pfiff anerkennend. »Toll! Sechzig PS, hundertfünfunddreißig Spitze. Warum hat er ihn noch nicht gekauft? Kein Geld?«

»Doch, bald hat er's. Und du bist heute mal wieder unerträglich.«

»Wenn er ihn hat«, fuhr Thomas fort, »dann kannst du ja bei den VW-Sparern aussteigen.«

Damit hatte es die Bewandtnis, daß die Mutter kürzlich zu einer Versammlung gegangen und anschließend dem »Hilfsverein ehemaliger VW-Sparer« beigetreten war. Das waren Leute, die vor dem Krieg Geld eingezahlt hatten, um eines Tages für 990 Reichsmark ihren »KdF-Wagen« zu bekommen. Nun, nach dem Krieg, wollten sie wenigstens durchsetzen, daß ihnen das neuerstandene Wolfsburger Werk ein Auto zum Selbstkostenpreis berechne. Aber gerade vor Weihnachten hatte der Bundesgerichtshof dieses Ansinnen zurückgewiesen, so daß der »Hilfsverein« nach anderen Wegen suchen mußte.

»Hör mal gut zu«, sagte die Mutter, »Herrn Eisenmanns künftiger Borgward und mein eventueller VW haben nichts miteinander zu tun. Das eine ist sein Wagen, das andere meiner, den ich nur leider nie kriegen werde. Zwischen Fritz und mir gibt es eine nette Bekanntschaft mit einigen gemeinsamen Interessen, sonst nichts, verstehst du? Ich will ihn schließlich nicht heiraten.«

»Hat er schon eine Frau?« fragte Thomas.

Die Mutter setzte einen verzweifelten Ausdruck auf und seufzte kopfschüttelnd: »Nein, er ist Witwer. War das endlich deine letzte Frage?«

Fritz Eisenmanns kleiner Laden lag am Engelbosteler Damm. Diese Straße war so etwas wie die Hauptader des Nordstadtviertels und auf ihre Weise recht typisch für das Hannover knapp zehn Jahre nach dem Krieg. Die Bomben hatten hier nicht viel stehengelassen, was bestimmt mit der Nähe des Verschiebebahnhofs und der Reifenfabrik von »Continental« zusammenhing. Die Stadtplaner hatten, wie anderswo in Hannover auch, die Zerstörung als Chance begriffen und den Engelbosteler Damm verbreitert. So standen oder entstanden alle neuen Häuser in einer zurückgesetzten Flucht, aus der nur die wenigen alten um einige Meter hervorragten – jedenfalls so lange man sie noch stehen ließ. Fahrbahn und Fußwege waren im vergangenen Herbst völlig neu angelegt worden, zusammen mit den Geleisen der Straßenbahn. Während des Umbaus hatte man, weil alles aufgerissen war, nur 50 fahren dürfen, aber nun war die breite, glatt asphaltierte Straße zügig zu befahren.

In Herrn Eisenmanns Schaufenster und Laden standen, dicht bei dicht, Radiogeräte und Plattenspieler sowie jene kombinierten Tonmöbel, die beides und noch eine kleine Bar enthielten und immer beliebter wurden. Außerdem gab es Antennen und Ersatzteile, und an den Wänden des Laden hingen Reklameschilder von »Graetz« und »Loewe Opta«.

Einige Abende nach Thomas' Theaterbesuch kam Herr Eisenmann zum Essen. Er hatte Blumen für die Mutter und Karamellen für Thomas mit, der das nett fand, obwohl er keine Karamellen mochte.

Herr Eisenmann mußte ungefähr Anfang Fünfzig sein, vielleicht schon Mitte. Er hatte über einem leicht geröteten Gesicht kurzgeschnittenes, nach hinten gebürstetes Haar, das im Übergang von braun zu grau war. Er war untersetzt, aber nicht dick, und trug einen Pfeffer-und-Salz-Anzug der Art, wie ihn Thomas kürzlich bei C & A hatte verhindern können. Er sprach mit leichtem hannoverschem Zungenschlag, ohne s-pitze S-teine. Zum Abendbrot hatte er sich ein handwarmes Herrenhäuser Pilsener gewünscht, aber die Mutter hatte leider vergessen, die Flasche von der Fensterbank ins Zimmer hereinzuholen. Thomas nahm sich zu Herzen, daß er gesprächig, aber nicht vorlaut sein solle an diesem Abend, und kam schnurrstracks auf Autos zu sprechen. »Das Fuldamobil, das Sie da haben, ist ja ein ganz schöner Wagen.«

»Findest du?« fragte Herr Eisenmann, »ich finde es furchtbar.

»Ja, furchtbar schon«, sagte Thomas verwirrt, »aber ich dachte ...«

»Du dachtest, ich habe es, weil ich es schön finde? Nein, weil das Geld bisher in den Laden gesteckt werden mußte. Aber bald kommt der Borgward, und darauf freue ich mich schon jetzt.«

»Das ist ja auch was ganz Edles«, sagte Thomas verständig, »und wenn man bedenkt, daß wir anfangs in Baden-Baden nur einen Messerschmitt Kabinenroller hatten, dann ...«

»Was heißt denn ›wir‹?« unterbrach ihn die Mutter schnell und fragte Herrn Eisenmann, ob das Bier schon etwas wärmer geworden sei.

Nach dem Essen steckte sich Herr Eisenmann eine »leichte

Bruns« zu 15 Pfennig an und sagte behaglich: »Ab nächste Woche verkaufe ich endlich auch Fernsehapparate. Das wird das ganz große Geschäft der nächsten Jahre.«

»Glaube ich auch«, meinte Thomas, »aber meine Mutter findet Fernsehen so was von blöd, das kann ich Ihnen gar nicht sagen.«

»Sag doch nicht so was Dummes«, rügte ihn die Mutter mit Vorwurf im Blick, »Herr Eisenmann weiß, daß ich Fernsehen ganz großartig finde.«

»Richtig«, schaltete Thomas schnell, »das habe ich ganz vergessen.«

Herr Eisenmann fühlte sein Expertentum herausgefordert. »Das ist eine Sache mit großer Zukunft. In Deutschland gibt es zwar erst sechzigtausend Fernsehempfänger, aber in Amerika hat man so etwas ganz selbstverständlich, genau wie ein Auto oder einen Kühlschrank oder eine Waschmaschine.«

Haben wir alles nicht«, warf Thomas ein.

»In Amerika«, schwärmte Herr Eisenmann weiter, »experimentieren sie sogar schon mit Fernsehsendungen in Farbe. Davon können wir hier nur träumen. Aber immerhin gibt es jetzt schon jeden Abend zwei Stunden Programm.«

»Ich hab gehört«, redete Thomas dazwischen, »der halbe Abend geht mit Umschaltpausen drauf.«

»Das ist übertrieben, aber natürlich gibt es noch Mängel. In ein paar Jahren wird es aber so sein, daß man abends das Fernsehprogramm gesehen haben muß, wenn man am nächsten Tag mitreden will.«

»Bildet das eigentlich auch?« fragte Thomas und verband die Frage mit einem Hintergedanken.

»Auf jeden Fall«, bestätigte Herr Eisenmann.

»Ich meine, daß man richtig mehr weiß? Auch in der Schule?«

»Aber ja. Man erweitert ganz ungemein seinen Horizont.«

»Das könnte ich ganz gut brauchen«, sinnierte Thomas, und mit Blick zu seiner Mutter fragte er: »Oder nicht?«

Ehe sie antworten konnte, hatte Herr Eisenmann einen plötzlichen Einfall. »Wißt ihr was? Nächste Woche stelle ich euch so einen Apparat hier auf. Zur Probe. Einverstanden?«

»Damit hätte ich aber jetzt nicht gerechnet«, log Thomas.

Am Freitag darauf brachte Herr Eisenmann wirklich einen Fernsehempfänger mit. Die Antenne wurde draußen auf die Fensterbank gebastelt, und dann belebte sich die graue Mattscheibe zu einem ersten Bild. »Wie heißt denn die Sendung?« fragte Thomas.

»Das ist noch keine Sendung, das ist das Stationsdia mit Meßton«, erklärte Herr Eisenmann.

Um 16.30 Uhr ging es dann allerdings richtig los, mit der Kinderstunde von Frau Dr. Ilse Obrig. Thomas fand die Sendunq kindisch, konnte aber einfach den Blick nicht von der Scheibe lassen. Die Mutter kam hinzu, und gemeinsam sah man um 17 Uhr den Vermißtensuchdienst des Roten Kreuzes. Anschließend wurde »für die Frau« erläutert, wie man Petticoats aus modernen Geweben dazu bringe, auch nach häufiger Wäsche nicht schlappzumachen. Danach kam bis 20 Uhr wieder »Dia mit Meßton«, aber Thomas schaltete nicht ab, denn er hatte Angst, etwas zu versäumen. Es wurde an diesem Abend so eingerichtet, daß bis zum Beginn der »Tagesschau« gegessen, abgeräumt und gespült war.

Am nächsten Morgen in der Schule erwies sich bereits, wie recht Herr Eisenmann mit seiner Prophezeiung gehabt hatte, man könne künftig ohne Fernsehempfänger nicht mehr mitreden.

»Die Eva Schölermann«, sagte ein Klassenkamerad, »die ist ungefähr so reizvoll wie unser Bohnerbesen.«

»Du hast vielleicht 'ne Ahnung von Frauen«, fuhr ihn Thomas an. Denn er hatte die »Familie Schölermann« gesehen und die Tochter Eva als außerordentlich liebreizend empfunden.

»Jetzt können wir wirklich mitreden«, teilte er abends der Mutter seine neue Erfahrung mit.

Von nun an wurde nichts von dem ausgelassen, was Abend für Abend ins Zimmer geflimmert kam. Montags, mittwochs und freitags gab es um acht die »Tagesschau«, und selbst wenn sie an den Tagen dazwischen wiederholt wurde, kurz vor Ende des Programms, saßen die Mutter und Thomas wie angewurzelt auf der Couch. Die Woche begann sozusagen sonntags um zwölf mit dem »Internationalen Frühschoppen« und endete samstags kurz vor zehn mit dem »Wort zum Sonntag«, den dann wieder Werner Höfer einleitete.

Die Mutter mochte besonders den Herrn Lembke mit »Was bin ich?« und verstand nicht, daß Thomas Millowitsch mochte. Thomas schätzte Pefer Frankenfeld mit der großkarierten Jacke und stichelte erfolglos gegen Kulenkampff. Eine Sendung gab es, die Thomas allein ansah: »Jazz – gehört und gesehen«. Sobald die Herren Berendt und Edelhagen ihr lautes Treiben begannen, zog sich die Mutter nach nebenan zurück, während sich Thomas auf der Couch breitmachte, im Takt der Musik mit den Füßen wippte und daran dachte, wie er seinerzeit mit Hänschen im Südwestfunk-Studio gewesen war.

Bisweilen kam Fritz Eisenmann zum Abendbrot mit Fernsehempfang, und Thomas hatte bald herausgehört, daß er ganz anders war und dachte als zum Beispiel Hänschen oder auch der Vater. Fritz Eisenmann war ein streng denkender Hannoveraner, ein Vollkorn-Niedersachse, keineswegs ohne Humor, aber mit einem, den Thomas selten verstand, und voller Mißtrauen gegen alles, was nicht norddeutsch war.

Entschieden zu wenig norddeutsch war ihm, neben dem Bundespräsidenten Heuss, zum Beispiel der Kaiser Haile Selassie, den Heuss kürzlich in Bonn empfangen hatte. Überhaupt fand er, man solle Schwarze nicht wie Staatsoberhäupter empfangen.

Auch der neugewählte Bundestagspräsident Gerstenmaier war ihm »zu welsch«. Herr Eisenmann fand, daß ein Mann mit diesem Dialekt besser Komiker geworden wäre. Was er ihm andererseits hoch anrechnete, war die neue Vorschrift, daß sich die Abgeordneten bei seinem Eintritt von den Plätzen zu erheben hätten. Das sei früher auch so gewesen, meinte Herr Eisenmann.

Der Bundesfinanzminister Schäffer aus Bayern war ihm auch zu »südlich« und hatte außerdem zu verantworten, daß dem Bundeshaushalt ein Defizit von 1,6 Milliarden Mark drohte, ein Rekkorddefizit mithin.

»Wieviel ist'n das?« fragte Thomas.

»Eintausendsechshundert Millionen«, erklärte Herr Eisenmann.

»Nee, ich meine nicht in Millionen, sondern zum Beispiel in Kaugummis.«

»Sechzehn Milliarden Kaugummis.«

»Das kann ich mir erst recht nicht vorstellen«, meinte Thomas.

»Dann stell dir vor, daß man davon ungefähr dreihundert neue Schulen bauen könnte.«

»Furchtbar!«

»Wie sollen die Bürger eine Moral haben«, fragte Herr Eisenmann, »wenn die Regierung ihnen vormacht, auf Pump zu leben?«

»Bei uns geht's auch schon los«, sagte Thomas, »Sie sitzen zum Beispiel auf einem unbezahlten Stuhl.«

39

Joes Postkarte war, wie schon zu Weihnachten, über Baden-Baden gelaufen, denn er kannte ja noch nicht die Anschrift in Hannover. Das bunte Foto zeigte, wie damals, einen belebten Hafen, diesmal den von Dar-es-Salam. Das kannte Thomas aus seinem alten Vorkriegs-Zigarettenbilderalbum über Deutsch-Ostafrika und Lettow-Vorbeck. Nun lag Dar-es-Salam jedoch in der britischen Kolonie Tanganjika, und die Briefmarke trug das Profil der jungen Queen Elizabeth. Der Text war, wie es Joes Art entsprach, sehr kurz: »Hey Tom! Wenn wir nicht absaufen, bin ich Februar in Hamburg. Kannst du kommen? Ich warte spaßeshalber am 13. um 13.13 Uhr an den Landungsbrücken. Bye bye, Joe!«

Der hat vielleicht Nerven, dachte Thomas.

Anfang Februar herrschte schlimmes Wetter. Ein zweites Hochwasser schwappte durch Deutschland, und eine Grippewelle ließ Hunderttausende fiebern. In Hannover wurde eine Schulklasse nach der anderen heimgeschickt, fünfundsiebzig binnen weniger Tage. Schließlich gab es Grippeferien, erst eine Woche, dann eine zweite. Nur die 12. und 13. Klassen der Oberschulen hatten noch Unterricht.

»Ehe ich hier rumsitze und mich womöglich noch anstecke«, sagte Thomas, »könnte ich doch 'n paar Tage nach Hamburg.«

»Dort steckst du dich genauso an«, entgegnete die Mutter, und Thomas ärgerte sich, auf diesen naheliegenden Einwand nicht selber gekommen zu sein.

Später, nach der »Tagesschau«, versuchte er es noch einmal, und zwar anders. »Wir haben ja Hamburg grade in Geo dran. Da wär's schon ganz gut, wenn ich's mal gesehen hätte, die Alster und den Hafen und die Weser und alles.«

»Die Weser?« wunderte sich die Mutter, »Hamburg liegt nach wie vor an der Elbe.«

»Ehrlich? Ich dachte, das wäre Dresden. Aber da siehst du mal, wie wichtig das für mich wäre, rein bildungsmäßig.«

Ehe das Fernsehprogramm um 22 Uhr mit einem Lächeln von Irene Koss endete, hatte Thomas der Mutter fünf Tage Hamburg abgehandelt. Bedingungen: Unterkunft in vorbestellter Jugendherberge, täglicher Kontrollanruf, Hin- und Rückfahrt in Gottes Namen mit einem Lastzug, dessen Fahrer sie allerdings vorher persönlich unten im Hof sprechen wolle, und ganz allgemein keine Dummheiten.

»Mensch«, rief Birgit, als die von diesem Plan hörte, »in Hamburg habe ich doch eine Tante wohnen, reiche Witwe und kinderlos.«

So kam es, daß Thomas und Birgit mit einem Lastzug – »Täglich Stückgut-Schnellverkehr Hannover-Hamburg« – über die B3 nach Norden fuhren, wo Thomas noch nie gewesen war.

Am Freihafen entließ der Fahrer seine Gäste, und Thomas und Birgit fragten sich zur Tante in Blankenese durch. Später fand Thomas auch die Jugendherberge am Bismarckdenkmal in St. Pauli.

Die Tante war sehr patent und zeigte den beiden früh am Sonntagmorgen den bunt-stinkigen Fischmarkt mit seinen deftig-originellen Ausrufern und den Schnapsleichen, grüngesichtig und wattebeinig nach durchschluckter Nacht. Dann wollte die Tante in die Kunsthalle am Hauptbahnhof, aber Thomas hatte Angst, Joe zu verpassen, und gab vor, derart viel Kultur nicht an einem Tag verkraften zu können. Außerdem habe er wühlenden Kohldampf. Die Tante schlug jetzt ein Mittagessen mit Alsterblick vor, aber Thomas meinte, es sei wohl doch kein Kohldampf, sondern eher Übelkeit, vielleicht Seekrankheit, was ja in einer Hafenstadt nicht verwunderlich sei.

Jedenfalls fanden sich Thomas und Birgit kurz vor 13 Uhr an den Landungsbrücken von St. Pauli ein, um festzustellen, daß es deren mehrere gab. Sie postierten sich vor der mittleren, und Thomas bekam Herzklopfen. Um 13.13 Uhr schlenderte tatsächlich Joe heran.

»He!« schrie Thomas.

»Hey, old fellow!« rief Joe und hieb Thomas krachend auf die Schulter. Thomas schlug, vor Rührung nun sprachlos, zurück und stauchte sich beinahe das Handgelenk, ließ sich jedoch nichts davon anmerken. Dann stellte sich Birgit vor, und Joe nickte anerkennend.

Er war seit Baden-Baden weiter gewachsen und wirkte viel älter, als er wirklich war. Er hatte Muskeln angesetzt, war von der Sonne verbrannt und trug die schwarzen Haare noch etwas länger als früher. Obwohl es kalt war, hatte er über einem blauweiß quergestreiften Leibchen nur eine dünne Leinenjacke. Thomas bemerkte Birgits bewundernde Blicke.

»Wie geht's in Baden-Baden?« fragte Joe.

»Keine Ahnung«, gab Thomas möglichst lässig zurück, »ich wohne jetzt in der Großstadt, in Hannover.«

»Du kommst ja ganz schön rum in der Welt«, meinte Joe.

Während sie nun in Richtung Reeperbahn hinaufstiegen, erzählte Joe von seinem Schiff und den Häfen rund um die Küsten Afrikas, von Monrovia und Lagos, Luanda und Capetown – er sagte nicht Kapstadt –, Durban und Mombasa. Dann holte sich Thomas das Wort und sprach von der Nordstadt und der Altstadt und der Liststadt und Herrenhausen, aber er merkte den Unterschied und ließ wieder Joe reden.

Da es recht frisch war, lud Joe die beiden in ein Lokal ein, wo schon am hellen Mittag mehrere Betrunkene reglos und höchstens mal hicksend quer über Tischen lagen. Der Wirt wollte die Cola nicht ohne Rum abgeben, und Thomas sagte streng: »Wo sind wir denn hier?«

»Innem Lokal für Erwachsene«, gab der Wirt ungerührt zurück.

Joe übernahm den Rum und ließ den beiden die Cola. Dann erzählte er wieder; Birgit hing an seinen Lippen, und Thomas wurde es langsam zuviel.

»Außer in Afrika warst du aber noch nirgends?« fragte er betont.

Joe verneinte und begründete umgehend, was an Afrika so sehenswert sei, daß man gar nicht anderswo hinwolle. Insbesondere seien die Mädchen kaum zu beschreiben, je schwärzer, desto besser, und zu Birgit meinte er mit kühnem Charme: »Aber du wärst auch für jeden Hafen in Afrika 'ne Schmücke.«

Thomas wollte jetzt richtig sticheln und fragte nett: »Sag mal, wenn deine Eltern erfahren, daß du in Deutschland bist, dann holen sie dich aber und stecken dich wieder auf die Penne, oder?«

Joe merkte nicht, daß er angefrotzelt werden sollte, und antwortete ohne Arg: »Das würden sie wohl. Deswegen schreibe ich ihnen bis auf weiteres nur aus Afrika. Und wenn sie eines Tages keine Sperenzien mehr machen, dann gehe ich hier in Hamburg auf die Seefahrtschule. Ich will ja nicht immer Moses bleiben.«

Dann tauchten sie endlich ein bißchen in Baden-Badener Geschichten ein, sprachen vom Altwarenhändler und vom »Badischen Tagblatt«, vom Automatenwaschsalon und von der kurzen Karriere als Friseur, von Steffi und Marietta und vom Café »Knebel«, aber Joe mied merkwürdig jede Erwähnung der Schule.

»Baden-Baden war ja ganz nett«, sagte er am Ende, »aber ein bißchen eng. Da mußte man mal raus, man ist ja schließlich kein Kind mehr.«

»Du hast gut reden«, sagte Thomas, »du bist ja auch älter für dein Alter.«

Birgit hatte mit einem Male die Idee, zum Fußball zu gehen, und Joe griff das auf. Vor ein paar Wochen, erzählte er, hätten sie mit ihrer Schiffsmannschaft in Mombasa gegen Einheimische gekickt, allesamt barfuß im Sand. Sie hätten keine unterschiedlichen Trikots gebraucht, denn sie hätten ihre Gegner leicht an den schwarzen Krausköppen erkannt. Es sei »kannibalisch heiß« gewesen, und sie hätten erst die Hemden, und später sogar die Hosen ausgezogen.

»Toll«, meinte Birgit.

Joe wollte sich, als Kontrast dazu, gern ein winterliches norddeutsches Oberligapunktspiel ansehen, und Birgit erzählte, in Hamburg hätten sie einen ganz enormen neuen Mittelstürmer. Thomas malte sich aus, wie *seine* Freundin Birgit Joe neben sich und Uwe Seeler vor Augen haben würde, und setzte sich mit dem Gegenvorschlag durch, einen Zug durch St. Pauli zu machen. Sie bummelten durch die Nebenstraßen der Reeperbahn, und in einer fragte Birgit plötzlich: »Warum sitzen denn die Frauen da halb ausgezogen im Fenster?«

Joe und Thomas sahen sich vielsagend an, und Thomas bemerkte erstmals wieder den alten Verschwörerblick aus Baden-Badener Tagen.

»Wahrscheinlich«, erklärte Joe scheinheilig, »haben die völlig überheizte Räume.«

»Quatsch mit Soße!« widersprach Birgit, »die haben doch irgendwas vor.«

»Möchte sein«, meinte Thomas, »aber was bloß?«

Auch Joe gab sich ratlos. »Ja was bloß? In Amsterdam habe ich das auch schon mal gesehen, und keiner hat's mir erklären können.«

»Und in Afrika?« fragte Birgit.

»Da tragen sie sowieso wenig Textilien.«

Die Frage blieb also ungeklärt, aber Thomas fühlte sich bei seinem Spott gar nicht wohl; denn er wußte, daß Joe sich ganz gut auskannte, er selbst aber gar nicht.

Später landeten sie bei Birgits Tante, die froh war, nicht fernsehen zu müssen, und den jungen Seemann ganz reizend fand. Sie hätte ihn am liebsten dabehalten, aber Joes Schiff sollte am nächsten Tag sehr früh in die Unterelbe stechen. Thomas brachte den Freund zum Hafen. Unter vier Augen waren sie plötzlich wieder die alten Kumpane, und Thomas fand es viel schöner als unter sechs oder acht Augen zuvor.

»So 'ne Freundschaft, wie wir hatten, findet man im Leben nicht mehr«, meinte Thomas, der bei der Tante etwas Likör geschluckt hatte.

»Nee, schon gar nicht in Afrika«, bestätigte Joe, der den Likör der Tante auf den Rum von der Reeperbahn gesetzt hatte.

»Wir treffen uns jetzt jedesmal, O.K.?« fragte Thomas.

»Mindestens«, bekräftigte Joe. Dann ging er, leicht schwankend, die Gangway hinauf.

Auf dem Weg in die Jugendherberge fiel Thomas ein, daß er weder den Namen des Schiffes wußte noch Joe die Anschrift in Hannover gegeben hatte. Die Jugendherberge war schon lange zu, und Thomas freute sich darüber, denn er fühlte sich in einer Lage, die man fast als »Situation« bezeichnen konnte. Er beschloß, die Nacht zu durchwandern, aber nach zwei Stunden war er durchfroren und obendrein verdrossen ob der vielen Betrunkenen, denen er ausweichen mußte. Er betrat die Davidswache auf der Reeperbahn, Deutschlands berühmtestes Polizeirevier.

»Moin«, begrüßte ihn der diensthabende Polizist ohne Anzeichen von Verwunderung. »Na, min Jung, hast dich verlaufen?«

Thomas bekam noch die leise Ironie mit, ehe er sich auf einer blanken Bank zusammenrollte.

Die restlichen drei Tage in Hamburg waren auf eine Weise sehr schön. Die Tante bot Birgit und Thomas großes Programm, ließ sie durch den Hafen rundfahren und führte sie flußab zum »Willkomm Höft«, wo die Schiffe mit Flaggenhissen und Hymnen begrüßt und verabschiedet wurden; schleppte sie dann doch noch durch die Kunsthalle und zum Mittagessen mit Alsterblick; zeigte ihnen den Prunk des hansestädtischen Rathauses; mied St. Pauli; brachte sie zu Hagenbecks Tierpark und zum Flughafen Fuhlsbüttel.

»Guck mal, da kommt ein Flugzeug«, sagte Thomas.

»Was heißt hier Flugzeug«, antwortete Birgit mitleidig, »das ist eine Corvair 340 von der Lufthansa.«

»Woher weißt'n du das?« wunderte sich Thomas.

»Weil ich Stewardess werde. Aber ich will nicht auf 'ner Corvair fligen, sondern auf 'ner Super Constellation.«

»Ja, ist ja klar«, antwortete Thomas verwirrt. Er hatte keine Ahnung, worum es ging.

»Du hast wohl keinen Schimmer?« fragte Birgit.

»Doch, doch, Lufthansa, gibt's ja neuerdings wieder. Liest man ja drüber. Meinst du, die nehmen dich als ... wie heißt das?«

»Als Stewardess. Ich hoffe es jedenfalls.«

Die Maschine rollte aus, eine fahrbare Treppe wurde herangeschoben, und nach einiger Zeit traten Herren in dunkelblauen Uniformen mit Goldstreifen aus der geöffneten Tür.

»Das sind die Piloten«, erklärte Thomas, der auch mal zeigen wollte, daß er Bescheid wußte.

»Ehrlich?« meinte Birgit ironisch. Dann erklärte sie Thomas, daß die Männer in Dunkelblau Engländer seien, da Deutsche noch nicht wieder Flugzeuge steuern dürften.

»Sehen schon toll aus, die Jungs«, sagte Birgits Tante, und Thomas dachte, daß man Birgit nicht unbedingt noch darauf aufmerksam machen müsse.

»In ein paar Jahren«, prophezeite Birgit, »kann man mit neuen Flugzeugen in acht Stunden nach Amerika fliegen. Da bin ich dann schon dabei. Toll, was?«

»Ja, ja«, antwortete Thomas mürrisch, »ich gehe bis dahin zur See.«

»Bist du schon mal geflogen?« fragte sie.

»Ja, mit'm Flüchtlingsbomber.«

»Und wie war's?«

»Zum Kotzen.«

Einerseits waren also die restlichen Tage in Hamburg sehr anregend, aber andererseits hatte Thomas seine Last mit Birgit, die immer wieder alles über Joe wissen wollte. Sie verhehlte nicht ihre Bewunderung, und Thomas fand das ziemlich taktlos. Er machte Joe kleiner, als er war, sprach von seinen miserablen schulischen Leistungen und davon, daß er genaugenommen nur mit dem Mundwerk ein großer Mädchenheld sei.

»Und was ist mit deinem Mundwerk?« fragte Birgit plötzlich und auf eine Weise, mit der Thomas nichts anzufangen wußte.

»Was soll denn damit sein?« fragte er ratlos.

Sie sah ihn merkwürdig an, ganz lieb eigentlich, aber auch mit dem Spott, den er inzwischen fürchten gelernt hatte. »Du hast mich mit deinem tollen Mundwerk noch nicht ein einziges Mal geküßt.«

»Ja ... das ist allerdings korrekt«, stammelte Thomas, hinter dessen Stirn es arbeitete: Soll ich jetzt?

Birgit sah ihn unverwandt an, und er spürte, wie der Augenblick verging.

»Ich hab mir eben gedacht ...«, sagte er – und spürte, daß der Augenblick schon vergangen war.

»Was hast du gedacht?« fragte Birgit und sah ihn ohne Ausweichen an.

»Naja, daß du vielleicht noch zu jung dafür bist.«

»Ich? Bei dir piept's wohl. Ich hab das schon x-mal gemacht. Du bist höchstens zu jung, du Angsthase. Grade eben hättest du's noch tun können.«

Ja, dachte Thomas, das habe ich versaubeutelt.

Abends in der Jugendherberge rollte er sich fest in seinen Schlafsack und dachte nach. Hatte er sich nun kindisch benommen und eine Chance verpaßt, die vielleicht nie im Leben wiederkam? Oder hatte er männlich edel die verletzliche Ehre eines Mädchens beschützt? Er hatte das Gefühl, mit Dummheit gestraft zu sein. Aber schließlich entschied er sich doch für die Ehre.

Auf der Heimfahrt mit dem täglichen Stückgut-Schnellverkehr war Thomas wortkarg, indes Birgit fröhlich mit dem Fahrer flirtete. Der ging anfangs belustigt darauf ein, aber dann hatte er sich auf sein Lenkrad und seine Pedale zu konzentrieren. Vor der langen Schnauze seines LKW hatte sich nämlich ein böses Wetter aufgebaut, mit Sturm und Schnee. Die B 3 wurde lang und länger, und vor Celle endete die Fahrt in Verwehungen. Thomas empfand die Lage als richtige »Situation«, fast wie den Taifun auf der »Caine«, und bedauerte, noch nicht selbst am Lenkrad zu sitzen.

Es wurde spät, ehe sie in Hannover ankamen, und Birgit schlug das Angebot aus, noch zusammen im Fernsehen »Mainz singt und lacht« anzusehen.

»Ich habe schon genug über dich gelacht«, sagte sie, nicht mal unfreundlich, aber Thomas traf es wenigstens in die Nähe des Herzens.

40

Mitte April war es endgültig: Die Mutter sollte ab Mai Büroleiterin werden.

»Siehst du«, freute sich Thomas, »ich bin versetzt worden und du befördert. Wir sind 'ne ganz schön starke Mannschaft.«

Herrn Heiland hatte man freigestellt, weiter mitzuarbeiten, aber er sagte, er wolle nicht unter einer Frau dienen, und kündigte. »Die Flüchtlinge werden eben überall nach vorn geschoben«, kommentierte er böse.

Diese Behauptung ließ die Mutter zornig wie selten werden. »Das nun grade noch! Wer sitzt denn manchmal bis in die Puppen hier am Schreibtisch und arbeitet Aufträge weg, Sie oder ich? Wo rufen die Vertreter spätabends oder am Sonntagmorgen an, bei Ihnen zu Hause oder hier bei mir? Wer schlägt sich mit den Monteuren herum, damit die Kunden pünktlich ihren Automaten vorm Laden hängen haben, Sie oder ich?«

Herr Heiland nahm seinen Vorwurf halb zurück und meinte, Flüchtlinge würden vielleicht nicht so sehr nach vorn geschoben, als daß sie sich dorthin drängten.

»Wundert Sie das?« fragte die Mutter. »Was tut denn jemand, der sein Hab und Gut zurücklassen mußte und bei Null anfängt? Was tut der wohl? Arbeiten, arbeiten, arbeiten. Können Sie das nicht begreifen? Sie wohnen seit dreißig Jahren in derselben Wohnung. Ich möchte auch mal wieder eine haben und nicht mehr in diesen zwei Zimmern hier nebenan hausen, ohne richtige Küche und ohne Bad und mit Waschbecken im Büroklo.«

Herr Heiland erwiderte nichts und tat seine restliche Arbeit ohne Lust.

Die zwei Zimmer, von denen die Mutter gesprochen hatte, waren inzwischen etwas wohnlicher geworden. Thomas hatte sich für sein halbes Zimmer aus dem Sperrmüll bedient und nach und nach einen Tisch, einen zweiten

Stuhl und ein Bücherregal gefunden, mit Schrauben und Leim repariert und mit erdbeerroter Farbe bepinselt, die die Mutter scheußlich fand.

Die Mutter hatte weitere Schulden gewagt und einen SABA-Kühlschrank angezahlt. Daneben stand, ebenfalls auf Raten gekauft, ein Küchenschrank, der Thomas' Konstruktion aus Apfelsinenkisten ersetzte. Ein Wäschepuff, mit Acella bespannt, konnte gleichzeitig als Sitzmöbel dienen, falls die Stühle nicht ausreichten.

Das Wohnzimmer zierte, und zwar erst seit Ostern, ein schicker Lampentisch, wie er jetzt groß in Mode war, ein Mitteldding also zwischen Stehlampe und Beistelltisch. Darauf lag meistens der »Daheim«-Lesezirkel, den sich die Mutter neuerdings leistete. »Stern« und »Revue«, »Quick« und »Kristall« waren, weil es so billiger kam, fünf Wochen alt, was nicht weiter störte. Für das Wohnzimmer schwebte der Mutter noch ein schönes Gestell für Grünpflanzen vor. Thomas bot an, eines zu basteln, und zeichnete einen Entwurf mit vier Etagen, aber die Mutter wollte etwas Richtiges. Herr Eisenmann hatte zu Ostern ein gebrauchtes, aber tipptopp repariertes Radio gestiftet, einen »Super«, wie man dazu sagte, mit UKW und allen Schikanen samt »magischem Auge«, das in Grün anziegte, ob der Sender richtig eingestellt sei. Da Herr Eisenmann auch an elektrische Haushaltsgeräte billig herankam, besaß die Mutter sogar schon einen »Star-Mix«, den Thomas »Mampf-Quirl« nannte.

Die beiden Zimmer zeugten also von einem Aufschwung, den die Mutter manchmal »unser kleines Wirtschaftswunder« nannte. Auch die Eßgewohnheiten blieben davon nicht unberührt, und es gab bisweilen mitten in der Woche Fleisch oder zumindest Bratwurst. Die Mutter probierte manchmal neue Gerichte aus, nach Rezepten vom »Fernsehkoch« Clemens Wilmenrod oder nach niedersächsischen Wünschen von Fritz Eisenmann, der zum Beispiel für Braunkohl mit Brägenwurst sein ohnehin zweifelhaftes Seelenheil zu verkaufen bereit war. Thomas schwärmte für

Süßspeisen bis hin zu dicker, gezuckerter Kondensmilch, liebte aber ebenso das scharfe Schaschlik, das, vor kurzem noch unbekannt, inzwischen auf einem Siegeszug war wie die Currywurst und die Pommes frites. Mit den ausländischen Spezialitäten kamen auch ungewohnte Gewürze, wie sie im Dritten Reich verpönt und in der Ostzone nicht erhältlich gewesen waren, und die Mutter würzte immer gewagter.

Da sie trotz allem weiter streng haushalten mußte, sparte sie, wie andere Leute auch, an der Butter. Sie kaufte RAMA, die sie schon vor dem Krieg gekauft hatte und die es seit kurzem wieder gab. Aus Gründen der Sparsamkeit durfte Thomas auch nicht soviel Coca-Cola trinken, wie er gewollt hätte, und mußte auf Wasser mit Himbeersirup ausweichen.

»Wenn ich ab Mai nun mehr Gehalt habe«, sagte die Mutter, »will ich auf eine Wohnung sparen, eine schöne Neubauwohnung am Stadtrand. Ich muß mal zu Wüstenrot und mich nach einem Bausparvertrag erkundigen.«

Zum Wechsel in der Büroleitung kam eigens der Chef aus Baden-Baden angefahren. Er hatte Onkel Manfred mitgebracht, der sich versöhnlich gab, recht schön von Tante Klara und den Mädchen grüßte und fragte, ob Thomas in den Ferien nicht mal kommen wolle. Der Chef bedankte sich für die hervorragende Arbeit, die Herr Heiland beim Aufbau dieses Zweigbüros geleistet habe. »Aber die Wirtschaft lebt vom rechten Verhältnis zwischen Kontinuität und Fluktuation oder, wenn ich mal so sagen darf, von einer gelungenen Kreuzung zwischen alten Hasen und neuen Besen.«

Während sich Thomas noch die Kreuzung vorzustellen versuchte, stießen die Erwachsenen mit »Henkell trocken« an, wobei Herr Heiland ein Gesicht wie Essig aufsetzte.

Als man später im Wohnzimmer beisammensaß, Thomas auf dem Wäschepuff, fragte der Chef, ob die Mutter einen Führerschein besitze, was sie verneinte.

»Nun, ich würde Ihnen sonst einen Dienstwagen stellen. Nicht gerade einen Benz, aber einen schönen DKW oder einen Goliath. Wie wäre das?«

»Klasse!« antwortete Thomas ungefragt, »da könnten wir am Wochenende immer schön rumkutschieren, zum Steinhuder Meer und so.«

Die Mutter stieß ihn mit dem Ellenbogen an und sagte: »Hast du nicht gehört, daß es um einen Dienstwagen geht?«

»Ich würde bestimmt nicht kontrollieren lassen«, versprach der Chef, »ob Sie damit auch privat fahren.«

»Siehste!« triumphierte Thomas.

Als die Herren weg waren, drängte Thomas die Mutter in Richtung Führerschein. »Das wäre doch toff!«

»Was wäre das?«

»Toff!«

»Toff« war ein neues Wort, das sich irgendwie aus dem Englischen herübergemogelt hatte in den Sprachschatz der Jugend und soviel bedeutete wie: Klasse, dufte, prima, knorke, riesig, kolossal oder Schau.

»Das wäre Schau«, bekräftigte Thomas.

»Was wäre das?«

»Schau! Schaumäßig!«

»Schau« war ein neues Wort, ebenfalls englischen Ursprungs, und bedeutete soviel wie toff.

»Ich habe doch auch 'n Führerschein gemacht«, sagte Thomas, »das ist halb so wild.«

»Einen Fahrrad-Führerschein«, schränkte die Mutter ein.

»Ja, aber mit schriftlicher Prüfung und Prüfungsfahrt durch die Stadt, und für jeden Fehler gab's einen Minuspunkt, und wenn du eine alte Oma übergemangelt hättest, dann wären das wahrscheinlich gleich 'n paar Minuspunkte gewesen. Das war gar nicht so ohne.«

Die Mutter meinte, sie wolle sich die Sache überlegen, und gab zu bedenken, daß Fritz Eisenmann ja seit zwei Wochen seinen Borgward Isabella habe.

»So geht's ja nun nicht«, protestierte Thomas. »Früher hast du gesagt, Fritzens neue Karre und deine VW-Sparerei wären zwei Paar Stiefel, und du wolltest ja schließlich den Fritzemann nicht heiraten. Und jetzt plötzlich ...«

»Jaja«, unterbrach ihn die Mutter, »das habe ich damals wohl gesagt.«

41

Am 1. Mai klingelte gegen zehn das Telefon nebenan im Büro, und Thomas hob ab.

»Hallo, hier ist Wolfgang«, meldete sich jemand.

»Was für'n Wolfgang?« fragte Thomas.

»Na, dein Onkel.«

»Aus Leipzig?«

»Nein, aus Berlin.«

»In Berlin habe ich gar keinen Onkel«, sagte Thomas verwirrt.

»Hör mal, ich bin heute früh aus Leipzig abgehauen nach Westberlin, verstehst du?«

»Ja, wieso ... Mensch, das ist ja 'n Ding!« rief Thomas.

»Ist der Groschen endlich gefallen?« fragte sein Onkel.

»Ja. Das geht bei mir manchmal pfennigweise. Wo bist du denn?«

Der Onkel sagte, er sei vor einer Viertelstunde mit der S-Bahn herübergekommen, habe am Bahnhof Zoo sein Ostgeld eingetauscht und wolle gleich anschließend ins Lager fahren. »Wo ist denn mein Schwesterherz?« fragte er.

»Die ist grade aus dem Bau«, erzählte Thomas, »mit dem Fritz und der Isabella zum Steinhuder Meer.«

»Was sind denn das für Leute?« fragte Onkel Wolfgang neugierig, und Thomas erklärte. »Und die Oma?« fragte er dann, »hast du die mit?«

»Nein, sie will doch nicht aus Leipzig weg, du kennst sie doch.«

»Und deine Eva? Hast du die wenigstens mit?«

»Oh, red mir nicht von der. Aber das erzähle ich euch

alles später. Ich kann jetzt nicht mein bißchen Westgeld vertelefonieren. Ich rufe morgen wieder an. Grüß schön.«

»Du auch«, rief Thomas – und fragte sich erst nach dem Einhängen, wen der Onkel denn grüßen solle.

»Jetzt brauch ich erst mal 'ne Cola«, sagte Thomas, den der Anruf völlig überrumpelt hatte. Er holte sich die Cola aus dem Kühlschrank und dann die Zeitung vom Lampentisch, um sich zu vergewissern, daß nicht etwa der 1. April war. Er überlegte, mit dem Fahrrad ans Steinhuder Meer zu fahren und der Mutter die Nachricht zu überbringen. Aber wo sollte er die Ausflügler finden. 1. Mai, dachte er, da sind wir doch auch weg, damals vor zwei Jahren. Er holte sich noch eine Cola, setzte sich ans Fenster, schaute auf die feiertäglich unbelebte Straße und überlegte, warum der Onkel ausgerechnet heute abgehauen war. Dann stand ihm plötzlich sein eigener 1. Mai vor Augen, damals in Berlin. Von nun an fuhren seine Gedanken Karussell und hielten erst an, als er sich an die oft gehörte Weisheit seiner Oma erinnerte: Je älter man wird, desto schneller rast die Zeit. »Da ist aber echt was dran«, murmelte Thomas und erschrak gleichzeitig, weil er Selbstgespräche führte wie ein altes Weib.

Eigentlich hatte Thomas um diese Stunde hinausfahren wollen zum Messegelände, um zum erstenmal die berühmte Hannover-Messe zu erleben, die größte der Welt, wie die »Allgemeine« seit Tagen lokalstolz versicherte. Er hatte sich ohne Messeausweis hineinmogeln wollen und gemeint, das werde schon irgendwie gehen an einem Tag, an dem eine Viertelmillion Besucher erwartet wurden. Er hatte sich die Kräne und Bagger ansehen wollen, die Lastwagen und Lokomotiven und vor allem das amerikanische Farbfernsehen, das erstmals gezeigt wurde und das er sich nicht recht vorstellen konnte.

Aber nun blieb Thomas trotz strahlendem Messe- und Maikundgebungswetter zu Hause und dachte, die Mutter käme vielleicht au irgendeinem Grunde früher zurück und müßte gleich die Nachricht hören. Er blätterte, ohne richtig zu lesen, in Grzimeks »Kein Platz für wilde Tiere«, das er zur Konfirmation bekommen hatte. Er schaltete Radiomusik ein und merkte gar nicht, wie Höfers »Internationaler Frühschoppen« begann. Er wurde hungrig, machte sich einen Strammen Max und trank eine dritte Cola dazu. Dann fiel ihm ein, daß man seit ein paar Wochen von Hannover aus Ferngespräche selbst wählen konnte, und er rief Baden-Baden an, um Tante Klara von der geglückten Flucht ihres Schwagers zu unterrichten. »Schön«, sagte sie, »sehr schön.«

Die Mutter kam erst gegen neun nach Hause. Thomas hatte sie auf die Folter spannen wollen: Rat mal, wer angerufen hat! Aber nach der langen Warterei stürmte er die Treppe hinunter und rief ihr entgegen: »Onkel Wolfgang ist im Westen!«

Das Notaufnahmeverfahren dauerte kürzer als damals vor zwei Jahren, denn es kamen längst nicht mehr so viele Flüchtlinge jeden Tag nach Berlin. Onkel Wolfgang wurde anerkannt, und Ende Mai stieg er in Hannover-Langenhagen freudestrahlend aus der Flüchtlingsmaschine. »Das ist wie damals, als du aus der Gefangenschaft kamst«, sagte die Mutter, als sie zu dritt im Wohnzimmer saßen; und Thomas, der sich an jenen Tag erinnerte, stimmte zu.

Dann erzählte Onkel Wolfgang, wie der Entschluß zur Flucht gereift war. »Ich wollte ja schon damals weg, nachdem sie unsere Firma enteignet hatten und ihr beide geflüchtet wart. Ich habe mich ja deswegen nie mehr um eine vernünftige Arbeit bemüht, sondern in diesem blöden Tabakwaren-Großhandel gearbeitet. Ich wollte ja nur deswegen nicht gleich nach euch weg, weil ich unsere Mutter nicht Knall auf Fall ganz allein zurücklassen wollte. Und weil ich warten wollte, bis Eva ihr Examen hatte.«

»Und nun«, fragte Thomas, »ist sie durchgerasselt?«

»Nein, aber anstatt mit mir ist sie mit einem anderen in den Westen gegangen. Mit einem Kommilitonen.«

»Das sind die schlimmsten«, sagte Thomas, ohne eine

Ahnung zu haben, was das Fremdwort nun zu bedeuten hatte.

»Ja, meine teure Eva«, seufzte Onkel Wolfgang, und man merkte ihm an, wie schwer ihm diese Ironie fiel.

»Ich hab auch so'n paar Dinger erlebt«, tröstete ihn Thomas. »Die Petra zum Beispiel hab ich mit dem Micky zusammengebracht, und – schwuppdiwupp – war ich sie los. Die Birgit hab ich mit dem Joe zusammengebracht, und gleich hat sie durchgedreht wie'n Brummkreisel. Und dann die Sache mit dem Küssen, da weißt du nie, wie du's halten sollst. Läßt du's bleiben, bist du 'n Schlappschwanz. Probierst du's, biste 'n Lustmolch. Also ich sage dir, das ist ein lausiges Geschäft.«

»Da hast du wohl recht«, pflichtete ihm der Onkel mit ernster Miene bei. »Und später kommen noch kompliziertere Fragen auf einen zu.«

Dann sprach er über Politik. »Das österreichische Beispiel hat drüben viel Hoffnung geweckt. Die Leute sagen, wenn es die Österreicher geschafft haben, daß sie nun bald wiedervereinigt und frei sind, dann wird es eines Tages vielleicht auch bei uns in Deutschland so sein. Viele klammern sich daran und bleiben deswegen, anstatt in den Westen zu gehen.«

Die Mutter entgegnete, das Beispiel Österreichs mache sie keineswegs optimistisch. »Das läßt sich nicht vergleichen, wir sind doch viel größer, uns lassen sie nicht einfach neutral bleiben und unsere Ruhe haben.«

»Aber worauf sollen unsere Leute drüben sonst noch hoffen?« fragte Onkel Wolfgang.

»Die Trennung wird immer tiefer«, sagte die Mutter, »nun gibt es schon bald zwei deutsche Armeen hüben und drüben.«

»Du meinst also, die Teilung ist endgültig?«

»Ich habe es mir lange Zeit nicht vorstellen können«, sagte die Mutter, »und keiner hat es sich vorstellen können. Soviel Phantasie hat man eben nicht. Aber jetzt glaube ich, es geht nicht wieder zusammen. Wer noch rüberwill, soll bald kommen, und wir können froh sein, daß wir hier sind. Wenn wir bloß noch unsere Mutter rüberbrächten.«

»Du kennst sie ja. ›Einen alten Baum verpflanzt man nicht‹ und ›Wer pflegt dann das Grab vom Opa?‹ Da ist nichts zu machen.«

Dann sprachen sie über Onkel Wolfgangs Zukunft. Wohnen sollte er zunächst in einem möblierten Zimmer, das die Mutter in der Südstadt, nicht weit vom Maschsee, für ihn ausfindig gemacht hatte. Und arbeiten sollte er fürs erste als Automatenvertreter. Auf Betreiben seines Bruders Manfred hatte ihm die Firma das Geld für einen gebrauchten DKW vorgeschossen, so daß er nicht mit Bahn und Bus nach Kunden suchen mußte.

»Ich falle ja richtig in ein gemachtes Bett«, staunte Onkel Wolfgang.

»Aber du wirst dich noch sehr nach der Decke strecken müssen«, erwiderte die Mutter, »denn hier weht ein rauher Wind. Hier will nämlich jeder möglichst schnell reich werden, und das geht oftmals nur auf Kosten des anderen. Wenn du zum Beispiel einem kleinen Dorfkrämer einen großen Automaten verkaufst, dann kriegst du eine hohe Provision, aber der Krämer wird dabei arm und geht vielleicht pleite. Wenn du ihm allerdings den Automaten nicht verkaufst, dann tut es jemand von der Konkurrenz.«

»Das war drüben in der Tat anders«, sagte Onkel Wolfgang nachdenklich, »da teilt der Staat allen alles zu, damit alle ungefähr gleich arm bleiben.«

Dann sah er sich das Werbematerial für die Automaten an, die er künftig verkaufen würde. Der neueste Schrei waren Automaten, aus denen man Blumensträuße ziehen konnte, cellophanverpackt und angeblich taufrisch. Neu bei den Music-Boxen war, daß man, wenn es einem zu laut wurde, für zehn Pfennig eine Plattenlänge Ruhe erkaufen konnte, »für'n Groschen Pause«, wie der Prospekt es nannte. Neu im Verkaufsprogramm der Firma waren Glücksspielautomaten amerikanischer Herkunft, deren Sinn Onkel Wolfgang außerordentlich zweifelhaft erschien.

»Sie laufen aber gut«, versicherte die Mutter, »vor allem in Dorfkneipen machen wir gute Umsätze damit, weil die Leute dort abends nicht viel mit sich anzufangen wissen.«

»Dann sollen sie mal ein Buch in die Hand nehmen«, schlug Onkel Wolfgang vor.

»Von mir aus gern«, antwortete die Mutter, »aber Bücher verkaufen wir nicht. Wir verkaufen Automaten.«

Onkel Wolfgangs Umsatz war in der ersten Woche gar nicht schlecht für den Anfang, in der zweiten genauso, in der darauffolgenden dagegen nicht besonders.

»Ich weiß nicht, ob ich der richtige Mann für das Geschäft bin«, sagte Onkel Wolfgang, als er am Freitag mit der Mutter und Thomas beim Abendbrot saß. »Die Leute tun mir immer leid. Wenn mich so eine alte Dorfkrämerin fragt, ob sie wirklich mehr Drops und Fischkonserven verkauft, wenn sie so eine Kiste vor dem Laden hängen hat, dann denke ich immer: Wer um Gottes willen soll in diesem Nest abends loslaufen, um sich eine Dose Hering in Senfsoße zu ziehen? Und dann fehlt mir die sprachliche Kraft, um die alte Frau zu überzeugen.«

»Das kommt schon noch«, versicherte die Mutter. »Wir haben Vertreter, die anfangs auch solche Skrupel hatten, und heute würden sie einem Heim für christliche Mädchen einen Gummiwarenautomaten aufschwätzen, wenn wir nur solche Automaten hätten.«

»Ist das der Sinn der Sache?« fragte Onkel Wolfgang.

»Der Sinn der Sache ist, daß wir was zum Leben haben. Und jetzt laß uns ein Gläschen Wein trinken, denn heute ist der siebzehnte Juni, und das ist der Tag, an dem wir vor zwei Jahren in Baden-Baden unser neues Leben begonnen haben.«

Die Mutter erzählte von diesem Beginn und meinte, man habe doch schon mehr erreicht, als man sich damals habe träumen lassen. »Und wenn du dich mit den Automaten nicht anfreunden kannst, dann tu dich eben nach was anderem um. Vor einer Woche stand in der ›Allgemeinen‹, wir hätten wieder Vollbeschäftigung und nur noch siebenhunderttausend Arbeitslose, die wenigsten seit der Währung. Und gestern stand drin, daß sie jetzt zwölftausend Landarbeiter aus Italien anwerben, weil es bei uns keine mehr gibt, und daß bald auch Industriarbeiter kommen sollen. Da siehst du, daß hier jeder gebraucht wird, da muß keiner fürchten, keine ehrliche Arbeit zu finden.«

»Das geht hier alles so glatt«, erwiderte Onkel Wolfgang.

»Is doch toff«, sagte Thomas.

Am folgenden Abend war Onkel Wolfgang noch niedergeschlagener, denn er hatte das große Heimkehrertreffen auf dem Messegelände besucht. Es war wirklich ein gewaltiges Treffen gewesen, die »Allgemeine« hatte 100000 Teilnehmer angekündigt. Onkel Wolfgang hatte sich vor allem der »Suchbildschau« gewidmet und tatsächlich auf einem der Tausenden von Fotos einen Kameraden wiedererkannt, von dem er ziemlich sicher war, daß er im gemeinsamen sibirischen Gefangenenlager umgekommen sei. Er hatte diese Angabe gemacht und weiter Bilder angeschaut, bis er nicht mehr konnte. Auf der großen Kundgebung hatten die Redner begrüßt, daß Adenauer bei seinem bevorstehenden Besuch in Moskau auf die Freilassung der letzten 10000 Kriegsgefangenen dringen wolle.

»Das hat mich richtig mitgenommen heute«, sagte Onkel Wolfgang. »Ich bin jetzt fünfunddreißig, und ein Jahrzehnt davon waren Krieg und Gefangenschaft. Das ist ein Teil von meinem Leben, den ich gern zu den Akten legen möchte. Aber es geht nicht. Als ich heute die Fotos sah und die ganzen Namen hörte, die Orte in Rußland und die Heeresteile und Einheiten, da habe ich mich fast wie zu Hause gefühlt. Dabei waren das die Jahre, um die man mich beschissen hat.«

Nach einigen Augenblicken der Stille sagte die Mutter: »Du hättest da vielleicht nicht hingehen sollen, wo du im Augenblick sowieso genug mit dir zu tun hast.«

Und nach einer weiteren Pause begann sie zu lachen und

meinte: »Ich glaube, du brauchst bald mal eine nette Freundin.«

»Ich brauch auch mal wieder eine«, sagte Thomas.

42

Eine Woche vor den großen Ferien kam aus Leipzig ein Brief mit schwarzem Rand. Der Großvater war gestorben.

»Nun sitzt deine Großmutter allein im Altersheim«, sagte die Mutter zu Thomas, »und die Oma sitzt ohne Onkel Wolfgang allein mit den Untermietern in ihrer Wohnung.«

Thomas fiel mit einem Mal ein Weihnachtstag daheim in Leipzig ein, es mußte 1950 gewesen sein, als eine große Familie beim Kaffee gesessen hatte. Er sah den Eßzimmertisch vor sich, ganz ausgezogen, mit Omas selbstbestickter Weihnachtsdecke und den bunten Sammeltassen. Alle waren dagewesen, die dazugehört hatten. Onkel Manfred und Tante Klara mit den beiden Mädchen waren allerdings kurz nach diesem Weihnachtstag in den Westen verschwunden. Der Vater war dabeigewesen, Thomas' Stiefvater genaugenommen, der war zwei Jahre später weg und inzwischen längst in Los Angeles. Als nächste hatten sich Thomas selbst und die Mutter aufgemacht nach Westberlin, und kürzlich war ihnen Onkel Wolfgang gefolgt. Nach dem Tod des Großvaters waren aus der Runde von damals die beiden alten Damen übrig. Wenn sie sich zum Weihnachtskaffee treffen wollten, mußte die Oma nicht mehr den Eßzimmertisch ausziehen, ja sie konnten sich sogar bequem an den kleinen Couchtisch setzen. Ins Eßzimmer hatte wahrscheinlich das Wohnungsamt nach Onkel Wolfgangs Verschwinden einen neuen Untermieter eingewiesen.

»Kann ich nicht zur Beerdigung nach Leipzig?« fragte Thomas.

»Ausgeschlossen«, wehrte die Mutter ab, »grade jetzt nach Onkel Wolfgangs Flucht darf sich keiner von uns drüben sehen lassen.«

»Aber was sollen die denn schon mit mir anstellen?«

»Wenn sie dich erst mal haben, fällt ihnen schon was ein. Ich laß dich da jedenfalls nicht hin.«

Da kann man nicht mal zur Beerdigung von seinem eigenen Großvater, dachte Thomas. Wer sollte denn die Großmutter zum Friedhof begleiten, damit sie nicht allein mit dem Pfarrer am Grab stünde? Die Oma würde mitgehen, und vielleicht ein paar Nachbarn aus dem Altersheim. Der Großvater hätte ja ohnehin nichts davon, tröstete sich Thomas, ich hätte ihm lieber in letzter Zeit öfter schreiben sollen.

»Und in den großen Ferien«, fragte Thomas, »kann ich da auch nicht hin?«

»Das Thema Leipzig lassen wir vorerst mal ruhen«, beschied ihn die Mutter, »mach du mal deine Radtour mit Jürgen Dumont.«

Jürgen und Thomas hatten sich vorgenommen, vor der Radtour eine Woche lang auf dem Schützenfest zu arbeiten, um ihre Reisekasse aufzufüllen. Sie stellten sich einen Job beim Auto-Scooter oder der Achterbahn vor, notfalls auch bei der Geisterbahn. Auf keinen Fall wollten sie in einer Schießbude oder gar im Pony-Hippodrom arbeiten.

Thomas stand sich zu dieser Zeit finanziell gar nicht schlecht. Er fuhr nach wie vor fast jeden Nachmittag für »Beeck« am Lister Platz Bücher und Zeitschriften aus, und manche Stammkunden kannten ihn und gaben Trinkgelder bis hinauf zu blanken Fünfzigern, was allerdings die Ausnahme war. Samstags putzte Thomas das Automatenbüro, und im übrigen hatte er eine gute Nase für eine schnelle Mark hier und da: mal einen Rasen mähen, mal ein Kind beaufsichtigen, mal einen Hund Gassi führen. Manche Leute aus jener besseren Gegend, in der auch Birgit wohnte, riefen mit der Zeit sogar im Büro an, um Thomas anzufordern. Auf der anderen Seite gab er weniger Geld aus als früher in Baden-Baden, wo er mit Joe Mädchen freigehalten hatte. So war die Ferienkasse immerhin gut halb gefüllt. Von der Mutter mochte Thomas keinen Zuschuß verlangen, denn sie wollte sich erstmals selbst eine Urlaubsreise gönnen und dazu die Oma aus Leipzig einladen: zwei Wochen Grainau bei Garmisch, mit Liegewagen und Vollpension 179 DM pro Person, ein tolles Angebot von »Hummel«.

Kurz und gut, Thomas wollte seinen Urlaub diesmal selbst bezahlen. Die prima Jobs auf dem Schützenfest waren vergeben, Jürgen führte Ponys mit kleinen Kindern obendrauf im Kreis herum, und Thomas stellte verbeulte Blechbüchsen zu Pyramiden auf, damit Leute für zwanzig Pfennig danach schmeißen konnten.

Nach einer Woche Arbeit ging es am Montagmorgen los und gleich bis Polle an der Weser, wo eine alte Burg die Jugendherberge war. Abends trug Thomas die Tagesleistung von 87 Kilometern in ein Fahrtenbüchlein ein, was er für wichtig, Jürgen jedoch für »bekloppt« hielt. Mit dem Muskelkater von 87 Kilometern in den Beinen ging es am nächsten Tag nach Kassel, wo der Schloßpark Wilhelmshöhe zu besichtigen war. Mittwochs, nach Marburg, lief es dann trotz mancher schweißtreibender Steigung schon sehr flott. Die Jungen erinnerten sich an die alte Wanderregel, die erste Rast nie vor der halben Strecke einzulegen, da man sonst ins Bummeln gerät. Sie überholten viele, die in derselben Richtung unterwegs waren, und rollten besonders zügig an zockelnden Mädchengruppen vorbei, denen sie ein lässiges »Servus!« zuriefen und vielleicht die Frage: »Na, geht's denn noch ein Kilometerchen?«

Sie genossen ein unbändiges Gefühl von Freiheit, und Jürgen sagte: »Stell dir vor, du müßtest mit deinen Eltern verreisen.«

»Furchtbar«, schüttelte sich Thomas.

In Marburg wollte er vor allem das Grab von Hindenburg sehen, den er unter Glas vermutete wie Lenin in Moskau. Enttäuscht stand er dann vor dem steinernen Sarg in der Elisabethkirche und fand nur die Erklärung: »Der wird wohl nicht mehr ansehnlich sein.«

Nach vier Tagen errechnete Thomas 375 Kilometer seit

Hannover, Stadtfahrten und Umwege nicht gerechnet, und Jürgen war stolz auf die Leistung und fand das Fahrtenbüchlein nicht mehr bekloppt.

Man war in Frankfurt, der berühmten und so schlimm verwüsteten Stadt am Main, die ums Haar Hauptstadt geworden wäre anstelle des Bundesdorfs am Rhein.

»Hier in Frankfurt«, sagte Thomas beinahe feierlich, »bin ich angekommen – vor zwei Jahren aus Berlin.«

»Na und?« fragte Jürgen.

»Das verstehst du eben nicht«, antwortete Thomas. »Ich hab schon eine Geschichte, aber du warst immer nur in Hannover.«

Jürgen ließ sich mitnehmen zum Flughafen, wo Thomas gelandet war, und zum Hauptbahnhof, wo Thomas weitergefahren war nach Baden-Baden; er ging aber nicht Thomas' Geschichte wegen mit, sondern weil er Flughäfen und Hauptbahnhöfe aufregend fand.

»Der Leipziger hat einen Bahnsteig mehr«, sagte Thomas, aber Jürgen wollte davon einfach nicht beeindruckt sein.

Es war hochsommerlich heiß in diesen Tagen, manchmal über 30 Grad, die Menschen in den Straßen und die Tiere in Grzimeks Zoo bewegten sich nur langsam. Die beiden Jungen suchten kühle Räume, wenn die Jugendherberge tagsüber schloß, und gerieten auf diese Weise ins »Städel« am Mainufer, wo es eine Gemäldesammlung zu sehen gab, und ins »Senckenberg« am Messegelände, wo Gerippe von riesigen Sauriern aufgestellt waren. Die Hitze trieb sie auch ins Goethehaus am Hirschgraben. Von dort schrieb Thomas eine Postkarte an seine Großmutter in Leipzig, die eine große Goethe-Liebhaberin war und seit ihrer Kindheit viele seiner Gedichte, auch längere, auswendig wußte. »Die freut sich wie'n Schneekönig, daß ich hier auf Kultur mache«, vermutete Thomas, »die hat mich nämlich früher in Leipzig schwer auf solche Sachen trainiert.«

In der Jugendherberge am Sachsenhäuser Mainufer fielen den beiden Jungen drei Mädchen angenehm auf, die man nie anders als zu dritt sah und die ausnahmslos hübsch waren: schwarzgelockt die eine, mit blondem sowie rötlichem Pferdeschwanz die beiden anderen. Im Hof ergab sich die Gelegenheit zum Kontakt, indem Thomas mit seinem Vorderreifen leicht, aber unmißverständlich ein Hinterrad berührte.

»Saache mal, du hasd wohl Domadn uffn Oochn?« fragte das Mädchen mit dem rötlichen Pferdeschwanz.

Ei verbibbch, dachte Thomas.

Radwanderer von »drüben« traf man zwar ab und zu, aber daran hatte Thomas bei seiner diskreten Annäherung zu allerletzt gedacht. Das Sächsische, das er einst selbst gesprochen hatte, traf ihn – zumal aus dem Munde eines hübschen Mädchens – wie ein heftig geschlagener feuchter Scheuerlappen. Andererseits bot es leichte Anknüpfung.

»Wo gommd'r denn här?« fragte Thomas, der es noch konnte.

»Aus Leibzch«, antwortete der rötliche Pferdeschwanz.

»Wo denn da?«

»Gohlis.«

»Welche Schule?«

»Siemdreißchsde.«

»Nee! Da war'ch doch ooch!«

Die Welt hatte sich wieder einmal als klejn erwiesen. Als er nun mit den drei Mädchen ins Reden kam, stießen sie rasch auf gemeinsame Bekannte, Schüler wie Lehrer.

»Wißt ihr was?« fragte Thomas, ins Hochdeutsche zurückwechselnd, »ich gebe einen aus!«

Die Mädchen fanden die Idee gut, sie seien nämlich ein bißchen knapp bei Kasse, wollten aber trotzdem den weiten Weg nach München machen und über Nürnberg heimkehren. Thomas schlug ein Gartenlokal vor, das er in der Nähe der Jugendherberge gesehen hatte, und bald saßen sie zu fünft im kühlen Schatten hoher Kastanienbäume. Ein Kellner stellte ihnen, ungefragt, fünf Gläser auf den blanken Holztisch und sagte dazu: »Das is Ebblwoi.«

»Wie bitte?«

»Ap-fel-wein«, betonte der Kellner.

Sie probierten, schüttelten sich ob der Säure, fanden das Getränk dann aber ganz erfrischend in der Hitze und wehrten sich nicht, als der Kellner, wiederum ungefragt, ihre leeren Gläser durch volle ersetzte.

Die Suche nach gemeinsamen Leipziger Bekannten wurde immer ergiebiger, erfaßte bald den Pfarrer und den Küster der Friedenskirche sowie die Inhaber der verbliebenen Privatläden in den Straßen rund um die Schule. Dann stießen sie auf Petra, die seit letztem Jahr in München wohnte, und Thomas versuchte, aus dem Gedächtnis die Adresse zusammenzubringen. Auch bei anderen Namen erfuhr Thomas: »Die sind weggemacht in'n Westen.« Fräulein Hase war weg, seine ehemalige Klassenlehrerin, aber auch der Neulehrer Krause, den damals die »neue Zeit« im Schnellgang vom Bauarbeiter zum Pädagogen gemacht und der sie daher immer so glühend gelobt und gegen die Klassenfeinde verteidigt hatte. »Was der wohl in Westberlin als Fluchtgrund angegeben hat?« fragte sich Thomas.

Dann hatte das schwarzgelockte Mädchen eine Frage: »Ob die wohl in Genf was zustande bringen?«

»Ich glaub's nicht«, antwortete Thomas.

»Was ist'n da los?« wollte Jürgen wissen, und Thomas erklärte ihm, daß am Montag die Genfer Vier-Mächte-Konferenz über Deutschland beginne, mit Eisenhower und Bulganin und Eden und dem Franzosen, dessen Namen ihm entfallen sei, aber ohne Deutschland, ohne Adenauer und ohne Ulbricht.

Die drei Mädchen meinten, ihre Eltern hätten nicht mehr viel Hoffnung auf Wiedervereinigung, und Thomas riet ihnen, in den Westen abzuhauen, solange es noch möglich sei. Jürgen fand das Gerede über Politik langweilig, aber das blonde Mädchen widersprach ihm: »Du hast ja ooch nischt damit zu tun.«

Als sie sich endlich von den blanken Holzbänken erhoben, hatte Thomas Watte in den Knien und einen Kreisel im Kopf. Den anderen schien es ähnlich zu gehen, und das Mädchen mit dem rötlichen Pferdeschwanz griff nach seinem Arm. »Mir isses so gomisch, ich muß mich ä bißchen festhaldn.«

Thomas empfand das als äußerst angenehm. Er versuchte, geraden Kurs zu halten, und war sehr froh, daß sie ihre Fahrräder im Hof der Herberge zurückgelassen hatten.

»Wie heißt'n du eigentlich?« fragte er.

»Sybille.«

»Schöner Name«, schmeichelte Thomas, »paßt prima zu dir.«

Dann spürte er plötzlich ein Wühlen in seinem Bauch und schlug einen schnelleren Schritt an, dem Sybille mühsam folgte.

Beim Abendbrot in der Jugendherberge saßen die fünf wieder beisammen und rätselten über das Stöffchen von heute nachmittag, das anfangs so erfrischend, später so benebelnd und schließlich so beschleunigend gewirkt hatte.

»Wo machd'n ihr eichndlich hin?« fragte das schwarzhaarige Mädchen.

»Wir wollen über Heidelberg nach Baden-Baden«, sagte Thomas.

»Schade«, meinte Sybille mit einem Seitenblick, der Thomas tief erwärmte.

»Aber wir können auch über München fahren«, sagte Thomas schnell und erstickte Jürgens Einwendung mit einem eindringlichen Blick.

»Das wär scheen«, fand Sybille.

Nach dem Abendbrot gingen sie alle hinaus an den Main, saßen in der lauen Luft und sahen Schiffe flußauf stampfen und flußab gleiten. Thomas saß neben Sybille, fühlte sich wie ein Schneekönig und dachte: Wenn bloß der Dialekt nicht wäre.

Am nächsten Tag erwies sich, daß Jürgen unrecht hatte mit der Befürchtung, man habe sich drei »lahme Enten« auf den Hals geladen. Sybille und ihre Freundinnen, die schwarze Gudrun und die blonde Gerhild, fuhren wacker mit auf ihren Rädern ohne Gangschaltung. Das Tagesziel Miltenberg, knapp siebzig Kilometer mainaufwärts, war am frühen Nachmittag erreicht. Einen Tag später, in Bad Mergentheim, konnte Thomas achtzig Kilometer in sein Buch eintragen. Mittwochs bummelten sie dann bloß bis Rothenburg ob der Tauber, das sie genauer ansehen wollten. Sie wanderten rings auf der Stadtmauer, und wo steile Stufen waren, nahm Thomas Sybilles Hand und hielt sie möglichst auch noch fest, wenn es wieder flach weiterging. Gudrun und Gerhild machten neckische Bemerkungen darüber und nahmen Jürgen in ihre Mitte, um sich ebenfalls an der Hand führen zu lassen.

»Welche würde dir denn besser gefallen?« fragte Jürgen, als er mal mit Thomas allein war.

»Nimm sie doch beide«, riet ihm Thomas, »ist doch bloß bis München.«

Dort kamen sie am Samstagmittag an, nach vierhundert gemeinsam zurückgelegten Kilometern, wie Thomas' Buchführung zeigte. Sie belegten ihre Betten in der Jugendherberge und fuhren sofort wieder los. Thomas, der als einziger schon in München gewesen war, übernahm die Führung und vor lauter Begeisterung auch die Finanzierung. Er lud alle ein in den Tierpark Hellabrunn und später zu einer Runde Weißwürscht im »Donisl«, wobei er vormachte, wie man die Würste original bayerisch zutzelte. Sybille fand, die Bockwürste in Leipzig seien ein Dreck dagegen. Für den Sonntagmorgen nahm sich Thomas weniger kostspielige Programmpunkte vor: Besichtigung der Frauenkirche sowie der Theresienwiese, auf der das Oktoberfest immer gerade bevorstand, aber nie stattfand, wenn er kam. Dann fuhren sie zu Petra, deren Anschrift ihm doch noch eingefallen war, aber Petras Mutter bedauerte, ihre Tochter sei über die Ferien bei einem Onkel an der Nordsee. Seinen alten Freund Micky wollte Thomas lieber erst nach der Abreise der Mädchen aufsuchen, denn er hatte sich geschworen, nie mehr ein geliebtes Wesen mit einem alten Freund zusammenzubringen. So lotste er seine Gruppe zum Deutschen Museum, löste fünf Karten und steuerte ortskundig die Autoabteilung an. Später saßen sie im dunklen Planetarium, und während das Kreuz des Südens erklärt wurde, suchte Thomas Sybilles Hand und freute sich, wie fest sie den Druck der seinen erwiderte. Abends, als er ihr in der Jugendherberge gute Nacht sagte, nahm sie ihn bei den Ohren und gab ihm einen schnellen Kuß. Thomas lag lange wach, ärgerte sich über die miesen Witze, die durch den Schlafsaal schwirrten, und schaute noch zur dunklen Decke, als alles verstummt war.

Beim Frühstück erzählte ein Junge aus Salzburg, er fahre in zwei Tagesetappen nach Hause, um am Mittwoch dabeizusein, wenn Österreich seine Freiheit feiere. Er wolle auf keinen Fall versäumen, wenn unter dem Läuten aller Glokken die Fahnen der Besatzungsmächte eingeholt würden, die Teilung und die Unfreiheit ein Ende hätten.

»Wollen wir uns das nicht angucken?« fragte Thomas.

Die Mädchen schüttelten die Köpfe und erklärten, daß sie spätestens morgen den Rückweg nach Leipzig antreten müßten. Außerdem, meinte Gudrun, würde sie die Freude der Österreicher nur neidisch machen.

Die fünf machten sich noch einen schönen Münchner Tag, und bei Coca-Cola am Chinesischen Turm nahm Jürgen Thomas beiseite. »Sag mal, sollen wir die drei bis zur Grenze bringen?«

»Wie kommst du denn darauf?«

»Naja, weißt du, die Gudrun ...«

»Ich wäre sowieso mitgefahren«, sagte Thomas.

Die Mädchen freuten sich über das Geleit.Man fuhr zügig nach Norden, machte nur in Nürnberg einen ganzen Tag Pause, weil es so viel zu sehen gab. In Bayreuth erinnerte Thomas daran, daß Richard Wagner ebenfalls aus Leipzig stammte. Am nächsten Tag, auf den letzten siebzig Kilometern bis zur Grenze, wurden alle immer schweigsamer. Schließlich standen sie vor dem Schild, das zwischen Töpen und Juchhöh die Grenze markierte, hatten ihre Fahrräder an den Pfahl gelehnt, zwei links und drei rechts, und fanden keine Worte. Thomas kam in den Sinn, was er kürzlich mal im Atlas nachgesehen hatte: Die Bundesstraße 2, von Mittenwald und München kommend, hörte hier auf, so zu heißen. Dort hinter dem Stacheldraht nannte sie sich »Fernstraße 2« und führte nach Leipzig und noch weiter. Zwischen Potsdam und dem Brandenburger Tor wurde sie nochmal westlich, ehe sie sich aufmachte in Richtung Ostsee. Die erreichte sie aber nicht mehr, weil kurz vor Stettin noch eine Grenze war seit zehn Jahren.

Autos und Lastzüge fuhren vorüber mit westdeutschen und manchmal auch ostdeutschen Nummernschildern, ein paar Österreicher und Italiener dazwischen. Auch zwei Radwanderer kamen vorbei und riefen: »Servus! Freundschaft!«

Schließlich gab sich Sybille einen Ruck und Thomas einen Kuß. Gudrun tat das gleiche mit Jürgen, und Thomas ging auf Gerhild zu. Dann lagen sich nacheinander alle fünf in den Armen, küßten sich und sagten nichts. Die Mädchen fuhren davon, ohne sich umzuschauen, und die beiden Jungen sahen ihnen nach, ohne zu winken.

»Scheiße«, sagte schließlich Jürgen, und er hatte in jedem Auge eine Träne.

»Da kannste mal sehen«, würgte Thomas hervor.

»Was?«

»Da kannste mal sehen, wie das mit der Politik ist«, sagte Thomas, »weil du doch noch in Frankfurt gesagt hast, wir sollen nicht drüber reden, das wäre langweilig.«

Sie fuhren die Bundesstraße 2 zurück bis Hof und kauften sich trockene Brötchen, kalten Leberkäse und Coca-Cola.

»Ich hab kaum noch Moos«, stellte Thomas fest.

»Ich auch nicht«, bestätigte Jürgen. »Die drei haben uns ganz schön gekostet.«

»Hat sich aber unbedingt gelohnt«, sagte Thomas, und Jürgen nickte heftig.

Sie berieten, was zu tun sei. Hof lag weit ab vom Schuß, Hannover war mit dem restlichen Geld nicht zu erreichen.

Beide Mütter waren in den Urlaub gefahren, Jürgens sogar hinauf nach Langeoog, so daß man sie nicht telefonisch oder telegrafisch bitten konnte, rasch ein paar Mark an ein Postamt oder eine Jugendherberge am Wege zu überweisen.

»Dann schnappen wir uns eben einen Lastzug nach Garmisch«, schlug Thomas vor, »und suchen meine Mutter.«

Es wurde später Nachmittag, bis sie einen Fernfahrer hatten, der zwei Jungen mit bepackten Rädern mitnehmen mochte bis München, wo sie in der Nacht ankamen. Sie hatten keine Ruhe, auf den Morgen zu warten, sondern nahmen die hundert Kilometer nach Garmisch in Angriff. Über dem Starnberger See ging die Sonne auf, und bei Murnau stand sie brennend am Himmel, so daß die beiden zu einem Bad im Staffelsee abbogen. Zur Kaffeezeit fuhren sie durch Garmisch hindurch nach Grainau unter der Zugspitze.

»Wo ist nun deine Mutter?« fragte Jürgen.

»In Grainau, mehr weiß ich auch nicht.«

Sie fuhren eine Weile ziellos kreuz und quer, ehe sie begannen, mit System bei allen Pensionen zu klingeln. Ungefähr bei der dreiundvierzigsten waren sie am Ziel.

»Thomas, du hier?« rief die Mutter, »ich denke, du bist in Baden-Baden.«

»Kleinen Umweg gemacht«, antwortete er, »wo hast du denn die Oma?«

Die Oma hatte sich nicht verändert in den zwei Jahren. Sie trug ihr Grauseidenes mit den weißen Tupfen und der Silberbrosche, schaute über ihre randlose Brille und zog Thomas an ihren großen Busen. »Junge, daß ich dich doch noch sehe! Bist du wegen deiner Oma gekommen?«

»Logisch« log Thomas und sah Jürgen feixen.

Dann gab es Kaffee und Kuchen, und die Jungen erzählten ihre Geschichte seit Frankfurt, zunächst ohne über Geld zu reden.

»Ich habe den Eindruck«, sagte die Mutter, »euch beiden hat's ein bißchen den Kopf verdreht.«

»Naja«, wand sich Thomas und wurde ein wenig rot, »die waren schon nett, was, Jürgen?«

»Das ist eine schwierige Sache«, erklärte die Mutter, »denn zwischen euch in Hannover und denen in Leipzig sind nicht nur zweihundertfünfzig Kilometer, sondern auch noch diese dämliche Grenze.«

»Aber ich kann doch ab und zu die Oma besuchen, und der Jürgen kommt einfach mit.«

»Vielleicht nächstes Jahr«, versprach die Mutter, »wenn die Oma bis dahin nicht zu uns gezogen ist.«

Die Oma meinte, das werde nicht geschehen, denn alte Bäume ließen sich nicht mehr verpflanzen. An ihrem Sohn Wolfgang sehe man ja, daß selbst jüngere Bäume nicht so leicht neue Wurzeln schlügen. Die Oma hatte ihn in Hannover getroffen, ehe sie mit der Mutter nach Garmisch gefahren war, und sie meinte, es würde sie nicht einmal wundern, wenn Wolfgang eines Tages zurückkehre nach Leipzig.

»Red ihm das bloß nicht ein«, sagte die Mutter ärgerlich, »er tut sich schon schwer genug mit dem Leben im Westen.«

»Ach, es ist ja auch ein Kreuz mit dieser Teilung«, seufzte die Oma, »das siehst du ja schon an diesen Kindern mit ihren kleinen Freundinnen in Leipzig. Manchmal bin ich froh, daß ich schon so alt bin und für mich nichts mehr hoffen muß. Ich hoffe nur für euch, daß alles noch mal besser wird.«

Thomas fand, daß die Oma mit großem Verständnis gesprochen habe, und deswegen verzieh er ihr auch, daß sie ihn und seinen Freund Jürgen als Kinder bezeichnet hatte.

Sie blieben drei Tage in Grainau, sprachen viel von Leipzig, badeten im Eibsee und wanderten in der Höllentalklamm. Am letzten Abend rückte Thomas mit der Geldfrage heraus, erntete erst Verwunderung, dann Heiterkeit und Verständnis, schließlich Geld. Er versprach der Oma beim Abschied, sie bald zu besuchen, und sie sagte: »Jaja, deine Sybille willst du besuchen.«

Thomas und Jürgen brauchten dreizehn Tage bis Hannover. Das Fahrtenbüchlein wies am Ende 2198 Kilometer aus, ohne Stadtfahrten und Umwege wohlgemerkt und auch ohne die Fahrt mit dem Lastzug. Die Strecke von Frankfurt über München und Nürnberg bis an die Grenze hatte Thomas rot angestrichen.

43

»Mann, ist das alles blöd«, stöhnte Thomas in der großen Pause des ersten Schultags.

»Endlos blöd«, bestätigte Jürgen, »nicht zum Aushalten.«

Es waren harte Schläge. Nach fünf Wochen Freiheit der Landstraße nun die Schulglocke und »Guten Morgen, Herr Lüttich!«, nach der Zugspitze in natura nun die Karpaten aus dem Erdkundebuch, nach dem Planetarium mit Sybille nun Planeten aus Dierkes Schulatlas, nach Weißwürscht mit Damen nun Pausenbrot mit Kakao.

»In Leipzig«, sagte Jürgen, »hat auch die Schule wieder angefangen.«

»Hast du schon geschrieben?« fragte Thomas.

»Nee, dreimal angefangen und jedesmal zerrissen.«

»Ich auch, viermal sogar«, gestand Thomas, »aber was sollste auch bloß schreiben? Ich komme bald. Oder: Besuch mich doch mal. Oder: Wie geht's bei den Jungen Pionieren? Oder: Gab's diese Woche mal Möhren im Konsum? Was schreibste bloß?«

»Und was machen wir«, fragte Jürgen, »wenn wir 'n Aufsatz schreiben müssen ›Mein schönstes Ferienerlebnis‹?«

»Das müssen wir doch nicht jedes Jahr«, erwiderte Thomas, »und wenn, dann schreiben wir übers Goethehaus in Frankfurt, das bringt schon mal von vornherein 'ne bessere Note.«

Nach der Pause wurde in der Aula eine Feier für Thomas

Mann abgehalten, der am Wochenende gestorben war, und zwei Oberprimaner lasen mit Nachdruck lange Sätze vom Blatt.

»Jetzt müssen wir bestimmt von dem was lesen«, flüsterte Jürgen besorgt, »hoffentlich hat der nicht so dicke Schinken geschrieben.«

Zur Religionsstunde erschien unerwartet Herr Lüttich und brachte einen weißhaarigen und distinguiert blickenden Herrn mit. »Ich stelle euch Herrn Pfarrer Kunze vor, der künftig euer Seelenheil verwaltet«, sagte Herr Lüttich mit Blinzelfältchen um die Augen. »Er stammt von drüben und ist erst seit kurzem im Westen. In dem Gebiet, das wir SBZ nennen, gibt es zwar eine neue Regierung, die sich auch ein neues Volk schaffen will, aber immer noch den alten Gott, so daß euch Pfarrer Kunze schon richtig unterweisen wird.«

Die Klasse, die Herrn Lüttichs milde Sarkasmen verstand und schätzte, kicherte verhalten, indes Pfarrer Kunze zitronensüß lächelte.

»Nun, liebe junge Freunde«, sagte er, als der Klassenlehrer gegangen war, »laßt uns den Segen des Herrn für diese gemeinsame Stunde erbitten.«

Die Schüler schauten sich verwundert an, murmelten halblaut Protest, und Thomas fragte unvorsichtig laut: »Was ist denn nun kaputt?«

Der Pfarrer machte den Vorlauten aus und verlangte eine Erläuterung.

»Ich meine«, sagte Thomas gedehnt, indem er sich vom Stuhl hochzwängte, »daß es bei Ihrem Vorgänger immer gleich losging mit Abfragen und Aufsagen. Gebetet haben wir eigentlich nie.«

»Soso«, machte Pfarrer Kunze obenhin, forderte mit einer ungeduldigen Handbewegung die Klasse zum Aufstehen auf und sprach, als alle standen, mit gesenktem Haupt, aber wachsamem Blick über die Brillenränder, ein kurzes Gebet. Sodann ließ er sich berichten, was denn »der liebe Herr Vorgänger« als letzten Wissensstoff vermittelt habe, und fragte, wer noch nicht konfirmiert sei und warum. Die

Antworten befriedigten ihn nicht, und als einer unverholen zugab: »Keine Lust!», da hob der Pfarrer an zu einem eindringlichen Vortrag über Christenpflicht in einer verderbten Welt. Die Ausführungen nahmen geraume Zeit in Anspruch und gipfelten in der Forderung: «Nicht treibenlassen macht uns stark, meine lieben jungen Freunde, sondern gegen den Strom schwimmen. Nicht den Menschen nach dem Munde reden bringt innere Kraft und Würde, sondern mit Gottes Wort im Herzen den Lauen im Lande widersprechen!«

Der Pfarrer unterstrich seine Forderungen mit heftigen Gebärden bis hin zu Schwimmzügen, die von einigen Schülern, hinter dem Rücken des Vordermannes, nachgeäfft wurden.

Da ritt Thomas ein Teufelchen, und er nahm den Pfarrer beim Wort: »Wenn man gegen den Strom schwimmen soll, muß dann ein Pfarrer nicht drüben bleiben bei seiner Gemeinde?«

Es entstand eine Stille, in der Thomas über seine eigenen Worte erschrak. Der Pfarrer nahm die Brille ab und setzte sie wieder auf, wobei weitere Sekunden verstrichen. Dann fragte er: »Ist das eine Frage, über die sich ein Schüler der achten Klasse der Leibnizschule in Hannover ein reifes Urteil erlauben kann?«

»Ich bin auch von drüben«, sagte Thomas trotzig.

»Soso. Und warum seid ihr gegangen? Hat's euch nicht mehr so recht gefallen? Die Versorgungslage, nicht wahr? Schlechte Kartoffeln und keine Apfelsinen. Da habt ihr dann alles stehen- und liegenlassen, nicht wahr? Aber der Pfarrer, meint ihr, der muß bleiben, bis man ihn verhaftet.«

»Naja, wenn das so war«, steckte Thomas rasch und erleichtert zurück. Die Wogen im Wasserglas waren damit geglättet, aber der Ärger über den vorlauten Burschen ließ den Pfarrer noch ein Steinchen hinterherwerfen. »Ich dachte, im Westen wird man als Pfarrer endlich mal in Ruhe gelassen. Aber wahrscheinlich hast du zuviel bei den Jungen Pionieren verkehrt.«

Ehe Thomas recht begriffen hatte, läutete es zur Pause, aber dann begann er zu schäumen. »Was bildet der sich denn ein? Läßt einfach seine Schafe im Stich, wo sich ein richtiger Hirte eher zerreißen läßt. Und hier macht er große Sprüche, dieser Himmelskomiker, und beschimpft einen ehrlichen Christen als Kommunisten!«

»Das hat er nicht gesagt«, wiegelte Jürgen ab, »und außerdem: Du ein ehrlicher Christ? Da kichern ja die Kühe im Stall zu Bethlehem.«

Thomas ließ sich aber seinen Zorn nicht nehmen und teilte noch am selben Tag Herrn Lüttich mit, er werde nicht mehr am Religionsunterricht teilnehmen, denn der sei ja ab vierzehn ohnehin freiwillig.

»Überleg's dir gut«, riet der Klassenlehrer, »du machst dir vielleicht manches unnötig schwer mit deinem Brausekopf. Wir leben in einem christlichen Land, da werden die Gottlosen scheel angesehen von den Scheelen, die nicht gottlos sind, verstehst du?«

»Nein, aber trotzdem«, beharrte Thomas, dem die Empörung Argumente ersetzen mußte, bis ihm gerade noch dies einfiel. »Gehen Sie überhaupt in die Kirche?«

»Nein«, lachte Herr Lüttich, »nicht mehr seit meiner Konfirmation.«

Er erinnerte Thomas daran, daß seine Mutter den Austritt noch schriftlich billigen müsse.

Der Zwischenfall, im pennälerhaften Übermut provoziert und vom Pfarrer im Ärger forciert, führte dazu, daß Thomas ein anderes Verhältnis zur Schule gewann. Bisher hatte er sie meistens murrend ertragen, manchmal sogar gemocht, sich jedenfalls als ein Teil von ihr begriffen. Jetzt hatte sie ihn in der Person des Religionslehrers beleidigt, ihn, den Flüchtling, sozusagen einen Kommunisten geheißen, was trotz Grundgesetz und Toleranz und allem zu den schlimmsten Schimpfwörtern gehörte. Und Thomas hatte sich gewehrt und durchgesetzt, sich nicht von Lüttich überreden lassen, sondern Herrn Kunze gekündigt. Eine Grenze war sichtbar geworden, an der die Macht der Penne haltzumachen hatte, und Thomas nahm sich vor, auf Übertretungen sorgfältig zu achten.

»Die wollen dir doch nicht ans Leder«, beschwor ihn die Mutter, »die wollen doch nur dein Bestes.«

»Die? Die sollen bloß nicht glauben, wer sie sind!«

Die Woche darauf ging es ins Schullandheim im Deister. Vormittags war Unterricht, nachmittags wurde manchmal gewandert, abends gab es den einen oder anderen belehrenden Schmalfilm; ansonsten ließ Herr Lüttich seinen Jungen Leine. Sie spielten Skat hinterm Haus und pafften dabei. Sie streunten durch die Wälder und schreckten Liebespärchen auf. Sie wetteten, wer auf elektrische Weidezäune pinkele, und für jeden Schlag gab es zehn Pfennig. Nachts stiegen sie über den Balkon ab und klopften im Dorf an die Fenster der Mädchen, aber wenn schon mal eines öffnete, wollte es ausgerechnet keine Nachtwanderung mitmachen. »Maanste, ich waaß nich, was du vorhast, du klaaner pickliger Pöks?«

»Dann blaab doch in daaner s-tinkigen Koje, du s-pilleriges Huhn!« entgegnete es mundartlich aus dem Dunkel.

»Geh s-tiften, du Waahnachtsmann!«

Als letzte Antwort aus dem Dunkel schepperte eine Scheibe.

Am Sonntag wollten einige ausbrechen nach Hannover, um nicht das Motorradrennen in der Eilenriede zu versäumen. Sie wollten vor allem Inge Stoll sehen, die als »Schmiermaxe« im Seitenwagen fuhr. Und ganz allgemein wollten sie natürlich Stürze sehen, schöne Stürze, nicht so schlimme wie kürzlich beim Autorennen in Le Mans, wo ein wirbelnder Mercedes über achtzig Zuschauer erschlagen hatte. Herr Lüttich bekam aber Wind von dem Ausbruchsplan und setzte eine Wanderung an.

Nach zwei Wochen, im Bus zurück nach Hannover, prophezeite Herr Lüttich mit Blinzelfältchen um die Augen: »Jetzt haben wir unsere Klassengemeinschaft so gefestigt, daß mittags keiner mehr nach Hause will, weil er sich dort einsam fühlt.«

»Dann machen wir 'ne Ganztagsschule«, schlug einer vor.

»Und abends stellen wir Feldbetten auf«, ergänzte der Klassenlehrer.

Mit Lüttich im Landheim, dachte Thomas, läßt sich die Penne gerade noch ertragen, aber ab morgen?

Thomas wollte nicht mehr hin, er wollte einen Job und ein Moped und zu Sybille fahren. Aber er ging am nächsten Tag zur Schule.

44

Es war Samstag, Vertretertag im Büro. Die Aufträge der Woche wurden abgeliefert und begossen; Thomas kam erst spät zum Putzen.

Onkel Wolfgang blieb, wie meistens samstags, zum Abendbrot und Fernsehen. Er hatte, wieder einmal, nur wenige Aufträge mitgebracht.

»Ich war die ganze Woche auf Achse«, beteuerte er, »Helmstedt, Wolfsburg, Lüchow, Lauenburg. Aber es lief nicht gut.«

»Was dich bloß immer in diese Gegend zieht«, sagte die Mutter: »Zonenrandgebiet, da haben die Leute zu knappsen.«

»Ich denke, weil kein anderer hinfährt, muß da was zu verkaufen sein. Und in Wolfsburg ist VW, da sitzt doch Geld.«

»Geh lieber mal nach Norden«, riet ihm die Mutter, »Pinneberg, Elmshorn, Glückstadt, da stecken auf unserer Landkarte kaum rote Nadeln.«

»Ich glaube, die Leute brauchen unsere Automaten überhaupt nicht«, sagte Onkel Wolfgang müde. »Es gibt sowieso schon zu viele Sachen, die die Leute eigentlich nicht brauchen.«

»Mit der Einstellung kannst du natürlich keine Umsätze machen«, antwortete die Mutter kurz angebunden.

Daß sein Onkel nicht mehr recht bei der Sache war und manchmal nur drei Tage in der Woche auf Tour ging, wußte Thomas inzwischen, weil er dienstags mal etwas bei der Zimmerwirtin hatte abgeben sollen und die gemeint hatte: »Komm ruhig rein, er ist zu Hause.«

»Dieses Hausieren mit Automaten ist mir so zuwider«, hatte der Onkel ihm damals gestanden, »daß ich das nicht fünf Tage in der Woche ertrage. Aber sag deiner Mutti nichts davon!«

Da stand Thomas vor der Frage, wem gegenüber er lieber ein schlechtes Gewissen haben sollte. Da er das Gefühl hatte, der Mutter gehe es in letzter Zeit besser als ihrem Bruder, hatte Thomas ihr gegenüber geschwiegen.

Das Abendbrot war fast zu Ende, da kam Fritz Eisenmann. Er entschuldigte sich, er habe noch zwei Fernsehapparate aufstellen und anschließen müssen: »Die Leute wollen unbedingt heute abend den Millowitsch sehen.« Er habe überhaupt viel zu tun und müsse bald jemanden einstellen, erklärte Eisenmann, und dabei sah die Mutter ihren Bruder fragend an. Aber der schaute an ihr vorbei. Eisenmann schmierte sich zwei Brote und bat Thomas um ein handwarmes »Herrenhäuser«.

Um acht wurde der Fernsehapparat eingeschaltet. Thomas hätte zwar lieber das Ohnsorg-Theater gesehen, amüsierte sich aber auch leidlich über Millowitsch. Fritz Eisenmann lachte oft, die Mutter schmunzelte bisweilen, Onkel Wolfgang saß ziemlich zugeknöpft dabei. Beim »Wort zum Sonntag« schalteten sie nicht ab, hörten aber auch nicht hin.

»Na, wie gehen Ihre Geschäfte?« fragte Fritz Eisenmann gutgelaunt.

»Mittelmäßig wäre geprahlt«, antwortete Onkel Wolfgang.

»Das verstehe ich nicht. Die Leute kaufen doch heutzutage alles. Die verschulden sich doch lieber bis über die Ohren, als auf etwas zu verzichten, was andere schon haben.«

»Ja, das ist ja wohl auch der neue Lebensinhalt.«

»Nun mach mal die Leute nicht so mies«, sagte die Mutter, »die meisten haben doch lange genug verzichten müssen auf ein bißchen Wohlstand und ein paar Annehmlichkeiten. Da war doch zehn, fünfzehn Jahre oder länger nichts.«

»Das mußt *du* mir erklären, wie?« fragte Onkel Wolfgang ein bißchen ruppig.

»Jaja, ich weiß«, sagte die Mutter versöhnlich. »Deine letzten fünfzehn Jahre bestanden aus fünf Jahren Ostfront, fünf Jahren Gefangenschaft und fünf Jahren Ostzone. Aber gerade deswegen wünsche ich mir doch, daß du dir jetzt ein bißchen was gönnen kannst.«

»Ich gönne mir ja schon – zum Beispiel mit meinem noch nicht abbezahlten Gebrauchtwagen fröhliche Ausflüge durch diese schöne norddeutsche Landschaft, um mit den Menschen darüber zu plaudern, ob sie nicht so einen tollen Blechkasten vor ihren Laden hängen wollen.«

»Dein Sarkasmus geht mir manchmal wirklich auf die Nerven«, sagte die Mutter ärgerlich, »das war doch früher in Leipzig nicht so.«

»Doch, das war schon immer so«, widersprach Onkel Wolfgang. »Nur, damals in Leipzig warst du derselben Meinung wie ich, und hier bin ich nicht derselben Meinung wie du.«

»Wißt ihr, was der Adenauer immer sagt?« mischte sich Thomas ein: »Wem's hier nicht gefällt, der kann ja in die Ostzone gehen.«

»Ja, warum eigentlich nicht?« sagte Onkel Wolfgang.

Fritz Eisenmann hatte sich von Thomas das dritte »Herrenhäuser« bringen lassen und verkündete nun etwas Grundsätzliches: »Man spricht ja immer vom Wirtschaftswunder, und draußen – oder auch drüben – kommt es vielleicht vielen wie ein Wunder vor. Aber von drinnen betrachtet, ist das gar kein Wunder. Es ist nichts weiter als der Fleiß und die Arbeit von Millionen; dazu noch dasWagnis von Tausenden von Unternehmern jeder Größenordnung. Unser Wirtschaftssystem belohnt die Fleißigen und die Wagemutigen. Drüben, bei deren Planwirtschaft, können Sie soviel arbeiten, wie Sie wollen, es kommt immer dasselbe dabei heraus. Und wagen können Sie nichts, weil man Sie nicht läßt.«

»Ich kriege heute abend lauter wertvolle Informationen, die ich aber alle schon längst kenne«, erwiderte Onkel Wolfgang bissig.

»Na, dann kann ich ja gehen, ehe ich Sie noch mehr langweile«, sagte Fritz Eisenmann.

Obwohl die Mutter zu beschwichtigen suchte, trank Fritz in einem Zug sein Bier aus und verabschiedete sich mit der Bemerkung, er habe noch Buchführung zu erledigen. Morgen komme er wie verabredet.

»Prima hast du das gemacht!« schimpfte die Mutter, als sie von der Haustür zurückkam, »du gehst allen langsam auf den Wecker mit deiner Miesepetrigkeit. Da haben dir Manfred und ich einen Job verschafft, aus dem andere eine Goldgrube machen würden, und du meinst, die Leute brauchen überhaupt keine Automaten. Glaubst du, ich stehe jeden Morgen begeistert auf, um nach nebenan ins Büro zu gehen und mit bummligen Monteuren und verärgerten Kunden zu telefonieren?«

»Du tust ja, als sei ich ein arbeitsscheuer Streuner«, sagte Onkel Wolfgang. »Ich komme hier nicht zurecht, verstehst du? Ich komme hier einfach nicht zurecht!!«

Es entstand eine Pause, während der Thomas überlegte, wie es mit ihm selbst stand: Wollte er morgens nur länger schlafen, oder kam er mit der Schule nicht mehr zurecht?

»Du brauchst eine neue Freundin«, sagte schließlich die Mutter betont fröhlich zu Onkel Wolfgang, »dir spukt immer noch deine untreue Eva im Kopf herum.«

»Jaja, so einfach ist das: Ich geh Samstag abends nur zum Schwof, und alles ist in Butter.«

»Was heißt hier in Butter?« gab die Mutter ungehalten zurück. »Für mich ist auch noch lange nicht alles in Butter. Aber immerhin schon in Margarine, wenn ich es mit Leipzig vergleiche. Mit deiner Einstellung bleibt man natürlich immer bei Brotaufstrich.«

»Ich glaube, so 'ne Mieze hilft da nicht viel«, bemerkte Thomas, der sich auf diesem Gebiet inzwischen einige Erfahrung zugute hielt; er fühlte sich selbst in einer zwiespältigen Lage. Er war glücklich beim Gedanken an die ferne Geliebte, die ihm inzwischen einen Brief geschrieben hatte. Ein bißchen belanglos war der Brief zwar gewesen, aber Thomas hatte rasch in Rechnung gestellt, daß man ja von drüben nicht alles schreiben konnte, und hatte sich um so mehr an der Tatsache erwärmt, daß Sybille unter ihren Namenszug einen roten Kußmund gemalt hatte. So trug er sie denn in seinem Herzen und streifte andere Mädchen mit Blicken, die sagten: Ihr könnt mich mal! Manchmal plagte ihn allerdings die Vorstellung, Sybille ziehe mit irgendeinem Leipziger Lümmel durchs Rosental oder sitze mit ihm im dunklen Vorstadtkino, vielleicht im »Gohliser Lichtspiel-Palast«, den er so gut kannte. Diese Gedanken peinigten ihn manchmal recht hartnäckig, und einmal war Thomas drauf und dran gewesen, in dieser verzwickten Herzensangelegenheit einen Brief an die »HÖRZU« zu schreiben: »Fragen Sie Frau Irene«. Bisweilen dachte er durchaus dran, sich wieder eine Freundin vor Ort zuzulegen, sozusagen eine zum Anfassen und nicht nur zum Drandenken; aber dann blieb er doch lieber treu, mied die mühsame Pirsch und sparte obendrein Geld, denn Sybille hatte ihn seit den Ferien nur ein Päckchen mit Schokolade und ein preiswertes Kettchen samt Anhänger gekostet.

»Wahrscheinlich ist es ganz einfach«, nahm Onkel Wolfgang das Gespräch wieder auf: »Ich passe einfach nicht hierher, ich war in Leipzig besser aufgehoben.«

»Hast du ein schlechtes Gewissen gegenüber der Oma?« fragte die Mutter, »ich meine, weil du sie allein drüben gelassen hast?«

»Nein, das haben wir ja alle, du und Manfred und ich, und sie hätte ja auch mitkommen oder nach ihrem Besuch im Sommer hierbleiben können. Das ist es alles nicht. Ich will versuchen, es dir zu erklären, aber ich fürchte, du verstehst es nicht, keiner versteht es.«

»Da bin ich aber gespannt«, sagte die Mutter ein wenig ungeduldig, und Thomas richtete sich auf, damit ihm nichts entginge.

»Daß ich hier auf dem falschen Dampfer gelandet bin«, begann Onkel Wolfgang zögernd, »das merke ich immer an scheinbaren Nebensächlichkeiten. Etwa wenn ich eine Zeitung aufschlage, zum Beispiel die Bild-Zeitung. Da soll ich mich dafür interessieren, daß Herr Curd Jürgens Frau Eva Bartok geehelicht hat und wie und warum. Oder daß eine fünfzehnjährige Göre, zufällig als Prinzessin von Fürstenberg geboren, einem anderen Blaublütigen angetraut wurde und daß deswegen ganz Venedig einen Tag lang kopfgestanden hat.«

»Ich finde das auch zu früh«, warf Thomas ein, »die ist ja erst so alt wie ich.«

»Halt mal den Mund, ich meine nämlich was anderes«, entgegnete Onkel Wolfgang ungeduldig. »Ich habe da zum Beispiel festgestellt, daß die Zeitungen solche und andere Geschichten ganz unterschiedlich werten. Daß etwa der Erfinder des Penicillins gestorben ist, das hat die ›Allgemeine‹ bloß mit sechs Zeilen gemeldet. Wißt ihr, was es für uns im Feldlazarett bedeutete, Penicilin zu haben oder keins? Also: sechs Zeilen. Ein offensichtlich beschränkter Toto-Gewinner dagegen, der seine siebenhunderttausendundeinpaar Mark sinnlos verpulvert hat, so daß man ihn entmündigen mußte, der beschäftigt die Zeitung schon erheblich mehr.«

»Ja, das war der Mecki«, unterbrach Thomas, »der hat alles verschenkt. Dem hätte ich am liebsten geschrieben, daß ich auch was brauche.«

»Unterbrich mich doch nicht schon wieder«, sagte Onkel Wolfgang und fuhr fort: »Daß das neue ›Sunil‹ das strahlendste Weiß meines Lebens zu erzeugen imstande ist, das wird schon auf einer *ganzen* Seite verkündet. Und nun noch der Welterfolg der Hildegard Knef, gegen die ich ja nichts habe, darüber schreibt ein Oswalt Kolle in der ›Allgemeinen‹ eine ganze Serie, toll was? Ich frage also: Was ist den Leuten hier wirklich wichtig?«

»Du brauchst es ja nicht zu lesen«, antwortete die Mutter.

»Das ist 'ne Antwort! Die Frage erledigt sich aber doch nicht damit, daß man die Zeitung nicht liest. Das steht doch nur da drin weil es die Leute in dieser Reihenfolge interessieren soll: die Knef, das neue ›Sunil‹ der Toto-Spinner, und dann der Erfinder des Penicillins mit nur sechs Zeilen. Das will mir nicht ins Hirn.«

»Aber das ist doch besser als drüben, wo die Partei jede Zeile vorschreibt«, hielt ihm die Mutter entgegen.

»Drüben, drüben! Ich will ja gar nicht vergleichen, ich will dir nur erklären, was mir *hier* mißfällt. Aber wenn wir schon vergleichen: Drüben gibt's nicht solchen Quatsch wie Toto oder dieses Lotto, das jetzt hier eingeführt wird. Drüben kommt man nicht anders an Geld als durch Arbeit. Hier verkauft man den Leuten irgendwas, ob sie's brauchen oder nicht, und das bringt allemal mehr als echte Arbeit.«

»Ach, hör doch auf, so reden doch nur Leute, die keine Ideen und keine Initiative haben«, sagte die Mutter ärgerlich. Und dann sah sie ihrem Bruder direkt in die Augen: »Sag mal, wollen wir nicht eines Tages mal zusammen irgendwas versuchen? Einen kleinen Laden, vielleicht für Geschenkartikel? Ich will was unternehmen, ich will nicht nur auf der Stelle treten.«

»Mach du erst mal den Führerschein«, riet Thomas vorlaut, »damit wir das Auto kriegen, das uns dein Chef versprochen hat.«

Die Mutter überging den Einwurf und redete weiter auf Onkel Wolfgang ein: »Sieh dir an, wie Fritz arbeitet und wie er vorankommt. Soll ich ihn nicht mal fragen, ob er dich brauchen kann?«

»Ausgerechnet, nachdem ich ihn heute abend vergrault habe. Nein. Außerdem geht es mir um etwas ganz anderes. Mich stört diese Mentalität hier, dieses haben, haben, haben! Alles ist erlaubt, wenn es was einbringt. Jeder Zweck heiligt die Geldmittel, wenn sie sich nur doppelt und dreifach auszahlen. Zum Beispiel gab's da vor einem Jahr diese Autobahngangster: Angst auf den Straßen, Hysterie im Land, ein paar unschuldige Opfer. Und jetzt ist schon der Film darüber in den Kinos. Hat der Film eigentlich Sinn, außer dem Nervenkitzel? Hat jemand von dem Film einen Gewinn, außer dem Produzenten?«

»Der Film ist toff«, sagte Thomas, »vor allem, wie der Fernfahrer das Auto von den Gangstern einfach ...«

»Halt doch mal die Klappe! Ich will sagen, das Kino wird immer lauter, bunter, sensationslüsterner und breiter. Cinerama, das reicht schon nicht mehr, jetzt muß es Todd-AO sein. Und dabei werden die Streifen immer dümmer. Wenn so eine Räuberpistole Geld bringt, dann macht es auch nichts, daß ein paar Kinder die Sache in den falschen Hals kriegen und sie nachmachen. Wir haben in Hannover schon Einbrecherbanden von Vierzehnjährigen. Die schlagen auch mal einen alten Opa tot, der zur Unzeit in seinen Keller geht. Und die Folge? Das gibt wieder einen tollen neuen Filmstoff.«

Die Mutter war beim Zuhören immer mürrischer geworden und sagte jetzt ziemlich heftig: »Was soll ich nun anfangen mit deinem flammenden Plädoyer gegen unsere Zivilisation? Soll ich dir sagen, was mir hier nicht paßt und warum ich trotzdem lieber hier lebe als anderswo? Wenn es dir hier so gar nicht gefällt, dann versuch's doch mal im afrikanischen Busch! Oder wieder in Leipzig.«

Thomas wußte wieder einmal nicht, wem er recht geben solle. Ihm war nie der Gedanke gekommen, daß dieser

Westen so voller Makel war. Aber was der Onkel sagte, klang andererseits auch wieder irgendwie einleuchtend. Bis auf die Sache mit dem Autobahngangster-Film und mit der fünfzehnjährigen Prinzessin, die ihm beide gut gefielen. Thomas erinnerte sich, wie der Onkel seinerzeit die unzähligen Widrigkeiten des Lebens in Leipzig mit einer guten Portion Humor und Gelassenheit bewältigt hatte. Und nun im Westen, wo doch alles leichter war, warf er nach nicht einmal einem halben Jahr das Handtuch: Ich komme hier nicht zurecht. Wenn er wenigstens schlagende Argumente dafür gehabt hätte.

Onkel Wolfgang fing noch einmal an: »Ich war doch kürzlich in Friedland.«

»Da hättest du nicht hingehen sollen, in deiner augenblicklichen Verfassung«, sagte die Mutter.

Thomas wußte: Im Lager Friedland waren eines Sonntags die ersten jener zehntausend restlichen Kriegsgefangenen angekommen, deren Freilassung Adenauer bei seinem Besuch in Moskau erwirkt hatte. Die Begrüßungsfeier war im Radio übertragen worden, mit einer Ansprache von Heuss und einer kurzen Rede eines Sprechers der Heimkehrer und dem Deutschlandlied zum Schluß. Die Zeitungen brachten seither fast täglich Meldungen über weitere Transporte und seitenlange Listen mit den Namen der Heimkehrer.

»Da ist mir durch den Kopf gegangen«, fuhr Onkel Wolfgang fort, »was diese Kameraden sagen werden, wenn sie, nach alldem, was sie mitgemacht haben, hören: Nächsten Monat werden die ersten Freiwilligen für die neue Armee verpflichtet. Ob die das überhaupt kapieren?«

»Drüben gibt's schon die ersten Soldaten«, sagte die Mutter, »die heißen bloß noch nicht so, die nennen sich noch ›Kasernierte Volkspolizei‹.«

»Drüben, drüben! Da müssen sie alles mögliche tun, weil Moskau es so will. Aber hier, hier machen sie's doch freiwillig. Hier richten sie sich doch ihr Land so ein, wie sie's haben wollen. Mit Soldaten und Klatschzeitungen und Gangsterfilmen und Kinderbanden und haben, haben, haben. Freiwillig!«

»So freiwillig ist das auch alles nicht«, meinte die Mutter, »jedenfalls nicht das mit den Soldaten.«

Die Erwachsenen schwiegen.

»Wenn du wirklich wieder nach Leipzig gehst«, sagte Thomas schließlich, »dann kannst du was für Sybille mitnehmen. Ich habe ihr nämlich die ganzen ›Mecki‹-Geschichten aus der ›HÖRZU‹ ausgeschnitten, und die darf man doch nicht schicken.«

»Ach so, und du meinst, mitnehmen darf man sie?«

»Nee, richtig, geht ja nicht. War 'n Denkfehler.«

»Denkst du im Ernst daran zurückzugehen?« fragte die Mutter.

Onkel Wolfgang zog die Schultern wie fragend hoch.

»Also ich, ich würde dann schon lieber zur See gehen wie Joe«, sagte Thomas.

45

Die Klassenfahrt nach Wolfsburg litt unter novemberlichem Nieselregen. Die flache Landschaft um Lehrte und Peine ertrank im Nebel. Der Bus holperte über die zerfahrene Autobahn. Herr Lüttich versuchte, Volkslieder anzustimmen: »Muß i denn« und »Mein Vater war ein Wandersmann« und »Hoch auf dem gelben Wagen«.

»Der Bus ist aber blau«, rief einer dazwischen, und das Lied erstarb im Gelächter über die blöde Bemerkung. Außer Herrn Lüttich kannte ohnehin keiner den ganzen Text, denn diese Art deutschen Liedgutes wurde kaum noch gepflegt; der Ruch von Völkischem hing ihm seit der jüngsten Vergangenheit an. Außerdem wollten die Jungen um jeden Preis modern sein, amerikanisch modern. Und wer sang in Amerika schon »Muß i denn«?

Einer der Jungen sprang in den Mittelgang, schnalzte rhythmisch mit den Fingern und stimmte das Lied an, das allen seit Wochen nicht aus dem Ohr ging: »Some people say a man is made out of mud, a poor man is made out of muscle and blood«. Die ganze Klasse fiel ein in die rauhe Bergmannsballade von »Tennessee« Ernie Ford: »Sixteen Tons«. Diesen Text kannten sie Zeile für Zeile; Herr Lüttich liebte nämlich nicht nur deutsche Volkslieder, er wußte auch, wie er seine Knilche für die fremde Sprache einnehmen konnte: Für »Sixteen Tons« hatte er eine ganze Englischstunde eingeräumt. Danach sangen sie dann ein paar deutsche Schlager der Saison, »Das alte Haus von Rocky-Docky« und »Am weißen Strand von Soerabaya« und »Ganz Paris träumt von der Liebe«.

Bei Braunschweig-Ost verließ der Bus die Autobahn, gerade als Jürgen Dumont mit quäkender Stimme Margot Eskens imitierte: »Mutti, du darfst doch nicht weinen, wenn ich zum Traualtar geh ...« Wieder fielen alle ein und ließen die Tränen der Brautmutter in einem infernalischen Katzenkonzert untergehen.

Kurz vor Wolfsburg fragte jemand: »Warum müssen wir bei diesem Dreckswetter das VW-Werk besichtigen, wenn wir nächstes Jahr in Hannover auch eins haben?«

In der Tat wurde seit einem Dreivierteljahr draußen im hannoverschen Vorort Stöcken an einem neuen VW-Werk gebaut, das künftig Transporter herstellen sollte. Herr Lüttich erklärte jedoch, das »richtige« VW-Werk zu besichtigen sei ein Stück Geschichtsunterricht, den man freilich recht verstehen müsse. Er gab ein paar Hinweise: Vor dem Krieg auf die grüne Wiese am Mittellandkanal gebaut für den »KdF-Wagen«, eine Lieblingsidee des Mannes, den sie damals »Führer« nannten; im Krieg dann Kübelwagen für die Wehrmacht; am Ende Trümmer und ein Reparaturbetrieb der Engländer; schließlich der Aufstieg zum viertgrößten Automobilhersteller der Welt und Aushängeschild des deutschen Wirtschaftswunders: »VW auf den Straßen der Welt, Mercedes auf den Rennstrecken der Welt, Fritz Walter in den Fußballstadien der Welt, Konrad Adenauer in den Regierungspalästen der Welt – das ist den Deutschen schon gewaltig zu Kopfe gestiegen. Wir sind wieder wer, fünfundvierzig hat uns ein bißchen zurückgeworfen, aber nun sollen uns die anderen wieder an unseren Platz lassen, und der ist ganz vorn. Versteht ihr mich?«

Die meisten schauten ein bißchen ratlos, einige nickten vorsichtig. »Ihr sollt heute mal sehen«, fuhr Herr Lüttich fort, »daß in Wolfsburg nichts weiter geschieht, als daß knapp dreißigtausend fleißige Leute für einen guten Stundenlohn jeden Tag tausend recht brauchbare Autos zusammenbauen. Das ist zwar eine tolle Sache, aber in Detroit und Paris und Turin wird es ganz ähnlich gemacht.«

»Aber vor kurzem haben sie den einmillionsten VW gefeiert«, warf jemand ein, »und das schaffen die anderen nicht.«

»Vielleicht, weil die anderen öfter ein neues Modell herausbringen«, belehrte ihn der Lehrer, »und VW muß das auch irgendwann.«

»Haben sie ja schon«, sagte der Schüler, »mein Vater hat grade den neuen Karmann Schia, so was schaffen die anderen auch nicht.«

»Euer Schia heißt Ghia mit G«, korrigierte Herr Lüttich, »er ist nämlich von einem Italiener entworfen worden, der das deiner Ansicht nach gar nicht können kann.«

Der Schüler zog sich unter hämischem Gekicher der anderen zurück, aber diese anderen hieben gleich weiter in dieselbe Kerbe: Der neue Mercedes 190 SL und der neue Porsche »Carrera« seien bestimmt die besten Autos der Welt, und dagegen hätten die Amis und die Tommies und die Franzmänner und die Spaghettis nur Blechbüchsen zu bieten und die Iwans nicht mal das. Herr Lüttich nannte seine Schüler eine Bande von Dummköpfen, die noch viel zu lernen habe. Da er aber seine Knilche kannte, stimmte er noch mal »Sixteen Tons« an, das tolle Lied, das aus Amerika kam, wo man angeblich nur Blechbüchsen zuwege brachte.

Der Bus überquerte den Mittellandkanal, und aus dem Nebel tauchte die endlose Backsteinfassade des riesigen VW-Werks auf. In einem Raum, der einem Klassenzimmer ähnelte, erklärte ein älterer Herr alles ganz genau, was Herr Lüttich schon unterwegs angedeutet hatte: KdF-Wagen, Kübelwagen, Trümmer, Neubeginn, Mitarbeiterzahlen, Produktionszahlen, eigener Hafen, eigener Bahnhof, eigenes Kraftwerk, das die Stadt mit versorgte; Wolfsburg, benannt nach dem alten Renaissanceschloß, die Stadt vom Reißbrett, jung, modern, auf dem Weg zur Großstadt; neues Zweigwerk in Hannover, bald weitere Werke anderswo, Standorte noch geheim; und immer wieder ein Name: Professor Nordhoff, der Chef, der Schöpfer, der Vater des Ganzen. Manchmal könne man ihn durchs Werk gehen sehen, vielleicht sogar heute, wenn man Glück habe.

»Machen Sie nun die besten Autos oder nicht?« fragte der Junge mit dem Ghia-Vater.

»Wir bemühen uns konstruktions- und verarbeitungsmäßig mindestens so gut zu sein wie die Konkurrenz, möglichst ein bißchen besser.«

Der Frager machte ein enttäuschtes Gesicht.

Thomas hatte auch eine Frage: »Warum betrügen Sie eigentlich die VW-Sparer um ihr Auto?«

Der Herr blieb freundlich: »In diesem Rechtsstreit hat, wie du vielleicht gelesen hast, vor einigen Wochen das Oberlandesgericht Celle entschieden, daß die Volkswagenwerk AG keine Verpflichtung gegenüber den VW-Sparern habe. Hätte das Gericht anders entschieden, würden wir zahlen. Aber Geld zu verschenken haben wir nicht.«

Saubande! dachte Thomas, wenn sie's wenigstens zugeben würden, daß sie uns betuppen. Gericht hin, Gericht her – Thomas fand die Sache äußerst ungerecht und konnte nicht verstehen, wie sich jemand hinstellte und dies nicht mal eingestand. Man müßte, dachte er, denen ein Auto klauen. Aber dann fiel ihm ein: Wir haben ja nicht mal einen Führerschein.

Nun ging es im Gänsemarsch durch die Montagehallen, vorsichtig, denn von allen Seiten kam etwas auf sie zu. Die Jungen standen staunend vor einem Gewirr von Menschen und Maschinen, das auf den ersten Blick kein bestimmtes Ziel zu haben schien. Da kurvten Gabelstapler mit Paletten voller Motorengehäusen oder Kurbelwellen, da huschten hupend Elektrokarren mit Blechkästen voller Schrauben oder Zündkerzen vorbei, da schoben Männer im blauen Anton Wagen voller Autotüren, da schwebten an endlosen Ketten Kotflügel von der Decke, mit großen Löchern für die Scheinwerfer und kleinen für das Blinklicht. Bald begriffen die Jungen aber, wie sich aus tausend Teilen etwas zu formen begann, das dem vertrauten Auto immer ähnlicher wurde.

»Ist das toff hier?« rief Thomas begeistert seinem Freund Jürgen zu.

»Schaumäßig!« brüllte der durch den Lärm der Maschinen zurück. »Hier müßte man einen Job kriegen!«

Genau, das war es! dachte Thomas. Ein Job im VW-Werk, vielleicht nächstes Jahr in Hannover. Runter von der Penne, ran ans Fließband, Geld verdienen, Moped kaufen, Plattenspieler und so. Die Mutter wollte zwar neuerdings, daß er Arzt werden sollte, aber Thomas hatte ganz und gar nicht im Sinn, »an Menschen rumzuschnippeln«. Da war das hier doch ganz was anderes! Er beobachtete längere Zeit einen älteren Mann am Fließband, der mit mechanischen Griffen die kleinen ovalen Heckscheiben einsetzte, beim Standard-Modell nur mit der schwarzen Gummidichtung, beim »Export« mit einer zusätzlichen dünnen Chromleiste. Der Mann bewegte sich gelassen, aber ohne Pause, schaute dabei immer nur kurz auf seine Hände, um dann wieder in die Halle zu blicken.

»Macht das eigentlich Spaß?« fragte Thomas den Mann, der ihn flüchtig gemustert hatte.

»Was ist los?« rief der Mann in den Lärm, und Thomas wiederholte seine Frage lauter.

»Spaß?« fragte der Mann zurück, »Spaß ist nach Feierabend, hier ist Maloche.«

»Machen Sie immer das gleiche?« rief Thomas.

»Jaja, immer dasselbe. Das heißt, früher war's anders, da hatte die Scheibe diesen Steg in der Mitte, verstehst du? Wie 'n geteilter Arsch. Da war's anders, aber jetzt ...«

»Wär das nicht schöner, wenn Sie jeden Tag was anderes machen würden? Oder wenigstens jede Woche?«

»Bist du verrückt? Dann renne ich ewig hinter dem Band her, weil ich meinen Takt nicht schaffe. Nee, nee, ich bleibe bei meinen Heckscheiben. Ich mache sowieso nur noch zehn Jahre hier.«

Thomas bedankte sich für die Auskünfte und ging weiter. Gegen Ende des Bandes, da wo die Autos beinahe fertig waren, kam er noch mal mit einem Arbeiter ins Gespräch. Der war sehr jung und bestätigte ihm, daß auch er nur ungern eine andere Arbeit mache als die Türen hier einzupassen: »Bis du die neuen Griffe draufhast, vergeht 'ne Woche, da bist du ewig am Hetzen und kommst dem Kollegen nebenan ins Gehege. Aber hier, da kann ich sogar mal 'ne halbe Lulle paffen gehen.«

»Und wenn Sie mal dringend pinkeln müssen?«

»Dann kommt der Springer und löst mich so lange ab. Jedenfalls ist hier noch keinem die Blase geplatzt.«

Dann wollte Thomas von dem jungen Mann noch wissen, ob er vorhabe, bis zum Rentenalter Autotüren einzupassen. Davon wollte der nichts wissen. Vielmehr legte er von seinem Lohn soviel wie möglich auf die hohe Kante, um eines Tages in seinem Heimatdorf bei Gifhorn eine Kneipe aufzumachen. Ohne ein derartiges Ziel vor Augen, meinte er, wäre ihm die Arbeit am Band völlig unerträglich. »Weißt du, die acht Stunden hier, die haben nix mit dem Leben zu tun. Das fäng erst am Feierabend an, und Samstag ist der Höhepunkt.«

»Und Sonntag?«

»Sonntag ist's schon wieder vorbei, da hast du nur noch den Montagmorgen vor Augen.«

»Kenn ich«, sagte Thomas.

»Früher war ich beim Bauern«, sagte der Arbeiter, »das

war ziemlich lausig, aber gegen das hier hat's noch Spaß gemacht. Hier macht nur eins Spaß, die Lohntüte.«

Im Bus teilte Thomas diese Erkenntnisse seinem Freund mit, und auch Jürgen bestätigte, seine Gewährsleute am Band hätten ihm durchweg geraten, so lange wie möglich die Füße unter dem häuslichen Tisch zu lassen und die Schulzeit, gegebenenfalls durch Ehrenrunden, zu strecken.

»Also ist Penne noch die beste Möglichkeit«, sagte Jürgen.

»Das ist ja trostlos, ist das ja«, sagte Thomas.

Durch den immer noch ziemlich dichten Nebel fuhr der Bus nordwärts. Nach gut zwanzig Kilometern hielt er vor einem dörflichen Rathaus. Die durchfrorenen Schüler wurden von einem bäuerlich aussehenden Mann begrüßt, der sich als Bürgermeister vorstellte: »Ich freue mich, daß ihr aus der Landeshauptstadt gekommen seid, um euch für die Probleme hier zu interessieren. Bevor ich euch einen langen Vortrag halte, gehen wir die paar Schritte bis an die Grenze, da seht ihr gleich, wo uns der Schuh drückt.«

»Hier ist ja die Welt mit Brettern vernagelt«, rief einer der Jungen, als sie vor einem übermannshohen Lattenzaun angekommen waren.

Der Zaun war grob zusammengezimmert und ließ genügend Durchblicke. Typisch Ostzone, dachte Thomas, nichts machen sie anständig. Unmittelbar hinter dem Zaun standen die Häuser eines anderen Dorfes, das wie tot wirkte. Die nach Westen gewandten Fenster und Türen waren mit Brettern vernagelt oder mit Backsteinen schlampig zugemauert. Das Stückchen Straße zwischen den beiden Dörfern in West und Ost wuchs von den Rändern her zu. Kein Mensch war zu sehen, nur ein paar Hühner, die mit nickenden Köpfen umherrannten und kratzfüßig scharrten. Doch dann trat jemand aus einem Tor, dunkelblau gekleidet, mit Schirmmütze. Und Thomas erschrak: Es war ein Volkspolizist, der erste, den er seit zweieinhalb Jahren sah. Thomas wollte instinktiv weglaufen, aber dann sagte er sich, da ist ja der Zaun, und ein Vopo, der durch den Zaun kommt, kann doch wohl nur fliehen wollen – folglich muß er ein guter Vopo sein.

Der Bürgermeister und auch Herr Lüttich schwiegen die ganze Zeit, wohl um die Szenerie auf die Jungen wirken zu lassen. So hatte Thomas Zeit, sich zu erinnern: 1. Mai vor zweieinhalb Jahren, Ostberlin, kurz vor der S-Bahn-Fahrt in den Westen. Da hatte er zum letzten Mal Vopos gesehen. Mein Gott, dachte er, wie lange ist das her!

Dort hinterm Nebel lag irgendwo auch Leipzig, da lebten Großmutter, Oma, Sybille und inzwischen auch wieder Onkel Wolfgang.

Denn der Onkel war zurückgegangen, trotz allen Zuredens. Die Mutter hatte hinterher gesagt, er sei wohl weniger aus Überlegung gegangen als aus Verzweiflung, und er werde wohl nirgends mehr richtig froh: »Das hat dieser verdammte Krieg getan, der hat nicht nur Menschen ohne Arme und Beine hinterlassen, sondern auch seelische Krüppel.«

Onkel Wolfgang war also wieder hinter dieser Grenze. Er mußte Schwierigkeiten überwinden, Fragen beantworten, Schritte rechtfertigen, Verdacht entkräften, eine neue Existenz suchen. Er war wohl auch schon als Zahl über den »Deutschlandsender« gegangen, der bei jeder Gelegenheit aus Ostberlin meldete, wie viele Menschen aus Westdeutschland in die DDR umgezogen seien. Das war indes nur ein Bruchteil derer, die im »Deutschlandsender« nicht genannt wurden, die den umgekehrten Weg gingen. Sicher gab es Flüchtlinge wie Onkel Wolfgang, die sich aus verschiedenen Gründen im Westen nicht zurechtfanden, verkrachte Existenzen, gerichtlich Gesuchte, jugendliche Ausreißer, nicht zletzt auch verfolgte Kommunisten und verträumte Idealisten. Im »Deutschlandsender« jedoch klang es immer, als seien alle wegen des Arbeiter- und Bauernparadieses gekommen.

Der Volkspolizist war im Hoftor gegenüber verschwunden, ohne in Richtung des Zaunes geblickt zu haben. Der Bürgermeister schlug vor, wegen der Kälte nicht hier draußen, sondern im Rathaus miteinander zu reden, wo seine Frau einen heißen Tee bereithalte. Nachdem dieser in Pappbechern ausgeschenkt war, schilderte der Bürgermeister die Schwierigkeiten, die der Zaun den Menschen hier gebracht habe. Die Dörfer, einen Steinwurf auseinander, hannoversch das eine, anhaltinisch das andere, seien vorher, auch nach dem Kriege noch, wie ein einziges Dorf gewesen. Nun hatte der Zaun Familien zerrissen, Freundschaften gesprengt, Bauern von ihren Äckern getrennt, Hausfrauen von ihren Einkaufsläden, Kinder von ihren Spielkameraden. Früher das abendliche Bier in der Kneipe, mal hüben, mal drüben – heute der Weg über Magdeburg und Helmstedt, 150 Kilometer weit und nur mit Genehmigung möglich.

»Das kann sich keiner vorstellen, der es nicht mit eigenen Augen gesehen hat«, sagte der Bürgermeister, »und deswegen bitte ich euch, daß ihr es überall erzählt, wo ihr hinkommt. Helft uns, daß es in die richtigen Ohren kommt, daß uns keiner vergißt. Es darf nicht sein, daß dieser Zaun bleibt. Es kann nicht sein, daß er bleibt.« Die Jungen versprachen mit feierlichem Ernst, überall von den zwei Dörfern und dem Zaun zu berichten und auch in der Schülerzeitung einen Artikel darüber zu veröffentlichen.

Auf dem Rückweg in der Dämmerung waren alle still, betroffen vielleicht oder auch nur müde. Niemand sang, und ein Gespräch über das gewaltige Autowerk in Wolfsburg erstarb schnell wieder.

»Wie war's?« fragte die Mutter, die schon das Abendbrot gerichtet hatte.

»Ganz gut«, antwortete Thomas.

Dann holte er unter seinem Anorak einen Gegenstand hervor, den er in Zeitungspapier gewickelt hatte.

»Was ist denn das?« fragte die Mutter.

»Eine Hupe«, antwortete Thomas, »eine VW-Hupe. Da mach ich mir eine Batterie dran, und dann kann ich damit hupen.«

»Hast du die etwa geklaut?«

»Was heißt hier geklaut? Das ist für den VW, um den sie uns betrogen haben.«

»Du bist ja heiter«, fand die Mutter.

»Nee, eigentlich gar nicht. Ich finde nämlich alles ganz schön blöd.«

46

Thomas, Jürgen, Karlchen und Kuddel fielen in die Milchbar ein, als wollten sie sie hochnehmen. Sie hatten die Hände bis zum Ellenbogen in den Taschen vergraben, schoben sich hüftwiegend bis an den Tresen und sahen die Bedienung mit Blicken an, die so etwas wie Vergewaltigung verhießen. Karlchen schaute lüstern auf den Pullover des Mädchens und fragte anzüglich: »Haben Sie Milch?«

»Na klar, wir sind doch 'ne Milchbar.«

»Dann einen Erdbeer-Shake.«

Die anderen drei nahmen Banane und schauten ziemlich gefährlich durchs Lokal. Karlchen kippte seinen Erdbeer-Shake auf ex und sagte: »Mann, war das 'n heißer Film!«

Der Film, den sie gerade nebenan im »City-Theater« gesehen hatten, war wie ein Faustschlag gewesen: New York, Slums, eine Schule, in der nicht Lehrer das Sagen hatten, sondern brutale Boys, die keiner Autorität gehorchten als ihren Anführern. Verwahrloste Halbwüchsige, die ihre Lehrer schikanierten und eine Lehrerin fast vergewaltigten. Sie trieben Terror bis zum blanken Messer: »Die Saat der Gewalt«. Ein Film mit einer Musik, die sich erbarmungslos in die Köpfe hämmerte: »Rock around the clock«.

»Was heißt'n das überhaupt auf deutsch?« fragte Kuddel.

»›Rock around the clock‹ heißt soviel wie ›Felsen um die Uhr‹ oder so ähnlich«, übersetzte Karlchen, der in Englisch ganz gut war.

Die vier ließen weitere Milch-Shakes anrollen und besprachen den unglaublichen Film in allen Einzelheiten; die anonymen Anrufe, mit denen die Frau des Lehrers

»weichgekocht« werden sollte, und die Falle, die man dem Pauker selbst gestellt hatte: »Wie der Vic das Messer zückt, um den Typen aufzuschlitzen«, sagte Jürgen, »da habe ich an den Jakobi gedacht.«

»Ich auch«, sagte Thomas. Jakobi war der Mathematiklehrer.

Nachdem der Film noch mal bis zum Ende abgerollt war, warteten die vier, daß sie jemand provoziere, aber das tat niemand.

»Wir müßten was machen«, sagte Jürgen ungeduldig.

»Ja, zahlen«, meinte Thomas.

Auf dem Bahnhofsvorplatz gingen die Hannoveraner ihrer Wege. An den Haltestellen warteten Leute, die mit Weihnachtseinkäufen bepackt waren. Aus den Straßenbahnen stiegen Leute, die den Tag erledigt hatten und vielleicht ins Kino wollten oder nett essen.

»Wir müßten was machen«, wiederholte Jürgen, und Karlchen schlug vor, »Bahnsteig Sex«, zu besuchen, die Nuttenstraße hinterm Bahnsteig 5 des Hauptbahnhofs. Die Damen standen, verhüllter als im Sommer, vor ihren flachen Häuschen und machten den Passanten klare Vorschläge. Die vier Jungen pirschten waidgerecht entlang, wurden aber nicht angesprochen, machten am letzten Häuschen kehrt, versuchten es ein neues und dann ein weiteres Mal. Sie schauten den Damen immer verwegener ins Gesicht und warfen neugierige Blicke in die verruchten Höhlen. Aber da niemand Notiz nahm, keimte die Saat der Gewalt immer schwächer.

»Na, ihr vier Gartenzwerge«, sprach sie endlich eine Stimme von der Seite an, »eure Mutti zieht sich nur noch an, dann kommt sie.« Die vier hatten sich vorgestellt, sie würden ein wenig ernster genommen, und kamen auf keine Antwort.

»Wenn ihr 'n Spielplatz sucht«, spottete die Dame weiter, »dann müßt ihr da hinten zum Welfenplatz, da gibt's 'ne Wippe und 'n Sandkasten, da könnt ihr mit Förmchen backen.«

Endlich fiel Karlchen etwas ein: »Wir werden Ihnen gleich mal an die Förmchen packen.«

Die drei anderen schüttelten nun ebenfalls die Blamage ab, setzten den gefährlichen Blick von vorhin auf und taten eineinhalb Schritte in Richtung auf die Dame. Gerade als Thomas sich fragte, was sie eigentlich mit ihr machen sollten, rief die Nutte: »He, Kalle, schaff mir mal die vier Halbstarken vom Hals!«

Die Jungen warteten nicht auf Kalle, der vermutlich ganz stark war, sondern nahmen Reißaus.

In der Bahnhofsunterführung sammelte Karlchen die Truppe wieder, ernannte sich zum Anführer und gab als neues Ziel das Steintor-Viertel an, wo sich Hannovers Bumskneipen massierten. Er schlug vor, zunächst das »Babalou« zu zerlegen und anschließend weiterzusehen. Im »Babalou« bekamen sie, ohne Hinweis auf das Jugendschutzgesetz, vier Bier, die sie sofort bezahlen mußten. Sie beobachteten teilnahmsvoll einen Gast an der Theke, dem das linke Auge so gut wie zugeschwollen war. Nach kurzem wollte der Mann wissen, warum sie ihn so anglotzten.

»Nur so«, antwortete Karlchen.

»Hat Sie einer ins Gesicht gefaßt?« fragte Kuddel freundlich.

»Wieso?«

»Naja, Sie sehen doch bestimmt nicht immer so aus.«

Der mit dem Veilchen erhob sich langsam, und die Jungen rutschten vorsorglich auf die Stuhlkanten und hielten sich sprungbereit.

»Ist ja nicht weiter schlimm«, beschwichtigte Kuddel, »manchen steht's ja auch.«

Karlchen trank aus und gab das Zeichen zum überhasteten Aufbruch.

»Ich weiß nicht«, sagte Thomas draußen, »im Kino sieht das immer so einfach aus.«

»Wir machen aber noch mal was«, versprach Jürgen beim Abschied.

Am nächsten Tag kaufte sich Thomas die Schallplatte mit »Rock around the clock«, denn er war ziemlich sicher, einen weiteren Tag später, am Heiligen Abend nämlich, einen Plattenspieler zu bekommen. Tatsächlich hatte ihm die Mutter den Phonokoffer von Neckermann gekauft und eine Schallplatte mit Weihnachtsliedern, gesungen von den Regensburger Domspatzen. Aber Thomas wollte keine Weihnachtslieder hören, verwahrte sich gegen den ganzen sentimentalen Quatsch, wie er es nannte, zog sich in sein Zimmer zurück und spielte ein ums andere Mal: »One, two, three o'clock, four o'clock, rock ...«

»Willst du nicht rüberkommen und mit Fritz und mir fernsehen?« fragte die Mutter.

»One, two, three o'clock, four o'clock, rock!« sang Thomas.

»Laß ihn!« rief Fritz Eisenmann von nebenan, »in der Rüpelphase ist vorübergehend das Gehirn abgeschaltet.«

»Five, six, seven o'clock, eight o'clock, rock!« sang Thomas, während die Mutter die Tür zuwarf.

47

Aus irgendeinem Grund kam fast die gesamte Weihnachtspost erst nach den Feiertagen an.

Die Großmutter und die Oma hatten etwa gleichlautend die Verhältnisse in Leipzig beklagt und sich erkundigt, ob Thomas nach nunmehr über zweieinhalb Jahren nicht endlich Lust verspüre, seine Heimatstadt zu besuchen. Vor einem Vierteljahr hätte er begeistert ja gesagt, denn da hatte für ihn Leipzig Sybille bedeutet. Aber die Ferienfreundin hatte sich nie mehr gerührt und die Ferienfreundschaft wahrscheinlich längst vergessen. Und Thomas hatte inzwischen aufgehört, sich abends vor dem Einschlafen in Gedanken mit der fernen Geliebten zu unterhalten. Wenn er sie noch nicht betrogen hatte, so nur aus Mangel an Gelegenheit.

Nach Leipzig fahren? Naja, vielleicht irgendwann mal für ein paar Tage.

Joe hatte eine Karte aus New Orleans geschickt. New Orleans! Wie das klang! Das klang nicht nur, das hatte einen Sound. Das soundete nach King Oliver und Jelly Roll Morton und Louis Armstrong und wen sonst noch Thomas auf Kuddels Jazzplatten kennengelernt hatte. Und ferne Horizonte fielen einem ein, Städte, die sich in Seemannsliedern reimten, Rio und Schanghai, Bombay und Hawaii. Hawaii war allerdings keine Stadt. Thomas fiel ein, daß er noch nie das Meer gesehen hatte, nur das Steinhuder Meer. Joe indessen war zu Hause, wo das Leben spielte, und schrieb lässige Weihnachtskarten aus der Welt zwischen Reling und Theke.

Und ich, dachte Thomas, muß bis zum Ende der Ferien mein Biologieheft auf Vordermann bringen. Die Abstammungslinie des deutschen Hausschweins.

Er legte, um sich zu trösten, »Rock Around The Clock« auf.

Das Weihnachtspäckchen aus Los Angeles kam gar erst am Silvestermorgen an. Der Vater hatte, den Verschleiß ahnend, wieder ein Paar Blue jeans hineingepackt. Dazu bunte Ringelsocken und reichlich Bubble Gum, außerdem einige Schallplatten, handlich-unzerbrechliche 45er-Scheiben, wie sie seit kurzem erst auf dem Markt waren. Thomas legte eine auf und hörte eine männliche Stimme singen: »I Forgot To Remember To Forget«. Er versuchte zu übersetzen, bekam aber keinen rechten Sinn in den Satz. Die Musik regte ihn nicht weiter auf. Kommt nicht ran an Bill Haley, dachte er.

Der Vater hatte einen Brief beigelegt: »Lieber Tommy, merry X-mas, wie man hier sagt, and a happy New Year! Ich würde Dich gern mal wiedersehen, aber Europa ist weit, die Schiffsreise ist teuer, und ich verdiene noch nicht so viel Geld. Vielleicht kommst Du eines Tages mal als Austauschschüler hierher?«

Thomas erinnerte sich, daß er in Leipzig, als die Flucht in den Westen feststand, manchmal gedacht hatte: Wenn ich erst drüben bin, dann ist alles ein Katzensprung, dann kann ich in den großen Ferien mal nach Amerika. Da hatte er sich verschätzt. Für jemanden mit wenig Taschengeld und einer nicht besonders gut verdienenden Mutter lag Amerika von Hannover aus nicht näher als von Leipzig.

»Jeans kannst Du sicher gut brauchen«, fuhr der Brief fort, »denn wie ich Dich kenne, halten sie kaum ein Jahr. Die Schallplatten hat mir unser Andreas empfohlen. Er sagt, Du müssest sie unbedingt haben, denn sie seien the biggest thrill since Jesus walked upon the water. Die Kids hier sind völlig verrückt nach diesem Elvis Presley, und Andy läßt die Platten von früh bis spät dudeln. Alle Eltern sind entsetzt, daß ihre Kinder so einen schrecklichen Heuler mögen, und deswegen mögen ihn die Kinder noch mehr. Was mich angeht, so habe ich inzwischen eine Vertretung für eine große kalifornische Weinkellerei übernommen. Noch krebse ich auf der Schwelle zwischen Gewinn und Verlust umher, aber ich bin zuversichtlich. Wir werden diesen Amis schon das Coca-Cola-Saufen abgewöhnen! Irgendwann sehen wir uns doch noch mal wieder. Vati.«

Der hat gut reden, dachte Thomas, von meinem Geld komme ich vielleicht bis Bremerhaven, aber nie bis auf ein Schiff nach Amerika.

Er griff eine der Schallplatten heraus und legte sie auf: »Good Rockin' Tonight«. Der Sänger sang merkwürdig. Seine Stimme vibrierte auf ansteckende Weise, zog sich manchmal tief in die Kehle zurück, um im nächsten Augenblick hemmungslos herauszubrechen.

»Die Kids hier sind völlig verrückt nach diesem Elvis Presley«, las Thomas noch mal nach, und er wunderte sich, nicht schon bei der ersten Platte gespürt zu haben, was los war.

»I Don't Care If The Sun Don't Shine«, sang der Sänger in hektischem Rhythmus, und Thomas zuckte mit Füßen, Beinen und Schultern. Und wenn der Sänger das Wort »baby« herausquetschte: »beeee-i-by«, dann lief Thomas ein kalter Schauer über den Rücken.

»Was ist denn das für ein Krawall?« fragte die Mutter in der Tür.

»Jedenfalls nicht Rudolf Schock«, antwortete Thomas aufsässig.

»Nein, wie Rudolf Schock klingt der weiß Gott nicht! Der klingt überhaupt nicht wie ein Sänger.«

»Du sollst ihn ja auch nicht mögen«, triumphierte Thomas, »der singt nämlich nicht für die Alten, sondern für die Kids.«

»Für wen?«

»Na, für unsereinen.«

Thomas nahm die neuen Platten mit zu Kuddels Silversterparty. Er war zum erstenmal in seinem Leben zu einer Party eingeladen und mächtig gespannt auf das, was sich hinter diesem Zauberwort verbarg. Party – das klang erwachsen und modern und auch ein bißchen lasterhaft, jedenfalls war man kein Kind mehr, wenn man auf Partys ging. Kuddel hatte neun Jungen und zehn Mädchen eingeladen, so daß es hätte aufgehen können. Aber von den Mädchen hatten nur drei kommen dürfen, und die Jungen meinten hinter vorgehaltener Hand, daß unter diesen Umständen eine harte Männerparty wohl besser gewesen wäre.

Kuddels Mutter hatte eine große Schüssel Ananasbowle angesetzt, die allerdings überreichlich mit Bölkewasser gestreckt war. »Bölkewasser« war die Bezeichnung für stark kohlensäurehaltiges Mineralwasser, nach dessen Genuß man kräftig »bölken«, also aufstoßen mußte. Neben dieser bis zur Unkenntlichkeit verdünnten Bowle wurden Partyhäppchen gereicht, belegt mit rosa Seelachsschnitzeln oder mit bleichem Schmelzkäse bestrichen, gespickt mit jeweils einer halben Salzstange, was schick aussah, aber unpraktisch war, denn das im Häppchen vesenkte Ende der Salzstange war feucht und klebte an den Zähnen.

Kuddel legte viel Bill Haley auf, aber auch Platten von Bruce Low, Margot Eskens, Peter Alexander und was sonst noch gerade beliebt war. Er animierte zum Tanzen, was niemand richtig konnte. Einige Jungen versuchten es, schwenkten die drei Mädchen möglichst heftig im Kreis, so daß die steifen Petticoats flogen. Die anderen Jungen rutschten tief in die Sessel, um den Petticoatwirbel aus günstiger Perspektive zu verfolgen und ab und zu ein Stück Strumpfhalter zu erspähen. Die Mädchen bemerkten die Absicht und waren das Tanzen bald leid. Kuddel bot verzweifelt Bowle und immer neue Gesellschaftsspiele an, aber schon sonderten sich zwei Jungen ab und spielten Schiffeversenken.

Da legte Thomas eine seiner neuen Platten auf: »Good Rockin' Tonight«. Die plätschernde Unterhaltung brach ab, man spitzte die Ohren und schaute fragend, und als das Lied zu Ende war, wollte Kuddel wissen: »Wer war'n das?«

»Echt Schau, was?« strahlte Thomas, zufrieden mit der Wirkung.

»Echt«, bestätigte Kuddel, »aber wer war'n das nu?«

Thomas gab sich entgeistert: »Nu sag bloß, den kennste nicht!«

Kuddel mußte es zugeben, und die anderen auch.

»Ihr seid vielleicht hinterm Mond! Drüben in den Staaten sind die Kids völlig verrückt nach Elivs Presley.«

Er legte nacheinander alle Platten auf, erläuterte die Titel, buchstabierte mehrmals den Namen des neuen Stars.

»Wie sieht er denn aus?« fragte eines der drei Mädchen.

»Unheimlich toff«, antwortete Thomas, aber in Wahrheit wußte er es nicht, denn er hatte noch nie ein Bild von Elvis gesehen, und auch auf den Plattenhüllen war keines.

»Ja wie denn?« forschte das Mädchen neugierig nach.

»Also, das ist ein riesengroßer Neger«, erklärte Thomas, »mit ganz krausen Haaren und blauen Augen.«

»Und wie alt?«

»Na, ich würde mal fünfunddreißig schätzen.«

»So'n oller Tattergreis!«

»Oder auch zwanzig«, verbesserte Thomas schnell, denn er wollte sich seine Entdeckung nicht vermiesen lassen. »Auf jeden Fall sind die Alten in Amerika unheimlich sauer auf ihn, weil die Kids so verrückt nach ihm sind.«

Diese Bemerkung rehabilitierte den greisen Neger umgehend, und Kuddel drehte auf volle Lautstärke. Dazwischen hatte jemand die Idee, zum Hohn eine Rudolf-Schock-Platte aufzulegen, und alle jaulten und schnitten schmerzhafte Grimassen und hielten sich die Ohren zu. Dann wurde bis Mitternacht nur noch Elvis gespielt, und bald konnten alle ungefähr mitsingen, bis auf zwei vom Humanistischen Gymnasium, die kein Englisch hatten.

Als Kuddels Eltern gegen halb eins nach Hause kamen, waren die Bowlenschüsseln leer und die jungen Gäste für ihre Verhältnisse ziemlich voll.

»Was ist denn das für ein Krawall?« fragte Kuddels Vater mit mißbilligendem Blick zum Plattenspieler.

Thomas, der diese Frage schon aus dem Munde seiner Mutter kannte, trat auf unsicheren Füßen vor, schnalzte mit den Fingern und forderte den Mann schwerzüngig auf: »Come on and rock!«

»Ihr seid aber ganz schön angeschickert«, wunderte sich Kuddels Mutter, »dabei war doch fast nur Bölkewasser in der Bowle.«

»Ha!« triumphierte Kuddel, »wiwir haben nananachgefüllt!«

»Oh yeah, baby!« bestätigte Jürgen.

Später, an der frischen Januarluft, spürte Thomas die Bowle im Kopf und das neugierige Mädchen am Arm, und beides lastete schwer auf ihm.

»Wo mußt du denn ganz hin?« fragte er.

»Hick!« machte sie, dann »Rock!« und noch einmal »Hick!«

Thomas fand in ihrem Handtäschchen den Schülerausweis mit einer Anschrift in Kirchrode, das genau entgegengesetzt lag, aber mit der Linie 5 ohne Umsteigen zu erreichen war. Die Fahrgäste hatten viel Spaß an dem aufgekratzten Kind, indes sich Thomas unbehaglich vorkam und lieber ausgestiegen wäre, aber er mußte das Mädchen festhalten.

»Ich find dich so toff!« sagte sie vor der Haustür und machte Anstalten, ihn zu küssen, aber Thomas wich vor ihrer Fahne zurück. »So toff!« wiederholte sie, und er dachte: So betrunken scheint sie gar nicht zu sein.

»Du hast so toffe Platten von dem Neger«, schwärmte sie.

Da lehnte Thomas das Mädchen an die Haustür, drückte auf die Klingel und enteilte in Richtung Straßenbahn.

Zu Hause hatte er lange damit zu tun, sein kreisendes Bett zum Stehen zu bringen. Als er gegen Mittag aufwachte, war sein Kopf schwer, und die Mutter sah ihn immer wieder fragend an. Jawohl! dachte Thomas, ich habe Bowle getrunken und eine Dame nach Hause begleitet und war erst um zwei im Bett und lege jetzt gleich wieder meine neuen Platten auf. Ich laß mich nicht mehr unterdrücken, das ist vorbei. Come on and rock!

48

»Ich bin da auf eine interessante Frage gestoßen«, sagte Herr Jakobi, der Mathematiklehrer, und Jürgen Dumont stöhnte leise: »Nun geht das wieder an!«

Herrn Jakobis Formulierung deutete darauf hin, daß er wieder mal eine knifflige Theorie erörtern wollte, um seinen Schülern das Denken beizubringen. So hatte er mit ihnen schon darüber debattiert, ob der Weltraum endlich oder unendlich sei und ob der Mensch aufhöre zu altern, wenn er sich ständig mit hoher Geschwindigkeit in westlicher Richtung um die Erdkugel bewege. »Ich möcht Sie mal sehen, wenn Sie das hundert Jahre lang gemacht haben«, hatte einer unter dem Gekicher der Kameraden gesagt.

Diesmal stellte Herr Jakobi folgende Theorie auf: »Ein Loch kann man nicht sehen. Ich bitte um Widerspruch.« Die Sache war vergleichsweise praktischer Natur, und der Widerspruch war allgemein: »Natürlich kann man ein Loch sehen!« Beispiele wurden angeführt: »Ein Loch im Eimer.

Ein Loch in der Schuhsohle. Ein Loch im Kopp. Ein Loch im Hintern. Kann man alles sehen.«

»Ich behaupte nein!« widersprach seinerseits Herr Jakobi, »denn: Ein Loch ist ein Nichts, sozusagen das Fehlen von etwas. Deswegen kann man zwar die das Loch umgebende Materie sehen bis zum Rande des Loches – sowie die Materie, die sich hinter dem Loch befindet. Aber das Loch selbst ist unsichtbar.«

Die Auseinandersetzung wogte eine Weile und steuerte dann auf ein Unentschieden zu.

»Ich sehe ein Loch«, sagte Thomas halblaut, »es steht da vorn und stellt dumme Fragen.«

Die Jungen ringsumher grinsten, und Herr Jakobi fragte nach dem Grund der Heiterkeit: »Sag es ruhig laut!«

»Es war nur eine dumme Bemerkung«, wiegelte Thomas ab.

»Was sonst hätte dir wohl einfallen sollen«, bemerkte der Lehrer ironisch, und diesmal hatte er die Lacher auf seiner Seite. Dem werd ichs zeigen! schwor sich Thomas.

Und er meinte das ernst.

Irgendwie lag nämlich seit einiger Zeit Aufsässigkeit in der Luft, und das Wort von den »Halbstarken« ging um. Die damit Gemeinten nahmen es zunächst als Beleidigung, denn was hieß hier »halb«; aber da sie merkten, daß die Erwachsenen das Wort durchaus beleidigend meinten, nahmen es die Jugendlichen bald als Anerkennung, wenn nicht als eine Art Ehrentitel.

Es hatte sich etwas geändert. Streiche gegen Lehrer hatten schon immer sein müssen, Lehrer mußte man ärgern, aber so, daß sie mitlachen konnten, wenigstens heimlich. So wie bei Heinz Rühmanns Streichen in der »Feuerzangenbowle«. Die war aber inzwischen mehr als abgestanden, und die Stimmung ging mehr in Richtung »Saat der Gewalt«. Man zog zwar kein Messer, wurde nicht tätlich, ging den Lehrern nicht ans Leder. Aber wenn Lehrer jetzt geärgert wurden, dann sollten sie nicht schmunzeln dürfen, denn sie waren der Feind.

Der Feind Jakobi hatte seit neuem eine »Isetta« und kam morgens den weiten Weg von Misburg nicht mehr mit dem Rad. Die »Isetta« bot sich für Streiche an, denn dieses zweisitzige Wägelchen italienischer Herkunft, das von BMW in Lizenz gebaut wurde, hatte nur eine Tür, die sich nach vorn öffnete und dabei mittels eines sinnreichen Mechanismus das Lenkrad und die Pedale mit ausklappte. Wenn ein paar kräftige Arme zupackten und das Wägelchen mit der Vorderfront dicht vor eine Mauer stellten, so hatte der Fahrer keine Chance mehr, hineinzugelangen.

Herr Jakobi versuchte es denn auch gar nicht erst, sondern forderte die grinsenden Jungen auf: »Stellt mir sofort mein Auto wieder richtig hin!«

Niemand machte Anstalten, und Thomas fragte vorlaut: »Wo ist denn hier ein *Auto?* Hat einer von euch ein Auto gesehen?«

Die anderen gaben sich ebenso ratlos, und Kuddel sprach die Vermutung aus: »Vielleicht meint er die Knutschkugel, die da vor der Mauer steht?«

»Ach so, die Rennsemmel da drüben?« fragte Thomas, als gehe ihm soeben taghell ein Osram-Licht auf, »wie kommt die denn wohl dahin?«

Herr Jakobi wich der Blamage aus und verschwand im Schulhaus, um nach geraumer Zeit mit Herrn Lüttich zurückzukehren, der nach wie vor Klassenlehrer war.

»Hört mal«, sagte Herr Lüttich, »ich habe dem Kollegen Jakobi versprochen, daß er in fünf Minuten losfahren kann. Wer hilft mir mal, seinen Straßenkreuzer flottzumachen?«

Sie packten widerspruchslos mit an, und als Herr Jakobi grußlos davongeknattert war, fragte Herr Lüttich: »Wozu habt ihr das denn nun gemacht?«

»Naja, damit er nicht losfahren kann«, antwortete Thomas.

»Ach so, ich dachte, ihr hättet euch was dabei gedacht.«

»Verflucht noch mal«, sagte Jürgen Dumont, nachdem Herr Lüttich gegangen war, »der wickelt uns doch glatt um den Finger.«

»Ja, der versteht uns irgendwie«, nickte Kuddel.

»Das ist ja das Beschissene«, sagte Thomas, »wir wollen doch nicht, daß die uns verstehen.«

Herr Jakobi trug am nächsten Tag ins Klassenbuch ein, daß fünf namentlich benannte Schüler der 9b sein Auto – er schrieb tatsächlich »Auto« – in hinterhältiger Absicht vor eine Mauer transportiert hätten.

Am Tag darauf war die Eintragung verschwunden. Sie war ausgebrannt worden, offensichtlich mit Hilfe der Glut einer Zigarette.

»Wer war das?« fragte Herr Jakobi zornig.

Als sich erwartungsgemäß niemand zu der Tat bekannte, ließ er die fünf Verdächtigen nach vorn kommen und das Klassenbuch näher betrachten.

»Wer von euch hat dieses Loch hier hineingebrannt?«

»Was denn für ein Loch?« fragte Kuddel.

»Hier, dieses Loch, wo meine Eintragung stand.«

»Ich sehe kein Loch«, sagte Jürgen kopfschüttelnd, »ich sehe bloß eine Art Materie und einen Rand und irgendwas dahinter. Aber ein Loch kann ich beim besten Willen nicht sehen.«

»Löcher sind nämlich unsichtbar«, pflichtete Thomas seinem Klassenkameraden bei.

49

Die Nachricht von Jürgens Unfall brachte Herr Lüttich mit in die Deutschstunde.

Jürgen Dumont war mit seinem Moped nach links ausgeschert, ohne nach hinten zu schauen. Der Busfahrer hatte ausgesagt, Jürgens Bewegung sei so plötzlich gekommen, daß er selbst nicht mehr habe ausweichen oder bremsen können. Ein Fahrgast und ein entgegenkommender Autofahrer hatten diese Aussage bestätigt.

Die Klasse saß lange wortlos, bis Thomas sagte: »Ich versteh das überhaupt nicht, er war so'n guter Radfahrer. Und Moped ist doch auch nicht viel anders.«

»Vielleicht doch«, überlegte Kuddel, »vielleicht ist er übergeschnappt, als er auf dem Moped saß.«

»Du meinst, daß er so'n irres Gefühl gekriegt hat und einfach losgebraust ist?«

»Das ist möglich«, sagte Herr Lüttich, »das ist so, als wenn jemand auf einem Turm steht und plötzlich glaubt, er könne fliegen, und springt dann los.«

Konnte ein Moped die Geistesverfassung eines fünfzehnjährigen Jungen derart verändern, daß er alles vergaß, auch die Vorsichtsregeln, die er als Radfahrer stets eingehalten hatte? Vielleicht gab es das. Ein Moped war eben nicht nur, wie es in der Straßenverkehrszulassungsordnung hieß, ein »Fahrrad mit Hilfsmotor«. Es ging nicht einfach darum, beim Radfahren die Muskeln zu schonen. Es ging darum, sich schneller und müheloser und daher in derselben Zeitspanne drei- oder viermal so weit zu bewegen. Es ging letzten Endes um Unabhängigkeit. Moped war gleich Freiheit. So, als könne man plötzlich fliegen.

»Wo hatte er denn das Moped her?« fragte Thomas.

»Geliehen, von einem Nachbarn«, antwortete Herr Lüttich, »und eigentlich hätte er es mit fünfzehn noch gar nicht fahren dürfen.« Der Lehrer erklärte, der Unterricht sei für heute beendet, aber er und die Klasse blieben zusammen und redeten über Jürgen.

»Thomas, du warst doch mit ihm befreundet«, sagte Herr Lüttich am Ende, »nimm doch bitte seine Sachen, die noch unter seinem Pult liegen, und bring sie seiner Mutter.«

Thomas erschrak und wollte sich unter einem Vorwand herausreden, doch dann dachte er: Wenn es mir passiert wäre und Jürgen hätte sich geweigert, zu meiner Mutter zu gehen ...

Jürgens Mutter saß am Küchentisch, hatte Fotos vor sich und einen großen Aschenbecher voller Kippen. Thomas erinnerte sich, wie Jürgen sich über die Nikotinsucht seiner Mutter lustig gemacht hatte. Daß sie tagsüber tapfer dagegen ankämpfe, aber abends schwach werde: »Jürgen, s-pring doch mal nach'n Automaten!«

Thomas setzte sich zu ihr, und als sie sich eine neue Zigarette ansteckte, griff er ebenfalls nach der Schachtel. Sie sah ihn fragend an, und er zuckte die Achseln: »Naja, heute muß ich auch mal eine.«

»Hat Jürgen auch geraucht?« fragte sie.

»Nee, nie!«

»Aber ich hab mal eine halbvolle Schachtel bei ihm gefunden.«

»Naja, hin und wieder mal. Aber nie auf Lunge.«

»Übermorgen ist die Beerdigung, da kommst du doch?«

»Wissen Sie, was mir grade einfällt?« fragte Thomas, »wir haben vor ein paar Wochen mal zusammen Schallplatten gehört, und bei ›New Orleans Function‹ von Louis Armstrong, da hat er gesagt: Wenn sie mich mal unter die Erde bringen, dann sollen sie diese Platte dazu spielen.«

»Meinst du, er hatte so was wie eine Vorahnung?«

»Nein. Aber ich meine, man muß übermorgen diese Platte spielen.«

»Das geht nicht«, sagte Jürgens Mutter, »diese Musik auf dem Friedhof, das geht nicht.«

Die ganze Klasse kam zur Beerdigung, auch Herr Lüttich, Herr Jakobi und andere Lehrer sowie Jürgens Verwandtschaft, mit der seine Mutter anschließend in ein Restaurant zum Mittagessen ging. Thomas fuhr zu Fritz Eisenmanns Fernseh- und Radiogeschäft und lieh sich einen der neuartigen kleinen Plattenspieler mit Batteriebetrieb aus. Er kehrte auf den Friedhof zurück und legte die »New Orleans Function« auf, den Trauermarsch, der über ein Klagelied in einen fröhlich swingenden Jazz mündet.

»He! Was soll denn der Krawall?« hörte Thomas rufen.

Ein Friedhofswärter eilte mit ärgerlichem Gesicht herbei:

»Hier ist ein Friedhof, verstehst du?«

Thomas nahm seinen Plattenspieler und lief davon.

Thomas erlebte zum erstenmal, daß jemand, den er gut kannte, unvermittelt aus seinem Leben verschwand. Zwar war im vorigen Jahr in Leipzig der Großvater gestorben, aber ihn hatte Thomas schon Jahre nicht mehr gesehen. Und der Großvater war auch so krank gewesen, daß sein Tod nicht überraschen konnte. Aber Jürgen war fünfzehn und kerngesund gewesen und hatte sich am Mittag vor dem Unfall noch mit seinem Standardspruch verabschiedet, den er aus einem Song von Bill Haley hatte: »See you später, Alligäter!« Thomas dachte eineinhalb Jahre zurück, an seinen ersten Sonntag in Hannover, als er sich fremd und ziemlich unglücklich gefühlt hatte. Damals war Jürgen mit ihm ins Eilenriede-Stadion gegangen, zu einem ziemlich miserablen Spiel der 96er. Anschließend hatte ihm Jürgen stolz seine Heimatstadt vorgeführt, einschließlich des Hauses, in dem der Mörder-Metzger Hamann gewohnt hatte: »Warte, warte nur ein Weilchen ...«

Vor einem halben Jahr, dachte Thomas, waren wir noch in Frankfurt und haben von dem komischen Apfelwein Durchfall gekriegt und eine schwere Birne. Die Leipziger Mädchen und München und die Grenze hinter Hof. Sollte man den Mädchen schreiben, daß Jürgen verunglückt war? Interessierte es sie überhaupt noch?

»New Orleans Function« lief ungefähr zum zehntenmal, und da das Stück jedesmal traurig begann und fröhlich endete und auf das fröhliche Ende wieder der traurige Anfang folgte, geriet Thomas in eine Stimmung, die ihm seinen Schmerz fast angenehm erscheinen ließ. Und mit einem Mal hatte er das Gesicht eines Schauspielers vor sich, den er letzte Woche gesehen hatte, eines jungen Burschen mit traurigen Augen und verzweifelt-schüchternen Gesten, der ständig mit sich und der Welt zu ringen schien. James Dean hieß er und spielte die Hauptrolle in »Jenseits von

Eden«, einer John-Steinbeck-Geschichte über einen Sohn, der um die Liebe seines Vaters kämpfte, aber nie verstanden wurde.

»Den kann ich gut verstehn«, hatte Jürgen nach dem James-Dean-Film gesagt.

»Wieso?« hatte Thomas gefragt, »du hast doch gar keinen Vater mehr, mit dem du Ärger kriegen kannst.«

»Du mußt das mehr philosophisch sehen«, hatte ihm Jürgen erklärt, »weil irgendwie ist doch jeder hinter irgendwas her und kriegt es nicht, und deswegen fragt er sich manchmal, ob das alles überhaupt noch einen Witz hat. Kapierste?«

»Ja, wenn du das so toff erklärst.«

50

»Ich hab kein Bock mehr«, sagte Thomas.

Die Mutter legte das Käsebrot hin, in das sie gerade hatte beißen wollen. »Du, ich kann das bald nicht mehr hören!«

»Brauchst ja nicht hinzuhören.«

»Meinst du vielleicht, ich gehe jeden Morgen frohen Herzens nach nebenan ins Büro, um für dich und mich die Brötchen zu verdienen?«

»Kannst es ja lassen, wenn du kein Bock hast.«

»Und wovon willst du, bitteschön, dann leben?«

»Ich kann ja auf Maloche gehen, aber du läßt mich ja nicht.«

»Vielleicht kannst du mal deine Gassenwörter weglassen! Und was willst du arbeiten, wo du doch gar nichts kannst?«

»Ich kann auf die Conti oder demnächst nach Stöcken zu VW.«

»Auf der Conti«, wie man in Hannover sagte, also bei der »Continental Gummiwerke AG«, wurden stets Arbeiter zum Anlernen gesucht, und in Hannover-Stöcken stand das VW-Zweigwerk kurz vor der Inbetriebnahme.

»Als du damals von eurem Klassenausflug nach Wolfsburg zurückkamst«, sagte die Mutter, »da hast du geschworen, so eine stumpfsinnige Arbeit würdest du nie machen.«

»Penne ist noch stumpfsinniger«, erwiderte Thomas, »und bringt nicht mal Kohle.«

»Kohle, Kohle! Kannst du bitte Deutsch reden? Wozu brauchst du mehr Geld, als du jetzt hast? Du hast ein gutes Taschengeld von zehn Mark im Monat und verdienst bei ›Beeck‹ dazu und hast mal hier einen Job und mal da einen und putzt das Büro, und unsere Vertreter geben dir mal was, wenn du einen Weg erledigst. Wozu brauchst du noch mehr?«

»Ich will eine richtige Arbeit und nicht mehr wie'n Kind morgens in die Schule.«

»Du bist aber noch ein Kind.«

»Aber andere arbeiten schon richtig und können auf ein Moped sparen.«

»Ein Moped?« fragte die Mutter leicht entsetzt, »wo sich grade dein bester Freund mit einem Moped zu Tode gefahren hat?«

»Ja. Grade deswegen.«

Es stimmte, daß Thomas sich nach Jürgens Tod mehr als zuvor ein Moped wünschte. Er stellte sich ein besonders schnelles Moped vor, mit frisiertem Motor und demontiertem Auspuff und dem Sound einer Rennmaschine. Manchmal träumte er davon, mit diesem Moped zur Hauptverkehrszeit in virtuosem Slalom durch die Innenstadt zu jagen und als Höhepunkt seiner Vorstellung am Kröpcke frontal gegen eine Straßenbahn zu knallen.

Oder besser noch gegen einen Porsche. James Dean war mit einem Porsche verunglückt. Warum eigentlich? Zufällig oder mit Absicht? Und warum war Jürgen, der rasante Radfahrer, mit dem Moped so unvorsichtig ausgeschert, genau in die Spur des Busses? Manchmal fragt man sich, so hatte Jürgen nach dem James-Dean-Film gesagt, ob das alles überhaupt noch einen Witz hat.

Vielleicht war der Gedanke unsinnig, aber Thomas ließ nicht davon ab: daß Jürgen keinen normalen Unfall gehabt habe.

»Ein Moped«, setzte die Mutter das Gespräch fort, »kannst du dir kaufen, wenn du einundzwanzig und volljährig bist. Solange ich ein Wörtchen mitzureden habe, kriegst du so ein Teufelsding nicht.«

»Mit einundzwanzig habe ich schon einen Porsche«, sagte Thomas trotzig.

»Ja, natürlich«, spottete die Mutter, »vor allem, wenn du auf der Conti malochen gehst, für einsfünfundachtzig die Stunde oder was sie den Ungelernten zahlen. Damit wirst du dir einen Porsche leisten können. Und ein nettes Häuschen, damit du den Porsche davorstellen kannst.«

»Irgendwann habe ich einen Porsche, so wie James Dean.«

»Wie wer?«

Die Mutter kannte James Dean nicht, und das war Thomas recht. Denn James Dean war so einer wie Elvis Presley, einer, der den Jugendlichen gehörte und der die Erwachsenen nichts anging. Natürlich hatten auch Erwachsene »Jenseits von Eden« gesehen und gefunden, daß der junge Mann seine Rolle ganz passabel gespielt habe, mit ein wenig übertriebenem Pathos vielleicht, aber im großen ganzen recht talentiert. Solche Urteile brachten die Jungen gewaltig auf die Palme, denn Jimmy, das war nicht irgendein talentierter Schauspieler. Jimmy war ihr zweites Ich.

James Dean hatte mit einem Schlag und mit einem Film die anderen Stars aus den Köpfen der Jungen verdrängt: Marlon Brando zum Beispiel, den harten Burschen aus »Die Faust im Nacken«, oder Gary Cooper, den einsamen Sheriff aus »12 Uhr mittags«, dessen Filmpartnerin Grace Kelly sich gerade mit einem Operettenprinzen von der Riviera verlobt hatte. Mochten sich die Erwachsenen über Heinz Rühmann als »Charley's Tante« kaputtlachen, mochten sie Tränen der Rührung weinen über Romy Schneider als »Sissy« oder

Liselotte Pulver als »Piroschka« – das alles war doch nur Schmonzes. Die Jungen hatten James Dean, den Zerrissenen, den Schwierigen, den Unverstandenen, dessen widerspenstiges Innenleben sich äußerlich schon in der mühsam hochgebürsteten Frisur andeutete. Viele bürsteten sich jetzt die Haare so, verzogen das Gesicht in grämlicher Verzweiflung und übten unverdrossen die lässig-trägen Bewegungen ihres Idols, die sagen wollten: Kein Bock!

Manche wollten allerdings aussehen wie Elvis Presley. Von ihm gab es inzwischen nicht nur eine neue Platte namens »Heartbreak Hotel«, sondern endlich auch Fotos, die zeigten, daß er kein Neger war. Er hatte ein weiches Babygesicht und zog einen Mundwinkel in mißlungener Ironie krampfhaft nach unten. Das Haar war am Hinterkopf mit reichlich Pomade zu einer Frisur zusammengestrichen, die man »Entenschwanz« nannte. Seine grellbunten Seidenhemden und -hosen wirkten auf die meisten lächerlich, und manche nannten ihn gar verächtlich »Elvis Preßkopf«. Man liebte seine Musik, aber nur wenige wollten aussehen wie er; und so wie Bill Haley, der kleine Dicke mit der Schmalzlocke, schon gar keiner.

Jimmy Dean, das war's! Die Jungen, die gerade den Stimmbruch hinter sich hatten, einmal die Woche mit Vaters gebrauchter Klinge das Kinn schabten, beim Rauchen vorsichtig die ersten Lungenzüge probierten, nach dem dritten Bier den Mädchen frech auf den keimenden Busen schauten, aber nicht mehr geradeausgehen konnten – diese Jungen hatten immer den Kamm zur Hand, um ihre Haare nach oben zu striegeln; sie schauten mit einem Blick in die Welt, der sagen sollte: Seht her, wie schwer ich's habe!

»James Dean«, sagte Thomas zu seiner Mutter, »den brauchst du nicht zu kennen.«

»Ist das so eine Heulboje wie dieser Dingsbums, von dem du aus Los Angeles diese ›tollen‹ Platten geschickt bekommst?«

»Jaja, so ist es, alles eine Mischpoche.«

»Du solltest dich lieber ein bißchen mehr auf deine Schularbeiten konzentrieren«, schlug die Mutter vor, »du wirst immer schlechter.«

»Ich hör ja sowieso bald auf.«

»Du machst dein Abitur, hörst du? Laß dir sagen, was eine gute Ausbildung wert ist. Ich selbst habe die Erfahrung gemacht, daß man ohne richtigen Beruf ...«

»Lebenserfahrung, Lebenserfahrung, Lebenserfahrung«, leierte Thomas, »was soll ich mit deiner Lebenserfahrung? Ich mache lieber meine eigene.«

»Du Grünschnabel machst erst mal, was ich dir sage!«

»Kann ich übrigens in den Osterferien nach Leipzig?«

»Wenn du versetzt wirst, ja.«

51

Ende März gab es Zeugnisse, und Thomas war sitzengeblieben.

»Tut mir leid für dich«, sagte Herr Lüttich nach der Stunde.

»Macht nichts«, sagte Thomas.

»Ich habe mich in der Zeugniskonferenz sehr für dich eingesetzt«, erklärte der Klassenlehrer, »aber die meisten Kollegen meinten, man dürfe derartige Interesselosigkeit nicht noch mit einer Versetzung belohnen.«

»Is echt egal«, beteuerte Thomas, »ich hab sowieso kein Bock mehr.«

»Hat das etwas mit Jürgen zu tun?« fragte Herr Lüttich.

»Nein. Das heißt: auch. Irgendwie ist alles zusammengekommen. Jedenfalls will ich von der Schule. Ich hab keine Möge mehr«

Was denn! Wegen einer einzigen Ehrenrunde Hör mal, ich hatte zwei!«

Deswegen, dachte Thomas, ist ja auch nichts aus Ihnen geworden. »Es ist ja nicht wegen der Ehrenrunde«, sagte er laut, »es ist, weil man sich fragt, ob das alles überhaupt noch einen Witz hat. Aber das können Sie nicht verstehen.«

»Ach so? Du meinst also, daß du der erste bist, der das

Leben entdeckt? So ahnlich wie Amundsen die Antarktis, wo vor ihm noch keiner gewesen ist?«

»Doch, Scott war vorher da.«

»Unterbrich mich nicht! Nein, mein Lieber, wo du jetzt bist, da sind schon sehr viele vor dir gewesen. Ich zum Beispiel. Alles wohlbekannt! Nur daß wir früher nicht so fabelhafte Ausdrücke dafür hatten: kein Bock, keine Möge.«

»Wie hieß das denn bei Ihnen?«

»Schnauze voll. Ich hatte sie auch voll. Ich wollte Hafenarbeiter werden, als ich das erste Mal backengeblieben war. Aber mein Vater hat mir ein paar zwischen die Ohren geschlagen. Gott sei Dank!«

»Kann ja sein«, sagte Thomas, »aber heutzutage ...«

»Heutzutage ist es viel leichter als damals. Jede Generation redet sich beharrlich ein, sie hätte es am schwersten von allen. Und dann bedauert man sich und freut sich insgeheim, daß man einen Grund gefunden hat, nichts zu tun.«

»Ich will ja was tun, aber nicht hier. Wissen Sie, dieses dumme Gerede hier. Ich meine bei den andere Lehrern.«

Herr Lüttich überhörte das und fragte: »Was willst du denn tun?«

»Geld verdienen.«

»Ja, auf der Conti, oder? Und nach einem Jahr stellst du fest, daß du nicht dumm genug bist, um so eine Arbeit ein Leben lang zu ertragen. Und was dann?«

»Dann geh ich zu VW.«

»Eine ungeheure Steigerung. Vielleicht gehst du auch zum Bau und hast das Glück, an einem Hochhaus zu arbeiten. Dann bist du ganz oben. Nein, mein Lieber, wenn du nicht mehr zur Schule gehen willst, dann mach wenigstens eine Lehre. Es gibt noch genug Lehrstellen.«

»Ja, als Metzger. Schweine totschlagen.«

»Dann bleib halt auf der Schule.«

Thomas hatte immer große Stücke auf Herrn Lüttich gehalten, aber nun dachte er: Der ist genau wie die anderen, der versteht auch nichts.

»Mit Leipzig ist es natürlich aus«, sagte die Mutter, nachdem Thomas sein Zeugnis vorgelegt und ohne große Überzeugungskraft verteidigt hatte.

»Und was wird dadurch besser, wenn ich hierbleibe?« fragte Thomas.

»Nichts, aber so war's ausgemacht.«

»Aber nun ist die Aufenthaltsgenehmigung da, und die Oma und die Großmutter freuen sich, daß ich komme, und bloß wegen diesem blöden Zeugnis ...«

»Hättest du eben ein besseres nach Hause gebracht.«

Thomas fuhr, ohne sich zu verabschieden, in die Stadt und ging ins Kino. Ein neuer James-Dean-Film hatte Premiere: »... denn sie wissen nicht, was sie tun«. Es war die Geschichte von Jim Stark, einem Schüler aus gutem Hause, dessen Vater eine wohlsituierte Flasche war. Die Starks waren in eine neue Stadt gezogen, und Jim hatte hart zu kämpfen, um sich Anerkennung zu verschaffen. Er hoffte, daß sein Vater ihm ein einziges Mal helfen würde, aber das hoffte er vergebens.

Jim Stark mußte sich allein durchbeißen. Da stand er mit trotziger Frisur, den Kragen seiner roten Lederjacke hochgeschlagen, die Hände tief in den Taschen der Jeans vergraben. So sollte man sein, dachte Thomas.

Nach dem Kino aß er noch ein Schaschlik und trank ein Herrenhäuser Pilsner. Als er leise nach Hause kam, schlief die Mutter schon. Thomas kramte nach der Aufenthaltsgenehmigung, die die Oma aus Leipzig geschickt hatte, nach seinem Ausweis und seinen Ersparnissen. Er packte ein paar Sachen zusammen und schlich aus dem Haus. Kurz nach ein Uhr nachts fuhr ein Interzonenzug nach Leipzig.

52

Der Interzonenzug kam aus Köln und war schon überfüllt, als er mit Verspätung in Hannover einlief. Es war die Nacht auf Karfreitag. Thomas zwängte sich mit seinem Köfferchen in einen Waggon 3. Klasse und fand einen Stehplatz vor einer Toilettentür.

Die Passagiere beschwerten sich laut darüber, wie Tiere zusammengepfercht zu sein: »So sind wir höchstens kurz nach dem Krieg Bahn gefahren!« schimpfte einer.

»Man sollte einen saugroben Brief an die Bundesbahn schreiben«, schlug ein anderer vor.

»Die gann ooch nischd machn«, widersprach ein dritter in astreinem Sächsisch, »da missnse schon an de Reichsbahn schreim.«

Der Sachse glaubte zu wissen, daß die Ostzone ganz bewußt nur wenige Interzonenzüge zulasse, damit nicht zu viele »Westler« mit Bohnenkaffee und aufrührerischen Gedanken über die Grenze kämen. Thomas erinnerte sich, irgendwo gelesen zu haben, daß der Interzonenverkehr im Jahr 1955 alle bisherigen Rekorde geschlagen habe.

Hinter Braunschweig, als Helmstedt näher kam, wurden die Reisenden schweigsamer. Und mit einem Male hatte Thomas ein flaues Gefühl im Magen, das langsam in die Herzgegend hochkroch und selbst durch tiefes Durchatmen nicht zu überwinden war.

Was können sie mit mir machen? dachte er, einsperren oder nach Sibirien schicken? Ich bin ja damals abgehauen, geflüchtet, weggemacht: Republikflucht war das! Da hilft es gar nichts, wenn ich sage: Meine Mutter hat mich gezwungen, ich hätte lieber den Sozialismus mit aufgebaut. Aber andererseits: Was sollen sie mit mir machen, wenn sie mich hochnehmen? Einsperren? Da bin ich doch nur ein unnützer Esser. Das heißt: Inzwischen bin ich groß genug, um zu arbeiten, um Tüten zu kleben oder sogar Steine zu klopfen und Torf zu stechen.

»Helmstedt! Helmstedt!« tönte es aus dem Lautsprecher.

Ein paar Menschen stiegen hinzu, obwohl eigentlich niemand mehr in den Zug paßte. Alle saßen und standen stumm, und Thomas fiel plötzlich das Bild von den Lämmern und der Schlachtbank ein. So wie damals in der S-Bahn, als sie lange auf dem Lehrter Bahnhof hielt, ehe sie nach Ost-Berlin hinüberfuhr, dachte Thomas auch jetzt daran, einfach auszusteigen und umzukehren. Denn die Volkspolizisten, die dort vorn in Marienborn warteten, nur ein paar Kilometer von hier, die freuten sich bestimmt schon darauf, ein paar Menschen herauszufischen aus dem Interzonenzug und sie festzunehmen. Auch wenn sie mich nicht einsperren, dachte Thomas, lassen sie mich wahrscheinlich nicht zurück nach Hannover.

Als er vor drei Stunden mit der letzten Straßenbahn zum Hauptbahnhof gefahren war, noch unter dem Eindruck des James-Dean-Films, da hatte er daran gedacht, nicht aus Leipzig zurückzukehren. Er wollte bleiben und irgend etwas anfangen, auf keinen Fall zurück auf die Leibnizschule in Hannover, um den zähen Stoff vom vergangenen Schuljahr ein zweites Mal zu kauen. Jetzt, auf dem Bahnhof von Helmstedt, kam ihm seine Idee plötzlich ganz unsinnig vor. Was sollte er in Leipzig machen? In einer Fabrikhalle malochen? Das konnte er auch in Hannover, auf der Conti oder demnächst bei VW. Und dort konnte er sich von seinem Lohn bald ein Moped kaufen, in Leipzig dagegen war das nicht drin, denn in der Ostzone gab es bekanntlich so gut wie nichts; warum sollte es also ausgerechnet Mopeds geben? Als Thomas aussteigen wollte, ruckte der Zug an.

In Marienborn mußten alle, die keinen Sitzplatz hatten, raus auf den Bahnsteig und vor der Abfertigungshalle warten. Es war verdammt kalt, und der Wind trieb beißenden Qualm von der Lok herüber. Der Bahnsteig war nur spärlich beleuchtet.

»Babiere vorzeichn!« sagte der Volkspolizist, und Thomas tat eilig, wie ihm befohlen war. Als er gemustert und mit seinem Paßbild im Ausweis verglichen wurde, schlug er die Augen zu Boden.

»Goffer uffmachn!« sagte der Volkspolizist, und Thomas riß schnell die Verschlüsse seines kleinen Reisekoffers auf. Der Volkspolizist zerwühlte mit geübten Händen die paar Kleidungsstücke, die Thomas hastig eingepackt hatte, und förderte eine Handvoll Zeitschriftenausschnitte zutage: »Was is'n das?«

»Mecki«, sagte Thomas, nach Fassung ringend, »Mecki-Geschichten. Das ist dieser Igel aus der ›HÖRZU‹.«

Der Volkspolizist blätterte in den Ausschnitten, die Thomas für Sybille gesammelt hatte: »Schundpresse, was?«

»Ja, sicher«, gab Thomas schnell zu, »aber ganz lustig. Der Mecki ist ein ganz normaler Igel, kein Revanchist.«

Der Volkspolizist sah ihn fragend an, und Thomas, dem langsam die Knie weich wurden, schaute tapfer zurück: »Das könnte genausogut 'n DDR-Igel sein, ehrlich.«

Der Volkspolizist warf die gesammelten Igel-Erlebnisse in einen großen Korb, in dem schon andere westliche Druckerzeugnisse lagen, und entließ Thomas mit einer ärgerlichen Handbewegung.

Auf dem Weg zum Waggon fühlte Thomas mit der Hand, ob die übrigen Mecki-Ausschnitte noch unter seinem Hemd steckten. Es knisterte, sie waren noch da.

Der Zug schaukelte über ausgefahrene Reichsbahngeleise und hielt mehrmals für längere Zeit auf offener Strecke. Thomas saß auf seinem Koffer und kämpfte dagegen an, vor Müdigkeit umzufallen. Als der Morgen graute, rumpelte der Zug durch das qualmende, stinkende Bitterfeld.

Leipzig-Hauptbahnhof!

Thomas stand auf dem Bahnsteig und sah sich um. Als kleiner Junge hatte er öfter hier gestanden, hatte diese riesigen schwarzen Dampflokomotiven bestaunt und davon geträumt, eines Tages mitzufahren nach München oder Hamburg oder Frankfurt. So ein Besuch hatte ihn jedesmal zwanzig Pfennig für die Bahnsteigkarte gekostet. Und jetzt, dachte er, bin ich in München und Hamburg und Frankfurt fast zu Hause und war sogar schon mal im Ausland, in Basel. Der kleine Junge von damals, war das wirklich er selbst gewesen? Thomas trat hinaus auf den Bahnhofsplatz und sah auf vier Gleisen die Straßenbahnen fahren. Da kam die 11, die nach Markkleeberg-Ost fuhr, die 29 nach Schkeuditz und die 17 nach Schönefeld. Die 11, dachte Thomas, kommt von Wahren, die 29 von Plagwitz und die 17 von Leutzsch. Ja, es klappte noch, er hatte noch alle Leipziger Straßenbahnlinien im Kopf.

Er wollte in die 6 einsteigen, aber ihm fiel noch beizeiten ein, daß er gar kein Ost-Geld bei sich habe.

Komisch, dachte er: Ich müßte West-Geld in Ost-Geld umtauschen, richtiges gutes Geld dafür hergeben.

Er machte sich zu Fuß auf den Weg nach Gohlis, wo die Oma und Onkel Wolfgang noch – beziehungsweise wieder – in der Wohnung wohnten, die Thomas vor fast drei Jahren verlassen hatte.

53

»Da bist du ja!« sagte die Oma ohne Überraschung und drückte Thomas an ihren Busen, »hättest du telegrafiert, dann hätten wir dich abgeholt.«

Sie zog ihn ins Wohnzimmer und stellte unentwegt Fragen: Ob die Aufenthaltsgenehmigung beizeiten gekommen sei, ob der Zug voll gewesen sei, ob Thomas in Marienborn habe aussteigen müssen, ob die Vopos ihn sehr gefilzt hätten. Thomas nickte zu allem. Onkel Wolfgang kam hinzu und begrüßte ihn mit festem Händedruck: »Willkommen in unserer Re-pups-blik!«

Gott sei Dank, dachte Thomas, er tickt wieder richtig.

Die Oma hatte das Frühstück für zwei Personen gerichtet und deckte nun auch für Thomas. Es gab dunkles Brot, etwas »kluntschig«, wie man hier sagte; das hieß, es blieb beim Kauen zwischen den Zähnen kleben. Thomas hatte dieses Brot seit der Flucht völlig vergessen, erkannte es aber sofort wieder. Dazu gab es Margarine, Kunsthonig und Zuckerrübensirup.

»Is ja unglaublich«, murmelte Thomas, »is ja, als wenn ich erst gestern weggemacht wäre nach Westberlin.«

»Ja, wir sind stark traditionalistisch eingestellt«, ulkte Onkel Wolfgang, »wir machen nicht alles gleich mit, was ihr drüben für Fortschritt haltet: Bienenhonig, Quittengelee,

Orangenkonfitüre.« Er betonte die drei Wörter so, als bereite ihm jedes einzelne großen Ekel, und Thomas, der inzwischen Ironie erkennen gelernt hatte, dachte ein weiteres Mal zufrieden: Nun tickt er wieder wie früher.

»Wie geht's dir denn jetzt hier?« fragte er.

»Glänzend!« antwortete Onkel Wolfgang, »als Rückwanderer wirst du ja sofort mit offenen Armen aufgenommen und in höchste Führungspositionen geschoben, ob du willst oder nicht.«

»Also beschissen?«

»Sag nicht solche Wörter!« schimpfte die Oma wie früher. Dann brachte sie das Gespräch auf Belangloses, und Thomas dachte fast ein wenig beleidigt, eigentlich müßte sein Besuch doch etwas Besonderes sein.

»Vergiß nicht«, mahnte die Oma Onkel Wolfgang, »gleich nach Ostern den Klempner anzurufen. Der Wasserhahn in der Küche ist nicht mehr zu bremsen.«

»Mach ich, mach ich«, versprach der Onkel, »der Mann freut sich immer, mit mir zu reden, und schildert mir aus der näheren Nachbarschaft mindestens zehn weit schwerere Fälle, in denen er auch nicht helfen kann.«

»Und was gedenkst du zu tun?« fragte die Oma vorwurfsvoll.

»Ich habe eine andere Strategie entwickelt, um deinen Wasserhahn zu bremsen. Ich kenne jemanden im HO-Kaufhaus, der will mir Bescheid sagen, wenn sie Dichtungen reinkriegen.«

»Und was gibst du ihm dafür?« fragte Thomas, »Westzigaretten?«

»Erraten! Ich hoffe nur, ich bekomme welche geschickt, bevor der Mann die Dichtungen reinkriegt.«

»Sollst du uns keine Grüße von deiner Mutti ausrichten?« fragte die Oma.

Thomas erschrak und stotterte: »Äh, ja, naja logisch. Und frohe Ostern auch!«

»Und hat sie dir meine Schlaftabletten mitgegeben?«

»Was für ... nein, nein, die hat sie wohl vergessen.«

»Deine Oma«, erklärte Onkel Wolfgang, »schläft nur mit

Westtabletten. Schlaftabletten aus DDR-Produktion putschen sie hingegen förmlich auf.«

»Die anderen sind wirklich besser«, sagte die Oma mit Nachdruck.

»Auf jeden Fall, auf jeden Fall!« bestätigte der Onkel, und Thomas sah seinem Gesicht an, daß noch eine kleine Boshaftigkeit folgen mußte: »Aber als ich dir kürzlich mal Osttabletten heimlich in ein leeres Weströhrchen getan habe, da hast du sie geschluckt und darauf geschlafen wie ein Grizzlybär.«

»Du ungezogener Bub!« schalt die Oma ihren erwachsenen Sohn, und Thomas erinnerte sich, wie oft er selbst früher dieses Wort hatte hören müssen.

»Und wie geht es dir so?« fragte nun Onkel Wolfgang.

»Glänzend!« antwortete Thomas, »genau wie dir.«

Er erzählte das Nötigste, gestand auch sein schlechtes Zeugnis ein, verriet aber, um unnützen Debatten auszuweichen, nichts von seiner Absicht, die Schule zu verlassen. Ganz und gar verschwieg er den Gedanken, der ihm nachts in der Straßenbahn gekommen war: in Leipzig zu bleiben.

Nach dem Frühstück war er todmüde von der Reise und legte sich ein wenig schlafen. Er träumte konfus, wurde von Volkspolizisten festgenommen, in eine Fabrik gebracht und mit Ketten an eine Maschine angeschlossen, die er zu bedienen hatte. Dann sah er die Mutter am Telefon sitzen und hörte sie alle Krankenhäuser Hannovers nach ihrem vermißten Sohn anrufen. Er erwachte verstört um die Mittagszeit, ließ sich etwas Ostgeld geben, fuhr zum Hauptbahnhof und gab auf dem Postamt ein Telegramm auf: »Bin in Leipzig stop alles klar stop Thomas«.

Er überlegte, ob er den Satz hinzufügen sollte: »Komme bald zurück«, ließ es dann aber sein.

Er nahm die Straßenbahn nach Stötteritz und stieg vorm Altersheim aus. Er lief mit flüchtigem Gruß an dem dösenden Pförtner vorbei und durch die langen, kahlen Gänge, die er früher oft entlanggelaufen war, roch den bekannten Alte-Leute-Mief und klopfte an die Tür, durch die er oft geschlüpft war in die zwei engen, aber gemütlichen Zimmerchen der Großeltern. Eine fremde Frau öffnete.

»Oh, hier hat immer meine Großmutter gewohnt«, entschuldigte sich Thomas, und in plötzlicher Angst fragte er: »Was ist denn mit ihr?«

»Sie wohnt jetzt einen Stock höher, gegenüber«, erklärte die Frau, »sie hat keinen Anspruch mehr auf zwei Zimmer, seit dein Großvater tot ist.«

Thomas hörte nicht bis zum Ende zu, sondern stürmte die Treppe hinauf und durch die Tür und warf seine Großmutter beinahe um.

»Wo kommst du denn her?« fragte sie sicher fünf- oder sechsmal, und Thomas berichtete.

»Willst du einen Kakao?«

»Ich trinke schon Bohnenkaffee«, antwortete Thomas.

»Rauchst du etwa auch schon?«

»Manchmal«, gab Thomas zu.

»Nicht zu glauben, unser Kleiner!«

Die Großmutter holte ein geschnitztes Kästchen herbei, das Thomas noch gut kannte, und holte eine halbvolle Schachtel »Astor« heraus: »Steck dir eine an! Eigentlich bist du ja noch zu jung dafür, aber ich mag es, wenn's nach Tabak riecht. Und seit der Großvater tot ist ...«

Sie stöpselte den Tauchsieder ein und stellte die Kaffeekanne bereit. Dann fragte sie nach allem möglichen und schließlich auch nach der Schule. Thomas beichtete, daß er sitzengeblieben war, denn er hatte das Gefühl: Wenn ich mit jemandem darüber reden kann, dann mit der Großmutter.

»Das ist nicht schön«, sagte sie, »aber kein Beinbruch. Dein Großvater ist auch mal sitzengeblieben und doch noch ein großartiger Mann geworden.«

»Naja, bei mir ist das wohl etwas anders. Ich gehe wohl besser von der Schule ab.«

»Wieso denn das?« fragte die Großmutter, und es klang geradezu entrüstet.

»Ich hab kein Bock mehr, verstehst du?«

»Nein. Was hast du nicht mehr?«

»Kein Bock. Keine Möge.«

»Ich vermute, daß das ins Deutsche übersetzt heißen soll: Du hast keine Lust mehr. Ist das so?«

»Genau.«

Das Wasser kochte, und während die Großmutter den Kaffee aufbrühte, dachte Thomas: Jetzt fängt sie gleich wieder mit meinem Großvater an.

»Naja, nicht so schlimm«, sagte sie, »dann machst du eben ein Jahr später Abitur, und dann studierst du etwas Gescheites und wirst ein Mann wie dein Großvater.«

»Ich glaube, du verstehst mich nicht«, widersprach Thomas, »ich gehe von der Schule ab.«

»Und was willst du machen?«

»Ich weiß nicht. Arbeiten. Geld verdienen. Vielleicht bleibe ich hier.«

»In Leipzig? Ja, bist du denn von allen guten Geistern verlassen?« Sie griff erregt zur Kaffeetasse, und da sie schlecht sah, warf sie sie fast um. Thomas bot ihr zur Beruhigung eine Zigarette an, aber sie wies sie ärgerlich zurück: »Danke, ich rauche nicht.«

»Es geht ganz einfach«, sagte Thomas, aber die Großmutter setzte ihm auseinander, daß er ein riesengroßer Dummkopf sei: »Deine Mutter hat damals die Flucht gewagt, damit du eine vernünftige Schule besuchen kannst und in einem freien Land aufwächst und dir die Welt offensteht. Und jetzt willst du zurück in diesen Mief hier? Wo keiner den Mund aufmachen kann und jeder nur tut, was ihm geheißen wird?«

»Naja, drüben ist auch nicht alles Gold«, widersprach Thomas vorsichtig, »zum Beispiel hilft da den Flüchtlingen aus der Ostzone kein Schwein. Glaubst du, wir haben von irgendwem irgendwas gekriegt, als wir noch gar nichts hatten? Mal 'ne Hose oder 'n Paar Schuhe? Oder 'ne Wohnung? Nullkommanullnullnull! Da bist du der letzte Dreck. Schulgeld haben wir zahlen dürfen und Schulbücher kaufen und Nachhilfestunden bezahlen, weil ich Französisch nachholen mußte. Kein Schwein hat uns geholfen!«

»Das ist sicher nicht einfach gewesen«, gab die Großmutter zu, »aber nun sage ich dir etwas, was dir dein Großvater auch gesagt haben würde: Wenn dir keiner hilft, dann hilf dir selbst! Und wenn du's geschafft hast und was geworden bist, dann brauchst du dich auch bei keinem zu bedanken.«

Das war ein schwieriger Gedanke für Thomas, und er griff noch mal zu dem geschnitzten Kästchen, um sich eine Zigarette anzuzünden. »Außerdem muß ich drüben eines Tages zu den Soldaten«, sagte er dann, um wieder auf praktischere Fragen zu kommen.

»Meinst du hier nicht? Hier haben sie doch auch grade eine Wehrmacht gegründet, eine Volkstruppe oder so ähnlich. Unser Innenminister, der Herr Stoph, ist ja schon öffentlich in so einer Lametta-Uniform aufgetreten. Willst du vielleicht hier Soldat werden, an der Seite der russischen Brüder?«

»Nee, ich will eigentlich gar nichts. Warum muß man denn immer was wollen und was machen?«

»Damit man nicht immer ein kleines Würstchen bleibt, das von oben getreten wird. So wie dein Onkel.«

»Ich glaube, ihm geht's nicht gut«, sagte Thomas, froh darüber, daß das Thema wechselte.

»Dein Onkel, den ich furchtbar gern mag, hat, glaube ich, das große Problem, daß er den Krieg nicht überlebt hat. Innerlich, verstehst du? Er hat überall die gleichen Probleme. Jetzt arbeitet er in diesem Briefmarkengeschäft, aber ist das ein Beruf? Nur gut, daß er sich noch etwas von seinem Humor erhalten hat.«

Dann sprach die Großmutter endlich über etwas ganz anderes, über die Zeit nämlich, als Thomas noch in Leipzig gelebt hatte und als sie zu zweit jede Woche einmal in die Stadt gezogen waren: ins Alte Rathaus und in Auerbach's Keller, ins Gewandhaus-Konzert und zu den Thomanern in die Thomaskirche, auch auf den Hauptbahnhof, um Dampflokomotiven zu bestaunen, die der Großmutter allerdings ganz wurst waren.

»Weißt du noch«, fragte Thomas grinsend, »wie wir aufs Völkerschlachtdenkmal sind?«

»O Gott! Daß du mich da raufgeschleppt hast! Fünfhundert Stufen! Wenn ich dran denke, bekomme ich heute noch Muskelkater.«

Am Ostersonnabend ging Thomas Sybille besuchen, seine Ferienliebe vom vorigen Jahr. Er zog dazu seine neuen Nietenhosen an sowie ein buntes Überfallhemd, unter dem er ein weißes Unterhemd amerikanischer Art trug. Die Füße steckten in gelb-grün-roten Ringelsocken und flachen Mokassins, wie es die Mode war. Das Haar war James Dean nachgebürstet.

Als Thomas bei Sybille klingelte, öffnete ein Junge, der etwa so alt war wie er.

»Tag!« sagte Thomas. »Ist Sybille da?«

Der Junge sagte nichts, musterte statt dessen Thomas von Kopf bis Fuß und zurück.

»Ich hab dich was gefragt«, drängte Thomas ärgerlich.

Der Junge sah ihn noch mal genau an und sagte dann: »Wenn ich so was malen sollte, würde mir's nicht einfallen.«

»Wo ist Sybille?« fragte Thomas laut.

»Wer bist'n du?« fragte der andere zurück.

»Ich heiße Thomas und bin aus Hannover, das liegt im Westen.«

»Ach so«, dämmerte es jetzt dem Jungen, »du bist der Genosse Casanova, der meiner Schwester immer die schönen Liebesbriefe schreibt.«

»Hast du sie gelesen, du Kanaille?«

»Nee, sie hat sie immer vorgelesen.«

Thomas war einen Augenblick lang sprachlos. Dann preßte er mit kalter Wut durch die Zähne: »Sag der Genossin Kanaille, sie soll sich nie wieder im Westen blicken lassen!«

Er zog die verbliebenen Mecki-Ausschnitte aus der Tasche seines weiten Hemdes und warf sie dem Jungen vor die Füße: »Hier! Damit ihr auch 'n bißchen Kultur abkriegt!«

Dann ging er.

Nachmittags traf sich Thomas mit seiner Großmutter in der Thomaskirche, um den berühmten Chor singen zu hören. Er hing verschiedensten Gedanken nach, erinnerte sich unter anderem an die Heiligabende seiner Kindheit, die stets mit einer Christmette in dieser Kirche und dem Gesang dieses Chors begonnen hatten.

»Komm, laß uns gehen!« sagte Thomas mittendrin.

»Warum? Gefällt's dir nicht?«

»Doch, aber ich will raus.«

Sie gingen zum Hauptbahnhof, und Thomas bat die Großmutter, ihm eine Fahrkarte für den Interzonenzug nach Hannover zu kaufen.

»Willst du schon abreisen?« fragte sie.

»Nein, ich will nur die Karte. Ich bleibe schon noch bis Montag. Ihr wollt ja noch 'n bißchen was von mir haben.«

54

»Eins und zwei und Wie-ge-schritt!« kommandierte Frau Meseke mit lauter Stimme, »eins und zwei und Wie-ge-schritt!«

Frau Meseke leitete die renommierte hannoversche Tanzschule gleichen Namens am Neuen Haus. Im Takt ihrer Kommandos schoben sich etwa zwei Dutzend Paare im Kreis, mit angestrengter Miene, als brüteten sie über einer Mathe-Arbeit.

»Magst du eigentlich Elvis?« fragte leise das rothaarige Mädchen, das Thomas im Wiegeschritt vor sich herbewegte.

»Wie bitte?« fragte er zurück und trat ihr auf den linken großen Zeh, so daß sie ein gequältes »Aua!« hören ließ.

»'tschuldigung!« murmelte Thomas, »aber du hast mich rausgebracht.«

»Schon gut, ich frag nichts mehr.«

Thomas schob seine Partnerin weiter und schielte dabei immer wieder hinüber zu Birgit, bis das rothaarige Mädchen sich beklagte: »Guck mal gradeaus, sonst rammst du mich noch in die Wand!«

»Jaja, mach ich schon«, erwiderte Thomas unaufmerksam.

Das Wiedersehen mit Birgit hatte ihn ganz aus dem Häuschen gebracht. Zur ersten Tanzstunde hatte Frau Meseke noch die »Damen« und die »Herren« getrennt und zu verschiedenen Zeiten eingeladen, um sie auf das Zusammentreffen in der zweiten Stunde vorzubereiten. Sie hatte den »Herren« mit humorigen Worten erklärt, dieser Salon voller Plüsch und Spiegel sei ein Ort gesitteten Umgangs, und die jungen Damen seien als solche und nicht als Kumpels zu behandeln.

»Man macht eine nicht zu tiefe Verbeugung«, hatte sie erklärt, »und sagt ›Darf ich bitten?‹. Es ist also nicht wie in einem Rock'n'-Roll-Schuppen, wo man die Mädchen ungefragt am Arm hochreißt und sagt: ›Los, hotten!‹ Haben Sie das verstanden?«

Das kann ja was werden! hatte Thomas gedacht.

Heute, in der zweiten Stunde, hatten die jungen Herren zu Beginn erwartungsvoll Aufstellung genommen. Dann hatte sich die Flügeltür geöffnet, und zwei Dutzend Mädchen waren in einem Meer von Petticoats hereingewogt. Unter neckischen Ponys hatten sie teils schüchterne, teils aufreizende Blicke geworfen, und Frau Meseke hatte das Kichern mit dem Hinweis unterbrochen: »Meine Damen, wir sind nicht mehr im Kindergarten!«

Und da war plötzlich Birgit, das Mädchen, das Thomas mal von der überfluteten Leinebrücke gezerrt hatte. Sein Herz fing an zu hämmern und trieb das Blut bis in die Ohren. Birgit erkannte ihn ebenfalls und warf ihm einen verschwörerischen Blick zu.

Beim Wiegeschritt ließ er sie kaum aus den Augen, so daß er seiner Tänzerin noch mehrfach auf die Füße trat. In der Pause stürzte er zu Birgit: »Toll, daß du hier bist! Richtig schaumäßig!«

»Wir haben uns lange nicht gesehen«, sagte sie, »über ein Jahr.«

»Ja«, antwortete Thomas. Mehr fiel ihm in seiner Sprachlosigkeit nicht ein.

Birgit schüttelte den Kopf und lachte: »Thomas in der Tanzstunde! Einfach unvorstellbar. Ist dir das nicht viel zu vornehm hier?«

»Eigentlich schon«, gab er zu, »aber man ist ja kein Banause.«

»So, meine Damen und Herren!« rief Frau Meseke am Ende der Pause und klatschte in die Hände, »im zweiten Teil unserer heutigen Unterrichtsstunde wollen wir die Grundbegriffe des langsamen Walzers einstudieren. Welcher der Herren stellt sich zur Verfügung, damit ich es vorführen kann?«

Alle schauten zu Boden oder auch zur Decke, manche entdeckten plötzlich einen Fussel am Jackenärmel, den es zu beseitigen galt.

Birgit stieß Thomas an: »Na los, mach doch!«

Thomas holte tief Luft und dachte: Du Rabenaas! Dann ging er steifbeinig auf Frau Meseke zu, und die anderen »Herren« blickten wieder geradeaus. Die Lehrerin führte ihn souverän übers Parkett, so daß Thomas binnen kurzem den langsamen Walzer konnte. Aber als er dann selbst ein Mädchen führen sollte, stellte sich heraus, daß eher das Gegenteil geschah.

»Komm, ich zeig dir das mal«, sagte das Mädchen und schob ihn mit sanfter Gewalt rückwärts und seitwärts und rückwärts.

Ich glaube, dachte Thomas, ich fange lieber wieder mit Fußball an. Gegen Ende des Unterrichts bemühte er sich, in Birgits Nähe zu bleiben, denn jeder Herr hatte seine letzte Tänzerin des Abends zumindest bis vor die Tür, wenn nicht bis nach Hause zu begleiten. Einmal mußte Thomas, um Birgit nicht zu verlieren, wie ein ausbrechender Rennwagen schräg über die Tanzfläche schleudern, was Frau Meseke mit einer lauten Rüge bestrafte.

»'tschuldigung!« sagte Thomas, »hatte einfach zuviel Dampf drauf.«

Als der letzte Tanz angekündigt wurde, drängte sich Thomas zu Birgit, aber er sah, wie bereits ein anderer seine artige Verbeugung machte, und wollte schon tief enttäuscht abdrehen. Doch Birgit schaute an dem anderen vorbei, sah Thomas an und nickte leicht mit dem Kopf.

»He! Das geht aber nicht!« schimpfte der andere.

»Wetten daß?« antwortete Thomas, »die Dame hat zu entscheiden.«

»Vaya con Dios« wurde bei Frau Meseke stets als letzter Titel gespielt, und jedesmal beim Refrain »Vaya con Dios, my darling, vaya con Dios, my love« schaute Thomas tief in Birgits Augen und trat ihr dabei ein paarmal auf die Zehen.

Draußen beschlossen sie, noch auf einen Shake in die neue Milchbar am Aegi zu gehen, die neuerdings jeder besuchte, der auf sich hielt. Auf dem Weg den Schiffgraben hinunter fragte Birgit, wie es Thomas seit dem vorigen Jahr ergangen sei.

»Glänzend!« sagte er, »zur Zeit drehe ich sogar eine Ehrenrunde.«

»Dann bist du ja jetzt eine Klasse unter mir«, lachte Birgit. Dann fragte sie, wie es dazu gekommen war: »Du bist doch eigentlich ein ganz aufgewecktes Bübchen.«

»Fang nicht wieder an, mich zu foppen, sonst ...«

»Was sonst?« fragte sie und schaute ihn aufsässig an, wie früher.

»Nichts. Also auf deine Frage, wie das gekommen ist: Ich hab ein bißchen durchgehangen, vor allem, nachdem mein Freund verunglückt war. Der Jürgen, den hast du damals auch kennengelernt.«

Birgit wollte wissen, wie das geschehen war, und schien ehrlich betroffen. Sie fragte weiter, und Thomas schilderte seine trostlose Stimmung in jenen Wochen und die Auseinandersetzungen mit seiner Mutter. Daß er die Ratschläge von Herrn Lüttich nicht hatte hören wollen und nach der Zeugnisausgabe heimlich nach Leipzig gefahren war mit dem Gedanken, möglicherweise nicht zurückzukehren.

»Da mußt du aber ganz schön ausgerastet gewesen sein«, bemerkte Birgit.

»Jaja. War auch nichts. Alles so miefig, weißt du? Ich hab am letzten Tag noch zwei alte Klassenkameraden getroffen, die wollten beide nach dem Abi abhauen. Sei froh, haben sie gesagt, daß du nicht mehr abhauen mußt, daß du's hinter dir hast. Naja, und sonst haben sie auch alle auf mich eingeredet wie ein krankes Pferd.«

»Wie auf ein krankes Pferd«, verbesserte Birgit.

»Logisch. Aber ich glaube, in Wahrheit wollte ich gar nicht drüben bleiben. Ich bin ja schließlich nicht bekloppt.«

»Nein«, sagte Birgit.

»Und Leipzig, weißt du, damit hab ich nichts mehr zu tun. Ich hab mich da nicht mehr zu Hause gefühlt, das ist zu lange her. Ich glaube, wenn ich mal wieder nach Berlin käme, da würde ich mich mehr zu Hause fühlen als in Leipzig. Naja, jedenfalls gehe ich jetzt wieder auf die Penne. Wer weiß, wozu es gut ist.«

»Und wie bist du auf die Tanzstunde gekommen?«

»Da ist eigentlich meine Mutter draufgekommen. Wenn schon, hat sie gemeint, dann machen wir gleich Nägel mit Köppe, daß aus dir was wird.«

»Und du hast gehorcht?«

»Nein. Ich hab ausgehandelt, daß ich mir ein Moped kaufen kann, wenn ich das hier hinter mir habe. Und daß sie mir was dazugibt. So leicht trickst mich keiner aus.«

Sie waren inzwischen nicht mehr weit von der Milchbar, und Thomas sagte nach einer nachdenklichen Pause: »Weißt du, ich mach das alles mit. Aber laß mich erst mal das Moped haben. Oder gar das Abi. Dann geht's rund.«

»Revolution?« fragte Birgit.

»Wirst ja sehen. Die denken nämlich alle, sie müssen uns nicht ernst nehmen. Halbstarke! Die werden sich noch wundern.«

Vor dem Eingang der Milchbar blieben sie stehen, und Birgit sah Thomas aufmerksam an.

»Is was?« fragte er.

Sie sah ihn weiter unverwandt an.

»Nun sag doch, was ist!«

Birgit trat einen Schritt zurück, dann einen zur Seite und sah Thomas weiter prüfend an.

»Mensch, los!« drängte Thomas.

»Doch, doch«, sagte Birgit, so ganz nebenbei, »bißchen Ähnlichkeit ist da.«

»Mit wem?«

»Mit wem möchtest du's denn?«

»Is mir egal«, gab Thomas etwas unwirsch zurück, »bloß nicht mit Ludwig Erhard.«

»Das ist dir überhaupt nicht egal«, widersprach Birgit, »warum hast du denn zum Beispiel deinen Anzugkragen so hochgeschlagen? Wer macht das denn so im Film? Übrigens sieht es bei einer Anzugjacke bekloppt aus.«

Thomas schlug den Kragen herunter und dachte: Die merkt aber auch alles.

»Doch, doch«, sagte Birgit, »ein bißchen Ähnlichkeit hast du schon mit James Dean.«

Thomas strahlte sie dankbar an, nahm ihren Kopf in beide Hände und gab ihr einen nicht zu langen Kuß auf den Mund.

»Naja, das geht ja auch schon besser«, sagte Birgit danach, »wenn ich da an letztes Jahr denke …«

Dann gab auch sie ihm einen Kuß. Der war etwas länger als der erste.

Als Thomas später die Milchshakes zahlen wollte, sagte Birgit:

»Nix da, ich zahle selbst.«

»Aber heute ist doch ein ganz besonderer …«

»Widersprich mir nicht dauernd!« sagte Birgit energisch.

Das kann ja was werden, dachte Thomas.